천년 신비의 노래

국학자료원

팔순기념문선 발간에 즈음해

나는 다작하는 타입이 아니다. 다작하는 것보다 정치(精緻)한 작품 하나를 완성하는데 보다 심혈을 쏟았다고 할까.

팔순에 들어섰는데도 마음만은

내가 언제쯤 이런 마음에서 벗어날지 알 수 없다. 소설이라는 요술방망이를 팽개치는 날이 언제쯤이 될는지…

내게 있어서 요술방망이라는 것은 별개 아니다.

오직 인간이 되기 위해 글을 써야 한다는, 글은 쓰기에 앞서 좋은 글을 쓰겠다는 욕심부터 버리라는, 저속한 글을 쓴다는 것은 문적(文賊)이며 명성이나 인기를 바래 글을 쓴다는 것은 문기(文妓)의 노리개에 지나지 않는다는 요술방망이였으니. 이런 요술방망이 없이는 절대로 좋은 글은 잉태될 수 없으며 속기(俗氣)를 떠나 전아한 품성을 기르고 문정(文情)과 문사(文思)의 길에서 잠시도 벗어나지 않아야 좋은 글이 씌어 질 수 있다는 마음가짐이 무엇보다도 필요했는지 모른다.

— 『조용한 눈물』의 「작가의 변」

는 초심을 잃지 않으려고 평생을 아등바등 발버둥 쳤다 할까.

따라서 원고를 출판사에 넘기기 전까지 시간이 닿는 대로 깁고 고치면서 개작은 물론 개제까지 서슴지 않았다. 사람은 만족을 모르는 동물인지

내겐 그렇게 고치고 깁고 개작하고 개제해도 작품에 대해 한번도 흡족한 적이 없었다. 욕심이 너무 많아서일까.

우습게 들리겠지만 나는 돈에 대한 욕심을 낸 적이 거의 없다. 어쩌면 돈에 대해 초월했다고 할까. 그것이 집사람에게 바가지의 대상이 되곤 했다. 이 세상에서 가장 큰 욕심, 작품에 대한 욕심 이외는.

이제 마지막 원고를 출판사에 넘겼으니 전집이 나온 뒤에는 어떠한 탈자나 오자 등 오류를 발견해도 만시지탄(晚時之歎), 다시 수정하고 정정해서 전집을 낼 수도 없는 나이이니 나로서는 그것이 너무 아쉽다.

> 팔순을 살아도
> 인생을 잘 살았는지 모르겠고
> 문학이 뭔지는
> 더 더욱 모르겠다.
>
> 글을 쓸 때는 사춘기 소년
> 글을 쓰지 않을 때는
> 구순 할아버지.
>
> 하늘에 덩그렇게 걸어둘
> 시 한 줄 썼으면
> 하는 바람이
> 팔순을 산 버팀목이려니…

−시「버팀목」
2022년, 신록의 5월에

고희기념 미국여행, 뉴욕 타임스퀘어 광장에서

나이아가라폭포를 배경으로 집사람을 스냅하다(2012년)

저자의 친필 학위논문 원고

◆하늘로 던지는 그물 (박범신 著)

섬세하고 감각적인 필치로 현대인의 욕망과 좌절을 날카롭게 묘사한 소설을 주로 발표해온 朴씨의 장편소설. 소외층의 밑바닥 인생들, 즉 삶의 패배자들인 주인공 다희와 영준의 치열한 삶의 모습을통해 20대의방황과 좌절, 사랑과 배신등을 그리고 있다. <서적포·4,000원>

◆기파랑 (김장동 著)

향가를 소설화한 김씨의 첫 장편집. 향가에 대한 전반적인 진면목을 소설로 정리했다는 점에서 새로운 시도로 받아들여지고 있다.

신라의 개방적 여성인 수로부인을비롯, 처용 융천 죽지랑 숳거 충담 월명등 우리 나라향가에 나타난 주인공들을 중심으로 신라인의 풍류와 사랑과 恨을 그렸다. 작자는 안동대 교수. <청한·4,000원>

◆당신도 소설을 쓸수있다 (전상국 著)

문학사상지에 연재된「소설 창작교실」을 새로 엮은 소설 작법 안내서. 소설을 직접 써보고 싶은 작가지망생들을 위해 쓰여진 것으로 소설의 이해에서부터 소설창작의 주제 모델 발상 구상 문체에 이르기까지 자세히 안내하고 있다. <문학사상·4,600원>

◆꿈꾸는 나그네에게 (신경신 著)

중견시인신씨가 펴낸 사랑과 고뇌에 대한 명상록. 작자는『진실로산다는 것이 무엇인가.』시가 다 수용하지 못하는 생활감정의 앙금과 설명적인 여백을 담기위해 이 책을 엮었다』고 소개. <문화아카데미·3,800원>

◆깊은강에 닻을 내리고 (신필주 著)

고향의 바다 이야기, 시인 스스로 생애 마지막 정열일지 모른다고 쓴 불멸의 연가 중심의 시집. 시인이 가야할 험난한 구도자의 길이 어떤 것인가를「새벽기도」「마지막 편지」「삶의 전반을 위한 오른손」「계시」등의 시편들이 제시해주고 있다. <혜화당·3,000원>

동아일보 1991. 6. 24일 보도

KOREAN
CENTURY

Poems by
KU
SANG

Translated from the Korean by
BROTHER ANTHONY, of Taizé

◇具常씨의 英訳시집

具常씨 英訳시집 출판

○…시인 具常씨의 영역시집 「A Korean Cen-tury:River & Fields」가 영국의 포리스트북스출판사에서 나왔다. 테제공동체의 안토니修士가 영역한 이 시집에는 동양적 세계관을 통해 자연속에 숨어있는 시간과 인간의 우주를 표현한 역작시들이 수록돼있다.

高銀씨 수필집 나와

○…「피뉘朝鮮」에 연재된 시인 高銀씨의 에세이의 시인부터 황지우·이윤을 묶은 「그대는 누구인가」(우침刊) 가 나왔다. 하루의 시에 어떤 삶의 여정과 그동안마주쳤던 사람들에 대한 기억이 적혀있다.

시론집「詩의 位相」펴내

○…시인 金春洙씨가 시대의 빼어난 시인이지만 잊혀졌던 이용악을 다룬 논집「詩의 位相」(둥지刊)을 펴냈다. 지난 89년부터시전문지「현대시학」에 연재했던 글을 모은 것으로, 지난 87년 해금돼 근래까지 박사학위 연구서로 이용악의 시, 관련 자료를이용하고 있는 李箱·李庸岳등 식민지시대를 묶은 것이다.

「李庸岳 詩研究」出刊

○…시인 甘泰俊씨가 李庸岳 詩研究」(문학세계刊)를 펴냈다. 식민지시대의...

鄕歌 재구성 소설집

○…소설가 김장동씨가 신라의 향가를 연작소설로 재구성한 창작집「기파랑」(세계사刊)을 펴냈다. 서동요에 얽혀있는 설화를 소설화한「서동과 선화」를 비롯「수로부인의 사랑」「처용의 변신」「죽지랑」「화랑의 봉래도」등의 단편들로 묶어있다.

택등 80년대의 시인들에 대한 법문과 시물을 읽을 수 있다.

현길언의「투명한어둠」

조선일보 1991.5.17.일자 보도

한겨레신문 1991.5.7.일자 보도

처용·화랑 등 소재로
소설집 '기파랑' 출간

○…안동대학교 국문과 김장동 교수가 신라 향가를 소재로 한 소설집 〈기파랑〉을 청한문화사에서 냈다.

'서동요' '원왕생가' '헌화가' '찬수대비가' '도솔가' '찬기파랑가' '처용가' '원가' '모죽지랑가' '우적가' '풍요' '혜성가' 등 향가 12편을 '서동과 선화' '왕생' '수로부인의 사랑' 즈믄 눈의 미소' '정지된 꽃' '기파랑' '처용의 변신' '신충의 원' '죽지랑' '스님과 산적' '오다오다오다' '화랑의 풍류도' 등의 소설로 꾸몄다.

저자는 이 소설집의 집필에 〈삼국유사〉의 배경설화는 물론

양주동의 〈조선고가연구〉, 김사엽의 〈향가의 문학적 연구〉, 박노준의 〈신라가요연구〉, 이기백의 〈신라정치사회사연구〉 등 여러 논저들의 천착이 밑받침됐다고 밝히고 있다.

김 교수는 동국대와 같은 대학 대학원에서 공부했고 소설집 〈조용한 눈물〉 외에 〈조선조 역사 소

설연구〉 〈고전소설의 이론〉 등 저서를 낸 바 있다.

'새로운 날들의 자유를…'
대전·충남시인 20명작품

○…대전·충남 지역에서 활동하는 〈삶의 문학〉 동인들의 신작 시선집 〈새로운 날들의 자유를 꿈꾸며〉가 도서출판 정민에서 나왔다.

지난 85년 실천문학사에서 나온 첫번째 공동시집 〈우대동두 품구유〉 이후 6년 만에 나온 이 시선집에는 백남천 김홍

수 이은봉 전무용 황재학 윤중호 강병철 정영상 조재도 이재무 김상배 지원종 이강산 양문규 육근상 진병철 뮤지남 김상천 최은수 정연수씨 등 시인 20명의 작품들이 실렸고, 책 뒤에 문학평론가 임우기씨의 해설을 붙였다.

〈삶의 문학〉 동인과 동인지 〈삶의 문학〉은 80년대 초반의

어두운 현실 속에서 민중의 생활과 밀착된 생활문학운동을 전개하고 있고, 이들의 문학적 성취 가운데 '공동창작농민시'는 문인·민중의 공동 문예작업을 통한 문학과 민중의 연대적 소통형식으로 주목받은 바 있다.

신철하씨 첫 평론집 출간
'한국전쟁과…'등 19편모아

○…문학비평가 신철하씨의 첫 평론집 〈침묵하는 말〉이 우리문학사에서 나왔다. '김수영,

김장동 교수 향가 12편 소설화
'삶의 문학' 동인 2번째 시선집

스포츠 서울 1991.5.10.일자 보도

說話인물을 소설로 "再生"

◎창작집 「기파랑」을 펴낸 소설가이자 국문과 교수인 崔喆씨. 박제화된 說話인물을 체온이 느껴지는 인간의 모습으로 바꿨다.

處容·水路부인등 주인공에 體溫을 심어
삼국유사기록 삽입 재미·역사산책 병행

세계일보 1991. 5. 9일자 보도

"신라향가를 소재로 삼았습니다"

소설집 '기파랑' 내놓은 안동대 김장동 교수

작가 김장동(48·안동대 교수)이 신라 향가를 소재로 쓴 이색 소설집 '기파랑'(청한 간)을 내놓았다.

"대학에서 무애 양주동선생에게서 향가를 배울 때는 별로 대단치 않게 생각했어요. 그러나 점점 세월이 흐르면서 향가야말로 신라인의 정서 뿐만 아니라, 우리민족의 정신적 유산으로 그 값이 크다는 것을 깨달았지요."

그가 82년 월간문학에 발표한 데뷔작 '수사도'도 고전설화(향낭설화)를 주제로 한 작품이다.

이번에 낸 소설집은 '삼국유사' 소재 향가 14수를 배경으로 한 작품들이다. '서동과 선화'는 '서동요', '왕생'은 '원왕생가', '수로부인의 사랑'은 '헌화가', '죽은눈의 미소'는 '도천수대비

가', '점지된 꽃'은 '도솔가'-'제망매가', '기파랑'은 '안민가'-'찬기파랑가'를 소재로 차용한 것들.

"향가는 시 단독으로 존재할수 있지만 시가마다 배경설화가 있어요. 배경설화는 산문에 가까우니 향가는 시와 산문을 포용하고

있는 셈입니다. 그리고 '삼국유사'의 지은이 승(僧) 일연의 기술태도로 볼때 아웃사이더적인 비항민주의에 의해 집필, 소설적인 상상이 보다 많이 작용했던 것같아요."

김교수는 향가의 소설 집필을 위해 양주동의 '조선고가연구', 김사엽의 '향가의 문학적 연구', 박노준의 '신라가요연구', 이기백의 '신라정치 사회사 연구' 등을 비롯, 향가관계 연구논문 2백여편을 5년간에 걸쳐 숙독했다.

고전의 현대화 작업으로 평가되는 김고수의 소설집 '기파랑'은 원문도 함께 수록, 향가의 감상과 이해에 도움을 줄뿐만 아니라, 아름다운 문체를 바탕으로 한 소설적인 재미를 함께 느낄 수 있다.

스포츠 조선 1991.5.10.일자 보도

한국일보 1991.5.2일자 보도

김장동著「기파랑」
향가 12수를 소설로 엮어

일연의「삼국유사」에 소개되는 향가 14수를 배경으로 쓴 소설이 나와 흥미를 끌고 있다.

안동대학교 국문과에 재직중인 김장동(경북 상주生)교수의 창작집「기파랑」은 작가의 오랜 연구와 작업 끝에 책으로 묶여 나오게 되었는데 작가는「작가의 변」을 통해 향가는 중국의 만리장성보다 몇 배나 값진 우리 정신문화의 유산이라고 강조하고 있다.

작가는 여기에 묶인 소설「서동과 선화」부터「화랑의 풍류도」까지 12편을 완성하기 위해 5년에 걸쳐 양주동의「조선고가연구」, 김사엽의「향가의 문학적 연구」등 20여권의 저서와 관련 역사논문 2백여편을 숙독하는 성실성을 보여주고 있다. 이러한 고증을 거쳐 작가는 삼국유사의 찬자 一然의 기술을 오늘날에도 이해될 수 있도록 소설적인 상상력으로 바꾸고 향가가 창작될 수 밖에 없었던 정치나 사회적 배경을 역사에 보다 충실을 기하면서 당위성을 제고하는 한편, 시의 창작과정을 통해서 향가의 감상과 이해에 보다 쉽게 접근할 수 있도록 배려했다.

그런 한편으로 배경설화는 최대한 원문을 그대로 수록해 일연의 기록을 존중하고 있다.

고전문학을 통해 어렵게 공부하고, 전공자가 아니면 쉽게 대할 수 없었던 신라시대 문학의 정수「향가」를 소설의 틀을 빌어 일반독자들이 쉽게 대할 수 있게 된 것은 이러한 작가의 세심한 노력의 결과다.

이미 82년「월간문학」으로 작품활동을 시작한 이후로 소설집「조용한 눈물」, 한문번역소설「오랜 해후」, 이론서「조선조 역사소설 연구」,「조선조 소설의 작품논고」,「고전소설의 이론」등을 통해 작품활동을 해온 작가는 고전문학의 해박한 지식을 토대로, 신라의 개방적인 여성 수로부인을 비롯하여 처용, 융천, 죽지랑, 영재, 서동과 선화, 솔거, 희명, 충담, 원명 등 향가에 나타난 주인공들을 중심으로 향가의 배경설화를 무리없이 소설로 옮겨내고 있다.

작가는 역사성과 소설적 상상력을 접목시킨 이 소설을 통해 신라인들의 풍류와 사랑, 꿈과 한의 숨결을 생생하게 그려보인다.

경북신문. 1991.5.13.일 보도

향가의 세계 넘나드는 〈기파랑〉

안동대학교 국문과 교수인 김장동 교수가 〈기파랑〉이라는 소설집을 냈다. 이름에서도 짐작할 수 있는 것처럼 이 제목은 신라향가 중의 하나인 〈찬기파랑가〉에서 따온 것이다. 〈찬기파랑가〉를 비롯해 〈서동요〉, 〈원왕생가〉, 〈헌화가〉, 〈천수대비가〉, 〈도솔가〉, 〈제용가〉, 〈원가〉 등 향가 14편의 배경설화를 현대와 어울리게 소설로 꾸몄다.

김장동 교수는 고전문학 전공자이며, 82년 〈월간문학〉으로 등단하여 〈조용한 눈물〉이라는 소설집을 낸 바 있는 소설가이다.

그로 김교수의 향가 소설화 작업은 계속되었고 그것을 모은 것이 이번의 〈기파랑〉이다. 여기에는 향가의 제목을 현대적으로 바꾼 〈서동과 선화〉〈서동요〉, 〈잊혀진 꿈〉〈제왕대기〉, 〈오다 오다오다〉〈풍요〉, 〈처용의 변신〉〈처용가〉 등 12편이 실려 있다.

캠퍼스 저널 1991.6월호

천년 숨결과 소설의 맛

채 수 영
문학평론가

> 기파랑은 한국향가의 노래가
> 이야기로 전환된 것으로
> 단순한 픽션이라는 소설의
> 한계성을 뛰어넘은 작품

작가의 변

나는 일찍이 신라 향가를 쉽고 재미있는 소설로 써 보고 싶은 꿈을 지니고 있었다. 그러다가 91년 초고를 마련해서 일부를 소설로 묶은 것이 『기파랑』이었는데 「삼국유사」의 원문을 그대로 살리다 보니 너무 어렵게 쓰지 않았나 하는 미련이 남아 있었다.

해서 이번에는 학문적인 면보다는 순수 우리 문학을 사랑하는 독자들을 위해 새로이 쉽고 흥미롭게 쓰기 시작해서 원고를 완성했는데도 찢어 버리거나 태워 버리고 싶은 심정뿐이다.

향가를 소설로 쓴다는 것이 둔재인 내게는 쉽지 않았다.

원고를 완성해 놓고도 여전히 불만이 남아 있어 3년여 동안이나 깁고 또 고치기를 수십 번이나 했다. 향가를 소재로 소설을 쓰려고 왜 이처럼 정열을 쏟는지 나 자신도 알 수 없다. 자존심도 깡그리 내팽개친 채. 독자가 읽어 주지 않는 소설, 일고의 가치도 없는 소설, 아니면 더럽게도 팔리지 않는 소설이라고 단정했는지 어느 출판사에서도 발간해 주려 하지 않는 향가 소설에 대해 내가 이렇게 매달리다니.

나는 향가 소설을 쓰면서 둔재임을 절실히 느꼈고 회의와 절망의 나락에서 얼마나 몸부림쳤는지 모른다.

정말 둔재가 소설 때문에 청춘과 장년이 마냥 멍들었다고 할까. 스트레스는 얼마나 쌓였으며 자존심 또한 얼마나 상했는지.

그런데도 다시 용기를 내어 향가 소설에 집착하고 있는 내 자신을 발견한다. 아집도 이 정도라면 똥고집이 아니겠는가.

고심을 거듭한 끝에 타이틀은 『천년 신비의 노래』!로. 그런데도 여전히 불만이 많다. 『기파랑』에 이어 『소설 향가』, 이어 개제·개작한 『천년 신비의 노래』는 향가소설의 결정판이라고 할 수 있다.

잠시 방향을 틀어보기 한다.

현존하는 향가의 제작 연대부터 살펴보면, 서동요가 서기 6백 년 이전이고 처용가가 8백8십여 년 무렵쯤이니 6세기부터 9세기 사이가 되는 셈이다. 당시 서구에서는 그리스 로마를 제외하고는 시가가 싹조차 트지 않았던 시기였다. 그것도 문학적으로 우수한 작품이 우리나라에 존재했다는 사실 하나만으로도 당당히 어깨를 펴고 세계에 자랑할 만한 하지 않는가. 그런데도 불행히 소수만이 이런 독 안의 사실을 알 뿐 독자에게나 세계에 널리 알려지지 못했다.

그러면 최고의 시가, 향가의 문학적 수준은 어느 정도일까? 향가 14수는 개개의 특질로 보아 하나하나가 수작 아님이 없다.

에누리를 한다고 해도 문학적 안목으로 보아 반 이상은 경이로운 작품임에 분명하다. 실명노인의 「헌화가」는 수사적인 생략과 간결한 기법을 통해 멋진 낭만을, 「풍요」의 '서럽다 우리네여'에서 보여주는 소박미는 극찬하고도 남음이 있다. 융천사의 「혜성가」는 기발한 메타포어와 함께 '이봐!'하고 대화체를 빌려 쓴 유모어의 멋들어진 표현, 월명사의 「제망매가」 또한 어떤 시가도 이를 능가할 수 없으며 애절한 인생관과 깊디깊은 비원(悲願)은 표현을 극대화했다고 해도 부족하다.

「찬기파랑가」는 저 그리스의 삼부악을 연상케 하는 탁월한 구성, 기상천외의 이데아와 멋진 비유, 벽두부터 냅다 던지는 '열치매'에 이어 벽공찬출(劈空撰出)할 문답체는 표현을 뛰어넘은 것이 아닐 수 없으며 현대시에서는 찾아볼 수 없는 빼어난 기교가 아닐 수 없겠다.

이처럼 우리에게 문학의 훌륭한 유산이 있어도 그림의 떡이라면 '우리집에 가면 금송아지 있지.'와 무엇이 다르겠는가.

소수 학자들의 전유물로, 대학 강단의 문학 강좌로 전락한다면 최고의 시가인 향가는 그림의 떡일 수밖에 없다. 아무리 희한한 골동품이라도 땅속에 묻혀 있거나 창고에서 낮잠만 잔다면 진가나 명성을 알릴 길이 없듯이, 우리가 우리의 것을 세계에 내세워야 하지 않겠는가.

시의 고향, 마음의 본향, 우리 얼의 영원한 노스탤지어인 향가, 이제라도 우리는 우리의 것에 보다 관심을 가지고 귀 기울여야 한다.

이 땅에 태어난 사람으로 최소한의 긍지를 가지기 위해서도 우리 것을 아끼고 사랑해야 한다.

우리가 우리의 것에 귀를 기울이고 사랑하지 않는다면, 어느 외국인이 와서 우리의 것을 아끼고 사랑해 줄 것인지 물어 보라.

해답은 보다 자명해질 것이다.

나는 이런 생각을 가지고 최선을 다해 향가를 소설로 썼다.

『삼국유사』의 배경설화를 살려 썼으나 내 나름의 상상을 살려 소설적인 흥미를 더했으며 감상까지 곁들였다.

바램이 있다면 중·고생들에게는 저 희랍이나 로마 신화 같은 필독서로, 대학생들에게는 우리 시를 대면하는 전문서로, 일반 독자에게는 한번쯤은 읽어야 하는 교양서가 되었으면 하는…

이런 구구한 사설은 작가의 변일 따름, 나머지는 오로지 독자들의 현명한 판단에 오로지 맡길 일이다.

95년 초여름 둔촌동 우거에서 지은이 적음

여섯 번째 개정판을 내면서

향가를 소재로 소설을 쓰기 시작한 것이 벌써 강산이 두 번이나 변했다. 맨 처음 「헌화가」를 소재로 향가소설을 쓰기 시작해서 『기파랑』이란 제로 책을 출간한 것이 1991년, 이년 뒤에는 전면 개작해 『소설 향가』란 타이틀로 1두 번이나 출간했다. 그런데도 불만이 많아 『천년 신비의 노래』란 타이틀로 두 번이나 개작해 출간했으며 또 개작을 해서 출간하려고 한다. 이만하면 내 고집도 아집의 금메달감은 아닐까? 아니, 모르긴 해도 똥고집은 분명히 되고도 남을 것이다.

이번 개정판은 여섯 번째 출간이 되는 셈이다. 개작 자체는 작품이 마음에 들지 않기 때문임은 말할 나위도 없겠다.

고치고 또 고쳐도 마음에 차지 않으니, 향가를 소설로 쓴다는 자체부터가 내게는 능력 밖인지도 모른다. 그렇게 고치고 수정했는데도 지금 심정으로는 몽땅 태워버리는 것이 오히려 속이 시원할 것 같다.

이번 개정판에도 표현이 마음에 들지 않아 고친 부분도 있고 틀린 부분이 있어 바로잡은 것도 있다.

여섯 번째 개정판 『천년 신비의 노래』는 픽션이라기보다는 『삼국유사』의 배경설화는 물론이고 그 동안 학자들의 연구결과를 나름대로 소화해 소설화하면서 감상과 평가까지도 객관적으로 썼다는 데 소설 이상의 의의가 있지 않을까 생각된다. 나머지는 「작가의 변」에 맡긴다.

2005년 5월, 둔촌동 우거에서 지은이 적음

* 선집을 내기 위해 개제하거나 고치기도 했음

2007. 처서에 즈음해

기회가 된다면 또 수정판을 내고 싶어 고치다

2015년 8월

　『팔순기념문선』은 마지막 원고를 출판사에 넘기기 전까지 낙을 삼아 틈틈이 수정하고 보완하다 보니, 앞서 세상에 나온 책과는 제목이나 차례, 내용이 다르거나 많이 달라지기도 했다.

　이런 작업은 생각하고 생각한 끝에 고심한 결과다.

　해서 앞서 세상에 나온 책과는 다소 혼란이 있을 수 있겠지만 달라진 이유야 작품에 대한 불만, 아쉬움, 만족할 수 없는 것을 보다 완결에 가까운 작품을 만들겠다는 허욕(虛慾) 때문이며 그런 허욕이 없다면 문선을 준비하는 의미가 반감될 수밖에 없을 것이다.

2022년, 조추지제에

차례

아아, 잣 가지도 높아라

차(茶)의 예법을 두루 익힌 충담사(忠談師), 충담은 이승(異僧)으로, 명가인(名歌人)으로 이름이 높았으나 타고 난 다인(茶人)으로 불리어지기를 소원할 만큼 차를 좋아했고 좋아하는 것만으로는 부족해서 음미하고 즐기며 일생을 차와 함께 한 스님이었다.

가야의 시조 수로왕(首露王)이 즉위한 지 48년 되는 해였다.

아유타국(阿踰陀國)의 왕자와 공주 일행 스무 명이 찾아와 금은 패물이며 차나무 씨를 예물로 바쳐 비로소 차를 심기 시작했다는 전설과 함께 김제 백월산 산록에서 죽로차를 생산했다.

죽로차(竹露茶)를 즐긴 수로왕이 서거하자 장례의식을 치르면서 초헌, 아헌, 종헌으로 헌차(獻茶)했다는 일화까지 생겼다.

불가(佛家)에서는 봄의 연등회(燃燈會)나 가을의 팔관회(八關會) 때면 부처님께 차를 공양하는 의식까지 병행했다.

세월은 흘러 일상다반사(日常茶飯事)란 말이 생길 정도로 다도는 세상에 퍼졌고 행세하는 사람이면 차를 즐기게끔 되었다.

다도는 대륙에서 꽃을 피웠다. 대륙에서 꽃을 피웠으나 반도에서 결실을 맺은 셈이라고 할 수 있다.

꽃은 기후나 풍토에 따라 활짝 필 수도 있고 잠깐 피었다가 이내 질 수도 있으며 때로는 영영 시들 수도 있다.

그러나 다도만은 계절의 변화에도 변하지 않는 꽃이 있듯이 근원의 상징과도 같이 변함이 없었다.

충담은 옥보다도 좋은 차는 맑은 향기, 고운 태깔부터 다름을 알고 있었고 돌솥에서 물 끓는 소리를 솔바람 소린 양 좋아했다.

그는 자기 잔에 도는, 꽃망울이 터지는 것 같은 향긋하고 감칠맛 나는 다향(茶香)을 특히 사랑했기 때문에 그의 다도는 예술의 향기, 인품의 척도, 곧 부처님이나 다름없었다.

차의 진수(眞髓)로 여덟 가지.

가벼우면서 부드럽고, 맑으면서 시원하고, 아름다우나 냄새가 나지 않으며, 비위에 맞고 뒤탈이 없는 맛의 태깔이 그것이다.

차 중에서도 일품은 한식 전후로 따서 만든 차다.

이런 일품 차를 가지고 용천수(湧泉水)를 길어 달이면 종이에 밴 묵향(墨香)처럼 향기가 코끝에 맴 돈다. 여기에 잘 구운 숯불에 달이고 있으면 고아한 품격과 차 솥에서 맴도는 솔바람 소리마저 마실 수 있으며 머리가 맑아지는 느낌까지도 음미할 수 있다.

충담은 차를 즐겼을 뿐 아니라 남산 기슭 산죽 숲 한쪽에 산전을 일궈 차를 심고 가꿔 잎을 따서 가공했고 도를 닦는 틈틈이 심고 가꿔 잎을 따 가공하다 보니 남다른 비법까지 터득했다.

엽록소 그대로 따 보존하는 녹차, 약간만 발효시킨 청차, 반쯤 발효시키는 오룡차, 완전히 발효시키는 홍차까지 만들었다.

또한 충담은 음력 섣달, 춘분 전후의 무일(戊日), 한식(寒食), 곡우(穀雨), 입하(立夏), 망종(芒種)을 전후해 잎을 따 가공하는 차의 맛이 각각 다름도 알았고 하루 가운데서도 일출 직전에 따다가 오전 중으로 가공하는 차가 별미임도 알고 있었다.

충담은 다향을 우려내는 독특한 방법까지도 고안해 냈다.

동으로 만든 화로, 차 주전자, 귀때그릇, 찻잔 두엇, 찻잔 받침, 달인 차를 담아두는 개수그릇, 차를 넣어두는 작은 항아리인 차호, 외부의 공기를 차단해 주는 차 뚜껑, 대나무로 만든 차시 등이다.

여기에 겨우내 구워둔 참숯이 있으면 더 바랄 것이 없었다.

욕심을 낸다면 물맛이다. 물은 차의 본체이고 차는 물의 신(神)이므로 물맛이 차 맛을 좌우한다.

그래서 돌샘이나 종유굴에서 솟는 물을 특품으로 쳤다.

그런 물은 감로수처럼 단 데다 향기가 독특해 차의 고수, 마시는 분위기만 더한다면 더 바랄 것이 없었다.

차를 음미할 때는 먼저 혼미한 정신부터 가라앉혀야 한다. 그래야 쓰고 떫고 시고 짜고 단 맛을 음미할 수 있다.

좋은 차를 마시고 있으면 갈증을 해소시켜 주기 때문에 잠을 오게 하기도 하고 또한 잠을 쫓기도 한다. 눈을 밝게 하고 걱정을 덜어준다. 마신 뒤에는 입안이 상쾌하고 뱃속이 개운해진다.

더욱이 가슴이 후련해지며 아늑한 기운마저 북돋아준다.

불가에서는 차야말로 정신 건강에도 좋고 참선에는 그만이며 좌안거 하는 데는 없어서는 안 될 필수품이기도 했다.

어느덧 계절은 흘러 중양절(重陽節)이다.

충담은 남산 미륵세존께 차를 달여 공양할 때만은 다인도 아니었고 가인도 아니었다. 오직 불승에 지나지 않았다.

충담은 차를 달여 미륵세존께 공양한 뒤, 단좌한 채 차를 음미했다.

이내 갈증이 사라지며 잠조차 달아났다.

가슴이 틔면서 번뇌마저 잊었다.

어느 새 상쾌함만이 남아 뱃속까지 개운했고 가슴속까지 후련하다 못해 안온했으나 차 맛을 잃은 지 오래였다. 이유는 미완의 찬기파랑가(讚耆婆郞歌) 때문이었다.

자정이 지난 지도 오래인데 텅 빈 법당은 황초불만 녹아내렸다.

남들은 충담이 기파랑의 고매한 인품과 수려한 용모를 흠모한 나머지 찬양하는 노래를 지었다고 떠벌렸다.

그러나 실은 그게 아니었다.

그런 사단으로 본의 아니게도 경덕왕에게 영승(榮僧)으로 점지되어 안민가(安民歌)를 짓지 않았던가.

"과인은 진작부터 들었소. 스님이 노래한 찬기파랑에 대한 사뇌가는 그 뜻이 무척 고상하다고 말이오. 과연 그러하오?(朕嘗聞. 師讚耆婆郞詞腦歌 其意甚高. 是其果乎?)"

"그러합니다(然)."

왕의 앞이라 그랬는지 얼결에 대답하고 보니 얼굴이 화끈 달아올랐다. 그것은 지금까지 찬기파랑가를 완성하지 못한 탓이었다.

"그렇다면 짐을 위해 백성들을 편안히 다스릴 수 있는 노래를 지어줄 수는 없겠소(然則爲朕作理安民歌)?"

그것이 지난 삼월 삼일, 바로 삼짇날이었다.

그로부터 충담은 노래를 완성하려고 여섯 달이나 밤잠을 설쳤으나 생각과는 달리 완성하지 못했다. 봄은 가슴앓이로 보냈고 여름은 무더위에 시달리며 끙끙 앓았는데도 진전이라곤 없었다.

어느 덧 중추, 중추를 맞는 충담은 어느 때와는 달랐다.

모든 물상들이 잠들었으나 깨어있는 것은 충담뿐.

충담은 타오르는 촛불처럼 간절한 소망을 지닌 채 부처님을 응시했으나 눈에는 백태(白苔)라도 낀 듯 세존마저 보이지 않았다.

세존이 보이지 않는 것은 소망이 너무 간절했기 때문이리라.

충담은 더 이상 미륵세존을 바라볼 수 없어 법당 문을 열고 바깥으로 나서서 오솔길로 들어섰다. 반달이 소리 없이 그를 따랐다.

밤은 달빛 속에 잠든 탓일까.

밤벌레 소리조차 들리지 않는 가을밤은 적막 속에 깊어가고 있었다.

충담은 밤이슬을 흠뻑 맞으며 한없이 배회했다.

생각은 오직 기파랑의 시상을 떠올리기 위해 골똘한 채.

어느 새 옷은 밤이슬로 촉촉이 젖었다.

세상에 알려진 기파랑은 실존인물을 구체적으로 드러낸 것이 아니었다. 과거나 현재, 미래에도 존재하지 않는, 이 세상 그 어디에도 존재하지 않는, 충담의 가슴 속 밑바닥에서만 존재하는 인물이었다.

그도 아니었다. 모든 신라인들이 열망하는 상상의 인물, 가장 이상적인 화랑상이라고 할까.

그런 화랑상을 창조해서 모든 시대에 걸친, 초시대적인 화랑의 상을 노래하고 싶은 충동, 그런 간절한 바람으로 절창(絕唱)을 노래하려고 초고한 지 이태를 두고 밤잠을 설쳤다.

그런데 어찌된 셈인지 손도 대지 못했던 것이다.

경덕왕 시대는 통일의 대업을 완수한 지 백여 년, 이 백여 년은 짧은 세월이 아니었으나 오래 전부터 신라 사회는 안일과 태평에 젖어 통일의 주역이었던 화랑을 까맣게 잊고 생활했다.

백제와 고구려를 멸망시키고 돌아왔을 때만 해도 열광적으로 환영했던 기억이 너무나 생생한데 세상은 변해도 너무 변했던 것이다.

김유신만 해도 그랬다.

통일의 분위기가 가시기 전에는 극진한 대우와 지극한 예우를 받았다. 장군은 문무왕과 함께 신라의 이성(二聖)으로 추앙까지 받았었는데 통일의 분위기가 가시자 후손에 대한 처우는 지극히 나빠졌다. 유신의 적손인 윤중(允中)은 왕족들로부터 수없이 냉대를 받다가 끝내 김융(金融)의 난과는 무관한 데도 연좌시켜 죽음을 내렸다.

통일의 영웅 김유신의 적손마저 왕족으로부터 푸대접을 받았으니 그 밖의 화랑도들에 대한 처우는 보나마나 뻔했다.

끝내 화랑은 초라한 모습으로 잔존하다가 급속히 퇴화하는 비운을 맞았으며 역사의 뒤안길로 주저앉고 말았다.

물론 오랜 전쟁에서 해방되어 태평과 안일에 젖은 탓도 있었다.

그러나 그보다는 전제주의 체제를 확고히 다지려는 왕실의 의도적인 정책에 밀려 급속히 붕괴되었다고 할 수 있다.

왕으로서도 왕권 이외의 어떤 도전세력도 용납할 수 없었으니.

이런 상황을 누구보다도 충담은 안타깝게 생각했다.

세월이 흐를수록 까마득히 잊혀진, 아니 역사의 그늘에 묻혀 화랑도의 기상이나 활달했던 모습은 찾을 수 없었다.

고작 남아 있는 것이라곤 뜻있는 소수의 사람들에게서 은성(殷盛)했던 시대의 미련, 아쉬움, 안타까움, 회고만 불러일으켜 감상에 젖는 것이었고 화랑의 기개가 날로 잊히어져 가는 현실을 애석히 여기는 선상에서 결코 벗어나지 못했던 것이다.

해서 충담은 한 시대를 풍미했던 화랑도에 대한 찬양의 노래를 완성하려고 중병을 앓다시피 했다.

더 이상 잊히어지기 전에 화랑에 대한 불멸의 찬가라도 짓자. 화랑의 세력을 정책적인 차원에서 거세한 왕에게 경종을 울리고 화랑의 기백을 망각하고 살아가는 백성들을 깨우칠 수 있는 노래를 짓자.

비록 경종을 울리거나 일깨울 수는 없더라도 탁월한 정신을 노래로라도 재현시킬 수 있다면 그로서 족하지 않는가.

충담은 화랑과는 전혀 무관했던 소수 인사들마저 국풍의 쇠잔, 화랑의 약화를 애석히 여기는 현실을 모르는 것도 아니었다.

한때 충담은 국선과도 인연을 맺었었다.

그는 승려이기 이전에 화랑이었기에 승적도 가능했다. 그런 탓으로 아픔, 미련, 아쉬움이 더했는지도 모른다.

나이 열일곱, 그 무렵이었다. 충담은 국선의 무리에 이름을 올리게 되어 얼마나 환호작약했는지 모른다.

더욱이 국선이 되고 얼마 되지 않아 잔잔한 여울 같은 첫사랑을 만끽할 수 있었고 지금 승이 된 뒤에도 추억으로 남아 불도를 살찌웠다.

충담은 중천의 달을 올려다보았다.

더함도, 덜함도 없는 반달이 추억 하나를 덩그렇게 달아놓는다.

우연이 맺어준 인연이랄까. 극기 훈련 중이었다.

충담은 화랑의 무리에 끼어 금오산을 종단했고 알천을 가로지를 때만 해도 그런 우연히 있으리라곤 상상도 못했었다.

낭산으로 들어서서 동해로 빠지는 험한 골짜기, 그쯤에서였다.

충담은 바위를 건너뛰다가 굴러 떨어져 정신을 잃었다.

그날따라 태양은 작열했고 더위는 찌는 듯 대지를 푹푹 삶아 병약한 그로서는 견디기에 무리였었나 보다.

"낭도님, 이제야 정신이 드시는지요?"

충담은 나긋나긋한 목소리에 정신이 들었다.

곁에서는 어여쁜 낭자가 근심 어린 눈길로 내려다보고 있지 않는가. 애잔한 눈길에 눈물을 글썽이기까지 했다.

충담은 일어나 앉으려고 애를 했으나 생각뿐이지 몸이 말을 듣지 않는데도 마음은 쥐구멍이라도 있으면 들어가고 싶었다.

이 추한 몰골을 저 어여쁜 낭자에게 보이다니.

뒤늦게 충담은 한껏 용기를 내어 말을 한다는 것이 "내가 왜 여기에 이,

이렇게 누워 있는 거지. 왜, 내가 여기에?" 하는 것이 고작이었다.

좁고 후덥지근한 토방에는 간솔 불만이 타고 있었다.

"나물을 씻으러 개울로 가다가 낭도께서 쓰러져 있기에…"

"……"

"처음에는 죽기라도 한 것은 아닌가 해서 겁이 덜컥 났으나…"

"그래서요? 그래, 어떻게 해, 했습니까? 말해 보셔요."

"살아 있을지도 모른다는 생각이 들어……"

"그렇다면 절 구해준 생명의 은인!"

"낭도님, 은인이라니요. 인연이라 하면 모르겠으나…"

"은인도 몰라보고 이렇게 누워만 있다니."

너울이라는 낭자, 그네는 낭산 깊숙한 곳에서 역사의 뒤안길에 묻혀 버리긴 했으나 화랑이었던 할아버지와 단 둘이 살고 있었다.

너울은 평소와 다름없이 저녁때가 되어 나물을 씻으려고 개울로 내려가다가 낭도 하나가 절벽 밑에 쓰러져 있는 것을 발견했다.

그녀는 기겁을 해서 두어 걸음 물러섰으나 혹 살아 있을지도 모른다는 생각이 들어 낭도에게 다가가 맥을 짚어 보고 가슴에 귀를 대어도 보다가 맥이 뛰고 있는 것을 확인했다.

그네는 살아 있는 것을 확인하자 바위 틈새에서 떨어지는 석간수를 표주박에 담아 와 낭도의 입에 떨어뜨렸다.

몇 방울 물이 입으로 들어가서야 미동도 하지 않던 몸이 꿈틀했다.

그러자 그네는 개울로 내려가 수건에 물을 적셔 얼굴을 닦아주었으며 할아버지를 불러 집안으로 업어다놓고 밤새 간호했던 것이다.

"할아버지께서는 어, 어디에 계시오? 이, 인사라도 오, 올…"

"할아버진 지금 윗방에 계십니다, 낭도님."

"그렇습니까. 이거 늦었지만 지금이라도 인사라도 올려야…"

충담은 몸을 일으키려 했으나 움쩍도 할 수 없었다.

"그대로 누워 계셔요. 아직 몸도 성치 않은데."

"인사라도 드려야 도리온데…"

충담은 일어나려고 용을 쓰다 정신이 깜박 하면서 쓰러졌다.

그로부터 충담은 잠의 수렁으로 빠져들었다. 얼마나 잤는지 모르겠으
나 깨어나 보니 한낮이 가까웠다. 옆에는 아무도 없었다.

낭자마저 보이지 않았다.

충담은 일어나 옷을 찾아 입으려고 했으나 옷도 보이지 않았다.

옷을 찾고 있는데 너울이 기척을 내며 방으로 들어섰다.

"제가 잠시 자리를 비운 사이 깨어나셨군요?"

"네. 바, 방금 깨어났습니다."

"얼굴에 저 땀 좀 봐."

그네는 물 묻힌 수건으로 얼굴의 땀을 닦아주었다.

충담은 무슨 말이라도 해야 했는데 입이 떨어지지 않았다. 한다는 말이
"할아버지께서는 어디에 계셔요?"가 고작이었다.

"다친 상처에 붙이려고 약초를 캐러 산으로 가셨답니다."

"이렇게 신세를 끼칠 수가…"

"신세라 생각지 마시고 인연이라 생각하소서."

"낭자, 이, 인연이라니요?"

"그래요. 당연히 불연(佛緣)이라고 해야 하겠지요."

"인사가 늦었습니다. 국선인 충담이라고 합니다."

그제야 충담은 인사를 했다.

너울은 생글생글 웃었다. 티 하나 져도 그대로 흠이 질 것 같은 웃음기
였다. 잘 익은 산딸기 같다고 할까.

아니었다. 아름답고 예쁘다는 수식어가 필요 없었다.

얼굴과 마음 그 자체로도 훌륭한 수식어나 다름없었으니까.

충담은 너울의 지극한 간병으로 회복할 수 있었다.

이레째였다. 몸이 회복되었으니 본대를 찾아가야 했다.

만나자 이별이라더니 충담이 그랬다.

충담은 죽음의 문턱에서 너울의 지극한 간병을 받고 돌아갈 수 있어서 기뻤으나 헤어지자니 가슴은 갈갈이 찢어지는 듯이 아팠다.

해맑은 밤하늘이었다. 낭산 위로 달이 얼굴을 내밀었다.

너울은 이별이 아쉽고 안타까워 울먹이며 말했다.

"낭도님, 하늘 좀 쳐다보세요. 달빛이 매우 찬란하지요?"

"내게는 낭자의 얼굴이…"

"낭도님, 우리 소로 내려가 봐요, 네?"

너울은 충담을 소로 안내했다.

두 사람은 소 가까이 있는 바위로 다가가 앉았다.

소의 물은 수정같이 맑은 데다 달마저 내려와 너울너울 춤을 추고 있었다. 그것은 파문 때문이었다.

충담은 입술이 탔다. 지금의 심정을 어떻게 하면 그네에게 전할 수 있을까. 난생 처음 상사의 가슴앓이를 했다.

오랜 가슴앓이 끝에 충담은 "너울 낭자, 이 몸은 떠난다 해도 마음은 이곳에 두고 갈 것입니다."하는 말을 겨우 꺼냈다.

"……"

"그런데도 내게는 징표 하나 주고 갈 것이 없소."

"그런 걱정은 하지 마셔요. 낭도님의 마음을 알았으니까요. 소녀도 낭도님을 생각하면서 잊지 않고 살아가겠습니다."

"낭자를 생각해서라도 곧 돌아오겠소."

"낭도님, 급히 돌아오려고 서둘지 마셔요. 훈련이나 무사히 마치고 당당한 국선이 된 뒤에 돌아와도 늦지 않습니다."

"낭자, 고맙소. 너그럽게 이해해 주니."

그때 구름 속으로 들어갔던 달이 고개를 내밀었다.

"낭도님, 절 두고두고 잊지 않으시겠지요?"

"잊다니, 천벌을 받을 것이오."

"저를 잊으셔도 좋으나 천벌을 받아서는 아니 됩니다."

"낭자, 나, 낭자…"

충담은 입술이 바싹 탔다.

하고 싶은 말은 목구멍에 걸려 좀체 나오지 않았다.

이럴 때는 여성이 남성보다 당돌할 수도 있다는 듯이 이를 눈치 채고 너울이 말문을 터 주었다.

"낭도님! 저어, 부탁이 하나 있습니다."

"말해 봐요, 들어줄 수 있을지…"

"눈을 꼭 감고 계셔요. 제가 눈을 뜨라고 할 때까지."

"그런 것도 부탁이라고 합니까?"

충담은 이 부탁이야말로 이 세상에서 들어주기 가장 힘든 것임을 뒤늦게 깨닫는다.

충담은 눈을 감았다. 눈을 감아도 너울이 보였다.

이 세상 그 무엇과도 바꿀 수 없는 너울. 어느 결인지 그네는 충담의 넓은 가슴을 비집고 들어와 자리를 차지하고 있었는지도 모른다.

"낭도님, 이제 눈을 뜨셔도 됩니다."

충담은 눈을 떴다. 눈을 뜬 순간, 꿈같은 현실이 눈앞에 있었다.

소의 건너편 너럭바위 위에 너울이 서 있지 않는가.

서 있는 그네의 모습은 사람이 아니었다.

달 속에 있다는, 광한전에 사는 전설의 선녀 항아(姮娥)가 내려와 목욕을 하고 물기를 훔치기 위해 서 있는 모습과 흡사했다.

충담은 세상을 한껏 포옹한 것 같은 충만감으로 온몸을 떨어댔다.

"낭자, 정말 아름답소! 이 세상 그 무엇보다도…"

"고맙습니다, 낭도님."

충담은 그네에게 다가가기 위해 몸을 일으켰다.

낭도가 몸을 일으키자 그네가 다급하게 말했다.

"나, 낭도님, 건너오려 하지 마셔요."

순간, 충담은 숨이 딱 하고 멎는 것 같았다. 어쩔 수 없이 연신 숨을 들이쉬면서 입안 가득히 고인 침을 꼴깍 삼켰다.

깊은 산 속이라 달빛은 더욱 눈부셨다.

눈부신 달빛이 너울의 목을 타고 내려오다가 불룩한 앞가슴에 머물면서 부드럽고 고운 살결에 동양화의 여백을 채웠다.

그네의 가슴 밑은 달빛 그늘이 졌으나 어렴풋이 윤곽을 드러냈다. 가슴과 그 밑으로 흐르는 엉덩이며 다리의 각선미는 봄이면 싹을 틔우는 새 순, 만지면 터질 것 같은 여리고 앳된 새 순이었다.

충담은 그네의 몸에서 미래의 싹, 삶을 읽었다.

달빛이 빚어내는 태깔하며 미끄럼을 타는 빛의 생명, 그것도 미래의 빛이 흐르고 있음을 분명히 읽을 수 있었다.

한없이 흡입시키는 신비의 빛, 그 빛은 영롱한 빛을 발산하는 보석과도 같았다. 아니, 몸 그 자체가 보석이나 진배없었다.

그네를 소유하게 되면 가치를 상실한 보석, 자연의 생명력을 잃은 보석이 된다. 가슴에 숨겨 두고 갈고 닦아야 한다.

그랬으니 충담은 부탁을 들어주기가 얼마나 힘들었는지 모른다.

너울의 속내는 따로 있었다.

사내란 한번 가면 쉬 돌아오지 않는다. 그를 빨리 돌아오게 하려면 강한 인상을 남겨줘야 한다고 생각했다. 그것은 충담이 그네의 마음속에 자리를 잡았을 때부터 생각한 것이었다.

그네는 쓰러져 있는 낭도를 본 순간, 흙이 묻고 피가 낭자했으나 길 잃은 왕자라고 생각했다. 깊은 산 속에 외로이 산 탓도 있었으나 충담이 처녀의 부푼 가슴을 흔들어놓을 만큼 잘 생긴 탓도 있었다.

내일이면 낭도와 헤어져야 한다.

그래서 그네는 하늘이 선물한 사랑만이 할 수 있는 대담한 행동을 할 수 있었던 것이다.

드디어 헤어져야 하는 날은 밝았다.

세상없이 아쉬워도 두 사람은 헤어져야 했다.

너울은 밤새 눈물을 보이지 않겠다고 다짐하고 다짐했는데도 눈물이 흘러내려 배웅할 수도 없었다. 다만 문설주에 기대어 충담의 멀어져 가는 발자국 소리만 오래오래 주워 담았다.

충담이 승이 된 것은 너울 때문이었다.

몇 달에 걸친 수련을 무사히 마치자 그토록 소망했던 화랑이 되었다. 화랑이 되자 충담은 지체 없이 낭산으로 너울을 찾아갔으나 그네를 만날 수 없었다. 천연두를 앓다가 고열로 목숨을 잃은 너울은 이미 이 세상을 등진 지 오래였던 것이다.

충담은 너울의 묘에서 사흘 밤낮 명복을 빌었다. 그것으로도 부족해 국선의 명부에서 이름을 뽑고 승이 되었다.

그는 승이 되어 그네의 명복을 빌었다.

명복을 빌면서 수도하기 30여 년, 이제 화랑의 기개마저 사라져 가고 있어 마음은 안타깝다 못해 타고 타 시도한 것이 찬기파랑가를 짓는 것이었으나 지금껏 노래를 완성하지 못해 안달했던 것이다.

충담은 알천 시냇가로 내려갔다.

수정같이 물이 맑다고 해서 알천(閼川)이라고 했던가.

충담은 시내에 널려 있는 조약돌을 집어 들었다. 집어든 조약돌은 윤기가 나고 매끄러웠으며 이끼조차 끼지 않았다.

충담은 집어든 조약돌을 수면을 향해 힘껏 던졌다.

파문이 일었다. 이어 파문은 이내 사라졌다. 파문이 사라지면서 하늘이 그대로 내려와 한 자리를 차지했다. 달은 보이지 않았다.

그것은 구름 때문이었다.

이윽고 구름 속에 들어갔던 달이 배시시 얼굴을 내밀었다.

순간, 충담은 감전이라도 된 듯 무릎을 탁 쳤다.

열치매

나타난 달이 있는데

흰 구름 좇을 수야

충담은 소 건너편에 서 있던 너울, 실오라기 하나 걸치지 않은 너울의 알몸을 가린 달그림자를 얼마나 원망했던가.

달이 구름 속을 헤치고 나오자 그네의 알몸을 볼 수 있었듯이, 그렇게 애 태우던 기파랑의 윤곽이 떠오른 것이 아닌가.

충담은 기파랑의 품성, 인격, 지조의 기림을 기상천외의 고매한 시상으로 승화시키기 위해 한 마디 언급도 없이 벽공찬출(劈空撰出)로 돌려 달과의 문답으로 에둘렀다.

벽두부터 냅다 던져놓은 '열치매'는 구름을 헤치고 나온 달을 의미, 아닌 밤중에 홍두깨 같은 기발한 수법을 동원했으나 그런데도 읊을수록 불만만 쌓여 갔다. 그것은 벽두부터 화랑 본래의 모습, 진면목을 제대로 구현하지 못한 자기불만이 컸기 때문이었고 시도했던 화랑의 활달한 모습은 온 데 간 데 없고 문사며 구도자하며 성자적인 성품, 아니 상무(尙武)의 기골 찬 품격과는 인연이 먼, 오상고절(傲霜孤節)의 고아함을 흠모하는 선비의 나약한 풍모만 맴도는 것 같아서였다.

충담은 그런 시상을 전환하기 위해 또 배회했다.

배회하다가 발길을 멈추고 흘러가는 알천 시냇물을 응시했다.

실바람이 불자 잔물결이 일었다.

그러자 인 물결에 달빛이 부서졌다.

달빛이 부서지는 물결에는 알천에서만 볼 수 있는, 30년이 지난 지금에 와서도 뇌리를 온통 지배하고 있는, 가슴에 화인(火印)이 되었고 순백의 공간에 한 덩이 파란 물이 떨어져 파랗게 물들일 것만 같은 너울의 얼굴이 담겨 있지 않는가.

충담은 그네의 환한 모습에 얼굴과 가슴을 데었었다.

옥색 저고리, 남치마 맵시가 용광로의 쇳물처럼 가슴 속에 흘러내렸고 깊은 산속의 신비란 신비는 다 간직한 듯한 목소리, 순결이란 여과지(濾過紙)를 통과한 눈빛이 너무도 눈부신 데다 눈물이 미끄럼을 타고 흘러내려 되레 눈을 감지 않을 수 없었다.

별리(別離)! 정을 준 남정네와의 별리!

가슴은 오죽이나 아팠을까. 풀잎처럼 연약하고 백합처럼 희디흰 살결, 너무나도 투명했던 눈빛, 얌전한 태깔, 잘록한 허리, 뽀얀 목덜미, 무언가 간절히 애원하는 듯한, 아니 달빛이 너무 눈부셔서 그네의 입술이 파르르 떨리는 것까지 볼 수 있었다.

충담은 너울의 환상을 지우기 위해 고개를 흔들었다.

그러자 그네의 모습이 사라지면서 기파랑의 얼굴이 나타났다.

환한 얼굴은 아니었으나 마음은 한없이 고아(高雅)해 보였다.

충담은 기파랑의 품성, 인격, 지조의 기림을 기상천외한 시상으로 돌려놓기 위해 알천 맑은 시냇물을 빌려 직서했다.

　새파란 시냇물에
　기랑의 모습이 잠겼는데……

　결코 달, 흰 구름, 시냇물은 약동하는 기개, 죽음도 불사하는 용감한 화랑도의 표상은 아니었다.
　약동하는 표상은커녕 미동도 하지 않는 정태만 구현한 것 같았다. 더욱이 기파랑의 표정만 흐르고 있어 화랑의 굴곡진 얼굴은 아니었다.
　새삼 충담은 새로운 시상을 짜내지 않을 수 없었다.
　저 백제의 6백년 사직을 짓밟고 의자왕을 꿇렸으며 난공불락의 평양성마저 함몰시킨 기백, 동양을 제패한 당의 세력을 반도에서 몰아내고 대동강 이남을 차지했던 기상은 어디로 가고 심신이나 닦고 가락이나 즐기면서 산수에 노닐던 소극적인 면모만 담은 것 같았다.
　그것은 화랑의 일면이지 전면은 아니었다.
　해서 더 더욱 가슴이 쓰리고 아팠다.
　지난 시대의 유물일 수 없는 화랑, 이를 타개하기 위해 온갖 노력을 했으나 돌파구를 찾지 못해 또 충담은 안달했다.
　제 아무리 시대가 바뀌고 변했다고 하더라도 화랑의 기개만은 변할 수 없었다. 아니, 결코 변해서는 아니 되었다.
　벌써 밤은 삼경을 지난 지 오래였다.
　통일의 벅찬 감격과 홍분이 가신 지 1백여 년, 화랑에게 남겨진 유물이라곤 자체 세력의 현저한 위축과 퇴화만이 전 재산, 시대의 변혁에 눌려 무기력할 수밖에 없는 화랑, 이를 감안하더라도 삼국이 정립했던 시대의 화랑상이 아닌 태평성대에도 존경받는 화랑상이 절실했다.

알천의 드러난 조약돌마다 달빛이 부서졌다.

그 순간이었다. 달빛이 부서지는 조약돌을 구체화시켜 실마리를 풀 수 있지 않을까 하는 발상이 떠올랐다.

그렇다. 화랑의 외면에 치우치기보다는 깊숙한 내면세계에 초점을 맞추자. 그렇게 초점을 맞추다 보면 역사의 뒤안길에서 푸대접받는 화랑의 참다운 모습을 다소나마 구현할 수 있겠지. 외부세계에 관심을 기울일 경우는 득오가 노래했듯이, '아름다운 그 모습/ 세월 흘러 주름살졌으니'와 같이 넋두리로 끝내기 십상일 테지. 그럴 게야.

충담은 안간힘을 쏟아 전형적인 화랑의 귀감으로 새로이 기파랑을 창조해서, 그것도 숭고한 파고를 과시해서 예찬한 노래를 지었으나 그렇게 노력했는데도 기파랑의 초상을 역사라는 밀실에 유폐시킬 수밖에 없어 더 더욱 안타까웠다. 위안이라고 한다면 유장한 생명력을 지속시키면서 어떠한 외부세력으로부터 간섭받거나 침해될 수 없는 미래 지향 속에 기파랑의 전승을 맡겼다는 데 있다고 할까.

충담은 달과 흰 구름, 시내와 조약돌의 소재를 동원해서 천상과 피안, 무위의 안주를 누리도록 일필을 가했다.

알천 조약돌마다 어린
낭의 지닌
마음의 끝을 좇고저

최고의 기기묘묘(奇奇妙妙), 기절혼절(氣絶昏絶)할 시상으로 전환시켜 '마음의 끝을 좇고저'로 집약시켰다.

이제는 사라진 화랑, 부운 따라 달이 흘러가듯 무주(無住)라는 비법을 원용해 출세간을 초월하게 했으며 현실에서보다는 미래에서나마 의연하게 안주할 수 있도록 배려까지 했다. 마음에 든다면 달과 물에 대유시켜 화랑이 통일의 원천임은 물론 국가 기틀의 상징, 구원한 나라의 표상임을 불어넣은 점이랄까.

달은 새파란 시냇물에 잠겨 무궁한 세월을 노닐 수 있으며 시냇물 또한 강을 이루고 강물은 도도한 바다, 무한의 세계로 흘러갈 수밖에 없는 지극히 당연한 생리를 지니고 있지 않는가.

이런 절창은 화랑도에게 더할 수 없는 광영이자 긍지로 남아 대대로 전승되었으면 하는 비원이 빚어낸 결과라고 할까.

그런데도 충담은 기파랑을 노래하는 데 있어 보람을 느꼈다기보다는 일생일대의 뼈아픈 후회만 남았다.

그 까닭은 현실과 절연된, 아니 완전히 밀폐된 공간에 골동품을 진열하듯이 기파랑을 가둬 버렸고 미력하나마 아직도 남아 있는 화랑의 상은 제쳐둔 채 의도적으로 주조해 버렸다는 아쉬움을 떨쳐버릴 수 없어서였다고나 할까. 충담은 화랑의 드높은 기상을 귀중한 자산으로 해서 이를 계승시킬 수밖에 없는 결의를 다지고 최대의 찬양을 잣 가지에 걸어두기 위해 마지막으로 안간힘을 쏟았다.

그런데도 진짜 모습, 기파랑의 진면목은 미동도 하지 않았다.

아아, 잣 가지도 높아라
서리 모를 화랑이여

이렇게 마무리하고도 아쉬움은 남아 있었다.

잣 가지를 빌려 힘찬 기파랑의 드높은 지조며 절개를 정서했으나 그것이 도리어 아쉽고 안타까웠고 표현을 절한 시, 기기묘묘(奇奇妙妙)한 시, 저 그리스의 문, 답, 결의 삼부악(三部樂)과도 우연히 일치하는 희한한 기법까지 동원했으나 불만은 끝내 가시지 않았다.

밤은 사경을 지나 여명을 향해 달려가고 있었다. 충담은 기파랑가를 완결짓기 위해 꼬박 밤을 밝혔는데도 방으로 돌아와서는 지체 없이 먹을 갈고 붓을 들어 노래를 옮겼다.

열치매

나타난 달이 있는데

흰 구름 좇을 수야

새파란 시냇물에

기랑의 모습 잠겼는데……

알천 조약돌마다 어린

낭이 지닌

마음의 끝을 좇고저

아아, 잣 가지도 높아

서리 모를 화랑이여

咽鳴爾處米

露曉邪隱月羅理

白雲音逐于浮去隱安支下

沙是八陵隱汀理也中

耆郎矣皃史是史藪邪

逸烏川理叱磧惡希

郎也持以支如賜烏隱

心未際叱肹逐內良齊

阿耶栢史叱枝次高支好

雪是毛冬乃乎尸花判也

　마침내 미완의 찬기파랑가(讚耆婆郞歌) 때문에 경덕왕에게 영승으로
지목당해 안민가(安民歌)를 지었으며 그런 찬기파랑가를 완성하려고 여
섯 달이나 가슴앓이 한 끝에 찬기파랑가를 완성했다.
　충담은 향찰로 옮겨놓고 흥을 돋워 읊었다.
　그런데도 여전히 아쉬움과 미련이 남았다. 그렇다고 가장 화려했던 시
대로 끌어올려 찬양할 수도 없었다. 그것이 기파랑이 당면한 현실인 데야
가인 충담으로서도 어찌할 수 없었던 일인지도 모른다.
　어느 새 동녘이 훤히 밝아오고 있었다.
　충담은 여명을 바라보며 김유신을 떠올렸다.
　그러자 까짓 노래 한 편쯤이야 하는 생각이 들어 가사를 적은 종이를
태웠다. 재는 천장을 타고 여명의 하늘로 사라졌다.
　이를 지켜보면서 충담은 아미타불을 염송했다.
　그것은 너울의 환상이 떠올랐기 때문인지도 모른다.

저 자줏빛 바윗가에

세월이 흐를수록 사람들로 하여금 감동을 불러일으키게 해서 입에 오르내렸던 노래, 오랜 세월 입에 오르내리다가 이름을 알 수 없는 누군가에 의해 시화(詩化)되어 문자로 정착된 노래, 무명의 촌로가 고급의 문자인 향찰(鄕札)로 지은 것이 아닌 입으로 읊고 귀로 익힌 감동에 의해 민요로 굳어진 실명노인의 헌화가(獻花歌)가 전해 오고 있다.

그런 탓으로 헌화가는 원래의 모습보다는 많이 파괴되고 변형된 구비 전승의 노래로 변해 유사에 기록되기에 이른다.

일연도 짐짓 '그 늙은이가 어떤 사람인지 알 수 없다(其翁不知何許人也)'고 했으나 다만 어느 곳 사람인지, 출신과 성분을 모른다는 것뿐이지 노래에 얽힌 사연을 부인한 것은 아니었다.

기나 긴 행렬이 이어지고 있었다. 앞서 가는 태수의 깃발이 해풍을 맞아 나부끼고 말에 탄 태수는 위엄도 당당하게 주위를 조망하면서 가고 있는 태수의 행렬이 바닷가 수면 따라 움직였다.

뒤를 이어 종자와 시녀들이 가마를 에워싼 행렬은 더 더욱 삼엄하게 움직였다. 삼엄하게 움직인 탓으로 태수를 호위하는 병사들의 눈총보다도 수로부인(水路夫人)이 탄 가마를 겹겹이 에워싼 병사들의 눈빛이 밤하늘의 샛별이 무색할 정도로 총총히 빛났다.

백성들은 몇 년 만에 있는 태수의 부임 행차를 보려고 구름처럼 몰려들었다. 흔히 신임 태수가 부임할 때면 보는 행차였으나 이번 행차만은 달랐다. 백성들이 오십 리고 팔십 리고 가마 뒤를 따르게 된 것은 수로의 빼어난 미모야말로 신라의 변방이며 고구려 백제까지 소문이 자자했는데 그런 미모를 보기 위해 뒤따랐다.

수로는 맑은 눈매, 빚어 만든 것만 같은 결곡한 콧등, 물새알을 세워놓은 듯한 갸름한 얼굴, 방긋 웃을 때마다 하얗게 드러나는 치아하며 어느 곳 하나 흠잡을 데라곤 없는 신라 제일의 미녀만이 가진 독특한 아름다움을 지니고 있었다.

게다가 그네는 반듯한 이마, 초승달 같은 아미, 호수와도 같은 맑은 눈매며 호락호락하게 범접할 수 없는 우아함까지 풍겼다.

그것만으로 신물이나 요정이 부인을 다투어 납치한 것은 아니다. 수로에게는 여느 여인과는 다른 아름답고 고우면 음하거나 독기를 품는 것과는 먼, 부드러운 데다 귀품이 있고 어여쁘면서도 결곡해서 미륵불에서 볼 수 있는 신앙과도 같은 아름다움마저 지녔다.

수로를 먼 발치에서나마 본 사람은 신라 제일가는 미인이라고 떠들어댔고 떠도는 풍문만 들은 사람도 덩달아 고구려 백제를 통틀어 첫손꼽는 미녀라고 침이 마르도록 칭송했다.

사람뿐만이 아니었다. 깊은 산 신물들이 납치해 갔고 큰 소(沼) 요정들도 다투어 보쌈 해 갔다.

그랬으니 백성들도 그런 수로의 미모를, 일생에 한번, 그것도 먼발치에서나마 보려고 다리품을 팔았던 것이다.

갖은 애를 태우던 백성들은 "이 좋은 기회를 놓치다니 안타깝다, 안타까워."하고 팔짝팔짝 뛰기도 했고 한편에서는 "가마 속에 든 수로를 어이

하면 내 볼 수 있을꼬?"하고 눈물을 질금 짜기도 했다.

이를 지켜보던 또 다른 한편에서는 "내 평생의 소원이 눈앞에서 사라지네."하고 한숨을 쉬는 사람들도 있었다.

그런데도 행차는 마음을 졸이는 백성들과는 달리 줄곧 움직였고 그럴수록 흩어질 줄 모르고 옆과 뒤로 백성들이 따라붙었다.

이맘쯤은 쉬겠지. 쉴 때는 수로도 가마 문을 열고 나오겠지.

사람들은 그 순간을 놓칠세라 뒤따랐다.

햇살도 포근한 4월도 중순, 무르익은 봄날이었다.

수로는 마냥 흔들리는 가마 속에서 오수(午睡)에 겨워 눈을 감았다 떴다 하며 잠을 쫓고 있었다.

그네는 깜박 졸다가 놀라 깨어나는 순간, 가마 틈새를 비집고 들어온 맑은 공기를 들이쉬었다. 이어 갯내음 물씬 풍기는 해맑은 공기는 그네의 입과 코며 눈과 귀를 적시면서, 백성들의 말과 수작을 적시면서 더없이 정다운 벗이 되어 가고 있다는 것을 수로는 알았고 피부로 느꼈다.

느꼈는가 하자 향긋한 꽃내음, 물씬 몸에 밴 내음이 당장 가마에서 내려 뛰어가 맡고 싶게 그네를 유혹했다.

수로는 가마 문을 살포시 들었다.

그네는 시녀들이 감싸고 병사들이 호위하고 있는 저 멀리 백성들이 따르고 있다는 것을 볼 수 있었고 하늘 가까이 깎아지른 절벽 위에 흐드러지게 피어 있는 철쭉꽃도 보았다.

수로는 소명을 불러 쉬어갈 뜻을 넌짓 비쳤다.

행차는 철쭉꽃이 만발한 석벽 밑에 멎었다.

그네는 소명이 열어주는 가마 문을 나비처럼 사뿐 나서자 가마 속의 답답함을 씻어내기 위해 숨을 깊이 들이쉬었다.

그때, 숨을 죽인 정적 속에서 외마디 소리가 흘러나왔다.

아! 하는 소리, 소리. 경이에 찬 감탄의 소리였다. 그것도 처음에는 하나 둘 이어지다가 산과 바다까지 흔들어 놓았다.

"정말, 듣던 대로 세상에서 제일 빼어난 미모야."

"선녀가 내려왔대도, 저렇게 예쁠라고."

"이제 보았으니 이제 죽어도 여한이 없어."

감탄의 소리는 백성들의 가슴 속에서 흘러나오다가 급기야 넋을 빼앗아 갔고 바보처럼 멍청한 표정까지 짓게 했다.

그런데도 수로는 그런 백성들에게는 관심도 없다는 듯이 "이 해맑은 공기, 저 푸른 바다. 정말 살 것 같아." 했다.

비로소 수로는 가슴 속이 후련해졌다. 메스껍던 속도 가라앉았다. 좁은 가마 속의 답답함도 가셨다.

그제야 그네는 주변을 둘러보았다.

산과 바다, 그림같이 펼쳐진 동해, 깨끗한 모래, 바로 곁에는 깎아지른 석벽(石壁)이 병풍처럼 솟아 있는 것을 보았다.

석벽의 높이는 천 장(丈), 고개를 한껏 뒤로 젖혀야 위를 올려다 볼 수 있는, 그리고 누구도 올라갈 수 없는 절벽이 우뚝 솟아 있었고 짙은 자줏빛 베를 늘어뜨린 것 같은 절벽 위에는 철쭉꽃이 바야흐로 흐드러지게 피어 있는 것을 보았다.

"에그머니나! 꽃도 예뻐라. 나, 저 꽃, 한 아름 가졌으면……"

수로는 꽃에게론 듯, 허공에게론 듯 말했다.

그네가 본 꽃은 철쭉꽃에 지나지 않았으나, 살고 있는 서라벌의 철쭉, 동경 근교에서 해마다 보는 철쭉꽃에 지나지 않았으나 일그러지고 뒤틀린 꽃이 아니었다. 생전 처음 고향을 떠나 산과 바다와 하늘이 맞물린 장소, 여독으로 찌든 마음을 흐뭇하게 하는 절벽 위에 피어 있는 야성의 꽃이었다. 아니, 아니었다. 그것도 아니었다. 그렇다고 놓여 있는 환경과 분위기에 따라 보는 이의 마음을 휘감는 꽃에 지나지 않았기 때문에 꽃 이상도 아니었고 꽃 이하는 더구나 아니었다. 그런데 지금 이 순간만은 지상의 모든 아름다움을 대표하는 미의 총체, 가장 고양된 자연현상, 여기에 인간미를 대표하는 그네의 미모까지 더한 꽃이었다.

한데도 누구 한 사람 귀담아 듣지 않았다.

수로는 갑자기 왠지 모르게 심기가 불편해졌다.

이를 눈치 챈 소명이 순정공을 모셔왔다.

"부인, 어디 불편한 데라도 있으면 말하오. 멀미라도 했소?"

"아닙니다. 단지 저 꽃을 갖고 싶어서."

"그런 꽃을 한두 번 보우. 흔해빠진 철쭉꽃을 가지고."

"그래도 갖고 싶은 걸 어떻게 해요."

"부인의 투정엔 내 두 손을 들었소이다."

순간, 수로는 혼자 버려진 것 같은 외로움에 휩싸였다.

절벽 위의 꽃은 한없이 유혹하는데도 가질 수 없다니. 남들이 부러워하는 태수 부인이면 뭐해. 꽃 한 송이 꺾어줄 줄 모르는 멋대가리 없는 사람. 이 많은 총중에, 그래 꽃 하나 꺾어주는 남정네 하나 없어. 숙맥 같은 사내들만 따르고 있다니…

수로는 좌우를 돌아보면서 수많은 종자들과 시녀들을 응시하다가 굳이 누구에게랄 것도 없이 말을 흘렸다.

"저 꽃을 꺾어 내게 갖다 줄 남정네 하나 없다니…"

그런데도 대답하는 사람이 전혀 없었다.

다만 곁에 있던 한 종자가 "사람의 자취로는 도저히 이를 수 없는 곳입니다, 마누하님."하고 대답했을 뿐이었다.

때는 바로 33대 성덕왕(聖德王) 시대였다.

삼국을 통일한 지도 한 세기, 통일의 벅찬 감격에 젖었던 화랑도의 기상은 땅에 떨어진 지 오래였고 점령지 백성들을 신라로 포용하려는 시책의 하나인 혼인정책으로 성의 문란(紊亂)은 상상을 초월했다.

그랬으니 무예나 심신을 단련하기보다는 주색잡기에 영일을 잃은 종자며 병사들이 절벽을 기어오를 용맹이 있을 리 만무했다.

더욱이 수로의 마음을 알지 못하는 속물들에 지나지 않았기 때문에 누구 하나 그네를 위해 꽃을 꺾어 바치겠다고 선뜻 나서지 않았다.

모두가 숙맥인 체, 아니 귀머거리인 양 시간만 마냥 흘려보냈다.

수로가 꽃을 가지고 싶어 한다는 소문은 시녀와 종자들의 입을 통해 백성들 사이로 번져 갔으나 수많은 백성들마저 그네의 미모만 입에 올렸지 소원을 들어주려고 하는 사람은 없었다.

시간은 가뭇없이 흘러갔다.

얼마나 시간이 흘렀는지 알 수 없었으나 암소 고삐를 잡고 지나가는 늙은이가 귀동냥으로 들었는지 군중 속에서 나왔다.

머리가 허옇게 센 늙은이였다.

그런데 노인이 암소 고삐를 잡고 있다고 해서 남을 위해 비범한 난행을 능히 행할 수 있는 보살의 화신은 아니었다.

또한 마음의 소를 먹이는 노인, 마음의 소를 기르는, 여러 해 동안 잃었던 심우를 찾아 고삐를 잡은 노인, 청정(淸淨) 불심을 깨치고 얻은 바 있어 소의 등에 몸을 싣고 퉁소소리에 맞춰 법열을 즐기며 심우당(尋牛堂)을 찾는 운수행객인 선승도 아니었다.

더욱이 부지하허인(不知何許人)을 두고 농신, 농작행사 중 이앙극(移秧劇)에 등장하는 산신, 소를 맞이해 가무하는 농경의례의 산신 역으로 점지된 사람이기 때문에 예사 늙은이가 아닌 비범한 늙은이는 아니었다.

노인은 단순하고 소박한 늙은이, 성스러운 존재도 아니었고 신비스런 노인은 더구나 아닌 아주 평범한 인물, 우리 주변 어디서나 볼 수 있는 노인에 지나지 않았다. 노인은 실제 나이보다 늙어 보였고 기력도 쇠한 듯했으나 실은 그렇지 않았다.

그는 누구보다도 길눈이 밝은 사람, 남들은 엄두도 못내는 일을 능히 해낼 수 있는 한을 가진 노인이었다.

어느 고을 태생인지, 출신과 성분마저 알 수 없는 노인, 인간과 인간의 조우(遭遇)에 있어 흔히 대할 수 있는 그런 무명의 촌로(村老), 평범한 시골 영감 풍에 지나지 않았던 것이다.

백성들은 수로에게 다가서는 늙은이를 보고 혀를 찼다.

"늙은이가 망령이 들었어. 어디라고 나서길, 나서."

그러나 늙은이는 조금도 아랑곳하지 않았다. 천 근 무게에 짓눌린 듯 조금도 흐트러짐이 없었다.

늙은이는 실제 나이보다 늙어 보였고 기력도 쇠한 듯했으나 실은 그렇지 않았다. 그는 누구보다도 길눈이 밝은 사람, 남들은 엄두도 못내는 일을 능히 해낼 수 있는 한을 가진 노인이었다.

어느 고을 태생인지, 출신과 성분마저 알 수 없는 늙은이, 인간과 인간의 만남에 있어 흔히 대할 수 있는 그런 무명의 촌로, 평범한 시골 영감풍에 지나지 않은 늙은이였다.

늙은이는 사람 숲을 헤치고 앞으로 나서는 순간, 모든 것을 잊었다. 허연 수염도, 세어버린 머리카락도 잊어버렸다. 꽃이 천 장(丈) 벼랑 위에 피어 있는 것도 잊었다. 그런 높이는 안중에도 없었다.

수로가 남의 아낙인 것도 잊었다. 나비가 꽃을 보고 날아들 듯이 하는 마음 이외는 욕심도 허욕도 품지 않았다. 후덕한 친절, 아름다움에 대한 경외와 존경심, 부인의 마음만 충족시켜 주면 그뿐이라는 생각 하나로 스스럼없이 부인에게 다가갔다. 다가가서는 흔히 할아비가 이웃집 할미를 대하듯 하는 그런 수작을 자연스럽게 건네었다.

"마누하님, 절벽 위의 꽃을 갖고 싶다고 했습네까?"

수로는 난데없이 나타난 늙은이가 수작하는 짓거리에 어이없어 하다가 그의 눈을 본 순간, 고개가 절로 숙여졌다.

두 눈이 처연해서가 아니었다. 아직도 젊음의 한 자락을 지닌 듯한, 그러면서 섣불리 범접할 수 없는 그 무엇 때문이었다.

"갖고 싶다고 그랬어요. 그런데 노인장께서 웬일로?"

"그렇다면 이 늙은이가 꽃을 꺾어 바치리다."

"······? 꽃을 꺾어 바치겠다고요?"

"그렇습네다. 그런데 마누하님, 조건이 하나 있습네다."

"말씀해 보셔요. 들어줄 만한 것인지…"

"그럼, 말씀 올리겠습네다. 제게 지금 잡고 있는 이 암소 고삐를 놓으라고 말씀부터 해 주십시오, 마누하님."

"별 조건도 아니잖아요. 좋아요. 놓으셔요."

"그리고 보잘 것 없는 이 늙은이가 꽃을 꺾어 바쳐도 거절하지 않으시겠습네까, 마누하님?"

순간, 수로는 늙은이의 처연한 모습에 사로잡혔다.

그네는 늙은이의 처연한 모습이 눈에 익은 듯해 기억을 떠올리려고 했으나 어떤 기억도 떠올리지 못해 안달하다가 얼떨결에 "그렇게 하셔요." 하고 대답했다. 콧등에는 땀이 송알송알 맺혔다.

늙은이도 그랬다. 지체 높은 미인의 출현으로 충격을 받고 미의 황홀경에 빠지자 순식간에 파장을 일으켰다.

그것은 육욕을 느끼고 정복하겠다는 욕정이 아니라 일종의 경외심 같은 것, 아니 정신적인 애정으로 승화되기까지 했다.

그네의 철쭉꽃에 대한 애착심이 그의 애착심으로 변했으며 그네의 미모가 철쭉꽃의 미로 돌변했다고 할까.

그랬으니 늙은이는 지체 높은 부인의 미모를 대하는 순간, 나이마저 잊고 그네를 한 떨기 꽃으로 생각될 수밖에.

지켜보던 사람들도 벼랑 위의 철쭉꽃은 좀체 대할 수 없는 꽃이듯이 그네를 대하는 순간, 인간 세상에 피어 있는 한 송이 꽃으로 전율과 경이로움에 사로잡혔기 때문에 가까이 다가가 보고 싶었고 꽃을 꺾어 바치는 순간만이라도 설렘을 달래어 행복 자체를 자족할 수 있는 절호의 기회라고 여겼는지도 모른다.

실은 꽃을 향하는 수로의 마음이며 인간의 꽃인 그네를 생각하는 늙은이의 마음이 철쭉꽃을 매개로 서로 다른 미의 세계를 잉태한 것은 결코 우연이라고는 할 수 없었는데도.

늙은이는 꼭 쥐고 있던 암소 고삐를 놓고 허리에 차고 있던 삼베 자루를 벗더니 식저<息笛>를 꺼내어 지극 정성으로 음을 골랐다.

'저 자줏빛 바윗가에'

절벽 위에 철쭉꽃이 흐드러지게 피어 있다는 것은 누구나 알고 있는 사실, 일단 생략의 묘법을 최대한 원용했다.

잡은 암소 놓게시고

늙은이는 짙은 바위 끝으로 향하는 수로의 마음을 안 순간부터 암소 고삐를 놓칠세라 꼭 쥐고 있던 손을 비로소 놓았다.

그것은 미를 향한 탐욕이 아니었다. 더욱이 부귀와 색정에 사로잡힌 세속적인 마음은 더구나 아니었다. 수로를 향한 애정의 순수한 뜨거움이 시로 승화된 결정(結晶)이라고나 할까.

　저를 아니 부끄러면

　순수 지정의 발로라고 할까. 아니었다. 부끄러워 하다의 우회적 표로(表露), 초라한 몰골, 인생의 황혼길, 늙은이의 나약한 마음, 젊음과 노쇠, 늙은이의 좌절감은 끝내 미를 추구하다 이를 극복하는 순간이 되며 육체의 한계마저 초월한 순간임에 틀림없을 것이었다.

　꽃을 꺾어 바치리다

　절세 미녀인 수로, 선녀의 미모마저 압도한 인간 수로에게 향하는 늙은이의 마음, 온순하고 순박한, 그리고 선량하기만 한 늙은이의 마음은 끝내 지체 높은 미인의 욕망을 해결하는 순간이 되며 아직도 살아 있는 화랑의 기개, 위험을 무릅쓴 늙은이의 부동심(不動心)은 그를 젊은이로 돌려놓았던 것이다. 그랬으니 수로를 대한 순간, 늙은이는 젊은이의 힘을 능가한 남자, 노인과 미녀의 만남이 아니라 선남선녀의 만남이었다.

　저 자줏빛 바윗가에
　잡은 암소 놓게시고
　저를 아니 부끄러면
　꽃을 꺾어 바치리다.

　紫布岩乎邊希

執音乎手母牛放教遺

吾肹不喻慚肹伊賜等

花肹折叱可獻乎理音如

늙은이는 일상의 생활일랑 잠시 잊고, 늙었다는 신체적 조건까지 한동안 잊고 정신적으로 아름다움을 추구한 탐미의 마음, 희생의 마음, 사람이면 누구나 품고 있는 보편적인 마음, 아니 시공을 초월한 마음을 수로에게 전하기 위해 식저를 불었다.

한때는 그랬다. 늙은이는 백아(伯牙)가 종자기(種子期)를 위해 거문고를 뜯었듯이 그도 좋아하는 여인네를 위해 식저를 불었었다. 종자기가 죽자 백아는 거문고 현을 끊어 버리고 다시는 거문고를 뜯지 않았듯이 그도 좋아했던 여인과 이별한 뒤로는 식저를 불어본 적이 없었다.

젊음을 온통 식저에만 매달린 삶이었는데도.

늙은이는 식저를 만드는 데도 일가견을 지녔다.

멀쩡하게 자란 대나무보다는 병들고 뒤틀려 갖은 고초를 이겨낸 쌍골죽은 견고했으나 소슬바람만 불어도 괴상한 소리를 냈기 때문에 병든 대나무로, 망국죽으로 버림을 받았다.

그런 쌍골죽으로 퉁소를 만들고 갈대밭에서 찾아낸 갈대청으로 퉁소의 목에 붙이면 얇은 섬유질이 소리 값을 낸다.

사람마다 숨소리가 다르듯 퉁소도 마찬가지.

늙은이는 독특하게 만든 식저를 가지고 앵무새가 아닌 신의 소리를 창조하기 위해 입술이 부어터지고 아물기를 되풀이하면서 이십여 년에 걸쳐 완성한 소리, 언젠가는 한번쯤 조우할지도 모르는 여인에게 들려주기 위해 한결같은 기다림 속에서 신의 소리를 창조했던 것이다.

게다가 죽을 통해 나오는 갈대청의 떨림 소리마저 파고가 높지 않은 곱디 고운 단아함으로 말미암아 듣는 이로 하여금 마음을 다독거려 주는 묘한 감동까지 불러 일으켰으니…

마침내 늙은이는 좋아했던 여인과 헤어진 지 이십여 년 가까운 세월, 만파식적(萬波息笛)의 오묘함을 재현했다.

봄에 불면 아지랑이가 나긋나긋 피워내는 봄의 소리가, 여름에 불면 소나기가 세차게 지나가는 여름의 소리가, 가을에 불면 기러기 떼 울며 나르는 가을의 소리가, 겨울에 불면 사락사락 눈 내리는 겨울의 소리를 압도하는 신의 소리를 냈던 것이다.

식저 혼자서는 결코 울어본 적이 없는, 오직 늙은이의 열 손가락이 닿아야 비로소 소리를 내는 식저.

지금은 바야흐로 만춘, 들녘마다 아지랑이가 피어오르듯 나긋나긋하고 호소력 있는 가야의 소리를 낼 그런 시기였다.

오직 한 여인만을 위해 살아온 늙은이가 지금 수로를 위해 일생 일대, 천재일우(千載一遇)의 호기를 맞아 식저를 불어대자 젊은이를 압도하는 힘이 넘치는 소리의 태깔, 식저에 가득 묻은 손때가 연륜(年輪)의 무게로 남아 사람들의 가슴에 덜컥덜컥 떨어지다 못해 거친 파도마저 가라앉히며 천 장 절벽 위 철쭉에게로 다가갔다.

급기야 늙은이의 식저는 온 세상을 한으로 아로새겼다.

우는 듯 웃는 듯, 한인 듯한, 한을 삭이는 소리인 듯한, 그런가 하면 체념하고 달관한 소리에 모두들 숙연해서 숨소리마저 죽였다.

처음 수로는 흔히 들을 수 있는 퉁소 소리이겠거니 여겼다가 식저 소리가 반복될수록 예삿소리가 아닌 줄 뒤늦게 깨달았다.

그네는 식저 소리에 숨겨진 비밀, 과거를 샅샅이 뒤져 출처를 찾아냈다. 저 소리는 저충<笛忠>이 내는, 그가 아니고는 이 세상 그 누구도 감히 흉내조차 낼 수 없는 소리임을.

수로는 늙은이의 숨은 뜻을 알고 감고 있던 눈을 떴다.

그런데 늙은이는 이미 눈앞에서 사라졌고 여운만이 메아리로 되돌아와 그네의 가슴에 덜컹덜컹 떨어지고 있었다.

늙은이는 절벽으로 다가섰다. 늙은이답지 않게 엎어지고 자빠지며 다가섰다. 절벽 밑으로 다가선 늙은이는 위를 한번 쳐다보고는 지체 없이 기어오르기 시작했다.

무엇이 늙은이로 하여금 저토록 불붙는 열정을 불러일으키게 했는지 그 많은 총중에 누구도 알지 못했다.

단지 시골의 투박한 노인, 그런 노인이 남의 아낙에게, 철쭉꽃을 탐하는 수로에게 꽃을 꺾어 바치기에 앞서 노래를 짓고, 지은 노래를 식저에 맞춰 부르면서 수작하다가 망령이 주책으로 나서, 늙으려면 곱게 늙지 하고 노인을 책망만 했지 실명노인(失名老人) 아닌 실명노인(失明老人)의 기구한 사연을 알 턱이 없었다.

오직 수로만이 알고 눈시울이 달아오르다 못해 눈물을 꾹 짜냈다.

늙은이는 꽃이 꽃을 보고 미소 짓듯이 하는 마음 하나만 가지고 절벽을 기어올랐다. 가진 것이 없는 늙은이, 오직 마음을 비우고 삶을 살아온 늙은이였으나 이 순간만은 꽃이 꽃을 보고 웃듯이 하는 그런 욕심 하나만 지니고 절벽을 기어올랐다.

아득한 거리에서 꽃내음이 코끝으로 스며들었다.

하자 늙은이는 냄새를 좇아 기어올랐다. 미끄러지면 기어오르고 또 미끄러지면 다시 기어오르다 보니 손끝마다 날카로운 바위 끝에 긁히어 피가 낭자했으나 자기와의 싸움을 포기하지 않았다.

꽃을 꺾어 바치지 못하면 어쩌지. 수로의 소원을 들어주지 못하면 어쩌지. 평생을 못 잊어하며 살아왔는데, 어쩐다?

순간, 늙은이의 눈앞에는 끝없는 절망감이 아물거렸다.

늙은이 앞에 가로놓여 있는 절망감의 대상은 절벽이 아니었다. 늙은이의 눈앞에는 순정이 벌겋게 단 쇠꼬챙이로 자기의 두 눈두덩을 지지던 절망감보다 더 큰 패배가 아물거렸던 것이다.

그를 이겨야지. 이번만은 그를 이겨내고 말 게야.

늙은이의 두 손이 움켜쥔 것은 바위 틈새의 날카로운 돌출부가 아니었다. 그것은 다름 아닌 과거를 한 움큼 꾹 움켜쥐었던 것이다.

거지 하나가 남산 밑 고허촌으로 기어들었다. 그는 때도 이미 지났는데 이 집 저 집을 기웃거리며 밥을 빌었으나 흉년이 든 이듬해 봄이라 좀체 먹다 남은 찬밥 한 술도 빌 수 없었다.

거지는 밥을 빌다가 지나던 대문 앞에서 허기진 배를 보듬고 쓰러졌다. 남에게 빼앗겨서는 안 된다는 듯 손에는 퉁소를 꼭 움켜쥔 채.

사지(舍知) 양흔(良痕)은 늦게 퇴청해서 집안으로 들어서다가 대문 앞에 쓰러진 거지를 보았다.

양흔은 쓰러져 있는 거지보다도 손에 꼭 쥐고 있는 식저<息笛>가 명품임을 알아보고 거지를 안으로 들이도록 했다.

하인이 거지를 목욕시키고 새 옷으로 갈아입히자 소년은 당장 어느 자리에 내놓아도 손색이 없는 귀공자였다.

새 옷으로 갈아입은 소년은 사랑으로 불리어 갔다.

"어디에 사는 누구 자손인고?"

"어려서 부모님을 여의어 누군지도 모릅네다."

소년은 또박또박 대답했다.

"그런가. 그렇다면 식저는 어디서 난 게고?"

"집안 대대로 물려 내려온 가보인 줄은 알고 있습네다만 내력이나 사연에 대해서는 기억나는 것이 전혀 없습네다."

"어디 한번 식저를 내게 보여줄 수 있겠니?"

양혼은 식저를 들고 요모조모 뜯어보았다.

전설로만 전해 오던 진품임이 분명했다.

구형왕(仇衡王)이 나라를 통째로 들어 신라에 귀순한 지도 어언 2백여 년, 그 긴 세월이 흘렀는데도 가야의 보물인 식저를 간직하고 있다면 이 소년은 가야 왕손의 후예임에 틀림없으렸다.

"지금 어디를 향해 가는 길인고?"

"밥을 빌어먹는 처지에 갈 데라곤 없습네다."

"허허, 그래. 이를 어쩐다?"

그에게는 아들이 없었다. 자식이라곤 딸만 하나 두고 있어서 마음이 쉽게 동했는지도 모를 일이다.

양혼은 아내와는 상의도 없이 "원한다면 지금부터라도 내 집에 머물러 있도록 하게."하고 단안을 내렸다.

소년은 뜻밖이라 "네에?"하고 놀라다 못해 몹시 당황했다.

"놀라기는. 내 집에 유해도 좋다는데…"

"나리님, 이 크나 큰 은혜는 두고두고 잊지 않겠습네다."

소년은 벌떡 일어나 넙죽 절까지 했다.

"이름이 있으면 말해 보게."

"저같이 미천한 처지에 이름이 당키나 합네까."

"그렇다면 이름부터 지어 줘야겠군."

"저로서는 고소원입네다."

"지닌 것이 식저라, 식저를 가졌으니. 그게 좋을 게야. 저충, 저충<笛忠>이 어떨까. 저충으로 부르는 것이 좋겠네."

양혼은 즉석에서 이름까지 지어주었다.

소년은 새삼 일어나 "윗전으로 받들어 모시는데 조금도 게으름이나 불성실함이 없을 것입네다."하고 정중히 예를 갖췄다.

누구보다도 좋아한 사람은 수로였다. 그네는 동기간이 없어 늘 외톨이였는데 저충과 의남매처럼 지내고부터는 그와 함께 바깥출입을 할 수 있어 얼마나 좋아했는지 모른다.

수로와 저충이 한 집안에서 동기간처럼 지내기 3년, 그네의 나이 열 넷이었다. 그 무렵부터 그네의 빼어난 미모는 서라벌을 들썩이게 했다.

아니, 미모가 너무나 빼어나 깊은 산이나 대택(大澤)을 지나칠 때마다 신물이나 요정들에게 납치당하곤 했다.

그랬으니 수로는 혼자서 마음 놓고 나다닐 수도 없었던 것이다.

수로도 대대로 말을 길러내는 집안 후예답게 말을 탈 줄은 알고 있었으나 혼자서는 말을 타고 나갈 수도 없었는데 저충이 아씨, 아씨 하면서 그림자처럼 붙어 다니며 보살폈기 때문에 구량벌(仇良伐)을 지나 남산을 오를 수 있어 저충을 좋아했다. 저충도 수로보다 나이가 다섯 살이나 많았으나 때로는 오누이처럼 또 때로는 오를 수도 없는 밤하늘의 별처럼 가깝고도 먼 사이로 6년을 생활했다.

수로의 나이 갓 열일곱, 봄이면 꽁꽁 얼어붙었던 나무에 흥건하게 물이 오르듯 그네의 아름다움도 한껏 피어올랐다.

벌써부터 양혼의 집에는 매파가 수도 없이 드나들었다. 한다하는 가문과 권세, 부를 앞세워 며느리로, 지어미로 맞아들이려고 매파를 보내 들쑤셨으나 양혼은 조금도 달갑지 않았다.

하루는 이찬 주원(周元)이 아들 순정(純貞)을 데리고 불쑥 나타나서는 일방통행이나 다름없이 혼사를 후딱 정하곤 돌아갔다.

양혼도, 아내인 사량(沙良)도 불가항력이었다.

혼사란 양가가 짝이 맞아야 하는데 13품의 벼슬아치와 당대의 세도가 2품 이찬(二飡) 문벌과의 혼사라니, 기울어도 너무 기운 혼사였다.

집안은 물을 끼얹은 듯 착 가라앉고 말았다.

누구보다도 수로의 마음은 착잡했다. 그가 바람둥이라는 소문이 성안에 파다했기 때문만은 아니었다. 성불구자라는 근거도 없는 낭설이 떠돌았던 것이다. 마음에도 없는 결혼, 야반도주라도 할까 부다.

수로는 갈피 잡을 수 없는 마음을 진정시키려고 말을 몰아 남산으로 들어갔다. 저충은 말없이 그네를 뒤따랐다.

여름 하늘이란 구름 한 점 없다가도 먹구름이 몰려들었고 예상치도 못한 소나기를 쏟아놓았다. 그들은 소나기를 만나 동굴로 피신해 있으니 수로는 옷이 젖어 오들오들 떨어댔다.

이를 보다 못한 저충은 비에 젖지 않은 솔가지와 삭정이를 주워 불을 피웠다. 솔가지에 불이 붙기까지 동굴 안은 연기로 매캐했다.

저충은 모닥불이 타오르자 그네가 마음 놓고 옷을 벗어 말릴 수 있도록 자리를 피해 주었다. 그는 이성을 알 무렵부터 수로를 사랑하는 마음으로 가슴이 터질 것만 같았다. 아니, 은연중 가슴에 화살이 되어 박혀 있었으나 그것은 도저히 오를 수도 없는 나무임을 알았을 때, 고도에 갇힌 것과도 같은 절망감에서 헤어날 수 없었다.

그래서 용해할 수 없는 열모의 정염을 달래기 위해 오직 식저에 의지하다 보니 이제는 아지랑이가 나긋나긋 피어내는 봄의 소리를, 소나기 지나가는 여름의 소리를 흉내 낼 수 있었다.

저충은 수로가 마음 놓고 옷을 벗어서 말리도록 식저를 불었다.

어느 소리가 진짜 퉁소소리인지, 어느 소리가 진짜 소나기 지나가는 소리인지 분간도 못하는 사이, 동굴 속에는 새로이 소나기 지나가는 소리로 그득했다.

수로는 저충이 부는 식저 소리에 불꽃을 휘적거리는 손길은 안온함에 젖었고 퍼붓는 소나기에 망연자실(茫然自失)한 데다 더욱이 자연이 내어

주는 의심 없는 믿음 자체가 가져다주는 안도감에 젖어 옷을 벗어 말리다가 모닥불의 온기에 그만 깜박 잠이 들고 말았다.

저충은 지금쯤 옷을 말려 입었을 것이라고 생각하고 아씨, 아씨 하고 불렀으나 대답이 없었다. 그는 걱정이 되어 모닥불이 있는 곳으로 다가갔다. 그런데 뜻밖에도 사그라지고 있는 모닥불 맞은편에 난생 처음 보는 여인의 나체를 보고 멈칫 섰다.

그것은 지금 꿈을 꾸고 있는 것이 아닌가 해서였다. 하얀 속옷을 벗어 불가에 걸어놓은 채 수로가 잠들어 있었기 때문이다.

저충으로서는 손끝 하나 까딱 하지 않은 채 보고 있으려니 너무나 탐스럽고 아름다웠다. 맑은 공기를 쐬어 한껏 윤기 오른 우유빛 피부하며 너무나 탄력이 있어 부끄러움을 저어하는 듯한 유방은 이른 봄 산수유 봉오리처럼 만지면 톡 소리를 내며 터질 것만 같았다.

저충은 그네가 잠이라도 깨면 어쩌나 해서 조바심을 태우며 삭정이를 집어넣어 꺼져 가는 불꽃을 살렸다.

타악 탁, 소리를 내며 새로이 모닥불은 피어올랐다.

나무 타는 소리에 잠을 깬 수로는 가슴부터 감쌌다.

"그렇게 보고 있음 싫어. 저충, 눈을 감고 돌아서."

저충은 돌아서서 눈을 감고 생각했다. 이런 경우는 누구의 잘못도 아니라고. 해서 그는 눈을 뜬 채 돌아섰다.

수로는 어쩔 줄 모르다가 말리던 속옷으로 가슴을 가렸다.

"저충, 돌아서면 나, 싫다는데도."

그네의 불꽃보다 더 붉게 물든 얼굴은 이내 울상이 되었다.

저충은 못 들은 체하고 마주해 앉았다.

"부끄러워. 저충, 돌아 앉아."

저충은 고개를 떨어뜨리고 있다가 바르르 떨리는 입술을 움직여 "어떻게 하면 부끄럽지 않지?"하고 기어드는 소리로 말했다.

그랬는데 그네의 대답은 의외에도 당돌했다.

"저충도 나처럼 옷을 벗으면…"

순간적으로 난감했으나 저충은 망설임 끝에 옷을 벗었다.

옷을 벗어버리자 이제는 옷을 입었을 때보다도 몇 배나 당당한 젊은이 하나가 속곳이인 채 그네 앞에 서 있지 않는가.

"이젠 부끄럽지 않을 게야."

"아니. 난 아직도 부끄럽단 말이야. 돌아서 줄 거지, 저충?"

"어째서 부끄럽다고 하지?"

"거긴 지금도 알몸이 아니잖아."

순간, 저충은 부끄러움으로 온몸이 달아올랐다.

뒤늦게 정신을 수습한 저충은 "아, 아씨도 가슴에 가, 가린 것을 떼어낸다면…"하고 간신히 말했다.

수로는 가슴을 가린 속옷을 밀어냈다.

저충도 청동상이 된 채 불빛에 반짝이는 물기 젖은 그네의 눈을 훔쳐보다가 속곳이 끈을 풀었다.

속곳이는 아래로 홀렁 흘러내렸다. 저충은 왠지 모르게 숨이 가빴다. 너무나 숨이 가빠 공기를 섬으로 마셔도 오히려 부족할 것 같았다.

여전히 소나기는 동이로 쏟아 붓고 있었고 불꽃은 하늘하늘 피어올라 동굴 안을 환히 비추고 있었다.

수로는 주저하지 않았다.

그네는 힘을 주어 모닥불을 건너뛰었다. 건너뛰자 자연스럽게 저충의 넓은 품안에 안겼다.

"저충. 나 좀 으스러지게 안아 줘. 안아 줄 거지?"

저충은 가슴에 와 닿는 그네의 유방이 사뭇 간지러웠으나 떼어내지 않았으며 안고 있으면서 가슴의 고동을 수없이 확인했다.

그는 껴안고 있는 것만으로는 젊음이 괴롭혔으나 순간순간의 야릇한 행복감은 이 세상 그 무엇과도 바꿀 수 없었다.

모닥불은 사그라지고 소나기는 여전히 쏟아 부었다.

저충은 수로를 안은 것이 아니라 평생을 두고도 잊지 못할 감동을 끌어안았다. 그것은 바로 길고도 오랜 황홀감에 젖은 고동이 소나기 소리와 나뭇가지를 흔드는 바람소리와 함께 대자연의 박자에 맞춰 오묘한 조화를 연출하더니 가슴에 화인을 콱 하고 찍었다.

소나기가 지나가자 수로와 저충은 동굴을 벗어났다.

그들은 소나기 뒤의 맑은 공기를 한껏 들이쉬고 산 속을 내달렸다.

그때 그들을 추적하는 한 떼의 무리와 마주쳤다.

사람들은 절벽을 오르는 늙은이를 지켜보며 숨을 죽였다.

아무도 말하는 사람이 없었다.

늙은이는 위태하기 짝이 없는 절벽을 기어올랐다. 그것은 마치 신물이 절벽을 오르는 것만 같았다.

절벽을 거의 오른 늙은이는 기운이 탈진했다. 손끝은 감전이라도 된 듯 저려왔다. 버티고 있는 두 다리마저 마구 떨어댔다. 암벽 등반의 대가라도 이미 늙은 몸, 그는 등반의 대가도 아니었고 그 무엇도 아니었다. 거목에 매미 한 마리가 붙어 있듯이 절벽에 붙어 있는 늙은이를 지켜보는 사람들의 손에도 땀이 한 움큼 잡혔다.

늙은이의 없어진 두 눈에서는 진물이 주룩 흘렀다.

볼 수만 있어도 이런 절벽쯤이야 가소롭기까지 했으나 지금은 볼 수가 없었다. 안개 같이 뿌옇기만 한 시력, 물건을 코밑에 바싹 대야 어렴풋이 볼 수 있는 눈, 눈. 그것도 왼쪽 눈으로만. 오직 늙은이는 내음과 육감에 의지해 오르자니 피로가 빨리 왔던 것이다. 늙은이는 치받치는 분노를 안으로 꾹꾹 눌러 담았다.

순정은 양혼의 집으로 수로를 찾아갔다가 만나지 못하자 수소문 끝에 남산으로 뒤쫓아 왔다. 소나기를 만나 바위 밑에 움츠리고 서서 소나기를 피하고 비가 멎자 다시 찾아 나섰다.

순정을 만난 저충은 민망했다. 비에 젖은 옷을 말렸다고는 하지만 덤불 속에서 무슨 짓거리라도 하고 나온 것 같았다.

순정은 두 사람 사이에 무슨 일이 있었다는 것을 지레 짐작하고 질투의 노여움을 부글부글 끓였다.

그는 질투의 노여움을 바글바글 끓이다 못해 수로를 강제로 말에 태워 돌려보낸 뒤, 저충과 마주 섰다.

저충은 이럴 때 어떻게 하면 좋을지 몰라 당황했다.

아니나 다를까. 순정은 질투의 불길을 당겼다.

"당장에 요절을 내고도 남을. 종인 주제에 수로를 농락하다니. 대명천지에 너 같은 놈은 살려둘 수가 없음이야."

"서방님, 농간을 하다니요?"

"저 주둥이를 틀 놈. 감히 누구 앞에서 해악질을 해대."

순정은 채찍을 들어 득달같이 저충을 후려쳤다.

저충은 이럴 수도 저럴 수도 없어 고스란히 매만 맞았다.

그의 얼굴은 금새 피가 낭자했다. 그것이 순정의 난폭한 성격에 부채질을 더한 셈이었다. 부하에게도 매를 들어 후려쳤다.

"저놈을 당장 나무에 묶어라. 어디 앞이라고 감히 행악질을 해대."

종자들은 목을 틀어잡고 나무둥치에 묶었다.

"모닥불을 피워라. 세상을 못 보게 눈을 지져놓게."

불이 붙기도 전에 순정은 채찍에서 가죽 끈을 떼어낸 쇠막대를 피어나는 모닥불에 꽂았다. 쇠막대는 이내 벌겋게 달아올랐다.

저충은 저승길이 눈앞에 있음을 직감하고 무릎을 꿇었다.

"서방님, 잘못했습네다. 제발 살려 주시와요."

"살려는 주지. 내가 죽이기라도 할까."

순정은 벌겋게 단 쇠막대로 저충의 눈두덩을 지질렀다. 저충은 으흑 하고 몸을 솟구치며 용트림하다 곧장 정신을 잃었다.

주변은 생살 타는 냄새가 진동을 했다.

냄새조차 지독해서 종자들도 코를 틀어쥐었다.

그런데도 순정은 능글맞기 짝이 없었다.

"섭생은 이어 갈 터. 저놈을 바닷가에 갖다 버려라."

종자들이 달려들어 저충을 말에 태워 동해 바닷가로 끌고 가서는 헌신 짝 버리듯이 팽개쳐 버렸다.

저충의 목숨은 끈질겼다.

한 눈을 잃고 남은 한 눈도 온전하지 못한 채 삶을 살았다. 오직 수로만을 생각하며 오로지 식저에만 의지한 채 모진 삶을 살았다.

아니, 살아 주었다.

그렇게 살아가면서 수로가 가는 곳이면 어느 곳이든 뒤따랐다. 대면할 수는 없었으나 멀리서 볼 수 있다는 것만으로도 자족했다.

기다림의 삶으로 살아오기 20여 년, 저충의 간절한 기다림의 삶은 나이보다 곁늙었고 귀밑 머리털부터 허옇게 세었다.

이제 노인 티가 완연한 저충은 순정공이 강릉 태수로 부임한다는 소문을 듣고 멀찍이 뒤따랐다.

이름도 모를 바닷가에 이르러, 부인이 절벽 위의 철쭉꽃을 갖고 싶어한다는 말을 흘러 듣고 실로 20여 년 만에 아무도 눈치 채지 못하도록 아주 자연스럽게, 그것도 천연덕스럽게 암소 고삐를 잡고 지나가는 노인네로 가장해서 수로 앞으로 나섰던 것이다.

　늙은이는 사력을 다해 절벽 위로 올라섰다. 멀리서 와, 하는 탄성이 귓가에 닿아서야 절벽 위에 올라섰음을 알았다.

　늙은이는 투박한 삶을 산 그대로 마음을 비우고 꽃을 보고 꽃인 양 생각하면서 철쭉꽃을 한 아름 꺾었다. 꽃을 꺾으면서 올라오기보다는 내려가기가 몇 십 배 더 어렵다는 것은 생각지 않았다. 수로를 위한 단 한번의 기회, 그 이상도 이하도 생각지 않았다.

　늙은이는 한 손에 철쭉을 한 아름 안고 한 손으로만 절벽을 타고 내려갔다. 절벽을 타고 내려가는 늙은이는 사람이 아니었다.

　늙은이는 사람 아닌 신물이게 하는 신통 술이라도 가진 양 꽃잎 하나 다치지 않고 절벽을 타고 내려섰다.

　입술이 말라 갈라지듯이 숨을 죽이고 늙은이를 지켜보던 사람들도 모두가 내 일처럼 기뻐하며 탄성을 질러댔다.

　탄성 소리를 듣고 늙은이는 땅에 내려왔음을 알았다.

　늙은이는 길을 터주는 군중을 지나 수로 앞으로 다가갔다. 다가가서는 무릎을 꿇고 두 손으로 꽃을 바쳤다.

　그런데 꽃을 바치는 늙은이의 손은 떨리지 않았으나 일어서서 꽃을 받는 수로의 손은 마냥 떨었다. 바람에 사시나무 떨듯 떨어댔다.

　꽃을 받는 마음, 꽃을 통해 미를 발견하고 자신의 미와 꽃의 미가 합일하는 데서 오는 환희로 그네는 몸을 떨어댔던 것이다.

　여기에 사람들도 꽃을 향한 수로의 마음과 인간의 꽃인 수로를 향하는 늙은이의 마음이 철쭉꽃을 매개로 서로 다른 미의 세계가 합일하는 융화의 장이 펼쳐지고 있는 것을 경이의 눈으로 지켜보고 있었다.

수로는 마냥 떨어대고 있는 고운 손을 꽃 아름 사이로 넣어 늙은이의 손을 꼭 쥐어주면서 쪽지 하나를 건넸다.

태수의 행차는 이틀이나 아무 탈 없이 나아갔다.

행차가 임해정(臨海亭)에 이르러 주찬을 준비하고 있는데 갑자기 날씨가 이변을 일으켰다. 천지가 온통 캄캄해지더니 예상치도 못한 뇌성을 동반한 폭우가 쏟아지기 시작했다.

사람들은 겁에 질려 어쩔 줄 몰라 했다.

그 때였다. 돌연 바다에서 용이 나타났다. 나타난 용이 수로를 납치해서는 흔적도 없이 사라져 버렸다.

순정공은 땅에 주저앉은 채 어쩔 줄 몰라 쩔쩔 맸다.

그때 난데없는 늙은이가 나타나 방책을 알려줬다.

"태수님, 전해오는 고인(古人)의 말에 의하면, 뭇 사람들의 말은 쇠라도 녹인다고 했습네다요. 그러니 바다 속의 용인들 어찌 두려워하지 않겠습네까요. 태수님께서는 지금 당장 지경 내의 주민들을 불러 모으셔요. 모아서는 노래를 지어 그들로 하여금 부르게 하고 몽둥이로 일제히 바닷가를 두드려댄다면 마누하님을 만날 수 있을 것입네다요."

말을 마치자 늙은이는 곧장 사라졌다.

순정공은 병사들을 사방으로 급파해서 주민들을 동원한다, 나무를 베어 몽둥이를 마련한다 하고 부산을 떨었다.

늙은이는 부인이 준 쪽지대로 폭우를 틈타 용으로 변장해서 공포로 떨고 있는 뭇 사람들의 시선을 감쪽같이 속였고 수로도 혼란한 틈을 타 잽싸게 도망을 쳐 바닷가로 가 늙은이와 조우했다.

늙은이는 수로를 비를 피해 동굴로 데려 갔다.

"마누하님, 지시대로 했습네다. 틀림없이 모두들 속아 넘어갔을 것입네다. 이젠 사람들 눈에 띌 염려도 없습네다. 마음을 놓으셔도 됩네다."

"불편한 몸으로 수고 많이 하셨어요, 저충."

"마누하님이 시키시는 일인 데야."

"도대체 어떻게 된 거예요, 갑자기 사라지다니, 어찌 그럴 수가?"

늙은이는 저충으로 돌아가 저간의 사정을 이야기했다.

……

수로는 어쩌면 그럴 수가 하고 한숨을 내쉬었다.

"난 그런 일이 있은 줄도 모르고 갑자기 사라져서 속으로 야속타고 두고두고 원망만 했었으니, 이를 어째? 지금에 와서 이를 어떻게 해? 어떻게 해야 저충의 한을 조금이라도 풀어줄 수 있을까?"

"마누하님, 모두가 지나간 일입네다."

"결혼은 했어요? 결혼을 했다면 아이는 몇이나 뒀고요."

"마누하님이 있는데 어떻게…"

수로는 눈앞이 아찔했다. 아랫도리의 기력마저 달아났다.

그네는 바다 속으로 빨려들 듯 저충의 품으로 파고들었다. 그의 숨결이 이마를 타고 흘러내리다가 가슴 속에서 뜀박질을 해댔다.

수로는 저충의 가슴을 어루만지며 아슴아슴 눈을 뜨자 바다를 등지고 서 있던 저충은 푹 젖은 눈으로 말했다.

"이러심 아니 됩네다. 돌아가셔야 합네다."

수로는 대답 대신 연꽃이 활짝 피어오르듯 팔을 활짝 벌려 저충의 목을 끌어안고 붉은 입술을 내밀어 접문했다.

갯바람에 촉촉이 젖은 그네의 입술은 뜨거웠다. 몸이 녹아나는 듯, 가슴은 벌건 모닥불에 덴 듯 한껏 달아올랐다.

수로는 오랜 기다림으로 겉보기에는 폭삭 늙어 영락없는 노인이었으나 내밀한 곳에서는 아직도 사십대 초반의 젊음이 살아 숨 쉬는 지순 앞에서 남의 아낙인 것도, 그 모든 것도 잊고 자신의 속마음을 보여주기 위해 옷을 훌훌 벗었다. 지난 날 남산을 질주하다 소나기를 만나 비를 피했던 동굴에서와는 다른 성숙한 몸매를 드러냈다.

그네는 그렇게 해서라도 저충이 반평생 동안 지불한 한을 조금이라도 갚고자 했는지도 모른다.

아니었다. 그것이 그네의 참마음이었는지도 모른다.

"저충, 나 옷을 벗었어요. 자, 실컷 보셔요."

"제게는 눈이 잘 보이지 않습네다, 마누하님."

"이를 어쩌지. 그런 줄도 모르고…"

"어서 옷을 입으셔요. 그 말씀 한 마디만으로도 제게는 황감무지입네다, 어서요. 시간이 없삽네다, 마누하님."

"어떻게 해, 한을? 어떻게 하면 한을 추스를 수 있을까?"

수로는 밀쳐내는 저충에게 한사코 매달렸다.

얼마나 시간이 흘렀을까. 저충은 가슴에 와 뭉개지는 젖무덤에 황홀해서 사뭇 넋을 놓았고 넋을 놓고 있다 못해 수양버들같이 가는 그네의 허리로 팔을 돌려 으스러지게 끌어안았다.

수로의 목덜미가 입술에 와 닿았다. 향긋한 내음이 물씬 풍겼다.

수로도 저충의 몸을 더듬었다. 그네는 비온 뒤 죽순처럼 정분이 솟아올랐다. 남편에게서 맛볼 수 없는 진하고 짜릿한 느낌으로 몸을 떨어댔다. 그런 면에서 순정은 어쩌면 숙맥인지도 모른다.

저충은 오랜 상사 끝에 사랑을 나눴으며 접문도 끝냈다.

수로는 앞으로 저충의 오랜 기다림보다도 진한 삶, 상사의 삶이 가로놓여 있다는 것을 깨닫고 한숨을 내쉬었다.

한숨소리에 섞여 뭇 사람들의 노랫소리하며 몽둥이로 바닷가를 두드리는 소리가 동굴 속까지 들려왔다. 그것은 해가사(海歌詞, 曰)의 노래가 아닌 그것은 바로 해가(海歌, 詞曰)의 노래였던 것이다.

거북아 거북아 수로부인 내놓아라
남의 부인 앗아간 죄 얼마나 큰지
네 이놈 이를 거역하고 내놓지 않으면
그물로 낚아 올려 구워 먹으리.

龜乎龜乎出水路
掠人婦女罪何極
汝若傍逆不出獻
入網捕掠燔之喫

"지금부터 저충과 함께 살 테야. 나, 돌아가지 않을 테야."

"아니 됩네다, 마누하님. 돌아가셔야 합네다."

"가기 싫다는데도. 나, 저충을 따라갈 테야."

수로는 저충에게 안겨 붙었으나 그는 그네를 떼어냈다.

"마누하님, 이제 와 이놈에게 무슨 한이 있겠습네까."

"없다니, 말이나 돼요?"

"없다니까요. 그러니 돌아가셔요. 지금 돌아가시면 사람들은 바다의 용이 데려다준 것으로 알 것입네다, 어서요."

"저, 저충…"

그런데도 수로는 매달려 떨어지지 않았다. 저충은 그네를 밀쳐내고 자취를 감추자 노랫소리가 더욱 세차게 들렸다.

뒤늦게 수로는 발길을 돌렸다.

그네는 늙은이가 가르쳐준 대로 바위 틈새를 벗어나 돌아왔다.

와! 하고 환성이 터졌다. 공포로 절었던 사람들은 용이 부인을 모시고 바다를 나와 뭍까지 바래다줬다고 떠들어댔다.

순정공이 부인에게 바싹 다가갔다. 다가가서는 바다 속으로 들어갔던 저간의 일이 궁금해 묻자 수로는 시침을 뚝 따고 응수했다.

"칠보궁전에 드니, 주는 음식마다 진미였습니다. 향기롭고 깨끗하기가 인간 세상의 음식과는 전혀 달랐답니다."

그네는 저충의 넓은 품이 궁전이었고 달아오른 뜨거운 입술이 진미라고 생각했는지도 모른다.

그렇게 말하는데도 순정공은 숙맥처럼 곧이곧대로 들었다.

"부인이야말로 날 따라온 덕으로 좋은 경험을 했소."

수로는 저충을 생각할수록 눈시울이 젖기만 했다.

저충이 남긴 체취는 이 세상 것이 아닌 향긋한 내음으로 남아 주위를 감싸 돌았는데도 저충과 사랑을 나눈 암향(暗香)인 줄은 그 많은 총중에서 어느 누구 한 사람도 눈치 채지 못했다.

이미 앗아간 데야

그것은 사(詞)도 아니었고 곡(曲)은 더구나 아니었다.

그렇다고 불륜의 현장을 목격하고 보시(布施)의 미덕을 빌려 관용을 베풀 것이 아닌, 부정을 의도적으로 폭로해서 저들의 의표를 찔러 간담을 서늘케 하고자 한 것도 아니었다. 더욱이 잘못을 뉘우치고 스스로 굴복해 오기를 은근히 기대한 것도 아닌, 하물며 저들에게 자신의 우월성을 과시한 것은 더 더구나 아니었다.

오직 주체할 수 없는 분노(憤怒)와 고뇌의 충격(衝擊)을 안으로만 삭인 것에 지나지 않았다.

그도 아니었다. 이루 형언할 수 없는 자포자기와 자기학대에서 튀어나온 말, 극단의 좌절과 내부 분열에서 야기될 수밖에 없는 본능적인 자학이 빚어낸 자조(自嘲)라고나 할까.

그렇다. 세태에 흠뻑 빠져 타락한 죄(罪), 그 이상도 이하도 아니었다.

세상에 그런 일은 도저히 있을 수 없었다.

처용(處容)은 만취해 비틀거리던 갈 지(之)자 걸음이 일순간 딱 멎으며 그대로 몸이 굳어 버렸다. 흙으로 빚어 만든 용인(俑人)처럼 굳어진 몸이었으나 눈만은 살아 부릅떠졌다.

그랬는데 눈에는 백태(白苔)라도 낀 양 눈앞에 벌어진 광경이 눈에 들어오지 않았다. 총기로 똘똘 뭉친 눈, 혜안으로 번뜩이던 눈에는 백태가 서리서리 끼어 똬리를 틀고 앉은 탓일까.

하기야 그럴 수밖에 없었는지 모른다. 그렇지 않고서야 미쳐 버리지 온전한 정신 상태로는 서 있을 수도 없었을 것이다.

처용은 난생 처음으로 원색적이며 인간적인 분노로 자제를 상실했다. 연놈이, 저런 연놈들이… 일그러지고 찌그러진 갖가지 분노가 시간을 다퉈가며 폭발하려고 했다.

당장이라도 연놈을 낚아채서 주리를 틀거나 물고를 낸다면 그렇게 고통으로 일그러지지는 않았을 것이다.

동경이, 아니 서라벌 온 천지가 들썩이도록 고함이라도 친다면 충격에서 받은 분노를 다소 누그러뜨릴 수 있었을까.

그도 아니었다. 투박스런 농부의 손에 들려져 있는 낫이나 우악스런 쇠스랑으로 연놈을 당장 요절을 낸대도, 아니 볼모로 끌려올 때 가슴에 품고 온 비수를 꺼내어 단칼에 목을 댕강 날려 버린다고 해도 배신감은 결코 삭일 수 없었다.

명색이 그래, 남의 아낙으로 외간 사내를 안방까지 끌어들여 드러내놓고 불같은 짓거리를 하다니. 그러고도 달아나기는커녕 한데 뒤엉켜 세상 모르게 자고 있다니. 날이면 날마다 어울려 다니면서 술을 마시는 둘도 없는 친구의 부인을 유혹해서 밤마다 그런 짓거리를 하다니.

처용은 어떻게 된 셈인지 알 수 없었으나 의지와는 상관도 없이 바위가 짓누르는 듯해서 몸을 움직일 수 없었다.

이불은 아랫목으로 밀려났으며 비단 요는 어느 구석으로 밀어냈는지 알 수 없는, 아니 멀건 대낮이 무색할 정도였다.

휘황하게 밝힌 황초 불 아래 실오라기 하나 걸치지 않은 나신, 그것도 얼마나 땀을 뻘뻘 흘리며 용을 썼던지 소금기가 번질번질하는 나신은 격

럴한 짓거리의 여적인 양 움쩍달싹도 않는 처용을 비웃고 있었다.

순간, 처용의 입에서는 소리도 없는 자조가 튀어나왔다.

동경 밝은 달에
밤드리 노닐다가, 나 참

말없는 토로, 분노를 극단적으로 자제하는 데서 오는 허탈감, 포기와
체념의 넋두리, 역신의 사악한 마음을 돌려 굴복시키겠다는 의도도 아닌,
무의식중에 독백이 툭 튀어나왔던 것이다.

본디 내 꺼였는데
이미 앗아간 데야

순간, 처용은 볼모로 끌려온 추억 한 자락이 끈끈하게 매달렸다. 그것
은 동경생활을 하는데 있어 명줄과도 같았다.

겉으로 보기에는 동경은 태평성대를 구가하고 있는 듯했다.

서울로부터 해내에 이르기까지 집과 집, 울과 울이 잇대어 있는데도 초
가 하나 눈에 띄지 않았고 음악과 노랫소리가 길거리에 질펀했으며 풍우
마저 사철 순조롭다고 드러내놓고 선전했으니.

하기야 노랫소리는 길바닥에 질펀했고 밤낮을 가리지 않았으니 온통
동경이 들떴다고 할 수 있었다. 그것도 상하를 불문하고 환락과 성의 탐
닉에 빠져 하루도 빤한 날이 없었으니까.

그러나 실은 그게 아니었다. 신라 전체가 낱낱이 좀먹어 속으로부터 곪
아터지기 직전이었다.

삼국을 통일한 지도 어언 1백수십여 년, 동경은 호화와 번영, 태평과 윤

택으로 찌들다 못해 독버섯이 서서히 내밀기 시작했으며 사치와 방탕은 사회기강을 송두리째 흔들어놓았다.

병든 도시의 표본처럼 바야흐로 동경은 소비적인 도시, 퇴폐적인 향락으로 야금야금 썩어들고 있었다.

그런데 타락의 생리로 보아 아래보다는 위가, 위 중에서도 왕족사회의 향락추구는 나라의 기틀마저 흔들었다.

그런 왕실의 부패와 타락 속에서도 충정이 남아 있었던지 헌안왕(憲安王)이 등극한 지 2년 정월에 이찬 김요(金堯)가 왕실의 부패를 두고 보다 못해 반기를 들고 군사를 일으켰다.

그런데 김요도 타락한 병사를 가지고는 부패의 거센 물결을 헤쳐 나가기에는 역부족이었다. 그는 부패의 물결을 돌려놓지 못한 채 왕실의 군사에게 주살을 당했으니 그 후유증은 컸다.

헌안왕이 왕위에서 떨려났던 것이다.

이어 경문왕(景文王)이 등극했다.

왕의 아버지는 각간 계명(啓明)으로 희강왕(僖康王)의 아들이었고 어머니는 신호왕(神虎王)의 딸인 광화부인(光和夫人)이다. 비마저 문자황후(文資皇后)로 헌안왕의 딸이었으니 왕실의 부패와 타락 속에서도 왕권쟁탈의 추잡성을 만천하에 드러냈다.

경문왕의 뒤를 이어 태자 정(晸)이 왕위를 계승했는데 이가 곧 헌강왕(憲康王)이다. 왕은 태자 때부터 성품이 착했고 글 읽기를 좋아했다. 그것도 한번 읽으면 외울 정도로 영특했다.

왕은 등극하자마자 선왕과는 달리 국정을 쇄신하려고 노력했으나 시중 예겸(乂謙), 이찬 민공(敏恭) 등을 업고 왕위에 올랐기 때문에 뜻을 펼 수 없었다.

어쩔 수 없이 왕은 대세에 밀려 위홍(魏弘)을 상대등에 제수했다.

그로부터 국정은 그의 손아귀에서 놀아나기 시작했다. 심지어 위홍은 왕의 여제인 만(蔓)을 유혹해서 음탕한 짓거리를 공공연하게 자행했고 그것도 백주에 대궐 안에서 뻔뻔스럽게 놀아났다. 그러면서 위홍은 타락의 전범(典範)임을 자청했다.

헌강왕이 집권한 지 5년 여름, 왕실의 타락과 사치를 보다 못한 신홍(信弘)이 병력을 일으켜 위홍과 대치했으나 부하에게 주살 당했다.

뒤를 이어 이찬 준흥(俊興)이 사람들을 모아 항거했으나 그도 뜻을 이루지 못한 채 아까운 생명만 잃었다.

두 번에 걸쳐 반란이 있었는데도 왕실은 타락의 늪에서 헤어날 줄 몰랐다. 게다가 왕의 총명도 위홍 일당에게는 어쩔 수 없었다.

왕은 대세에 밀려 그 대세에 자연스럽게 안주하면서 사치와 방탕에 젖어 정사는 안중에도 없었다.

왕은 시간이 지나면 지날수록 신하들을 데리고 도성을 비우는 출행이 잦았다. 아니었다. 그도 아니었다. 신하들의 강요를 견뎌내지 못해 도성을 비우는 행어(行御)가 빈번했다.

하루는 좌우 신하들을 대동하고 월상루(月上樓)로 행어했다.

왕은 누대에 올라 사방을 조망하다가 온 동경의 가옥들이 서로 이마를 맞대고 있는 데다 노랫소리가 끊임없이 들려오는 것을 흐뭇하게 듣고 있다가 시중드는 신하에게 물었다.

"짐이 듣기로는 일찍부터 백성들은 짚 대신 기와로 지붕을 이고 집이 그을까 나무 대신 숯으로 밥을 짓는다고 들었소."

"신 또한 그렇게 듣고 있습니다. 마마께서 즉위하신 후로는 날씨는 화창하고 풍우조차 순조로웠으며 백성들의 생활마저 윤택한 데다 변방까지 조용해 사치와 환락으로 들떠 있답니다."

시중 민공이 스스로를 자랑스럽게 내세웠다.

"경들이 보필한 덕인데 짐의 선정이라니, 너무 하는 것 아니오."

왕은 오히려 신하들에게 아첨하는 추태까지 보였다.

"마마, 시선을 둘러보십시오. 초가 하나 보이나. 그리고 지금은 중화참입니다. 그런데도 민가조차 밥 짓는 연기 하나 솟는지 보십시오. 모두들 집이 그을까 숯으로만 밥을 짓는답니다. 참 좋은 시절입니다."

"짐의 눈에도 그렇게 보이오."

왕은 만면에 미소까지 지으며 흡족해 했다.

하루가 다르게 왕은 부패와 타락의 늪으로 빠져들어 정사는 까맣게 잊었다. 그것도 한두 달이 아니라 수년 동안 빠져들었으니 왕 자신마저 정신적으로 병들어 헤어날 줄을 몰랐다.

왕은 타락과 부패로 찌든 동경, 유락과 방탕으로 병든 서라벌, 그 속에 파묻혀 탐락과 연유(宴遊)에 몰입했고 병든 도시를 대표하는 군주의 길을 스스로 가고 있었다.

급기야 왕은 도성의 놀이로는 성이 차지 않아 도성에 먼 곳에 있는 명승지를 찾느라 대궐을 자주 비웠다.

이번에는 신하들을 이끌고 임해전(臨海殿)으로 행어했다. 행어해서 명승에 걸맞게 주연을 베풀고 풍악을 울리게 했다.

왕은 보고 듣는 것으로 직성에 풀리지 않았던지 신하들에게 노래까지 부르게 하는 타락의 극치를 연출했다.

또 도성을 떠나 학성(鶴城)으로 행어했다. 행어해서는 주연을 베풀고 질탕하게 즐기다 못해 궁녀들의 옷을 벗겨 바다로 몰아넣고 즐기기까지 했으나 수많은 신하들은 왕에게 충언을 아뢰기는커녕 함께 놀아났다.

돌아오는 도중에도 왕은 놀이판을 벌렸다.

풍악이 질펀하게 울려 퍼지고 반나의 무희가 놀이판을 휘저었다. 남과 여의 구분이며 상과 하, 신분의 높고 낮음도 없이 뒤엉켰다.

바야흐로 놀이판은 타락의 도가니로 치달았다. 바로 그때였다. 하늘을 가린 일대의 깃발이 들이닥쳤다.

춤판은 당장 수라장이 되고 말았다. 왕은 당황해서 넋을 잃고 궁녀의 치맛자락에 머리만 처박은 채 벌벌 떨고 있었다.

그런데도 누구 하나 나서서 사태를 수습하려고 들지 않았다.

왕은 구름과 안개가 잔뜩 낀 듯 앞이 전혀 보이지 않았다.

그때 용자(龍字) 깃발을 든 건장한 사내 하나가 왕 앞으로 성큼 다가섰다. 다가서서는 우렁차고 쩌렁쩌렁 울리는 목소리로 아뢰었다.

"마마, 궁녀들의 치마폭에 숨지만 마시고 앞으로 납시어 신민들의 충정을 들어보옵소서." 하는 목소리는 어찌나 기걸 찼던지 사람들의 기를 꺾었을 뿐만 아니라 파도마저 가라앉혔다.

왕이 이처럼 절박한 상황에 놓여 있는데도 좌우 시신들은 어느 구석에 몸을 숨겼는지 숨소리조차 들리지 않았다.

"마마, 당당히 앞으로 나오십시오."

왕은 어쩔 수 없었던지 궁녀의 치마폭에서 고개를 내밀었다.

"짐은 여, 여기에 이, 있잖소."

"마마, 소청이 있어 무례를 무릅쓰고 찾아왔습니다."

"……."

"지금 조정은 간신배들로 들끓고 있습니다. 간신배들을 몰아내고 현인을 등용시켜 국기를 튼튼히 하셔야 합니다."

"……."

"지금 상하를 막론하고 타락의 극치로 치닫고 있습니다. 하루라도 빨리 불교를 중흥시켜 교화해야 합니다. 그렇게 하지 않으면 나라가 망할 수도 있습니다. 저의 충정을 들어주옵소서."

듣기에 따라서는 다분히 협박조였으나 거친 야인의 우렁찬 목소리에는 나라의 안위를 생각하는 충정이 넘쳐흘렀다.

"……"

"마마, 속히 언질을 주옵소서."

"어, 언질이라니?"

"마마, 국정을 쇄신하겠다는 약속 말입니다. 아울러 불교를 중흥시켜 나라의 기틀을 굳건히 다지겠다는 그 말씀도 함께 약속해 주셔요. 그런 언질 없이는 신민들은 결코 물러나지 아니할 것입니다."

"그 많은 신하들은 어디로 갔단 말인고?"

"마마, 대왕마마, 옳은 신하 하나 어디 있다는 말씀입니까? 두루 살펴보셔요. 눈을 씻고 찾아도 눈에 띄기나 한답니까."

"짐의 주변에는 신하 하나 없단 말이지?"

"그러합니다. 어서 약조하십시오."

"소청을 드, 들어준다면 일대를 무, 물리겠소?"

왕은 떨려서 말도 나오지 않았다.

"소청만 들어주신다면 지금 당장이래두 신민들을 물러나게 하겠습니다. 마마, 어서 소청을 들어주옵소서, 소청을."

"그렇다면 소청은 들어주겠소."

왕은 공포로 절다 못해 얼떨결에 대답했다.

"마마, 꼭 이행하셔야 합니다."

"그렇게 하겠소."

확답을 듣고서야 하늘을 가렸던 일대의 깃발은 물러났다.

뒤늦게 일신의 안위만 생각해 도망쳤던 신하들이 하나 둘 나타났다.

왕은 일대가 물러간 오랜 뒤에야 정신이 돌아왔다.

그런데도 신하들에게 일언반구의 문책도 하지 못하고 오히려 신하들의 눈치만 살피다가 되묻는 무기력만 드러냈다.

"저 일대는 누구란 말이오? 누구기에 왕을 협박하는 무례를, 그것도 벌건 대낮에 저질렀단 말이오?"

그러나 누구 하나 신민들의 충정을 간하려 들지 않았다.

그들은 왕의 안위는 까맣게 접어둔 채 자기들의 목숨 보전에만 혈안이 되어 파김치가 되었으니 묵묵부답일 수밖에.

급기야 참다못한 왕은 언성을 한껏 높여 일갈했다.

"저들은 도대체 누구란 말이오? 말하시오?"

마지못해 한 일관이 나서서 "저들은 동해용의 조화 탓입니다. 마땅히 좋은 일을 해서 풀어줘야 합니다." 하고 아뢰었다.

"좋은 일을 해야 한다, 좋은 일을?"

왕은 골똘히 생각하다가 담당 관원을 불러 지시했다.

"용을 위해 이곳에다 사찰을 짓도록 하오."

신하들은 이런 사실이 세상에 알려지기를 두려워해서 왕의 명령이 떨어지자 구름과 안개가 걷혔으니 이곳을 개운포(開雲浦)라 부르기로 했다는 사실을 날조해 퍼뜨리는 민첩성을 발휘했다.

미륵신앙의 근원은 인도에서 비롯했으나 서역에서 성행했으며 4세기경에는 중국에 유입되어 유행했었다.

특히 현장법사가 도솔상생(兜率上生)의 신앙을 고취함에 이르러 널리 전파되었고 곳곳에서 미륵불을 조성하는 역사가 빈번했다.

신라도 중국의 영향을 받아 미륵신앙이 전래된 이래 교학(敎學)에 어두운 백성들 사이로 파고들었다.

미륵신앙은 미륵불(彌勒佛)의 출현과 도솔천(兜率天)에로의 왕생을 염원하는 불교의 한 갈래로, 먼 장래에 반드시 미륵불이 출현할 것이며 그때는 세상이 낙토로 변할 뿐만 아니라 인간의 수명은 8만여 세나 연장되며 부처님마저 제도하지 못한 중생들을 3회에 걸쳐 용화법회(龍華法會)

로서 제도할 것이라는 미래의 이상향을 제시한 신앙이다.

해서 통일 이후 신라에서는 크게 유행을 했다.

오직 신행(信行)을 닦은 공덕만으로도 미륵불을 만나며 미륵불의 인도를 받아 미륵의 이상세계로 왕생할 수 있다는 경전과 석가의 제자인 미륵이 도솔천이라는 이상적인 세계로 왕생할 것이며 신자들 또한 죽어 도솔천으로 갈 것이라는 왕생을 강조한 탓으로 백성들의 신심을 사로잡았다. 더욱이 학성 일대는 미륵불을 신봉하면 몇 만 겁이 지나 동해용의 화신으로 추앙받는 토후 능준(能俊)처럼 태어난다고 믿었다.

이런 신심을 갈파한 능준은 스스로 동해용의 화신임을 내세워 타락한 민심을 수습했으며 그것도 건전한 사회 기강으로 세우려 했다.

그렇게 되자 민심은 능준을 중심으로 몰려들었고 그는 그런 세를 이용해 망국병으로 찌든 신라를 재건시키려고 했으며 호국불교를 내세워 반동경의 선봉이 되었고 반정부의 기수를 자처했으나 모반까지 해 망국병을 바로잡으려는 의도는 없었다.

능준은 왕실 주변에서 일어나는 반역을 예의(銳意) 주시했다.

그 결과, 실패뿐이라는 것. 더구나 동경 멀리 떨어져 있는 학성에서 병력을 동원해 동경으로 진격했다가는 중도에서 비밀이 탄로나 실패할 것임을 진작부터 깨달았다. 그래서 순리에 따라 왕을 설득시키고 무너진 사회기강과 타락한 조정을 바로잡으려고 했으며 그것도 불교의 중흥을 빌려 재건하려고 들었던 것이다.

능준은 헌강왕이 학성으로 연유(宴遊) 나온 차제에 모반하자는 토후들을 달래어 왕에게 직접 소청을 드리는 것으로 합의를 보았다.

그런데도 능준은 소청해도 듣지 않을 때에는 차후 대책을 세우기로 한 뒤, 일대를 보내놓고 그 귀추를 초조하게 기다리고 있었다.

능준은 보고를 받자 토후들의 사병을 일단 해산시켰다.

해산을 시킨 뒤, 소청을 들어주기로 했다는 반가운 보고에 아무런 의심도 없이 일곱 아들을 데리고 어가(御駕)가 머물고 있는 곳으로 갔다. 가서는 일곱 아들과 함께 왕을 위해 주연을 베풀고 무희에게 춤을 추게 하고 악공들로 하여금 음악을 연주케 해서 왕의 덕을 칭송했다.

한데도 삼국유사에는, '일곱 아들을 데리고 왕 앞에 나타나서 덕을 찬양하고 춤추고 음악을 연주했다(乃率七子 現於駕前 讚德獻舞奏樂)'는 기록은 숱한 오해를 불러일으켰다.

주술의 능력과 가무의 의례를 통해 기상의 이변을 퇴치했기 때문에 그 주체는 당연히 무(巫)일 것이며, 그것도 데리고 온 일곱 아들 중에서 한 아들이 나서서 춤추고 음악을 연주했다는 풀이의 결과로 처용을 하나 같이 무로만 연구 대상으로 삼았다.

기록에 나타나 있는 그대로 일곱 아들을 데리고 와서 왕의 덕을 찬양하기 위해 춤추고 음악을 연주했다고 풀이하는 것이 보다 정확한 해석이라고 할 수 있겠다.

용왕이 무인 아들을 데리고 왔다기보다는 왕의 덕을 축하하기 위해 마련하기 위한 자리이기 때문에 일곱 아들을 데리고 와서 합석시켰으며 데리고 온 아들로 하여금 춤추고 음악을 연주하게 한 것이 아니라 용왕이 왕을 위해 베푼 연회장이기 때문에 일곱 아들을 참석시키고 무인(舞人)과 악공들로 하여금 춤추고 음악을 연주케 해서 덕을 찬양했다고 풀하는 것이 보다 옳을 것이다.

어쨌거나 왕은 조금도 반기는 기색이 없었다. 좀 전에 받은 충격에서 아직도 벗어나지 못한 탓일까.

그게 아니었다. 저 능준이란 놈, 저 놈도 좀 전의 패거리들임에 틀림없어. 겉으로는 찾아와서 덕을 칭송합네 하지만 속으로는 반심을 품고 있을 것이 분명해. 그렇다면 저놈을 꽁꽁 옭아맬 방도는 없을까.

왕은 연회 내내 능준을 옭아맬 그 생각에만 골똘했다. 골똘히 생각한 끝에 복안이 섰던지 왕은 능준에게 은근히 물었다.

"경이 좀 전에 능준이라고 밝힌 장본인이오?"

"마마, 그렇습니다. 능준입니다."

"그대가 정녕 학성 토후 능준이란 말이오? 그런 것이요?"

"마마. 그러합니다."

"그렇다면 약속하겠소. 짐이 동경으로 돌아간 뒤에도 잊지 않으리."

왕은 벌벌 떨던 태도와는 달리 의미심장한 미소를 짓기까지 했다.

"그렇게까지 생각해 주시니 광영입니다."

"경의 일곱 아들 중에서 어느 아들이 가장 영특하오?"

"그 중 셋째 호(晧)가 영특하답니다."

"호가 가장 애지중지하는 아들이란 말인고?"

"마마, 그러합니다."

"그렇다면 과인이 셋째 호를 동경으로 데려가겠소. 데려가 곁에 두고 귀여워해 줄뿐 아니라 짐이 아끼는 미녀로 하여금 혼인까지 시켜주겠소. 그리고 머무는데 지장이 없도록 관직도 하사하겠소."

순간, 능준은 얼굴빛이 하얗게 질렸다.

비로소 왕의 속셈을 간파했기 때문이었다.

졸지에 아들 하나를 인질로 보내다니…

후회했을 때는 이미 늦었다. 벌써 주변에는 호위하는 병사들이 왕을 겹겹이 에워싸고 있었다. 그에 비해 능준은 부릴 병사 하나 데려오지 않았다. 날쌘 병사들을 선발해서 데려가라는 참모들의 조언을 무시한 것이 후회되었으나 이미 엎질러진 물이었다.

왕의 청을 거절이라도 했다가는 당장 모반으로 몰려 주살당할 지도 모른다. 내 목숨이야 아까울 것이 없으나 일곱 놈의 아들은…

능준은 장부답지 않게 고개를 절레절레 흔들었다.

"어떻게 생각하오, 능준? 어서 대답하시오."

"… 소신은 마마의 뜻에 따르겠습니다."

능준은 왕의 뜻에 따르지 않을 수 없어 응낙했으나 분노를 삭이지 못해 목줄이 꿈틀했고 혈관은 팽창해 터질 것만 같았다.

이런 눈치를 누구보다도 호가 눈치 채고 속삭였다.

"아버님, 너무 걱정 마서요. 기회를 보아 돌아올 것입니다."

호는 참으로 의젓했고 당당했다. 그는 아버지나 형제들과는 달리 불안해하는 기색이라곤 없이 되레 아버지를 안심시키는 것이었다.

호는 왕을 따라 동경으로 왔다.

돌아온 왕은 호에게 곁을 떠나지 말 것이며 국정을 보좌하라고 했으나 그것은 명색이 보좌였지 인질이나 다름없었고 강력한 토후 하나를 묶어 놓았다고 생각해서인지 놀이에만 빠져들었다.

하루는 왕이 호를 불러 조롱하듯 물었다.

"그대의 이름이 뭔고?"

"부모님이 호라고 지어 주셨답니다."

"호라니, 그게 어디 사내 이름인 게야. 이제는 동경인답게 이름도 고쳐야지. 어떤 이름이 좋을꼬? 가만 있자. 처, 처용이 어떨까? 처용이 좋겠어. 앞으로는 처용으로 짐은 부르리라."

왕은 처용(處容)이라는 이름까지 지어주었다.

마치 천대받는 무격(巫覡)같은 이름, 호는 부모가 지어준 본명을 빼앗긴 채 처용으로 불리어지게 되었다.

왕은 처용을 곁에 두는 것만으로는 안심할 수 없었던지 급간(級干)이라는 관직까지 하사했다. 이는 처용을 동경에서 달아나지 못하도록 한 조치이기도 했으나 능준의 반란이 두려웠기 때문이기도 했던 것이다.

그러고도 감시를 소홀히 하지 않았다.

처용은 볼모의 몸이 되어 왕궁에 갇혀 지내는 신세가 되었으나 초조해하거나 서둘지 않았다. 물론 민첩한 행동으로 감시망을 피해 탈출할 수도 있었으나 대군을 출동시켜 무방비의 아버지를 들이칠까, 그것이 걱정되어 탈출을 단념했다. 유일한 희망이라면 왕의 마음이 변해 놀이를 그만두고 선정을 베풀기를 기대하는 것뿐.

왕은 약속대로 미녀를 취해 아내로 삼아줬다.

나고라는 미모의 여인이었다. 그네의 출신 성분은 베일에 가려 알 수 없었으나 미모 하나를 무기로 상류사회에 뛰어들 수 있었고 이를 발판으로 대궐 안까지 손을 뻗칠 수 있었던 것이다.

나고의 미모는 왕의 눈에 들어 사랑을 독점한 적도 있었으나 타고 난 요부로 왕과의 사랑은 오래 지속되지 못했다.

그네는 생각나면 가끔 찾아주는 왕의 방문에 불만을 토로했고 그것이 침실에서 투정으로 나타나곤 했다.

그런 투정이 빌미가 되어 나고는 왕의 눈 밖에 났다.

왕이 나고로 하여금 아내를 삼아준 것은 처용이 귀여워서가 아니었다. 타고 난 요부로 하여금 처용을 잡아두기 위해서였고 궁중에 볼모로 잡혀 있는 한 능준의 모반을 힘들이지 않고 막을 수 있다는 계산이 섰기 때문이었다.

그러나 처용은 왕의 의도대로 나고에게 빠져들지 않았다.

동해 바닷가에 두고 온 문의(文義)가 그리워서만 아니었다. 문의는 투명한 가을아침 이슬과도 같은 눈을 가지고 있었다.

아침 햇살이 퍼지기 시작하는 논둑길을 거닐다 보면 햇빛에 반사된 이

슬이 눈에 와 닿아 영롱한 빛을 내듯이 그네의 해맑은 눈동자는 눈에 넣고 다녀도 그에게는 조금도 불편하지 않았던 것이다.

처용은 그네와 장래를 약속한 사이였다. 언제든가. 여름 바다에서. 한창 이성이 그리울 나이인 갓 열일곱 그쯤일 게다.

호의 머릿속은 온통 문의의 생각으로 가득 차 있었다.

맛있는 것을 먹을 때는 그네에게 주지 못해 입맛이 썼고 좋은 것을 가지면 그네에게 주지 못해 안달했던 나이, 잠시만 보지 못해도 보고 싶어 등창이 났으며 일각이라도 사이가 뜸하면 꿈속에서조차 헛소리를 하던 그런 나이였다.

문의는 미역을 따러 먹바위께로 나갔다. 먹바위 부근은 호젓해서 사람들의 발길이 뜸해 미역이 지천으로 널려 있었다.

그네는 옷을 벗어 바위에 두고 자맥질을 하면서 미역을 땄다.

정신없이 미역을 따고 있는데 무엇이 덥석 끌어안는 것이 아닌가. 해서 기겁을 해 뿌리쳤던 것이다. 그네는 문어 같은 것이 달라붙은 줄로만 알고 한사코 떼어내려 했으나 떨어지지 않았고 물만 삼켰다.

그네가 정신없이 물을 삼키고 있는데 "나, 누군 줄 몰랐지." 하고 얼굴을 들이미는데 보니까 호였다. 그네는 앙탈하려는 마음과는 달리 물속인데도 얼굴이 달아오르다 못해 손으로 젖가슴부터 가렸다.

"나, 누구게? 맞춰 봐."

"누군 누구겠어. 바로 바다 귀신이지."

"그래, 나는 바다 귀신이다."

바다 속은 투명했다.

너무 투명해 거대한 거울을 설치한 것 같았다.

그네의 나신이 그대로 비쳐 호기심 많은 호라고 할지라도 눈을 감아야만 했다. 게다가 그네의 몸매는 들어갈 곳은 들어갔고 나올 곳은 나왔으며 생길 것은 생겼고 갖출 것도 갖췄다. 봉긋한 젖 봉오리며 굴곡진 허리, 알맞게 튀어나온 둔부, 나올 데 나오고 들어갈 데 들어간 그네의 몸매야말로 놀랄 정도로 매력의 보물창고였던 것이다.

문의는 당황한 나머지 말도 만들지 못했다.

"호, 눈을 감아. 눈뜨면 나, 울래."

"눈을 감았잖아. 똑똑히 봐. 꼭꼭 감았잖아."

"아직도 눈을 뜨고 있으면서…"

호는 그네의 말에 더 이상 순종할 수 없다고 생각했다.

그는 잔뜩 호기심에 젖은 눈을 떴다.

"내 앞에 있는 문의는 이 세상에서 가장 예쁘다."

"감으라는 눈은 감지 않고 엉뚱한 소린…"

"내가 언제 엉뚱한 소리를 해. 아무 소리도 하지 않았는데."

"저 능청 떠는 것 좀 봐. 눈뜨면 정말 싫어."

"싫다면 되레 눈을 더 크게 떠야지."

문의는 대답하지 않았다. 그 대신 가슴이 터질 것같이 뻐근했다.

이 때를 놓칠 리 없는 호는 그네에게 다가가 포옹했다.

"누가 보면, 우리 어떻게 해?"

"보긴 누가 있다고 봐. 바다 속인데."

"그래두. 소문나면?"

"소문? 소문나면 나라지."

문의는 미역 따던 칼을 들어 호를 겨냥했다.

"더 이상 접근해 오면 찌를 테야."

"찔러, 찔러. 나 찔려도 좋아. 난 포옹할 테야."

"그런 소리 두 번 하면, 정말 찌를 테야."

"찌르려면 요기를 찔러, 어서, 어서요."

호는 장난기가 발동하자 뜬금없이 혀를 날름 내밀었다.

그네는 차마 찌르지는 못하고 뒤로 물러나기만 했다.

호는 물러나는 그네의 입술을 찾아 덮쳤다.

그네는 소리를 지른다는 것이 바닷물만 삼켰고 겨누던 칼을 놓고 호의 머리를 휘감았다. 두 사람은 숨이 가빴다.

물 위로 솟구쳐 심호흡을 하고 자맥질했다.

물 위로 솟구치면서 자맥질을 하기 몇 번, 그들은 아무도 모르는, 아니 둘만이 아는 사랑을 잉태했다.

처용은 지금도 그때를 생각하면 눈물이 난다.

얼마나 청순하고 지순한 문의였던가. 수줍기만 한 문의였다.

그네에 비해 나고는 너무 아름다워서 역신마저 흠모했다.

게다가 요염함이 뚝뚝 떨었다. 닳고 닳은 요염함이며 사내를 굴복시키고도 남을 미모에 빠져들었다가는 고향으로 돌아가는 기회를 영영 놓칠까 그것이 두렵고 무서웠던 것이다.

그래서 나고에게 관심을 두기보다는 정사를 보필하는 데만 정열을 쏟았다. 그것은 왕의 눈에 들어 고향으로 돌려보내 줄지 모른다는 실낱같은 기대 때문이었다.

"마마, 일전에 동해용을 위해 사찰을 창건하시겠다는 약조는 어찌 되었습니까? 설마 잊으신 것은 아니겠지요, 마마님."

"그런 약조를 짐이 했단 말인고?"

"학성으로 행어하셨을 때, 하지 않았습니까."

왕은 그 당시 끔찍한 일을 생각만 해도 불쾌했으나 능준의 당당한 병사들을 떠올리고는 이내 마음을 누그러뜨릴 수밖에 없었다.

"처용의 소청이라는 데야 짐이 그렇게 하지."

비로소 왕이 어명을 내려 영취산(靈鷲山) 동쪽 기슭, 전망 좋은 명당을 찾아 절을 세웠다. 그 절이 바로 망해사(望海寺) 또는 신방사(新房寺)란 절인데 용을 위해 세운 절이었다.

처용은 절이 완성되면 왕의 방탕도 수그러질 줄 알았으나 절이 완성된 뒤에도 불도를 행하기는커녕 방탕과 유락(遊樂)을 그만둘 줄 몰랐고 행차하는 곳마다 전설만 흘리고 다녔다.

포석정(鮑石亭)으로 행어했을 때도 그랬다.

남산의 신이 왕 앞에 나타나 춤을 췄다. 좌우 신하들은 보지 못했으나 유독 왕의 눈에만 띄었다. 산신이 사람으로 현신해서 왕 앞에서 춤을 추자 왕도 덩달아 춤을 추면서 자랑을 늘어놓았다.

"춤을 춘 사람은 상심(祥審)이란 산신인데 경들은 보았소?"

신하들은 보지 못했으니 어안이 벙벙할 수밖에.

"모두들 한심하오. 후세에 전해지도록 기록이나 해 두시오."

그래서 어무상심(御舞祥審) 또는 어무산신(御舞山神)이라고 하는 괴상한 춤이 생겼다.

뿐만이 아니었다. 신이 나타나 춤을 추자 그 모습을 공인에게 새겨서 후세에까지 물려주려고 했기 때문에 상심(象審), 상염무(霜髥舞)까지 전해지게 되었다. 이는 형상을 본떠 이름을 붙인 탓이었다.

금강령으로 놀이행각을 나갔을 때도 그랬다.

때맞춰 북악의 신이 나타나 춤을 췄다.

왕은 옥도검(玉刀鈐)이라고 명명했다.

동례전에서 잔치를 베풀 때도 신이 나타났다.

지신이 나타나 덩실덩실 춤을 추자 왕은 지백급간(地伯級干)이라고 떠받들었다. 지신이 춤을 추면서 지리다도파(智理多都波)를 되풀이했다. 지리다도파란 지혜로 나라를 다스리는 사람들이 나라가 망할 것을 예지하고 도망쳤으며 머잖아 도성이 파괴된다는 암시였다.

산신과 지신이 나타나 나라가 망할 것을 예지하고 깨우쳐주기 위해 왕의 연회 때마다 춤을 춰서 경각심을 일깨웠으나 왕과 신하들은 깨닫기는커녕 상서가 나타났다고 되레 술과 여색에 빠져들었다.

이런 왕을 두고 처용은 직간을 서슴지 않았다.

"마마, 당장 연회를 중지하시고 정사에 몰두하셔야 합니다."

"짐이 언제 정사에 소홀함이 있었던가?"

적반하장(賊反荷杖) 격으로 역정을 냈다.

"산신과 지신이 나타나 지리다도파를 외친 것은 종사의 안위가 걱정되어 사전에 경고한 것이 아니오이까?"

"저런 멍청한 것이 어디 있나. 산신과 지신이 나타난 것은 오히려 상서(祥瑞)인데도 짐을 모함하려 들다니…"

"그게 아니옵니다, 마마. 굽어 살피소서. 더 늦기 전에 종사의 안위를 살피셔야 합니다. 그것이 통일의 대업을 이루신 선왕들에 대한 후손의 도리인 줄로 알고 있습니다."

"이 태평성대에 종사의 안위를 들먹이다니, 저런 불충이 어디 있단 말인고? 당장 처용을 대궐에서 내쫓으렷다!"

끝내 처용은 왕에게 버림을 받았다. 대궐에는 얼씬도 못하게 했을 뿐 아니라 동경을 벗어나지 말라는 어명까지 내렸다.

엎친 데 덮친 격으로 처용은 볼모로 끌려온 몇 년 사이, 아버지는 화병으로 돌아가셨으며 문의는 기다리다 못해 바다에 몸을 던졌다는 불길한 소식에 접했다.

이래저래 처용은 절망의 늪에서 헤어나지 못했다.

동경은 해가 갈수록 번영의 극치, 태평과 윤택에 젖은 타락의 덫에 걸려 헤어날 줄 몰랐다. 방탕과 탐닉에 들뜬 문란은 사회기강을 송두리째 혼들었고 국가 기틀을 뿌리째 뽑으려고 했다.

여기에 예술의 도시 동경은 소비적인 기풍만 조성했고 퇴폐적인 향락 문화는 왕조의 몰락을 예견한 듯했다.

동경이 온통 들떴다고 할까. 상하를 막론하고, 아니 귀천을 막론하고 환락과 쾌락에만 탐닉했고 그것도 밤을 낮 삼아, 낮을 밤 삼아 놀아났으니 온통 세상이 뒤바뀐 것 같았다.

처용은 좌절 끝에 도시적인 분위기에 동화되기 시작했다.

아니 주색잡기의 길로 들어섰다. 그래도 직성이 풀리지 않으면 유가(遊家)로 나가 계집의 치마폭에 묻히곤 했다.

처용은 악연이긴 했으나 왕이 짝 지어 준 미모의 아내, 역신이 흠모할 정도의 요염한 아내가 있었으나 거들떠보지도 않은 채 시정의 환락하며 질펀하게 흘러 퍼지는 쾌락의 분위기에 휩쓸렸다.

그것도 자포자기했으며 자학한 나머지 철저하게 타락하기로 작정을 했으니 말할 나위도 없었다.

마침내 처용은 여염집 유부녀까지 유혹해 사랑놀이를 했다.

그 짓도 싫증이 나면 대로를 돌아다니며 고성방가하거나 유곽에 처박혀 자기 일쑤였다.

그런 짓거리 중에 만난 짝이 우(瑀)란 사내였다.

우는 스스로 역신을 자처했고 실제로 역신의 탈을 쓰고 곧잘 여염집의 담을 넘나들며 유부녀를 후리는데 이골이 났다.

그는 유한공자로 신분은 원래 화랑이었으나 화랑이라는 신분이 시궁창보다도 못하게 되자 스스로 타락했으며 시정의 분위기에 휩쓸려 여색을 탐하는 난봉꾼, 타락과 방탕, 반도덕적인 패륜아를 자처했고 처용의 아내, 나고의 미모를 흠모했다.

나고는 극히 드문 미모에 요염했기 때문에 패륜아인 우의 표적이 되기에 전혀 부족함이 없었다. 게다가 우에게는 처용의 단짝이었는데도 신의라곤 손톱 밑의 때만큼도 없었던 것이다.

우는 계획적으로 처용에게 술을 퍼 먹여 곤드레가 되도록 취하게 만든 뒤, 술청을 몰래 나와 나고에게 가곤 했다.

나고도 그랬다. 남의 지어미였으나 그런 인륜에는 조금도 구애받지 않았다. 그네에게는 오직 성의 탐닉밖에 없었다.

미모를 한껏 뽐내며 스스로 남성의 품을 파고들었다고 할까.

그랬으니 둘은 한 통 속으로 죽이 끓었다.

처음에는 우도 양심이란 것이 그래도 남아 있었던지 역신의 탈을 쓰고 몰래 드나들었다. 역신의 탈을 쓰게 된 동기는 여염집 유부녀만 골라 유혹하는 패륜아를 자청했기 때문이며 패륜아야말로 사회의 병균과도 같은 존재라고 믿고 행동으로 옮겼다.

우는 몰래 드나드는 것이 빈번해지자 터놓고 드나들었다.

달빛은 너무나 고고해 사람의 마음을 들뜨게 했다.

우는 처용을 또 유곽으로 끌어냈다.

"내가 개발한 기막힌 술집이 있어. 게다가 기찬 아가씨들도 있다구. 함께 가지 않겠나? 오늘밤은 내 한 턱 쓰지."

"좋았어. 듣던 중 제일 반가운 소리야. 어서 가자구."

우는 앞서 쭉쭉 걸었고 처용은 터덜터덜 뒤따랐다.

"내가 말한 집이 바로 이 집일세. 어서 들어가자고."

바깥에서 보기보다는 안은 화려했다. 음식도 정갈했고 계집들의 간드러진 미소가 술맛을 돋우었다.

처용은 계집의 간드러진 웃음에 묻혀 술을 마시다 대취해 그대로 쓰러져 코를 곯았고 오한을 느끼고 뒤늦게 깨어났다.

그런데 옆에 함께 쓰러져 있어야 할 우가 보이지 않았다.

처용은 또 계집을 후리려고 갔거니 여기고 집으로 향했다.

나고는 황촛불을 밝혀놓고 우를 기다렸다. 초저녁부터 방안에 깔아놓은 비단 요와 공단이불은 촛불에 반사되어 화려함을 더했다.

그네는 요염한 자태로 교태를 지으면서, 아니 속곳만 걸친 풍만한 여체를 한껏 드러낸 채 눈알아 빠져라 하고 우를 기다렸다.

드디어 귀에 익은 발자국 소리가 가까이 다가왔다.

"이제 나타나다니, 목이 한 자나 빠졌어요."

"미안해. 기다리게 해서 미안하오."

나고는 반나의 몸으로 누워 있다가 입술을 달싹했다.

"기다리다 숨이 넘어갈 뻔했어요."

"미안해. 정말 미안하다고. 처용을 취케 만들어 곯아떨어지게 하다 보니, 이렇게 늦어질 수밖에 없었어."

"처음부터 말술을 퍼 먹였으면 이내 골아 떨어졌을 텐데…"

"이젠 술의 힘을 빌릴 것도 없어. 그놈 앞에서도 나 보란 듯이 드러내놓고 당신과 사랑을 나눌 수 있으니까."

"아이 좋아라. 당신 정말 멋져."

나고는 사내의 목을 끌어안고 교태를 떨었다.

우가 "우리, 반주라도 한 잔 해야지?" 하자 그네는 맞받아쳤다.

"반주는 무슨 반주, 남은 갈증 나 죽겠는데…"

나고는 술상까지 준비했으나 그보다 급한 것이 있었다.

그네는 우가 들어서기가 무섭게 옷을 벗기기 시작했다.

사내도 그네의 속곳을 벗겼다. 알몸이 되기도 전에 둘은 포옹했다.

잘 익은 개구리참외인들 이처럼 군침을 돋울 수 또 있을까.

격렬한 짓거리는 자체가 춤이었다. 그것도 혼자서 추는 춤이 아니라 둘이서 추는 춤이랄까. 단지 보는 관객이 없었을 뿐.

천장과 방바닥이 몇 번 뒤바꿔서야 춤은 멎었다.

춤은 멎었으나 오랜 요분으로 두 사람은 숨이 가쁜데도 서로의 입술을 놓지 않았고 짓거리가 끝났는데도 부둥켜안고 떨어지지 않았다.

나고는 사내의 목덜미를 바싹 당겨 안고 삼단 같은 머리로는 사내의 가슴에 박았다. 이어 무 속 같은 살결의 다리로 사내의 다리를 감아 올렸다. 사내의 땀내음이 코끝에 와 닿아 매캐했고 뛰는 가슴의 고동이 젖무덤을 들썩이었다. 그네는 이 열락을 사내에게 어떻게 전할까 생각하다가 잠이 들었고 우도 제 집인 양 코를 골았다.

처용은 달빛 그림자를 지우면서 집으로 들어섰다. 집으로 들어서자 습관대로 아내가 자고 있는 방문을 덜컥 열었다.

그런데 아내가 자고 있는 잠자리는 평소와 달랐다. 몽롱한 시선을 닦고 또 닦고 보았으나 아내 혼자는 분명히 아니었다.

다리가 넷이었다. 둘은 내 마누라 꺼라면 둘은 내 꺼라야 했는데 내 다리는 이렇게 방문 앞에 서 있지 않는가.

그렇다면 저 미끈한 다리는 도대체 누구 꺼란 말인고?

비로소 처용은 아내의 간통임을 깨닫고 인간적인 감정으로 돌아와 분노와 충격으로 몸을 떨어댔다. 아니, 아내의 간통현장을 목격하고 바위가 짓누르는 것과 같은 답답함에 주눅이 들어 당장이라도 연놈을 난도질하거나 주리를 틀어야 했으나 어떻게 된 셈인지 미동도 할 수 없었다.

지극히 당연한 대처 방법인지도 모른다.

처용으로서는 위대한 생불이나 성인의 경우처럼 현세의 모든 죄악으로부터 아무런 분노 없이 용서하는 그런 인간이 아니었다. 그렇다고 해서 그런 관용을 수양에 의해 쌓은 것도 아니었다.

분노와 충격, 자조와 자탄으로 뒤엉켰으나 다행히 겉으로 폭발한 것이 아니라 체념과 포기의 상태에서 안으로 자지러든 것에 지나지 않았던 것이다. 그만큼 처용은 정신적으로 병들어 있었다.

볼모로 끌려온 이래 단 한번도 감정을 울컥 하고 드러내어 폭발시킨 적이 있었던가. 서라벌의 화려한 문벌가이기보다는 변방 토후의 아들, 볼모라는 가지가지의 제약, 외래인의 한계, 그런 울분이 쌓이고 쌓여 그를 그렇게 나약하게 만들었는지도 모른다.

저간의 경과가 떠오르자 어느 새 아내의 부정, 둘도 없는 단짝의 배신이 가져다준 원색적인 분노와 충격은 급속도로 진정되고 체념과 단념의 좌절 끝에 자조가 발발 기어 나왔다.

이어 자신이 타락한 도시의 분위기 속에서 고고하지 못하고 되레 휘말려든 나약함, 볼모를 극복하지 못한 채 유락에 탐닉할 수밖에 없었던 회한, 목전의 불륜은 돌이킬 수 없다는 자조, 신라 전체가 부패와 타락으로 병들어 버린 도덕관에 대한 자기학대며 자기폄사로 비화했다.

급기야 처용은 가지가지 상념과 싸움 끝에 자폭의 길을 가기 위해 발길을 돌려 불륜의 현장을 벗어났다.

그야말로 살아온 과거를 톱으로 톱질해내는, 극기의 감정을 달래고 극단의 자기파멸을 독백으로 달래면서.

처용이 가(歌)로 부른 것이 아니라 입에서 튀어나온 말을 흘리면서 불륜의 현장을 물러났던 것이다.

이런 절박한 심정을 두고 일연 선사는 노래하고 춤추면서 물러났다고 단순히 유사에 기록했다.

그러나 기록 이면에는 숱한 사연을 숨겨뒀을 것이다.

동경 밝은 달에
밤드리 노닐다가, 나 참
돌아와 잠자릴 보니

가랄이 네히어라

둘은 내 꺼였는데

둘은 뉘 꺼란 말고

본래는 내 꺼였는데

이미 앗아간 데야…

이런 사연과 함께 후대로 내려오면서 가(歌)로 체계화되자 시가적인 모습은 보다 많이 사라졌을 것이다.

비록 처용가(處容歌)는 형태상으로는 8구체의 정연한 향가의 외양을 갖추고 있다고 하더라도 내면에 비유(比喩)나 비약이 들어 있지 않은 단지 말의 시가로 남게 된 것으로 봐서.

東京明期月良

夜入伊遊行如可

入良沙寢矣見昆

脚烏伊四是良羅

二肹隱吾下於叱古

二肹隱誰支下焉古

本矣吾下是如馬於隱

奪叱良乙何如爲理古

이처럼 향찰로 표기되기는 했으나 시적인 수사도 언어적인 긴장감도 내면에 깃든 상징도 없다.

그랬으니 고도로 승화된 시라기보다는 지방 토후의 아들이 뱉어놓은 말 자체에 지나지 않았다.

비록 표기는 해놓았으나 투박한 말을 제대로 여과시키지 못하고 향가라는 그릇에 현장감 그대로 주워 담았기 때문에 처용의 말을 가장 충실하게 문자로 정착시킨 셈이랄까. 그렇다.

그로 인해 사람들의 입에 오르내리게 되었는지 모른다.

처용은 모든 것이 자승자박임을 깨닫고 미련 없이 현장을 돌아섰으나 발길은 생각했던 만큼 그리 쉽게 떨어지지 않았다.

'이미 앗아간 데야 어찌할꼬'를 중얼거리면서.

우는 잠결에 잠꼬대 같은 처용의 말을 들었으나 곧장 처용의 앞으로 달려가 무릎을 꿇고 용서를 빌지 않았다. 아직도 마음 한 구석에는 인간적인 양심이 꿈틀했고 신의가 한 가닥 남아 있어서였을까.

실은 그게 아니었다.

처용이 그냥 돌아서 나가는데 감동을 받았기 때문일까.

그도 아니었다.

남의 아내를 간통한 자만심의 발작일시 분명했다.

우는 벗어 던진 옷을 걸치자 역신의 탈을 찾아 쓰고 방을 뛰쳐나갔고 나가서는 처용 앞으로 가 무릎을 꿇었다.

"내가 죽을죄를 졌네. 그대의 부인이 너무나 예뻐 사모 끝에 저지른 불륜일세. 자, 나로서는 자네의 처분에만 맡기겠네."

"……"

"그대가 노여워하지 않으니 몸 둘 바를 모르겠네. 만약 화를 내어 달려들었다면 그대를 죽이려고 만반의 준비까지 했었는데 그냥 돌아섰으니 살인을 면케 해준 은혜가 오히려 고맙네.

… 내 맹세코 앞으로는 그대의 부인과는 관계를 끊겠네. 그리고 그대가 드나드는 여염집은 발조차 들여놓지 않겠네. 내 맹세하겠네."

이어서 다음 장면에 이르러 의외에도 완벽할 만큼 뒷사람들은 처용을 전설적인 영웅으로 만들어 버렸다.

그 밤의 비극이 얼마나 끔찍했으면 후세 사람들은 그 원혼을 얼리고 달래 주기 위해 처용무로, 벽사진경의 신으로 승화시켰었을까.

삼국유사에 기록된 그대로, 그 뒤부터는 맹세코 그대의 형상을 그린 그림만 보아도 그 집에는 발길을 들여놓지 않겠다는 기사에서 극명하게 드러나 있다. 더욱이 널리 알려진 탓인지 백성들은 처용의 형상을 그려서 문에 붙여 사귀를 물리치고 경사스런 일을 맞아들였으며 나아가 문신으로, 추앙하는 신의 경지로 떠받들었으니.

평범한 한 인간이, 그것도 울산 변두리 토후 자식으로, 더욱이 볼모로 끌려와 결혼까지 했으며 결혼한 아내의 간통현장을 목격하고 자조 끝에 돌아선 장면으로 말미암아 완벽한 영웅으로, 하물며 변신을 거듭한 끝에 속신(俗信)으로까지 승화되었다는 것은 세상에 극히 드문, 진실로 희한한 아이러니가 아닐 수 없었다.

그런데 처용은 문신으로서만 존경의 대상으로 머물지 않았다. 변신을 거듭해 백성들의 고통을 덜어주는 실용적인 벽사진경(辟邪進慶)의 신으로까지 승화되기까지 이른다.

그러나 처용은 영웅도, 신도 아니었다.

다만 아내가 간통한 현장을 목격하고 거기서 받은 분노와 충격을 추스르지 못해 인간적인 고뇌를 뱉어놓은 노래 아닌 자조가 빚은 결과로 후세 사람들이 의도적으로 미화한 것에 지나지 않았다.

그도 아니었다. 처용은 자조하면서 곱게 물러났다.

그런데 우가 용서를 빌면서, 화를 내어 달려들었다면 그대를 죽이려 만반의 준비까지 했다고 뻔뻔스럽게 말하는 순간이었다.

사태는 그야말로 돌변하고 만다.

자조적이기만 했던 처용의 나약한 마음이 표변했던 것이다.

처용은 뻔뻔스런 우의 낯짝에 대고 원색적인 적의를 품다 못해 품에 지니고 있던 비수를 꺼내어 등에 냅다 꽂았다. 고고한 달빛 아래 처절한 비명이 고요를 갈갈이 찢었다.

이 비명이야말로 동경으로 끌려온 이래 처음이자 마지막으로 처용을 인간적으로 돌아서게 했다.

처용은 우를 찌르고 또 찔렀다. 숨이 끊어진 지 오래였으나 찌르고 또 찔렀다. 그러고도 처용은 분을 삭이지 못해 방으로 뛰어 들어가 비명소리를 듣고 방구석에서 벌벌 떨고 있는 나고를 끌어내어 비수를 휘둘렀다. 고고한 달빛 아래 또 한번 핏빛을 뿌렸다.

처용은 인간이 아니라 역신이 되어 아내를 난자하면서 처절한 귀곡성을 토했다. 귀곡성을 토하다 귀신이라도 씐 듯 비수를 들어 자신의 심장에 꽂았다.

고고한 달빛이 흘린 피를 쓿어 담자 피비린내 대신 온갖 비밀을 간직한 적막만이 감돌았다.

두 눈이 다 먼 저에게

분황사(芬皇寺) 대비상 앞에서 눈 먼 다섯 살 난 아이에게 무릎을 꿇리고 스스로도 무릎을 꿇고 기도하는 한 아낙이 있었다. 그네의 기도는 여느 사람들의 기도와는 달리, 유별나다고 할까.

흔히 불쌍한 아들의 눈을 뜨게 해 달라고 기도하는 것이 상례였으나 그네의 기도는 그게 아니었다. 노래까지 지어 흥얼대면서 기도했다.

그네의 간절한 기도는 하루가 지나고 이틀이 흘렀으나 몸과 마음가짐에 한 치의 흐트러짐도 없었다.

그네는 바로 착하고 순박하기만 아낙, 신라 경덕왕 시대, 한기리(漢岐里)에 사는 희명(希明)이라는 여인이었다.

희명은 고생, 고생 끝에 그것도 늘그막에 아들 하나를 얻었는데 아이가 다섯 살이 되자 총기로 똘똘 뭉친 눈이 어느 날 갑자기 멀어 버렸으니 기절초풍하고도 남을 일이었다.

해서 아이의 시력을 되찾아주기 위해 전국 방방곡곡을 찾아다니면서 용타는 부처님께 기도했었다.

그러나 끝내 아이의 눈을 되찾아줄 수 없어서 마지막으로 분황사 대비상을 찾았던 것이다.

사흘째 여명이 밝아오고 있었다. 오직 기도만 하던 그네는 자기도 모르는 순간, 고개를 들어 여명을 바라보았다. 여명 저 멀리 남편의 얼굴이, 생시와 다름없는 얼굴이 매달려 있었다.

손순(孫順)은 전세의 효도와 후세의 효도를 이생에서 몸소 실천하다 후생 하나를 남겨두고 세상을 하직했다.

그는 대대로 집안이 가난했기 때문에 아내 희명과 함께 남의 집 품팔이를 하면서 늙은 어미를 봉양했으나 근래에 보기 드문 흉년이 들어 품팔이조차 할 수 없는 딱한 처지가 되었다.

해서 식솔 셋은 굶어 죽게 되자 효성이 지극했던 손순은 늙은 어미를 위해 장딴지 살을 베어 허기를 덜어주곤 했다. 그런 효성 탓인지 아내에게 마흔이 훨씬 지난 나이에 태기가 있었다.

부부는 몹시 기뻐했으나 식구가 늘어나면 늙은 어미를 공양함이 소홀할까 그것을 오히려 걱정해야만 했다.

아이가 태어난 지 다섯 해, 또 흉년이 들었다.

부부가 나서서 양식을 구걸해 와 죽을 쑤어 어미를 공양하면, 늙은 어미는 손자에게 밥을 나눠줘 배고픔을 면할 수 없었다.

손순은 비통함을 감추고 아내를 설득했다.

"아이는 다시 낳을 수 있으나 효도는 언제나 할 수 있는 것이 아니오. 아이가 음식을 빼앗아 먹으니 어머님은 굶주려 늘 허기를 면할 수 없게 되었소. 그러니 아이를 내다 버림만 못하오."

희명은 가슴이 메어지는 듯했다.

"어머님의 공복이 아이 탓이라면 갖다 버려야지요."

손순은 아이를 업고 희명은 연장을 챙겼다.

그들은 모량리 서북쪽 취산(醉山)으로 들어갔다.

들어가서는 아늑하고 양지바른 곳을 골라 땅을 팠다. 땀을 뻘뻘 흘리며 땅을 파고 있는데 괭이에 부딪쳐 이상한 소리가 들렸다.

부부는 이를 수상히 여기고 조심스럽게 땅을 파다가 관음보살상이 조각되어 있는 석종을 발견했다.

손순은 석종을 나무에 걸어두고 장난삼아 두드렸다.

그랬더니 석종이 윙 하고 소리를 쏟아놓았다. 그것은 돌에서 나는 소리로는 믿기 어려운 신비의 소리였다.

은은하고 애처로운 소리, 어딘가 애틋하고 그런가 하면 한이 맺힌 듯한 소리, 신심이 부족한 사람이라도 종소리를 들으면 절로 믿음을 갖게 하는 소리가 산 속의 고요를 흔들어놓았다.

희명은 이때가 아이를 살릴 기회라고 생각했다.

"이런 이상한 석종을 얻게 된 것은 아이 때문입니다. 그러니 아이를 땅에 파묻지 마셔요. 데리고 돌아갑시다."

"나도 임자와 같은 생각을 하고 있었는데 임자까지 그런 생각을 했다니, 그렇게 합시다. 데리고 돌아갑시다."

희명은 아이를 업고 손순은 석종을 지게에 지고 돌아왔다.

손순은 석종을 대들보에 메달아 놓고 분황사 예불시간에 맞춰 두드리면 분황사 범종소리보다도 더 은은하게 울려 퍼져 절을 찾아가던 신도들이 종소리를 듣고 찾아와 석종에게 시주하고 돌아가곤 했다.

해서 이를 가지고 어머님을 봉양할 수 있었다.

그런 시주를 가지고 이태 동안이나 어머니를 봉양했을까.

도적들이 마을로 떼 지어 몰려와 석종을 약탈해 달아났던 것이다.

가족들은 또 굶주리게 되었다.

굶주리다 못한 손순은 대퇴부 살을 베어 어미를 봉양했다. 그것도 한두 번이지 늙은 어미는 굶어 죽고 말았다.

어미가 죽자 손순마저 여독으로 죽었다.

이제 남은 식솔은 희명과 아이, 아이마저 다섯 살이 되자 못 먹어 허약한 데다 염병까지 돌아 열병에 덜컥 걸렸다. 신열이 물 끓듯 하더니 사흘째는 의식마저 오락가락했다. 나흘째 새벽에야 아이의 의식은 돌아왔으나 시력을 상실해 앞이 보이지 않았다.

아이가 목숨을 건진 것은 더할 수 없는 천운이라고 할 수 있었으나 그네에게는 새로운 슬픔으로 천붕지괴가 되었으니…

손순이 여명(黎明)에 매달려 있는 석종을 두드렸다. 그러자 석종소리는 은은하게 다가와 그네의 귓전을 후려쳤다.

은은한 종소리는 "노래를 지어 아이에게 부르도록 하오. 당신도 함께 부르면서 기도하오. 지성이면 감천이라고 정성이 지극하면 아이의 눈이 떠질 것이오." 하고 속삭이는 것만 같았다.

그네는 깜짝 놀라 눈을 떴다. 그새 깜박 잠이 들었나 보다.

희명은 잠시 나태했던 마음을 새롭게 다잡아 기도했다. 그것도 가슴 밑바닥까지 달달 훑어 지성껏 노래하고 기도했다.

태어난 지 다섯 살, 가난으로 생매장하려는 순간에 석종의 신조(神助)로 되살아난 아이가 갑자기 눈이 멀었다.

그런 아들을 끌어안고 얼마나 몸부림쳤던가. 가난에 더부살이하면서도 남편에게 순종하고 늙은 시어머니를 봉양했다.

그런데도 정성이 부족하고 박덕한 탓인지 시어머니며 남편까지 잃은 데다 어린 아이마저 눈까지 멀었으니 기구한 팔자임에 분명했다.

희명은 팔자를 거부하고 운명에 항거했다. 그것도 일신상의 영화를 위해서가 아니라 눈 먼 아이에게 광명을 되찾아 주기 위한 항거였다.

항거라고 해서 거창한 것도 아니었다.

눈 먼 아이에게 광명을 되찾아주기 위해 전국 방방곡곡을 누비고 다니다가 끝내는 솔거의 혼이 깃든 분황사 약사여래전 좌벽의 천수대비상을 찾아 기도하는 뜨거운 모성애를 발휘한 항거였다.

그랬으니 가슴 밑바닥에서 우러나온 기원의 노래에 덧붙여 눈먼 아이로 하여금 노래를 부르게 하는 어미의 애 타는 모습은 남이 아닌 스스로 보기에도 안타깝게 비쳤는지 모른다.

보정이 그랬듯이 천수대비상에 기도하면 영험이 내려 구원을 받을 수 있다는, 관음보살만이 눈먼 아들의 운명을 좌우할 수 있는 절대존재로 가슴에 와 박힌 것은 우연이 아니었다.

신라 사회는 관음사상이 널리 유포되어 바야흐로 세력을 떨치고 있었고 천수대비상(千手大悲像)은 백성들에게 뿌리를 내려 그 결실을 맺은 것이 관음사상의 꽃이라고 할 수 있었다.

신라에 관음신앙(觀音信仰)이 전래된 것은 6세기 경, 천수관음사상이 먼저 들어오고 뒤를 이어서 관음사상의 모태라고 할 수 있는 법화경(法華經)이 그 무렵 전래되었다.

관음신앙은 원리부터 인간 세상의 온갖 고난을 구제하는 것을 근본으로 삼았는데 보살로서 중생의 번뇌와 고통을 구제해 줄 뿐만 아니라 직접 사바세계(娑婆世界)에 나타나서 중생의 기원을 들어준다는 생리(生理)로 말미암아 전래되면서 급속도로 번져 갔었다.

법화경에는 억만창생에 이르는 중생이 어떠한 고통에 직면해 있을지라도 한결같은 마음으로 관음보살만 칭송하면 보살이 나타나 고통 받는 사람을 구제해 준다고 명문화되어 있다.

제 아무리 큰 화재며 천지를 휩쓴 홍수하며 바다 가운데 난파는 물론 야차(夜叉), 나찰(羅刹), 악귀(惡鬼)의 틈바구니며 축기(柮機)와 포승(捕繩)의 와중, 악인 구적(仇敵)에 이르는 도적떼, 음욕, 질투, 우치(愚痴) 속에서도 해방되어 자유를 누릴 수 있다. 더욱이 남아를 원하는 사람에게는 사내애를, 여식을 원하는 여인에게는 계집애를 낳을 수 있다. 재물을 원하는 사람에게마저 관음보살은 그 소망을 원하는 만큼 충족시켜 준다.

이런 관음보살 신앙이야말로 인간의 삶 속을 수시로 드나들면서 인간의 욕망을 충족시켜주는 보살로 속세의 인간과는 가장 가까이 있기 때문에 대중의 신앙 속으로 쉽게 파고들 수 있었다. 게다가 관음신앙(觀音信仰) 자체가 지니고 있는 신격(神格) 요소마저 예부터 전해 오던 무속신앙과도 자연스레 결부되어 급속히 전국으로 확대되어 갔다.

관음신앙의 관음은 응화신(應化身)으로 모두 33신이 있다.

그 많은 화신 중에서도 백의관음(白衣觀音), 십일면관음(十一面觀音), 천수관음(千手觀音)을 주로 섬겼다.

이를테면 천수관음이라 함은 천안천벽관세음(千眼千臂觀世音), 천수천안관자재보살(千手千眼觀自在菩薩), 천안천수천족천설천벽관자재보살(千眼千手千足千舌千臂觀自在菩薩)의 약칭으로 일천 손과 일천 눈을 가진 대자대비한 관음이기 때문이다.

그런 관음을 두고 솔거가 일천 손 일천 개의 눈을 가진 천수관음보살상으로 그리게 된 일화가 전해지고 있다.

이른 나이 7세, 그 어린 나이로 왕위에 오른 진흥왕(眞興王)에게는 어머니처럼 믿고 의지하며 사랑하는 여인이 있었다.

진흥왕이 사랑한 여인은 신라 구석구석을 돌아다니며 찾아낸다고 해도 찾을 수 없는 빼어난 미모를 지니고 있었다. 아니, 백제나 고구려 땅을, 아니 당의 땅까지 샅샅이 뒤진다고 해도 그녀만한 미녀는 결코 찾을 수 없는 절세 미모를 지녔던 것이다.

왕은 그런 이회(伊熙)를 곁에 두고 사랑하는 것만으로 부족해 그림으로 그려서 오래오래 소장하려고 했다.

"고금의 미녀도를 보아도 이회 만한 미녀는 보지를 못했어. 짐은 화공에게 부탁해 그림으로 남길 게야, 두고두고 보게."

"그렇게까지 하지 않으셔도 감축하고 있습니다, 마마."

"감축이라니, 그건 겸손이 지나친 게야. 짐은 이희 때문에 이렇게 젊음을 구가하고 있는데 오히려 짐이 고마워해야지."

"마마의 그런 옥음을 들으니 소첩은 몸 둘 바를 모르겠나이다."

"가까이 오라. 잠시도 떨어지기 싫다."

이희는 감격해서 목이 메여 왕의 무릎에 앉아 갖은 교태를 떨었다.

교태를 떨자 왕도 덩달아 환한 미소를 지었다.

왕은 전국의 화가들을 소집하는 포고령을 내렸다.

포고령은 신라 방방곡곡에 나붙었다.

열흘이 가고 보름이 지났다. 뒤늦게야 화가들이, 그것도 한다하는 화가들이 동경으로 꾸역꾸역 모여들었다.

저마다의 포부와 영달의 꿈을 안은 채.

그러나 모여든 것까지는 좋았으나 내 노라 하는 화가들은 이희의 미모를 보는 순간, 붓을 들기는커녕 달아나기에 바빴다.

그들은 미모에 넋이 나가 화필에 담을 수 없었기 때문이다.

그로부터 이희를 그리겠다는 화가는 좀체 나타나지 않았다.

두 달이 지나가고 여섯 달이 훌쩍 흘러갔다.

왕은 초조하다 못해 수심이 온 얼굴에 가득했다.

"서라벌 천지에 미녀 하나 그릴 화가가 없단 말인고?"

시신들은 송구스러워 고개를 들지 못했다.

"저희들이 부덕한 소치입니다."

"참으로 답답한지고. 환쟁이 하나 찾지 못하다니…"

석 달이 또 훌쩍 지나갔다.

저녁노을이 갓 드리울 무렵이었다. 다 떨어진 누더기 옷을 걸친, 입은 것이 너무나 초라해서 볼품이라곤 없는 늙은이 하나가 대궐문 근처에 나타나 왕의 알현을 청했으나 누구 하나 거들떠보지 않았다.

오랜 뒤에야 퇴궐하던 대신이 눈여겨보고 물었다.

"웬 일로 왕의 알현을 청하는 게요?"

"미녀의 그림을 그린다는 소문이 돌기에 소인이 그려볼까 해서 주제넘게 찾아왔습니다. 미녀를 한번 봤으면 해서요."

"왕을 알현하기에 앞서 성함부터 들어 봅시다"

"솔거라는 환쟁이에 지나지 않습니다."

"그대가 방금 솔거라고 했던가? 단속사의 유마거사상을 그렸다는 솔거라는 환쟁이? 그대가 정녕 미녀의 그림을 그릴 수 있겠소?"

"소인의 미력한 재주이오나 한번 그려보고 싶습니다."

"빈말은 결코 아니렷다?"

"감히 어느 안전이라고 거짓으로 아뢰리까."

대신은 솔거를 탑전으로 데려가 왕에게 알현시켰다.

왕은 못마땅한 시선부터 보냈다.

"그런 몰골을 가지고 미녀를 그리겠다고 했는고?"

"그림과 몰골과는 상관없는 일입니다."

솔거는 왕의 갖은 수모를 참고 견디며 대답했다.

"그리겠다는 것은 결코 거짓이 아닐 터."

"그렇습니다. 그려 보이겠습니다."

"내 노라 하는 화가들도 포기하고 돌아갔는데, 그대가 정녕 미녀를 그리겠다는 겐가, 그것도 신라 제일의 미녀를 말이다."

"평생 닦은 재주로 최선을 다해 볼 뿐입니다."

"그렇다면 좋소. 내일부터 그림을 그리도록 하시오. 만약 그림을 그리지 못할 때는 짐이 그대의 목을 대신 가져도 되겠는가."

"열흘 안에 그리지 못하면 그렇게 하시지요."

비로소 왕은 속는 셈치고 그림 그리기를 허락했다.

솔거는 전에 없는 자신감으로 넘쳐났다.

화실은 구중심처, 이희만이 거처하는 별궁이었다. 별궁은 왕만이 출입했을 뿐 외부인의 출입은 엄격하게 통제했다.

솔거는 안내를 받아 이희의 방으로 들어섰다.

미녀의 방은 화려했다. 너무나 화려해서 눈이 부셨다. 사방 벽면에는 봉황과 공작을 수놓은 병풍이 둘러 있고 사향을 태워 향긋한 내음이 주변을 진동시키고 있었다. 그야말로 황홀경의 세계, 방 가운데 늘 깔아 두는 듯한 비단 보료는 화려해서 눈이 멀 지경이었다.

뿐만이 아니었다. 이 세상 여인이라고는 도저히 생각할 수 없는 이희가 비단 보료에 비스듬히 기대어 있는 것이 아닌가.

속살이 훤히 내비치는 비단옷으로 성장한 채.

솔거는 정신을 차리지 못해 넋을 잃었으나 그것도 잠시뿐, 그리 오랜 시간이 걸린 것은 아니었다. 그리고 솔거의 그런 행동을 아무도 눈치 채지 못했으나 미녀만은 이를 놓치지 않았다.

"그대가 절 그리려고 온 화가란 말씀이서요?"

"마마, 저의 하찮은 재주이오나 최선을 다해 그려볼까 합니다."

"그렇다면 좋아요. 어떤 태도부터 지을까요?"

"편안한 자세면 더 바랄 것이 없겠습니다."

"다른 환쟁이들은 이런 저런 자세를 지어달라고 주문도 많았었는데 그대는 요구하는 것이 없으니 좀 좋아요."

왕 자신은 이희 옆에 앉고 대신과 시녀들이 빙 둘러섰다.

대신들은 그림을 그리는 솔거를 보기보다는 이희의 아름다움에 빠져 그만 넋을 잃고 멍청히, 그야말로 멍청히 서 있었다.

비로소 솔거는 붓을 들어 다각도로 미인을 재단했다.

나이는 열아홉쯤 되었을까. 솔거의 심미안은 그네의 나이까지 꿰뚫었다. 세상에 극히 보기 드문 미녀임에 분명했다.

얼굴의 생김새며 흠 잡을 데 하나 없이 아름다웠으나 그보다는 몸 전체에서 풍기는 내면의 아름다움은 천하일색이라고 할 수 있었다.

지나가는 미세한 솔바람 소리마저 주워 담을 것 같은 귓바퀴, 미녀만이 가진 정열과 사랑이 한 곳으로만 모여든 듯한 우아한 미소, 무한한 동경의 세계를 응시하다가 유원한 하늘을 우러르는 것 같은 해맑은 눈, 단지 미인이기 때문만은 아닌 몸에서 내뿜는 보이지 않는 매력, 그것도 생기와 발랄함이 넘쳐나는 탓이었다.

그래서 긴 목이며 보일 듯 말 듯한 젖 봉오리, 수양버들 같은 가는 허리, 굴곡진 둔부, 윤기 넘치는 각선미, 머리 결에서부터 발끝까지 내뿜는 은은한 매력은 말이 필요 없었다.

달 속의 항아마저 시샘하고도 남을 미인임에 분명했다.

솔거는 미녀를 앞에 두고 하루 이틀도 아닌 사흘, 아니 나흘째까지 미모만 탐색했다. 사람들은 그림을 그리기는커녕 미인을 탐색하는 그를 두고 이상한 눈길을 주곤 했다. 이상한 눈길은 이틀이 지나면서 백안시했고 사흘째는 드러내놓고 비난했다.

그런데도 솔거는 전혀 흔들림이 없었다.

사람들의 비난이 절정에 이르고 심지어 왕마저 솔거를 의심하기 시작했다. 하물며 불평이 없던 이희마저 솔거의 솜씨를 의심하기에 이르러서야 솔거는 구도를 끝냈다.

닷새째, 동터 오르는 여명이 미녀를 환히 비친 그 시각이었다.

솔거는 정화수로 몸을 정결히 씻고 들어와 미녀 앞에 가부좌로 잠시 앉았다가 지그시 감았던 눈을 뜨자 자루를 풀어서 그림을 그릴 도구를 하나하나 꺼내놓았다. 꺼내놓은 것은 평생을 두고 손수 비법을 터득해 조제한 이름도 모를 물감이며 희한하게 생긴 붓 등이었다. 그런데 꺼내놓은 화구는 흔히 볼 수 있는 것들이 아니었다.

솔거는 사흘 낮 사흘 밤에 걸쳐 그림을 그렸다.

그림을 그릴 때는 후광이 차일을 친 듯 둘러 있어 그림을 그리는지, 무엇을 하는지 다른 사람들은 볼 수 없었다.

비록 왕이라 할지라도, 미녀인 이희도 볼 수 없었다.

왕과의 약속한 열흘째 되는 황혼 무렵이었다.

그림이 완성되어 가자 주변에 드리워졌던 후광이 사라지면서 그림의 실체가 하나하나 드러나기 시작했다.

그제야 그린 그림을 본 사람들은 그림 속의 미녀가 진짜 미녀인지 왕 앞에 그림처럼 앉아 있는 미녀가 진짜 미녀인지 분간할 수 없어 어안이 벙벙했고 모두들 미녀를 빼 닮았다고 혀를 내둘렀다.

왕도 미녀도를 보고 매우 흡족해 했다.

"솔거는 화성이야. 화성이고 말고."

이제 남은 부분은 매력이 철철 넘치는 눈동자, 아니 화룡점정(畵龍點睛)의 비법. 솔거는 비법을 지켜보는 사람들에게 보여주기 위해 쳐놓은 후광을 일부러 풀었던 것이다.

솔거는 생기가 넘치는 눈, 그것도 애욕에 물든 천한 눈이 아니라 매력이 똘똘 뭉친 눈을 바라보다가 새삼 아, 하고 소리 없는 감탄을 자아냈다. 그와 동시에 불같은 정열이 용솟음쳤다.

솔거는 불같은 정열로 눈동자를 그렸으나 신필로 소문난 붓으로도 미녀의 매력이 넘치는 눈을 그릴 수 없었다.

그는 미녀의 눈을 잘못 본 것이 아닌가 하고 새삼 미녀의 눈동자를 보다 자세히 관찰하기 위해 이희에게 다가갔다.

순간, 솔거는 미녀의 체취에 마취되어 정신이 아득했고 황홀할 만큼 반짝이는 눈동자에 현혹돼 몸을 제대로 간수할 수 없었던 것이다.

뿐만이 아니었다. 정열을 쏟아놓을 듯한 이희의 붉은 입술은 그의 30여 년 금욕생활을 여지없이 깨뜨려 버렸다.

솔거는 붓을 떨어뜨린 채 털썩 주저앉았다. 그 바람에 붓을 놓치면서 벼루를 엎질러 먹물이 사방으로 튀었다.

이런 불의의 사태에 대해 이상하게 여긴 사람은 아무도 없었다.

그건 지극히 당연했다. 단지 먹물 한 방울이 튀어 그림 속의 미녀 배꼽 바로 밑에 떨어져 사마귀만한 점이 생긴 것뿐이니까.

솔거는 당황해 하다가 떨어진 붓을 집어 들고 배꼽 밑에 생긴 점을 지우려고 애썼으나 점은 좀체 지워지지 않았다.

그는 날 때부터 사마귀만한 점이 있다고 생각하고 점 지우기를 포기한 채 눈동자를 그리는 데만 정열을 쏟았다.

완성된 미녀도는 시녀의 손을 거쳐 왕에게 전달되었다.

왕은 미녀도를 보고 매우 흡족해서 솔거에게 후한 상을 내렸을 뿐만 아니라 관직까지 주어 왕궁에 머물게 했다.

그런 조치를 내린 뒤였다.

반나절도 채 되기도 전에 대궐 안은 벌집을 쑤셔놓은 듯 발칵 뒤집혔다. 왕은 미녀도를 감상하며 찬탄을 마지않다가 불현듯 배꼽 밑의 점을 본 순간, 노발대발했던 것이다.

솔거는 칙사 대접에서 죄인으로 몰려 끌려갔다.

"이놈, 배꼽 밑의 점은 어이 알고 그렸는고?"

"그린 것이 아니옵니다. 마마. 붓이 떨어져 점을 남겼을 뿐입니다."

"저런 고얀… 어느 안전이라고 거짓을 고할꼬?"

"사실이 그러하온데 어찌 거짓을 아뢰오리까."

"실물과 빼닮았는데두 저렇게 드러내놓고 거짓말을 하다니!"

"……"

솔거는 입이 열 개라도 할 말이 없었다.

"직접 보지 않았다면 배꼽 밑의 점이 어떻게 실물과 똑 같이 그릴 수 있는고? 네놈이 이희의 나체를 보지 않고서야 배꼽 밑의 사마귀는 그릴 수도 없을 터. 그런데도 변명을 해! 저놈을 당장 하옥시키렷다. 짐이 직접 태형으로 다스려 실토를 받아 내고 말리라."

왕은 막무가내로 길길이 뛰며 분노했다.

솔거는 속절없이 옥에 갇혔다. 죄라면 신민으로 왕에게 미녀도를 그려 준 죄밖에 없었으니 부끄러움이 있을 수 없었다.

하루가 지나고 이틀이 또 흘러갔다. 그 동안 치죄(治罪)는 없었다.

그것이 솔거에게는 되레 불안했다.

닷새도 지나 열흘째 되는 아침나절이 기운 시각이었다.

마침내 대궐 안뜰에 형틀이 갖춰졌다.

왕은 솔거의 초라한 몰골을 보고도 노여움을 풀지 않았다.

"네 이놈, 당장 실토를 하렷다, 지금 당장에."

"……"

"왜 말이 없는고?"

왕은 집사령에게 매우 치라고 추상같이 하명했다.

집사령이 곤장을 들어 냅다 쳤다. 하나, 둘, 셋……

솔거는 열을 세기도 전에 정신을 잃었다.

옆에서 보고 있던 시중이 왕에게 간곡히 간했다.

"저 화공은 마음이 매우 곧고 바릅니다. 거짓으로 아뢸 까닭이 없습니다. 저희 소신들도 직접 지켜보지 않았습니까. 먹물이 튀어 생긴 점인 것을 말입니다. 늙은 주제에 딴 마음을 먹었을 리 만무합니다. 이 기회에 마마의 관용을 보여주소서 그리고 관용을 베풀어 주소서."

대신들이 들어 하나 같이 간해서야 태형은 일단 중지되었다.

그러나 왕은 태형보다 무거운 형벌을 내렸다.

"저 화공이 어질고 곧다면 짐이 지난 밤 꿈에 본 형상을 그릴 수 있을 터. 꿈에 나타난 형상을 그려서 꿈의 형상과 일치한다면 짐이 용서하려니와 한 치의 오차라도 생기면 죽음을 면치 못하리라.

…꿈의 형상을 그리겠는가, 아니면 곤장을 맞겠는고?"

왕은 모든 면에서 관대했으나 이희의 미모를 탐내는 자는 결코 용서하지 않을 만큼 그네에 대한 독점욕은 집착이고 아집에 가까웠다.

"……"

"그리겠는가, 아니면 죽음을 택하겠는고?"

"그림을 그리는 것은 이 나이에 죽음이 두려워서가 아니라 화공이기 때문에 그리는 것임을 알아주신다면 그리겠습니다."

"알았다. 화지와 붓 일체를 갖다 줘라."

이번에는 조금도 주저하지 않았다. 솔거는 왕과 대신들이며 이희가 지켜보는 자리에서 신들린 듯 그림을 그렸다.

그는 무아경(無我境)에 젖어 십일면관음보살상(十一面 觀音菩薩像)을, 만면에 미소를 머금은, 두 손은 만백성을 제도하는 듯한 그런 대자 대비한 관음보살상을 그렸다.

주위는 고요가 감싸고돌았는데도 숨소리며 바람소리도 들리지 않았다. 신필이 움직이는 소리만이 모든 것을 압도했다.

얼마나 시간이 흘렀을까.

드디어 그림이 완성되기도 전에 지켜보던 사람들의 입에서는 소리 없는 감탄이 절로 나왔다.

"정말 신필이야. 신필이 아니고는 보지도 듣지도 못한 보살상은 그릴 수도 없었을 터. 마치 관음보살이 현신한 것 같네."

이윽고 솔거는 붓을 놓고 허리를 폈다. 사람들은 의아해 했다. 보살이 재림은 했으나 눈 먼 보살을 보고 하나 같이 의아해 했다.

"그래, 짐이 꿈에 본 것을 완성했는고?"

"네, 마마, 완성을 했습니다."

"그렇다면 봐야지. 꿈속에 나타난 보살상을 재현했는지…"

왕은 여전히 솔거를 멸시하는 시선을 거두지 않았다.

시중이 그린 그림을 왕에게로 가져갔다.

그림을 본 왕은 전율하지 않을 수 없었다. 아무리 눈을 닦고 보아도 꿈에 본 보살상의 재현임에 분명하지 않은가.

"그대의 관음보살상은 신이, 바로 그것이오. 꿈속에서 본 관음상 그대로의 재현임이 분명하오. 그런데……"

"마마, 어디 잘못된 부분이라도 있사옵니까?"

"어째서 두 눈은 그리지 않았소?"

"……"

왕은 꿈에 본 보살상과 너무나 빼닮아서 심술이 솟아 솔거를 일부러 골탕 먹이려고 엉뚱한 질문을 던졌다.

그런데 솔거의 대답은 침착했다. 너무나 침착해 옆에서 듣는 사람이 되레 민망할 정도였다.

"마마께서는 꿈속에서 관음보살상의 눈을 보셨습니까?"

"과인도 눈 같은 것은 보지를 못했소."

"그럴 테지요. 그랬으니 저도 그리지 않을 수밖에요."

"그대의 마음은 짐이 듣던 대로 정말 곧구려."

"……"

"이제 그대의 누명은 백일하에 벗겨졌으니…"

"……"

"그대에게 부탁이 하나 있소. 들어주겠소?"

"……"

"그대도 짐이 통일의 기초를 다지기 위해 불교 중흥에 심혈을 기울이고 있다는 것쯤 들어서 알고 있을 것 아니오?."

"들어 알고 있습니다, 마마."

"짐은 벌써부터 분황사 사찰 안에 약사여래전(藥師如來殿)을 지어놓고 장육존상까지 조소해서 안치시켜 놓았소. 장인들이 철 3만5천근과 황금 1만 푼을 들여 조성한 것이오."

"……"

솔거는 왕의 자세한 설명에도 반기는 기색이 없었다.

"그런데 지금껏 분황사 약사여래전 북벽은 비어 있소. 그것은 보살상을 그릴 화공을 찾지 못했기 때문이오. 그대가 비어둔 북벽에 대자대비한 관음보살상을 그려 주오. 호국과도 연관이 깊소."

"마마, 어명을 내리시는 겁니까?"

"어명이 아니라 부탁이오."

역사상 최초의 응제화(應製畵)가 될 관음보살상이 아니든가.

솔거는 분황사로 가서 약사여래전 앞에 섰다.

그는 어명이 아닌 왕의 간절한 부탁이라는 데야 왕에게 품었던 반감을 씻어 버리고 그림을 그리려고 했으나 어찌 된 영문인지 관음보살상이 떠오르지 않아 손도 댈 수 없었다.

달포가 흐르고 두 달, 석 달이 지났으나 붓을 들지 못했다.

마침내 솔거는 그림을 그릴 수 없다고 탄원했다.

"소인의 무딘 재주로는 도저히 천수대비상을 그릴 자신이 없습니다. 마마, 부디 다른 화공을 불러 그리도록 하소서. 그렇게 하소서."

"서둘 것 없소. 천천히 그리도록 하오."

"소인의 재주로는 그릴 수 없습니다. 물러나게 해 주소서."

"천천히 그리라고 하지 않았소?"

"도저히 그릴 수가 없어 소청을 드리는 것입니다."

왕의 불같은 성미도 어쩔 수 없었던지 솔거의 퇴궐을 허락했다.

솔거는 짐을 싸들고 퇴궐하긴 했으나 갈 곳이 없어 분황사로 가서 주지 스님에게 기거를 부탁했다.

주지 스님은 솔거의 부탁을 받고 분황사에 머물게 했다.

솔거는 무위도식(無爲徒食)하며 분황사에 머문 지 일 년이 지나갔으나 보살상은 안개 속의 구름, 오히려 병만 얻어 시름시름 앓기 시작했다. 솔거는 끝내 몸져눕고 말았다.

주지스님이 찾아와 걱정을 해 주었고 신도들도 쾌유를 빌었으나 병은 점점 악화되기만 했다.

삼 주야나 고열에 시달리며 헛소리까지 했다. 나흘째 되는 날, 신열은 숙졌으나 고열에 시달린 탓인지 시력을 상실했다.

솔거로서는 하나의 숙명이었는지도 모른다.

시력을 잃은 뒤, 그렇게 속 태우던 보살상이 떠올랐다. 그것도 부처의 가호를 받아 선연한 대비상이 떠올랐던 것이다.

솔거는 불편한 몸을 이끌고 약사여래전 북벽으로 가서 화구를 펼쳐놓고 벽의 크기에 맞춰 천수대비상을 구상하느라고 물 한 모금 마시지 않은 채 온종일 벽을 응시했다 그렇게 해서 윤곽은 어느 정도 잡을 수 있었으나 눈이 보이지 않아 그림은 손도 댈 수 없었다.

솔거는 마지막 정열을 태워 벽면을 응시했다. 벽면을 응시하며 정좌하기 사흘째, 잃었던 시력이 거짓말같이 회복되었다.

그런데 몸만 성하다면 당장이라도 그림을 그릴 수 있을 것 같았으나 아니었다. 게다가 상실했던 시력이 되살아나기는 했으나 그림을 완성할 때까지 버텨줄지도 의문이었다. 그런데도 솔거는 꼬박 아홉 밤, 열 날을 한순간도 눈을 떼지 아니하고 벽면을 주시했다.

저 관음보살의 대자 대비한 모습, 과거세(過去世)에 있어 관음보살은 일천 손, 일천 눈을 가지고 중생을 제도하는데 그런 일천 손, 일천 눈을 어떤 모습으로 구현해야 할까.

솔거는 천수대비상을 두 손 밖 양쪽으로 스무 손을 배치했고 그 손바닥에 스물다섯 손을 또 그려 넣었다. 모두 합해 일천 손.

그리고 동일한 구도로 일천 눈도 그렸다.

이런 배치는 일체의 중생을 제도하겠다는 평생의 소원이 붓끝을 거쳐 나온 신이(神異), 그것이라고 할 수 있었다.

여기에는 이 세상의 온갖 번뇌와 고통으로부터 해탈할 뿐만 아니라 저마다의 소원을 성취시켜 보겠다는 일념도 있었기에 가능했다.

솔거는 천수대비상을 완성시킨 순간, 시력을 또 상실했다.

스님과 신도들이 우르르 몰려가더니 완성된 벽화 앞에서 법고를 울리며 재를 올렸다. 신도들은 솔거의 영혼이 천수대비상으로 빨려 들어갔다고 믿고 정성을 쏟아 이레 밤낮을 두고 재를 올렸다.

참으로 우연한 기회에 천수대비상의 영험이 나타났다.

보정(甫正)은 늙도록 자식이 없었다. 해서 그는 분황사를 찾아가 천수대비상 앞에서 천일의 기도(祈禱)를 올렸다.

그런 기도를 드린 뒤, 아내에게 태기가 있었고 낳으니 아들이었다.

그것만으로 천수대비상의 영험이 알려진 것은 아니었다.

보정이 아들을 얻은 석 달째 드는 날, 왜구가 마을로 난입했다.

사태는 매우 다급했다.

그는 귀한 아들을 데리고 피난을 갈 수 없었다.

병약한 데다 못 먹어 기운조차 없는 팔순 노모가 있기 때문이었다.

보정은 아이를 보료에 싸 예좌(猊座) 밑에 두고 아뢰었다.

"대자대비한 천수대비상이시여, 왜구가 쳐들어와 사태가 매우 다급합니다. 어린 자식을 업고 피란을 가자니 노모에게 누를 끼치게 됩니다. 해서 그것은 저희가 바라는 바가 진정 아닙니다. 천수대비상이시여, 이 아이를 주셨으니 또 자비를 내리시어 한번 더 돌보아 주옵소서. 그렇게 해서 가족이 상봉하는 기쁨을 주시옵소서."

보정은 왜구가 물러간 뒤 헛일 삼아 천수대비상을 찾아갔다.

아이를 갖다 맡긴 지 여드레째가 되는 날이었다.

그런데 숨이 끊어진 줄로 믿었던 아이는 살아 있었고 입에서는 젖 냄새가 진동했으며 생글생글 웃고 있는 것이 아닌가.

이런 이야기가 입소문을 통해 널리 번지자 천수대비상 앞은 항상 기도하는 사람들로 붐볐으며 자연스레 시주마저 산더미처럼 쌓였다.

2백여 년의 세월이 흘렀다.

솔거가 그린 천수천안관음상은 희명이라는 기구한 아낙네, 그네의 기도 대상이 되었던 것이다.

희명은 시간이 지날수록 자연스럽게, 그도 지극히 당연하다는 듯이 기도했다. 천수대비의 화상이 그려져 있는 벽화 앞에서 한낱 필부에 지나지 않는 희명이 안으로 안으로만 우려내어 노래를 읊고 기도하는 것은 조금도 이상할 것이 없었다.

더욱이 엄격하고 딱딱한 가요의 형식에 얽매이지 않은, 아니 시적인 리듬에 의해 기복이 뚜렷한 것도 아닌, 한결같은 호흡과 자연스런 토로로 고난구제의 기원이 흘러나왔다.

희명은 눈 먼 아이를 달래고 구슬렸다.

"아가야. 두 무릎을 가지런히 꿇어서 기도하는 자세부터 갖춰야 하지 않겠니? 힘이 들더라도 그렇게 하렴."

희명은 아이에게 두 손을 모아 합장하게 하고 노래했다.

그네는 간절한 소망을 말하기에 앞서 흔히 갖추는 기원의 자세, 그런 자세부터 노래했다. 그러고도 부족해 나약한 인간의 처연한 모습을 행위에 곁들여 입 속으로 노래했다.

그것은 결코 종교적인 의식이 아니었다.

어린아이의 눈을 뜨게 할 수 있느냐, 할 수 없느냐 하는 절박한 순간, 천수대비상을 찾아간 그네로서는 이미 그 화상 앞에 무릎을 꿇기 훨씬 이전부터 경건하고 겸손한 마음의 준비는 되어 있었으니…

그런데 마음을 단단히 다지고 찾아갔으나 천수대비상을 대면하는 순간, 신비롭고 경이로움에 그만 압도당하다 못해 전율했다.

천수대비의 화상에서 일 천 개의 눈을 보는 순간 전율했으나 그보다는 온갖 고난이며 재화까지도 능히 해결해 주는 위대한 천수관음상에 압도당했다고 해야 했다.

천수대비상에 비해 지극히 나약한 아낙이 아닌가.

그러나 모성애 하나만은 남에게 결코 뒤지지 않는 아낙으로서는 천수대비상은 너무나 멀고 높았으며 위대하고 경건해서 절로 압도당할 수밖에 없었다는 것이 보다 정확한 표현일는지 모른다.

누가 시킨 것도 아니었고 그렇다고 배운 것도 아니었다.

단지 소원이 너무나 간절한 만큼 자신도 깨닫지 못하는 순간, 절로 자세가 가다듬어졌고 마음마저 엄숙해질 수밖에 없었는지 모르는 자세, 그런 자세부터 정중하게 노래로 읊었다.

무릎을 꿇고 꿇어

두 손은 모아 모아서 괴고

기도 자체는 인간 스스로가 자신을 극도로 낮추는 한편, 기도의 대상인 절대자를 향해 드높임이 상례였다.

그네의 기도하는 자세는 세속적인 모든 것을 잊고 무아(無我)의 경지에 몰입했고 지고지순한 경지에 들어서 있었다.

그네의 소원은 눈을 뜨게 해 달라는 간절한 소망 성취의 기원을 담아 절대자에게 오로지 전심전력으로 의지했기 때문에 정신적인 자세가 부족했는지 되레 감정이 북받쳤다.

천수관음전에
숙원의 말씀 아뢰나이다

화려한 의장이라고는 조금도 없이 하고 싶은 말, 가식이라고는 전혀 없는 기원을 담아 토로했다. 간절한 호소도 한번 끊어지면 효력을 잃게 될는지도 모른다. 계속적으로 호소가 이어지고 거듭거듭 애원하지 않으면, 아니 절박감이 고조되지 않으면 모처럼 혼신을 다해 기도하는 소망이 성취되지 않을는지도 모른다.

그네는 천수, 천안 그 많은 손과 눈을 가진 관음이 눈 먼 아이의 아픔을 나 몰라라 할지 그것이 두렵고 무서웠다.

급기야 일천 손, 일천 눈을 가진 보살을 보는 순간, 눈 먼 두 눈밖에 가지지 못한 어린아이를 가진 어머니로서 엄청난 부러움에 직면했고 도저히 도달할 수 없는 거리감에 온몸이 부르르 떨렸다.

떨리다 모해 절대자의 위력과 그 존재, 그에 비해 아이의 처지가 너무나 초라하고 불쌍해서 위대성에 대한 찬탄 아닌 부아마저 솟아올랐다.

아니, 아니었다. 부아가 부글부글 끓어올랐던 것이다.

그러나 그런 부아를 겉으로 드러낼 수 없었다. 관음보살의 위력에 기댈 수밖에 없는 절박한 심정이니 당연했다.

뒤늦게 그네는 관음보살이 그 어떤 지난한 일도 능히 해낼 수 있는 위대한 신력(神力)을 가지고 있다는 신심(信心)이 절로 우러나, 일천 손, 일천 눈에서 하나를 덜어 아이의 눈을 뜨게 해 줄 수도 있을 것이며 해서 대자 대비한 너그러움에의 은근한 호소, 신력의 위대성이 위대성만으로 끝나서는 아니 되며 현실로 나타나 아이의 눈을 뜨게 하는 강렬한 호소력이어야만 한다는 것을 깨달았던 것이다.

강렬한 호소야말로 관음보살의 마음을 움직일 수 있다는, 아니 관음보살을 중개자로 부처님마저 감동을 자아내도록 더더욱 애절하고 곡진하게 호소하지 않을 수 없었다.

그네는 못을 박듯 일침을 놓는 것도 잊지 않았다.

일천 손 일천 눈에서
하나를 내놓거나 하나를 덜어

이제는 실상을 다 고백했는데도 관음보살의 신력을 유도하기 위해 충분한 흡인력(吸引力)까지 노래에 표백하지 않을 수 없는 절박감으로 새로이 그네는 전율했다. 전율 끝에 두 눈이 없는 어린아이가, 그것도 아비가 없는 아이가 앞으로 살아가자면 얼마나 참담할 것인지.

이를 알려 보살의 신력이 지체 없이 발휘되도록 오금을 박아 노래했다. 이야말로 노래의 핵, 절대자에 대한 절대 의존이 있고 절대 간청이 있다면 그에 부수되는 것은 절대 소원 성취뿐이다.

그네는 소원성취에 애원의 묘처를 하나쯤 숨기기까지 했다.

두 눈을 다 욕심내다가는 하나도 얻지 못하는지 모른다.

실은 하나의 눈이라는 가설을 전제로 겸손을 내세웠으나 두 눈이 먼 아이에게는 당연히 두 눈이 필요한 것은 지당했으므로.

그네의 기원은 처절을 상쇄하고도 남음이 있었다.

둘이 아니라면 하나라도 베풀어 달라는 이면에는 반만의 광명이라도 회복시켜 달라는 자비에의 의지, 그것도 극도의 절박한 심정에서만이 가능한 발원이었다. 하나를 얻을 수 있다면 둘마저 얻어낼 수 있는 길이 열릴 것은 명약관화하지 않는가. 하물며 천수대비상께서 하나를 짐짓 달라고 하면 관음보살의 자비로 보아 하나만 줄 리 만무하지 않은가. 오히려 가상히 여겨 두 눈을 내어줄지도 모른다.

희명은 간절히 기도하며 신심을 더 더욱 굳건히 했다.

두 눈이 다 먼 저 애에게
하나라도 주어 고쳐주소서

이렇게 간절히 소원하는 데야 목석이 아닌 보살이, 만인을 구제한다고 널리 알려진 관음보살이 가만히 있을 리 만무지.

그네는 노래의 첫 구부터 겸손으로 일관했기 때문에 소원이 이미 성취된 것으로 믿고 보살 찬양의 노래가 절로 나왔다.

아니, 관음보살의 시혜는 반드시 이루어질 것이며 그런 마음의 기대감을 나타내지 않고는 견딜 수 없었다. 조복(調伏)을 통한 절대자에의 찬양은 호감과 동정을 불러일으킬 수 있다는.

그네는 소원성취의 길이 이미 열었다고 하더라도 기대감은 어디까지나 기대감으로 끝내지 않으면 보살의 노여움을 살지도 모른다는 새로운 불안감에 휩싸였으나 끝까지 긴장과 겸허의 자세를 흐트리지 않았다.

제 아무리 간절한 기원이라 하더라도 한번만으로 부족할 수도 있기 때문에 추하지 않은 반복의 성격을 드러내면서 강조는 강조이되 매달림의 간곡한 표현, 끝까지 끈질기게 물고 늘어지는 끈기와 가련한 몸부림의 결정도 결코 소홀히 할 수 없었다.

이런 매달림의 이면에는 지금까지 소극적인 자세로부터 벗어나 적극적으로 당당하게 맞설 수는 없겠으나 그것까지도 관음보살의 찬양, 극도의 감정을 억제하고 아니, 차분히 착 가라앉은 목소리로 기도의 자세를 잃지 않았음은 물론이다.

아아, 제게 끼치어 주신다면
내놓으신 자비 크오리다

간절한 소원을 담은 노래를 뒤늦게 완성했으나 지은 노래를 가지고 곧장 아이에게 가르쳐 기도하게 한 것은 아니었다.

그네는 지은 노래로 수백, 수천 번을 노래하고 기도했다.

입술은 부풀어 터졌고 피가 홍건히 흘러내려 목을 적시고 저고리 앞섶을 빨갛게 물들였다. 급기야 소리 내어 노래를 할 수 없게 되었다.

혓바늘은 수십 군데나 솟아 혀가 굳었다. 입술은 터져 조금만 움직여도 피가 흘러내려 노래를 할 수 없어서야 아이에게 말했다.

"애야, 내가 노래를 가르쳐 주, 줄 것이니, 그대로 외었다가 기도하는 사이사이에 노래하거라."

그네는 아이를 보듬고 한 구절 한 구절씩 선창했다.

처음에는 아이가 더듬더듬 따라 하다가 이내 외워서 노래했다. 시간이 흐를수록 간절한 기원의 정감까지 듬뿍 담아 노래하지 않는가.

노래는 아이의 잉어 같은 입에서 애절하게 울려 퍼졌다.

무릎을 꿇고 꿇어

두 손을 모아 모아서 괴고

천수관음전에

숙원의 말씀 아뢰나이다

일천 손 일천 눈에서

하나를 내놓거나

하나를 덜어서라도

두 눈이 다 먼 저에게

하나라도 주어 고쳐주소서

아아, 제게 끼치어 주신다면

내놓으신 자비 크오리다

아이는 노래하며 기도했다. 눈 먼 병신인 것도 배고픈 것도, 아니 그 모든 것을 잊고 기도하며 노래를 불렀다.

수천, 수만 번을 노래하고 기도했다.

기도하는 사이, 아이의 입술도 허옇게 부풀어 터졌고 터진 입술에서 피가 흘러나와 온몸을 물들였다.

그런데도 아이는 노래를 중단하거나 기도를 그만두지 않았다.

끝내 아이는 잉어처럼 입술만 달싹이기만 하는데 소리는 나오지 않았으나 눈 먼 눈이 소리를 대신했다.

우연의 일치였는지도 모르나 모자가 노래하면서 기도한 지 아홉 밤 열날이 되는 새벽이었다. 그 시각은 회한하게도 솔거가 천수대비상을 그리기 위해 잃었던 시력이 회복되는 순간과도 일치했다.

아이는 여명을 받아 찬란하게 빛나는 천수대비상을 응시했다.

여명의 찬란한 빛을 받은 천수대비상은 자비로운 모습을 드러냈다. 솔거가 그림을 완성했던 그 당시보다도 대비상은 신이했다.

솔거는 잃었던 시력을 되찾아 일천 손, 일천 눈, 일천 발, 일천 혀, 일천 어깨를 빈틈없이 그려냈었다.

그러나 지금의 천수대비상에는 일천 손, 일천 발, 일천 혀, 일천 어깨만은 다 있는데 일천 눈만은 구백아흔아홉 개가 남아 있었다.

하나는 언제 어디로 사라졌는지 알 수 없었다. 그리고 눈이 하나 없어진 것을 안 사람도 그 많은 총중에 누구도 알지 못했다.

모자마저 이적이 일어난 줄도 모르고 쉬지 않고 기도했다.

이적이란 바로 솔거가 그림을 완성하고 되찾았던 시력을 상실한 그 순간과 우연히 일치하면서 천수대비상에는 또 하나의 눈이 사라졌는데도 그런 이적을 미물인 인간만이 알지 못했다.

그로부터 이적이 일어났다.

사라진 천수대비상의 두 눈이 벌써부터 눈먼 아이의 눈으로 들어와서 광명을 발휘하고 있었다.

이적이 일어난 지 오래인데도 누구 하나 눈치 채지 못했으나, 아니 희명조차도 눈치 채지 못했으나 아이만은 알고 관음보살의 일천 눈의 미소와도 같은 환한 미소를 지었다.

이런 이적(異蹟)은 소리 소문도 없이 널리 번져 나갔다.

그런데 희명이 필부의 아낙임을 내세워 정제된 10구체의 향가를 지었을 리 만무하며 종전부터 전래되어 오던 민요를 기원에 맞춰 부른 것에 지나지 않는다고 작자를 부정하고 있다.

그러나 분명히 도천수대비가(禱千手大悲歌)는 희명이 노래하고 눈 먼 아이로 하여금 부르게 한 것만은 분명한 사실이다.

이런 곡진한 사연은 세상으로 널리 번졌다.

그 당시는 물론 후세에 이르기까지 소망이 간절한 사람들이 노래했으며 그것도 사찰 주변을 중심으로 전래되었다.

노래는 구비전승(口碑傳承)을 겪은 끝에 누군가에 의해 향찰로 표기되고 10구체의 정제된 향가로 정착되면서 원래 모습은 많이 변이되었다고 할 수 있다.

해서 희명이 짓고 아이가 노래한 도천수대비가는 어느 정도 원형(原型)을 잃은 것만은 부인할 수 없다.

일연도 유사에 다음과 같이 기록했다.

膝肹古召旀

二尸掌音毛乎支內良

千手觀音叱前良中

祈以支白屋尸置內乎多

千隱手叱千隱目肹

一等下叱放一等肹除惡支

二于萬隱吾羅

一等沙隱賜以古只內乎叱等邪

阿邪也吾良遣知支賜尸等焉

放冬矣用屋尸慈悲也根古

일연선사도 아녀자가 아들의 눈을 뜨게 하기 위해 즉흥적으로 노래한 정감을 그대로 살리다 보니 이렇게 밖에 옮길 수 없었는지 모른다.

그러기에 가사 자체에는 전혀 메타포도 없고 비유니 상징이니 하는 기교도 보이지 않으면서 일상적인 말만을 모아서 한 편의 완벽한 노래로 옮기지 않았을까. 무기교의 기교가 빼어나며 완벽할 만큼 평면적인 데다 긴장감이 없는 데도 긴장감이 살아나는 시어하며…

　이런 특징을 지닌 도천수대비가는 희명이라는 범상한 아낙네의 절박한 심경, 오직 눈먼 아이에게 눈을 뜨게 하겠다는 소망성취의 지순지결한 직설이 빚은 절창을 굳이 부인할 필요까지 없겠다.

어느 가을 이른 바람에

음력 2월 초하루인데도 날씨는 매서웠다. 특히 동경 낭산(狼山) 동남 기슭은 골짜기에서 올라오는 바람이 유난히 드세기로 소문났다.

매서운 날씨로 모든 것이 얼어붙은 세상, 그런데도 대웅전 추녀 끝에 매달린 풍경(風磬)만이 봄의 소리를 일깨우고 있었다.

월명(月明)은 매서운 날씨쯤은 아랑곳하지 않은 채 칠흑 같은 사경이 좀 지난 시각, 어둠 속에서 대웅전 앞의 뜰을 쓸고 탑 주변도 쓸었다.

그는 동승이나 수도승이 아니었다. 입고 있는 법의로 보나, 몸에서 풍기는 수품(修稟)으로 보나 보통 스님은 아닌 듯했다.

그런데 청소를 하는 월명은 귀찮다거나 곤욕스런 기색이 아니라 간절한 비원(悲願) 아닌 비원이 담겨 있었다.

청소쯤이야 동승에게 맡겨 둬도 될 나이, 그런데도 손수 비를 들고 청소를 하고 있으니 비원이 있는 것만 분명했다.

월명은 청소를 끝내고 고개를 들어 여명을 응시했다.

저녁노을은 누구나 바라볼 수 있었으나 여명은 한이 많아 잠 못 이루는 아낙네나 소수의 부지런한 사람이 아니고는 볼 수 없다.

언제부터인지 모르나 월명은 여명을 사랑했다. 그뿐만 아니었다. 여명의 노을을 바라볼 때마다 기분은 날아갈 것 같았던 것이다.

월명은 여명을 바라보다가 탑 앞으로 갔다.

그는 가부좌하고 앉아 피리를 소매 속에서 꺼내어 입술에 침을 묻히고 혀로 음을 골랐다. 이어 손가락을 분주히 움직였다.

신이라도 내린 듯 열 손가락이 부르르 떨었다.

입술마저 바르르 떨자 애절한 소리가 여명을 뚫고 하늘로 올라갔다가 스러지고 스러졌다가 이어졌다.

청아하고 맑은 소리는 우는 듯 웃는 듯 애원인 듯한 아니, 간절한 비원이 담긴 듯한 소리는 동터 오는 여명까지 밀어내는 신이, 그것이었다.

인간이 낼 수 있는 지고의 음 그대로 신비의 소리는 불면 불수록 맑고 곱게, 웅장하다가도 장엄하게, 아니 기결하게 쏟아져 하늘 높이 올라갔다가 골짜기를 타고 내려와서는 반월성마저 움찔움찔 움직여 놓고 동해 물결 속으로 잦아들곤 했다.

그런데 오늘따라 피리소리는 평소 즐겨내던 신비의 소리는 아니었다. 인간적인 너무나 인간적인 애상을 자아냈다.

죽음에 대한 쓰라린 비애, 막연한 공포, 인생의 무상이며 허무감은 물론 사후세계에 대한 불안감이 깃든 순수 인간적이며 시정적인 발원이었고 도를 깨친 불승이 아닌 타고 난 그대로 눈물의 의미를 쏟아놓는 평범한 소리에 지나지 않았던 것이다.

월명은 사천왕사에 기거하면서 도를 닦는 틈틈이 피리를 불었다. 불다 보니 신이에 가까운 소리를 창조했다. 해서 불도의 영험보다는 피리로 동경 바닥에 이름을 떨친 셈이었다.

언젠가 달 밝은 밤이었다. 피리를 불면서 대로변에 있는 어떤 대문 앞을 지나가는데 달도 피리소리를 듣고 움직이지 아니하고 멈춰 섰다.

그런 연유로 그곳이 월명리로 불리어지게 되었으며 월명 또한 유명해 졌으며 경덕왕에게 연승으로 지목 받아 도솔가(兜率歌)까지 지었다.

왕은 도솔가를 지은 월명에게 품다 일습과 수정염주 108개를 하사했을 때, 의형이 곱고 깨끗한 동자가 나타나 무릎을 꿇고 차와 염주를 받아서 대궐 서소문으로 사라졌다.

이를 지켜본 사람들은 월명의 지극한 정성과 덕이 미륵보살을 현신시킨 것으로 알았으나 실은 그게 아니었다.

동자는 바로 월명의 누이, 아비가 다른 동생이었던 것이다.

그런 누이를 잃은 지 49일째, 오늘이 누이의 49재였다.

49재를 맞아 월명은 절 안팎을 손수 청소했다. 청소를 위해 청소를 한 것이 아니라 마음을 가라앉히려고 청소를 했다.

그런데 마음이 가라앉기는커녕 더 큰 슬픔이 휘감았다. 어쩔 수 없이 슬픔을 잊으려고 한 동안 손에서 놓아버렸던 피리를 불었으니 피리소리는 평소와 다른 애조를 띤 곡조가 흘러나올 수밖에 없었는지 모른다.

어느 새 피리는 월명의 손에서 빠져나와 땅에 떨어졌다.

월명은 누이가 죽자 그 충격을 주체할 수 없었다.

이 세상에 피를 나눈 혈육이라곤 단 하나, 그것도 누이를 낳은 지 보름 만에 돌아가신 어머니, 어머니가 당부하시던 모습이 눈앞에 어려 어제 일만 같은데 누이를 잃었으니 허탈, 그것이었다.

월명은 죽은 누이를 위해 매일 경을 읽고 기도하는 것으로는 정성이 부족한 것 같아 이레째마다 재를 올렸다.

그것은 누이를 끔찍이 생각하는 마음이 앞선 탓이기도 했으나 중유(中有) 동안에 다음의 생이 정해지기를 염원한 탓이었고 좋은 곳으로 가 태어나기를 소원한 때문이었다.

마지막이 되는 49재. 이제는 세상 없어도 떠나보내야 했으니 월명은 겉으로 내색하지 않았으나 속으로 오열했다.

다비(茶毘)를 치를 때만 해도 그랬다. 짚불 꺼진 삿자리라고 할까. 소선

(小僧)은 식은 재가 삭아 내리듯 아까운 목숨을 내려놓았던 것이다.

너무나 안타까운 나이 열셋. 살아온 만큼 몇 곱을 더 살아도 트집을 잡거나 허물을 물고 늘어질 사람도 없는데 서방정토로 가는 길은 눈물 앞세운 길인지 숨이 멎고 옷을 벗듯이 육신을 벗어버릴 수 있을까.

월명은 소선을 보기 위해 새벽 예불을 마치고 법당을 나와 그네가 기거하는 암자로 발길을 돌렸다.

섣달 열흘을 지난 새벽하늘에는 물기라곤 하나 없는 별 떨기만이 해탈한 부처님의 눈빛처럼 그윽하게 빛나고 있었다.

월명은 소선이 거처하는 방문을 조심스럽게 열고 안으로 들어서서 누워 있는 그네의 곁으로 다가갔다. 소선은 언제나 그랬듯이 눈을 감고 있었다. 눈을 감은 그네의 볼은 앙상했고 희다 못해 푸르렀다.

월명은 그네의 손을 꼭 쥐었다. 그런데 느낌이 이상했다. 예불을 나가기 전에는 온기가 돌았었는데 지금은 부드럽지 못하고 뻣뻣했다.

손목의 맥을 짚었으나 맥이 짚이지 않았다.

"소선, 니 오래비다. 어서 눈 좀 떠 보거라."

월명의 목소리는 울음이 묻어 있었다. 스님들이 달려왔다. 스님들의 옷깃에는 섣달 새벽의 냉기가 매달려 슬픔을 더욱 부채질했다.

주지 스님마저도 소선의 열반을 안타까워서 울먹였다.

"불쌍한 것. 장염불이나 할밖에."

스님들은 동터 올 무렵까지 반야바라밀다심경을 독경했다.

사흘째 드는 날, 소선을 보내는 절차를 밟았다.

주지 스님이 월명을 위로했다.

"너무 슬퍼 말게나. 육신을 벗어버린 영혼의 주인은 따로 있는 것이 아니니, 인연된 마음으로 울지 말고 그냥 웃으면서 보내주게. 그게 왕생이라 생각되오. 사찰의 법규에 따르면 죽음이라고 다 슬픈 것만은 아니지 않소. 꽃은 지기 위해 핀다는 연기법을 월명이 몸소 보여 주오."

월명은 주지의 위로가 귀에 와 닿지 않았다.

그는 뭇 승들의 도움조차 물리치고 손수 염을 하기 위해 소선을 목욕부터 시켰다. 손을 씻어주고 발을 씻긴 다음, 준비해 둔 아래옷 윗옷을 차례로 입혔다. 머리에 모자를 씌워 똑바로 앉힌 뒤, 안좌게(安座偈)를 외웠다. 밥을 지어 올리면서 차까지 곁들였다.

이어 산더미처럼 장작을 쌓아둔 곳으로 소선을 운구했다.

장작더미 맨 위에 소선의 시신을 안치하고 들기름을 부어 불을 질렀다. 불이 붙자 염불소리도 불길 따라 활활 타올랐다.

인간 세상에 태어났다가 죽는 것은 새로운 빛을 받아 떠나는 것일진대 목숨 받아 태어난다는 것은 어디서 왔으며 또한 죽음은 어디로 가고 있는지. 태어나 산다는 것은 한 조각의 구름이 여름 하늘에 생김과 같고 죽음 또한 구름으로 생겼다 사라지는 것.

떠도는 구름은 본래 아무런 형체도 없음이라. 태어나고 죽는 것은 뜬구름이 생겼다 사라지는 것과 같으니. 굳이 남아 있다 할 수 있는 것은 풀잎에 맺혀 있는 이슬 한 방울보다 못하다고 할 수 있으니.

이슬 또한 머잖아 흔적도 없이 사라질 것이니.

죽은 것은 돌아오지 않아. 돌아온다는 마음조차 먹지 말아야지.

하나의 물건이 없어진 것에 지나지 않아. 뜨거운 불에 물이 끓지만 불길이 죽고 나면 끓던 물도 이내 식어.

만물의 영장인 사람이라고 해 다를 게 무에 있어. 사람도 죽으면 당연히 돌보지 말아야지. 저 많은 새들도 끝내는 제 집으로 돌아오지 않듯이 목숨은 언제, 어느 때고 한번 떠나 사라지는 게야. 바람에 씻기듯 머무는 것은 아무 것도 없음이야.

한낮이 지나자 불길이 잦아들었다. 월명은 재속에서 뼈를 주워 절구에 넣고 곱게 빻았다. 빻은 뼛가루를 산으로 가져가 뿌리고 염불을 외며 돌아서려고 해도 발길은 좀체 떨어지지 않았던 것이다.

월명은 솔바람 소리를 듣고 있었다. 솔바람은 그칠 줄을 모르고 산 위를 향해 서둘러 달려가고 있었다.

달려가는 바람 속에는 소선의 얼굴이 담겨 있다가 한 마디 말도 없이 뜬구름처럼 훌쩍 떠나가 버리는 것이었다. 정말 구름과 바람 같은 소선의 죽음이 아닐 수 없었다. 삶이란 모두가 뜬구름과 같은 것인지.

동녘 하늘이 환히 밝아 왔다.

그제야 스님들은 소선을 위한 재, 49재를 올릴 만반의 채비를 끝내고 월명이 법당 안으로 들기를 하마나 하고 기다리고 있었다.

"스님, 큰스님. 재 올릴 준비를 끝냈습니다."

"다들 수고했네. 내 법당으로 들지."

"소승들도 스님의 뒤를 따르겠습니다."

"들어오지 말게나. 사적인 재이니."

월명은 아침 햇살을 받으며 법당 안으로 들어서자 그의 뜻과는 달리 벌써 미륵보살 보좌 앞에는 온갖 공양이 진설되어 있었다.

드넓은 대웅전 법당 안에는 발 하나 디딜 틈도 없이 신도들로 초만원을 이루고도 모자라 뜰에까지 북적댔다.

사천왕사(四天王寺)는 웅장하기로 첫손을 꼽았다.

문무왕은 당나라 유인궤(劉仁軌)가 대군을 이끌고 신라로 쳐들어오자 낭산 동쪽 기슭에 나라를 수호하겠다는 일념으로 사천왕의 이름을 따 사천왕사를 세우고 나라의 안위를 기도했다.

그랬더니 당나라 대군은 미처 신라의 해안에 상륙하기도 전에 때 아닌 돌풍에 휘말려 배는 전복되거나 파괴되고 군사들마저 바다에 빠져 싸움을 걸어 보기는커녕 자진해서 퇴각하고 말았다.

그런 이적을 본 문무왕은 나라를 수호하기 위한 일념으로 사천왕사를 중창했고 이를 유지하기 위해 성전(成典)이라는 관청까지 뒀으며 장관은 진골 출신만을 임명했다. 성전 밑으로 영(令), 경(卿), 감(監), 대사(大舍), 성(省) 등의 관원까지 뒀으니 당시로서는 가장 큰절이었다.

승려의 수만 해도 줄잡아 수천 명이었다.

그런 승려와 신도들을 월명은 모두 물리쳤다. 오직 혼자 조용히 재를 올리면서 누이를 생각하고 싶어서였기 때문이다.

월명의 뜻이 너무나 간절했기 때문에 완강하게 버티던 스님들도 하나둘 물러나고 법당 안은 비다시피 했다.

그제야 월명은 경을 외며 누이의 명복을 빌었다.

하지만 누이의 명복을 비는 기도는 아니었다. 죽은 누이의 생생한 얼굴이 떠올라 정신을 어지럽혔던 것이다.

누이의 관을 장작더미에 올려놓았을 때의 오열, 그는 누이의 관을 장작더미에 올려놓은 것이 아니라 자신의 육신을 올려놓았었다.

어느 새 월명의 볼에는 눈물이 그렁그렁 했다.

대자대비하신 미륵좌주님이시여. 죄 많은 저를 데려가지 아니하시고 어린 누이를, 그것도 이른 나이에 데려 가셨나이까.

누이의 관 위에 불경을 얹어주고 옷자락마다 들기름을 뿌려 하직하지 않을 수 없었던 아픔으로 밤마다 불경을 외며 누이를 만나 대화를 나누지 않았던가. 그런 만남도 오늘의 49재로 끝을 내야 하다니.

너무나 귀여운 소선이 다가와 오라버니 하고 불러댈 것만 같은 환청(幻聽)이 현실로 다가왔다.

그래. 네 오라비는 여기 이렇게 있다 하고 전신으로 대답했으나 누이는 이를 알아들었는지 어쨌는지.

이제 너의 귀여운 음성조차 들을 수 없는, 비와 눈이 오는 세상에 나만이 남고 너는 그래 어디로 갔단 말인고. 귀엽고 착하기만 했던 소선.

안쓰럽다 못해 뼈를 에이는 아픔만 더하더니 오라버니, 하고 부르는 소리는 들리는데. 네 소리가 미칠 수 없는 여기는 슬픔만 뚝 떨어져 나만 홀로 남겨졌으니, 오라비의 심정을 너만이 알아줄까. 너는 미륵보살의 현신이 아니었던가. 왕이 다와 염주를 하사하자 이를 받아 주원전 서소문으로 나갔었지. 그때는 모두 미륵보살의 현신으로 알지 않았겠어.

월명의 눈물에는 과거가 덕지덕지 매달렸다.

그는 아버지의 얼굴도 모르고 자랐다. 아버지가 없었으니 집안은 가난할 수밖에. 일곱 살이나 되었을까.

사천왕사 스님 한 분이 시주를 하러 나왔다가 고샅에서 놀고 있는 아이와 마주쳤다. 스님은 아이의 불심을 한눈에 알아보고 어미를 찾았다.

"시주, 시주, 이 아이를 절로 데려가 큰스님으로 키우겠으니 허락해 주십시오. 이는 인연 깊은 부처님의 말씀입니다."

어미는 아닌 밤 홍두깨 소리에 의아해서 반문했다.

"귀여운 아이를 절에 팔란 말입니까?"

"그렇소이다. 아이의 기골이 불승으로 대성할 상입니다."

"그렇다고 해서 절에다 팔 수는 없습니다."

"그것이 시주의 운명입니다. 나무아미타불 관세음보살."

"그런 운명도 있답디까?"

"전생의 인연입니다. 아이는 이미 연승으로 점지되었습니다."

"그런 말로 절 현혹시키지 말아요."

"누가 현혹시켰다고 그래요. 모두가 불연인 것을요."

스님은 저 유명한 능준 대사(能俊大師)였다.

어미는 연승으로 점지되어서가 아니라 굶겨 죽이기보다는 절에 팔아서라도 아이를 살리기 위해 스님에게 딸려 보냈다.

아이는 스님을 따라 절로 들어가 큰스님 밑에서 수도승으로 수련을 쌓은 지 20년이란 짧지 않은 세월을 보냈다.

하루는 능준 대사가 불러 "20년 수도라면 불법이 어떻다는 것쯤은 어느 정도 깨쳤을 터. 지금 불명을 지어줄 것이니 더더욱 불도에 정진토록 해라." 하고 불명을 지어 주겠다고 했다.

"대사님, 분부 명심해서 받들겠습니다."

"네 불명은 이제부터 월명(月明)이다. 달빛은 온 세상을 차별 없이 고루고루 비추듯이 죄 많은 중생을 제도하면서 불법을 베풀라는 뜻으로, 너를 위해 진작부터 지어뒀던 법명인 게야."

"큰스님의 불은을 두고두고 잊지 않겠습니다, 나무아미타불."

"월명, 이 길로 고향에 다녀오너라."

"갑자기 어찌 그런 분부를 하시는 것입니까?"

"가 보면 알 것이야. 어서 떠나거라."

월명은 절을 나섰다. 실로 20년만의 세상 구경이었다. 길을 나서니 유례없는 흉년이 들어 인심은 흉흉했다. 공양 하나 빌 수 없었다.

해서 고스란히 굶은 채 고향집에 당도했다.

방문을 열어보니 낯설기만 한 어머니는 앓아누워 있는데 곁에는 핏덩이 하나가 있었다. 그런 어머니의 얼굴은 떠날 때의 얼굴이 아니었다. 먹지 못하고 가꾸지 못한 얼굴은 찌들대로 찌들었다. 얼굴에는 부황마저 있다. 세월이 흐른 탓도 있었으나 모든 것이 가난 때문이었다.

어머니는 아들이 들어섰는데도 이를 알지 못한 채 천장만 응시했다. 월명은 가슴이 메어지다 못해 갈기갈기 찢어지는 듯했다.

"어머니, 어머니, 제가 돌아왔어요. 승이 되어 20년 만에 돌아왔습니다. 눈을 뜨고 절 좀 보셔요."

산후 먹지도 몸조리도 못해 정신이 어떻게 된 모양이었다.

"없어, 없다. 먹을 게 없어. 다른 집에 가 봐."

"어머니, 저예요. 아들이 왔단 말입니다."

"먹을 게 없어. 없다는데 왜 보채?"

핏덩이는 울다 지치고 지쳤다가 얼마나 울어댔는지 기척조차 없었다.

월명은 어머니를 혼자 둔 채 아이를 포대기에 싸안고 나가 동네방네 다니면서 젖부터 얻어 먹였다.

젖을 얻어 먹이고 돌아와서는 밤새 어머니 곁을 지켰다.

어머니는 새벽녘에야 정신이 돌아왔는지 말했다.

"니가 누고? 귀여운 내 새끼. 그 동안 고상이 많았지? 저 아이가 불쌍해. 젖 한번 제대로 물리지 못했어. 아이를 절로 데려가 키워라. 그래 불보살로 키워. 난 살긴 틀렸으니…."

그네는 메마른 말을 끝으로 운명했다.

월명은 어머니의 시신을 거둬 장사 지낸 뒤, 아이를 들쳐 업고 젖동냥을 하면서 절로 돌아왔다. 돌아오자 월명은 할 일이 하나 늘었다.

불도에 정진하는 틈틈이 아비가 다른 누이를 키우는데 정성을 쏟았다. 아이가 울면 따라 울었고 아프면 함께 앓았다.

이때부터 그의 손에서 떠나본 적이 없는 피리였다.

울고 보채던 아이는 피리소리에 잠이 들곤 했다. 아이를 달래기 위해 불던 피리는 아이가 나이 듦에 따라 신이한 소리를 냈다.

그 무렵, 난데없는 소문이 그를 곤혹스럽게 했다.

그것은 자기 아이가 아니라면 그토록 정성과 애정을 쏟을 수 없다는 것이며 다른 사람의 아이가 아닌 월명이 낳은 아이라고. 그런 불미스런 중은 당장 절에서 추방해야 한다고 신도들이 들고 일어났던 것이다.

월명은 오해를 살만도 했다.

이승이 데려다 키운다고 해도 굳이 고집을 피워 손수 키웠고 신도들이 데려다 양녀로 입적시킨다고 해도 손수 키웠으니 당연했는지 모른다.

능준만이 알고 월명을 감싸 추방되는 것만은 모면할 수 있었다.

아이는 달덩이 같은 환한 인물로 성장했다.

월명의 지성을 젖으로, 피리소리를 사랑으로 받아 자란 아이를 두고 스님이나 신도들은 미륵보살을 옮겨놓았다고 칭송했다.

하루는 능준 대사가 아이를 불렀다.

"내 말을 명심해 들을지어다. 이만큼 성장하게 된 것은 모두가 월명의 불은이 깊었기 때문이야. 불은에 보답하기 위해서라도 불도에 더욱 정진해야지. 그런 뜻으로 불명을 지어 주지."

능준 대사는 아이에게 소선(小僊)이라는 불명까지 지어줬다.

소(小)는 대(大)와 통하는 것, 대는 그 이상 가능성이 없으나 소는 대를 향한 가능성이 무한한 것이며 그런 의미로 지어줬다.

소선은 월명이 틈틈이 피리를 불면 향가로 따라 불렀다. 어린 나이에도 향가를 외워 목소리를 곧잘 낼 줄 알았다.

월명의 피리소리와 소선의 목소리가 한데 어울리면 적막한 주위는 오직 두 소리만이 남아 마냥 흐느꼈던 것이다.

소선은 성장한 뒤에도 사천왕사에 남아 불도에 정진했다.

몇 해가 지나는 사이, 세상 인심도 변했다. 소선을 보고 스님이나 신도들은 발길을 멈추는 일이 잦았던 것이다.

소선의 인물도 인물이었으나 그보다는 좀체 볼 수 없는 미륵보살이 아기화신으로 현신한 것 같은 불법을 풍겼기 때문이었다.

그런 탓으로 보는 사람마다 아기보살로 통했다.

소선이 참석하는 재에는 항상 쇠전이 쏟아졌다.

신도들은 미륵보살을 보고 시주를 하는 것이 아니라 아기보살의 범할 수 없는 신이에 감동되어 쇠전을 쏟아놓았다.

자연스레 사천왕사는 능준 대사의 고명보다도, 아니 월명의 피리보다도 소선으로 인해 당과 섬나라 왜까지 알려졌다.

그런데 소선에게는 불치의 병, 예고 없이 갑자기 죽을 수도 있는 병을 가지고 있었다. 그런 불치의 병은 원왕생, 원왕생을 외며 불도를 닦는 순간순간, 생명을 단축시켰다.

계절은 중동(仲冬), 초저녁이었다. 소선은 월명과 함께 달을 바라보며 새삼스레 알고 있는 불법을 확인이라도 하듯 묻고 물었다.

"오라버니, 불이란 무엇입니까?"

"물론 어려울 테지. 불이란 곧 깨달은 사람을 일컫는 말이야. 부처님을 높여서 부르는 말도 되고 부처를 깨달은 사람을 일컫는 말도 되지. 소선도 득도하면 부처가 될 수 있지."

"저도 죽으면 열반에 들 수 있을까요?"

"물론 고집멸도하면 열반에 들 수 있지. 고제란 이생의 온갖 생로병사의 괴로움을 이름이고 집제란 고의 원천이 되는 괴로움을 이름이지. 멸이란 고와 집이 넓어져 깨달은 경지이고 도는 깨달은 경지에 도달하는 수행을 말함이야. 이를 수행으로 깨쳐 득도하면 열반에 들 수 있지. 그래, 소선도 득도할 게야. 내가 보장하지."

"그렇다면 열반(涅槃)은 무엇이어요?"

"도를 깨친 상태, 곧 일체의 중고(衆苦)와 번뇌를 끊어 버리고 불생불멸(不生不滅)의 법성(法性)을 깨친 해탈의 경지를 이름이기도 하지. 또한 죽어서 도솔천(兜率天)에 들어도 흔히 열반했다고들 하지."

"오라버니, 아니 대사님……"

소선은 월명을 오라버니라고 부르기도 쑥스러웠다.

"제게는 대사님 곁이 도솔천입니다."

"그럴 수도 있겠지. 도솔천은 따로 있는 게 아니니까. 도를 닦는 불심

속에 도솔천은 있어. 그러나 나는 도솔천이 아냐. 한낱 수도승에 지나지 않아. 소선도 이제는 컸으니 더욱 더 정진해야지."

"만덕화(萬德華) 한 곡조만 들려주셔요."

"오늘따라 네가 이상하구나. 전에는 그렇지 않더니."

"그냥 듣고 싶어요. 달이 너무 밝잖아요."

"알았다. 내 들려주마."

월명은 혼신의 힘을 쏟아 피리를 불어제쳤다.

하늘의 달도 운행을 멈추고 불어오던 바람마저 잠 재웠으나 월명의 피리소리는 왠지 제 소리 값을 잃고 쇳소리를 냈다.

그랬던 것이 불과 몇 시간도 지나지 않아, 그것도 새벽 예불을 나간 사이 소선 혼자서 열반했던 것이다.

월명은 온몸이 녹아내리도록 몸부림쳤으나 인력으로서는 어찌할 수 없는 죽음 앞에서는 무력할 수밖에 없었다.

소선의 죽음에 대해 월명의 슬픔이 얼마나 컸으면 유사(遺事)에도 '월명은 일찍이 죽은 누이를 위해 재를 올렸는데 향가를 지어 제사를 지냈다. 제사를 지내는데 갑자기 회오리바람이 일더니 지전을 서쪽으로 날려 보냈다'고 기록했을까.

누이를 위해 독경하는 월명은 도를 닦는 스님은 아니었다. 너무나 인간적인 슬픔에 젖어 몸부림쳤다.

월명은 자유분방하며 소탈한 성품 그대로, 아니 그 무엇에도 구애받지 않은 유객이자 자유인이었고 이지적이기보다는 감상적인 인간으로 돌아선 순수 인간, 소시민적인 풍모와 생활 단면을 드러내면서 누이의 49재를 지냈다. 그것도 누이의 49재를 불교의식이 아닌 월명식으로 지냈다. 해서 당연히 스님과 신도들을 물러나게 할 수밖에.

월명은 시간이 경과할수록 누이의 죽음이 쓰라린 패배가 되어 가슴에 파고들었고 예고도 없이 찾아온 죽음에 대한 공포심마저 느껴지지 않을 수 없었다. 사는 것이 덧없으며 허무한가로 뼈를 녹였으며 피를 나눈 동기간의 사별이 애통하다 못해 미지의 세계, 곧 사후의 세계에 대한 두려움마저 엄습하는 것이 아닌가. 도를 닦는 승려 이전에 인간이고 싶었는데도. 끝내 월명은 누구나 느끼는 죽음, 인지상정일 수밖에 없는 지극히 보편적인 죽음에 직면할 수밖에.

월명은 죽음에 대해 초연해 하거나 무외(無畏)한 것으로 결코 받아들일 수 없었다. 세상을 초월한 달인이나 도인에게서 찾아볼 수 있는 그런 죽음의 눈으로, 아니 냉정하고 차디찬 이성으로, 당황해 하지 않고 당당하게 받아들이는 누이의 죽음은 아니었다.

월명은 욱면(郁面)의 죽음을 떠올렸다.

남신도 수십 명이 서방에 뜻을 두고 주의 지경에 미타사(彌陀寺)를 세우고 만일을 염려해 계를 조직했다.

신도 속에는 아간 귀진(貴珍)이 있었다. 그는 계집종을 하나 두었는데 이름은 욱면이었다. 욱면은 주인을 좇아 절로 들어갔다. 그네는 절 마당에 선 채 스님이 하는 대로 염불을 따라 했다.

그는 그네의 직분에도 맞지 않는 짓이 눈에 거슬려서 절에는 얼씬도 못하도록 밤마다 곡식 두 섬을 주어 찧어놓도록 했다.

그런데도 욱면은 이른 초저녁에 두 섬 곡식을 다 찧어놓고 절로 가서 마당에 선 채 염불을 했는데 잠시 잠깐도 소홀함이 없었다.

그네는 정신을 엉뚱한 곳으로 돌리지 않기 위해 스스로 뜰 가운데 말뚝을 박아놓고 구멍을 뚫은 뒤, 두 손을 구멍으로 집어넣고 노끈으로 말뚝과 손을 함께 묶어놓은 채 합장했다. 그것도 몸을 좌우로 흔들어 자신을 채찍질하며 염불하기를 몇 달을 조금도 게을리 하지 않았다.

하루는 하늘에서 청아한 소리가 은은히 들려왔다.

법당 안으로 들어가서 염불하라는 하늘의 소리였다.

스님들이 소리를 알아듣고 욱면을 이끌어 법당 안으로 들여보냈다. 그런데도 욱면은 종전과 다름없는 자세로 염불했다.

욱면이 염불을 하는데 서쪽 하늘에서 음악 소리가 들려왔다.

어느 누구도 음악소리를 듣지 못했으나 그네만이 들었다.

그네는 몸을 솟구쳐 법당 천장을 뚫고 하늘로 올라갔다가 서쪽 교외에 떨어졌다가 연화대에 올라앉아 죽어갔다.

그네가 죽어 가는데도 음악소리는 그치지 않았다. 고통이라곤 조금도 느끼지 않은 듯한 그네의 죽음, 그것은 성자의 죽음과 같은 초연한 죽음, 가장 이상적인 죽음이며 구도자적인 죽음이었다.

이를테면 죽음은 고통의 적(的)이 아니라 미래세(未來世)로 통하는 관문, 죽음은 부처가 되는 지름길, 죽음을 통해서만 죽음을 초월할 수 있다는 엄청난 괴리(乖離)를 체험했다.

월명은 욱면과 같은 죽음을 수없이 보고 들었으나 누이의 죽음 앞에서는 그런 죽음이 한낱 딴 세상인 양 느껴졌다.

죽음으로써 그 이상 죽을 수 없는 최상의 죽음은?

출세간적인 의지의 삶을 통해 초연한 자세로 죽음을 맞이했던 화랑과 뭇 승려들의 죽음, 그밖에 이름도 없는 구도자들이 무외, 탈속한 경지의 죽음 등등.

그런데 월명이 당면한 죽음은 이질적인 죽음으로 인간적인, 너무나 인간적인 죽음이었으며 49재를 치르는 동안 한 편의 시가 실체를 서서히 드러내고 있었다.

월명은 초월자가 아니었으나 초월자가 되어 가고 있었기 때문에 도도히 흐르고 있는 시대정신, 불교적이며 화랑도적인 죽음을 추종하지 않는, 외면한 채 탈피했기 때문에 당당히 초월할 수 있었으며 좀체 있을 수 없는 절체절명(絶體絶命)의 죽음을 대면할 수 있었다.

> 살고 죽는 길은
> 예 있으니 두려워서
> 나는 간다고 말도
> 이르지 못하고 갈 수야

생사로(生死路)를 이생에 고착시켜 생뿐 아니라 죽음까지도 미래의 것으로, 더구나 불교적인 내세관이 아니라 현재의 것이며 그것도 당면한 현실로 받아들였다. 너무나 순수해서 가식이라고는 찾아볼 수 없는 상태, 너무너무 솔직하고 담백해서 인간의 본성이 자제됨이 없이, 언어가 부자연스럽다거나 순치가 위장된 것이라고는 조금도 느낄 수 없는 순수 감정을 그대로 드러냈다.

비통함과 허허로움의 분위기는 여전히 이어져 다음 구에 쏟아 놓을 수 있었고 그것도 마음이 순수하게 발효했기 때문에 순수 그대로의 노출마저 아주 자연스럽다고 할 수 있었다.

> 어느 가을 이른 바람에
> 이에 저에 떨어질 잎처럼
> 한 가지에 태어났으나
> 가는 곳 모르겠도다

지금껏 살아오면서 생의 기쁨과 사의 슬픔을 동시에 보아왔다. 그랬기에 죽음도 삶과 마찬가지로 현재 속에 내재해 있었고 삶 속에 숨어 숨 쉬는 죽음의 그림자를 느끼고 있었다.

죽음에 대한 인간 심연의 바닥에서만이 솟는 비애, 공포, 무상 등 그 모든 것들은 비탄일 수밖에 없지 않는가.

인간의 나약한 마음, 그것도 막연하면서도 순박한 외침으로, 아니 허탈감에 젖었으나 순수 인간성으로 돌아와 슬픔의 역설 같은 그것을 외침으로써 슬픔을 더더욱 심화시켰다.

월명은 향가의 형식에 구애받지 않고 끝냈다.

아아, 미타찰에서 만나볼까 내
도 닦아 기다릴까

월명은 누이와의 재회를 그 무엇보다도 갈망했다.

재회는 죽음 저편에서나 이루어질 수 있는 일임을 알고 있었기 때문에 미타찰(彌陀刹)이라고 구체적으로 제시했고 그것도 상투적인 허언(虛言)에 지나지 않았으나 줄기찬 재회의 염원으로 말미암아 현실세계에서도 가능했다. 아니, 가능하다고 믿었다.

그만큼 누이의 죽음이 절실하게 와 닿아 있었고 가식이라곤 전혀 없는 본심 그대로를 결사에 집약시킬 수 있었다.

생과 사까지도 미래의 것이 아닌 이제의 것, 지금의 것이지 다른 세계의 것이 아니었다. 그와 마찬가지로 재회마저 지금이 중요했지 저 세상에서의 재회가 중요한 것이 아니었으나 순간순간 절실했다.

그런데도 월명은 무상감의 결정체를 보여주듯 현실세계에서의 재회를 염원하면서 경을 읽고 명복을 빌었다.

경을 읽고 명복을 비는 사이 밤은 여명으로 물들고 있었다.

월명은 지은 노래를 소리 내어 읊고 또 읊었다.

살고 죽는 길은

예 있으니 두려워서

나는 간다고 말도

이르지 못하고 갈 수야

어느 가을 이른 바람에

이에 저에 떨어질 잎처럼

한 가지에 태어났으나

가는 곳 모르겠도다

아아, 미타찰에서 만나볼까 내

도 닦아 기다릴까

월명은 노래를 몇 번이나 읊고 읊은 뒤에야 소지에 제망매가(祭亡妹歌)를 정성스레 옮겨 적는데 평소의 글씨체가 아니었다.

生死路隱

此矣有阿米次肹伊遣

吾隱去內如辭叱都

毛如云遣去內尼叱古

於內秋察早隱風未

此矣彼矣浮良落尸葉如

一等隱枝良出古

去奴隱處毛冬乎丁

阿也彌陀刹良逢乎吾

道修良待是古如

노래를 옮긴 뒤, 소선(小僊)과 월명(月明)의 이름을 썼을 때는 여명의 빛을 받아 불빛은 이미 죽어가고 있었다.

　월명은 빛을 잃은 촛불을 지긋이 응시했다. 그는 파랗게 빛을 내는 머리를 숙이고 염원의 눈빛을 실어 노래를 쓴 소지를 촛불에 붙였다.

　소지에 불이 붙자 법당 안이 환히 밝아왔다.

　월명은 타고 있는 소지를 바라보면서, 이제는 타고남은 재가 천장을 타고 올라 떠도는 것을 열망의 시선으로 응시하면서 두 손을 모아 빌고 또 빌었다. 타고 남은 재는 천장을 떠돌다가 문을 통해 서쪽 하늘로 사라져 버렸다. 그것은 '갑자기 바람이 불어 지전을 서쪽으로 날려 보낸 것(忽有驚颷吹紙錢飛擧向西而沒)'이 아니라 망매를 위해 올린 소지가 탄 재, 재회의 염원이 탄 재가 월명의 마음을 실어 하늘로 치솟았고 누이가 간 세상으로 달려가는 재였다.

　그 날은 2월 초하루, 영등 할미가 찾아온다는 날, 온 가족의 한 해 신수를 비는 민속 고유의 소지 올리는 날이기도 했다.

　재를 지켜본 스님들이 몰려와 독경했다.

　독경은 여명을 타고 번졌다. 청아하기 그지없는 독경은 미타찰에 가 닿아 소선에게 알려줄 것 같은 좋은 새벽을 열었다.

그리워하는 이 예 있다

옛날 푸닥거리로 재앙을 물리치고 지노귀로 명복을 빈 노래와는 전혀 다른, 부처에게 귀의하려는 하소연이 너무나 안타까운 노래며 독실한 지심공양으로 이승의 불우를 저승에서나마 활짝 펼치고자 하는 간절한 소원의 노래, 흥을 돋우기 위한 추임새가 격조 높고 아으<阿耶>마저 매우 매끄러워 삼행 육구로 헤아리는 시조의 종장 어즈버<於思臥>와도 흡사한 노래가 하나 유사에 수록되어 있다.

작자는 광덕 또는 그의 처로 알려져 있으나 짚신을 삼아 생계를 이어가는 이름 없는 사문으로 저 완미한 10구체의 정제된 향가를 지었을지 사뭇 의문이 아닐 수 없다.

유사에도 덕에게는 일찍이 노래가 있었다고(德嘗有歌云) 했듯이 광덕은 평소 소망했던 서방정토가 푸짐히 담긴 노래를 불렀고 그의 처 또한 지아비가 즐겨 부르던 노래를 따라 부른 노래임을 굳이 부인하고 싶지 않다. 더욱이 사문(沙門)의 길로 들어서서 불도를 구한 불자라면 극락정토로 귀의하려는 소망은 지극히 당연하지 않았을까.

나는 유사에 기록된 원왕생가의 설화를 읽다가 이해가 되지 않은 부분이 한두 군데 있었다.

그것은 광덕이 사문으로 처자를 데리고 살았다는 점과 그의 처는 분황사의 계집종으로 19응신 중의 한 사람이라는 점이었다.

분황사 계집종으로 관음보살이 된 사연도 궁금하고 보살로서 광덕의 처가 된 내력 또한 궁금하지 않을 수 없었다.

분황사(芬皇寺) 서쪽에 위치한 서리(西里)는 골이 깊어 해가 떨어지기도 전에 노을이 찾아와 터전을 잡기 일쑤였다.

광덕(廣德)은 저녁노을에 놀라 삼던 짚신을 밀쳐두고 언제나 그랬듯이 분황사를 바라보았다.

분황사는 노을빛을 받아 현란하게 빛나고 있었다.

장엄함이 넘치는 대찰, 바라볼수록 장엄하다 못해 엄숙함에 고개가 절로 숙지지 않을 수 없었다.

그런 광덕에게 있어 분황사는 늘 불가사의한 존재였으며 가까운 듯하면서도 한없이 멀게만 보이고 친근한 듯하면서도 왠지 모를 거리감에 주눅이 들곤 했기 때문이었다.

강고내미(强古乃未)가 동 3만 6천여 근을 들여 만들었다고 하는 약사여래상(藥師如來像)이 안치되어서가 아니었다.

솔거가 그린 천수대비화가 너무나 영험해 신화로 알려져서도 아니었다. 원효 성사가 분황사에서 화엄경소를 짓고 있어서였을까.

아니었다. 결코 그게 아니었다. 미세화처럼 작게만 보이던 분황사가 어느 새 섬세함으로 돌변하고 그 섬세함이 온 세상을 감싸면서 구석구석을 메우는 착각 때문이었다.

광덕의 이런 착각도 오늘만은 전혀 예외였던 것이다. 그것은 움막을 향해 오고 있는 화려한 옷을 입은 여인 때문이었다.

호젓한 산속에 화려한 옷을 걸친 여인이 올라오다니.

광덕은 도시 꿈만 같았다. 분황사 서리에서 짚신을 삼으며 불도에 정진하기 십년, 엄장 이외는 발길이 없었으니 꿈만 같을 수밖에.

여인의 옷은 하늘색 바탕에 꽃무늬를 수놓아 화려했고 옥대를 두른 허리는 석양을 받아 현란하게 빛나고 있었다.

동경 시내를 다 돌아다닌다고 해도 그만한 미녀는 만날래야 만날 수도 없는 여인, 그네는 젊고 예쁜 탓인지 모르겠으나 노을빛을 받아 관음보살이 재림한 것만 같았다.

그런데 이런 부질없는 생각도 잠시뿐이었다. 다음 찰나 도저히 믿기지 않는 일이 눈앞에서 벌어졌기 때문이었다.

여인은 인기척을 느꼈음직도 한데 단정한 자태 그대로 앞섶을 풀어 헤쳤다. 이어 허리띠까지 풀었다.

세상에 여인의 옷 벗는 모습보다 더 아름다운 것이 또 있을까. 그것은 살아 있는 예술을 감상하는 흥분 이상이었다.

여인은 유방을 드러낸 채 수건으로 땀을 훔쳤다.

덕은 숨소리마저 죽이고 침을 꼴딱 삼켰다.

여인의 희디 흰 얼굴의 부조(浮彫)에 혼이 달아났으며 여인의 것일 수 없는 세계의 갑작스런 노출, 아름다움이란 아름다운 무늬만을 골라 수놓은 듯한 얼굴, 유혹하기 위해 사바세계로 드러낸 듯한 유방은 신이 만든 최고의 걸작품에 시간의 흐름마저 멈춰 서 버려 덕은 미래로 향할 수도 과거로 되돌아갈 수도 없었다.

그랬다. 젊은 나이에 오직 금욕을 생활신조로 수도하고 있는 덕으로서는 지순 지고의 걸작(傑作)임에 분명했다.

그의 얼굴은 피어 오른 저녁노을보다 더 붉었으나 그렇다고 이런 마음의 상태가 오랜 시간 지속된 것도 아니었다.

여인이 이내 옷매무새를 고쳤기 때문이다.

덕은 아름다움에 빠져, 아니 분명히 유혹에 빨려들었으나 불도에 의지했는데도 저 완벽한 아름다움의 유혹에 빠졌든가 의심했고 현혹되지 말라고 질타하면서 움막 안으로 들어섰다.

산 속은 고요해 숲이 웅성댔다. 나뭇가지들이 서로 비벼대면서 윙윙 소리를 냈고 하늘은 남빛을 잃고 어두워졌다.

칠흑 같은 어둠 속에서 여인의 말소리가 묻어났는데 너무나 나긋나긋해 여귀(女鬼)의 소리로 착각할 지경이었다.

광덕은 귀를 쫑긋 세우고 귀 기울었다.

"스님, 계시옵니까, 스님?"

"……"

덕은 말더듬이가 된 듯 초조하다 못해 굳어 버렸다. 마치 끈끈이주걱에 들어가 꿀을 빨려고 하던 곤충의 말로랄까.

"계시옵니까? 계시다면 기척이라도 하셔야지요."

덕은 얼결에 "이, 있기야, 있소만……" 하고 말을 더듬었다.

"계시다면 문이라도 열어 보옵소서."

덕은 자장에 든 듯 문을 연 순간, 지푸라기라도 있으면 잡을 것 같은 간구의 여인이 서 있는 것을 보았다.

한데 잔뜩 굳어 있는 덕에 비해 여인은 나긋나긋했다.

"스님, 안으로 들어가도 되겠지요? 밖은 무섭습니다."

그러면서 여인은 방안으로 들어섰다. 그을음이 천장까지 치솟는 관솔불만이 살아 여인의 얼굴을 환히 비쳤다.

덕은 여인이 주변을 살피거나 입술을 달싹이기만 해도 눈사태처럼 무너져 내릴 것 같은 불안감으로 숨이 탁 하고 막혔다.

"스님, 어떤 여인인지 궁금하지 않으셔요?"

"……!"

덕은 여인의 젖가슴을 훔쳐보던 때와는 또 다른 불안감에 주눅이 들었으나 더 이상 침묵할 수 없어 마음을 다잡았다.

"영문은 도시 알 수 없으나 내 움막을 찾아온 데다 주변에는 인가마저 없으니 내칠 수도 없고 해서 들게는…"

"그 말씀은 인가가 있다면 내치겠다는 뜻인가요?"

여인의 당돌함에 덕은 또 당황했다.

"내칠 수밖에요. 내 처지에 달리 변통이 없지 않습니까."

"가지 않겠다고 떼를 쓴다고 하면요?"

"날이 저물었으니 부득이 하룻밤 묵어가게는 해야겠지요."

"세상에 이렇게 고마울 데가."

"피치 못할 사정이 있는 듯하니 누추하나 이 방에서 하룻밤 주무시지요. 소승은 짚신을 삼는 헛간으로 가서 자겠습니다."

"미안해서 이를 어쩌지, 이를."

여인은 말과는 달리 미안한 기색이라곤 없었다.

아무리 생각해도 알 수 없는 여인이었다.

덕은 도시 알 수 없는 영문으로 뚱하니 바깥으로 나섰다.

짚신을 팔러 동경을 오갈 때, 눈길이 마주친 여인은 더러 있었다. 그렇다고 그런 여인이 상사 끝에 움막을 찾아올 리도 없었다.

중천에는 열사흘 달이 떠 있었다.

달 주위로는 수많은 구름이 스치고 지나갔다.

구름은 남쪽에서 북으로 달려가는데 엷은 구름도 있었고 짙은 구름도 동행했다. 구름은 분황사 위에 잠시 머물다가 큰일이라도 난 듯 서방으로 달려가고 있었다.

덕은 눈을 붙여 보지도 못한 채 뜬눈으로 밤을 새웠다.

수도생활 이래 최초의 시련임에 분명했다.

여인이 뭣이기에 이렇게 번뇌를 가져오는 것일까. 요물단지?

덕은 밤만 지나면 어디론지 가 버리겠거니 여겼으나 그게 아니었다.

여인은 아침이 되었는데도, 아니 점심나절이 지났는데도 돌아갈 생각을 하지 않았다. 오히려 그네는 소매를 걷고 밥을 한다, 빨래를 한다 하고 늦장을 피웠다. 도시 모를 여인이었다.

도대체 알 수 없는 여인을 두고 보다 못한 광덕이 한 마디 했다.

"시주, 이제는 떠나야 하지 않겠소? 처소도 누추하고 더구나 이곳은 여인이 머물 곳이 못 됩니다. 속히 떠나시지요."

여인은 죽을 시늉을 하며 애걸했다.

"저는 갈 곳이 없습니다. 이곳에 눌러 있게 해 주셔요."

"갈 곳이 없다손 치더라도 아니 되겠습니다."

"스님, 제발 머물러 있게 해 주셔요."

덕은 여인의 간절한 매달림이 숙명처럼 여겨져 물리칠 수도 없었다.

납득이 가지 않은 여인, 덕은 십년 수도의 시련을 시험하기 위해 누군가 의도적으로 보낸 여인이 아닌가 해서 오히려 의아해 했다.

덕이 각고의 수도를 하게 된 것은 정토신앙 탓이었다.

신라 불교는 통일을 전후해 일대 변혁을 시도한 끝에 미타신앙으로 돌아섰다. 중국으로부터 정토사상이 흘러 들어오자 이를 생활화하기 위한 노력이 심화되었고 잇달아 신앙의 자각을 불러일으켰다.

번뇌가 없는 아미타불의 세계, 서방정토로 왕생해서 지순지정의 낙을 누릴 수 있다는 종교 본래의 취지도 참신했다.

뿐만 아니라 아미타불의 명호(冥護)를 생활화하는 사람이면 그 공덕으로 극락왕생할 수 있다는 수행방법이 보다 서민적이었기 때문에 신라 사회 구석구석까지 뿌리를 내린 데다 원효와 같은 걸승(傑僧)이 앞장서서 마을과 마을을 찾아 설교했으며 노래하고 춤추면서 백성들을 교화시킨 정토신앙의 영향도 결코 무시할 수 없었다.

덕은 정토신앙을 몸소 실천했다. 그것도 생동감과 호소력을 지닌 실천 궁행을 최대의 목표로 삼았다.

그는 귀족 중심의 불교가 아니라 서민 본위의 불교를 실천했고 틈만 생기면 정좌해서 참선했다. 현실적인 부귀영화마저 뿌리치고 오로지 극락 왕생만을 위해 정진했던 것이다.

세속적인 생활은 너무나 허망해서 찰나적인 삶에 지나지 않은 탓으로 최소한의 생존만을 유지하면서 각고의 수행에 매진했다. 더구나 신앙생활은 정성이 따라야 했기 때문에 그의 수도는 비원과도 같았다.

그랬으니 여인이 나타났다고 마음이 흔들릴 리 없었다. 오직 일의수관 (一意修觀)으로 정진했으니.

또 밤이 들이닥쳤다. 덕은 일의수관으로 일관한다고 해도 무섭고도 기막힌 밤이 아닐 수 없었다. 여인은 방에서 자고 덕은 헛간에서 지새우길 한 달이 지나고 두 달이 지났다.

덕은 평소와 다름없이 짚신을 삼아서 서라벌에 내다 팔아 곡식을 바꾸어 오는 일을 되풀이했고 불도를 닦는데 게으름을 피우거나 나태하지 않았으나 계절의 변화를 읽지 못한 채 다섯 달이 지나갔다.

그런데도 기막히게 무서운 밤은 정진과는 전혀 다른 풀 길 없는 하나의 숙제와도 같은 것으로 그에게 남았다.

벌써 초동(初冬)이었다.

저녁상을 물리자 덕은 일어서서 나가려고 방문을 열었다.

그러자 여인이 덕의 바지자락을 잡고 놓아주지 않았다.

"헛간에서 자면 춥지 않으셔요?"

"군불을 많이 지펴두었소."

"눈발 날리는 밤인데 군불 가지고 추위를 막겠어요?"

"……"

덕은 막무가내로 자리를 떨치고 일어섰다. 그네의 얼굴은 기대가 무너지고 눈에는 실망의 빛이 스쳤다.

여인이 당돌하게 대들었다.

"굳이 나가 자겠다면 제가 헛간으로 가서 자겠어요."

"아녀자에게 그렇게 하게 할 수는 없소이다."

"스님께서는 이 방에서 주무셔요."

"고집 그만 피우시오. 이렇게 다투다가 밤을 새우겠소."

"그러니까 다툴 것 없이 한 방에 자면 되잖아요."

"……"

"그렇게 해요, 스님. 두 손 모아 이렇게 빌게요."

여인은 간청하다시피 덕에게 매달렸다.

덕은 생각했다. 언젠가 한번쯤 맞닥뜨려야 할 숙제, 정면으로 부딪쳐보리라 생각을 고쳐먹었다. 그리고 지금까지 수도한 마음의 자세, 이 기회를 이용해 그런 수도의 자세를 확인하고 싶었다.

"그렇다면 잡시다. 한 방에 잔다고 해서 무슨 일이야 있겠습니까. 모든 것은 마음에 달린 것. 마음먹기 나름이겠지요."

이번에는 덕이 들어서 여인을 되레 눌러 앉혔다.

"제가 이불을 펴겠습니다."

여인은 언제 손질해 놓았는지 이불은 깨끗했다.

그네는 이불을 스스럼없이 폈다. 이불을 펴는 그네의 짓거리가 아무래도 이상했다.

어쩌면 정신은 온전한 채 미칠 것만 같은 기쁨을 기대하고 격렬한 짓거리를 재촉하고 있는 것은 아닌가 하는 의아심마저 들었다.

이불을 편 여인은 옷을 벗기 시작했다.

덕은 아예 눈을 감아 버렸다.

눈을 감았는데도 허리띠가 풀어지고 치맛자락이 흘러내리는 소리가 들렸다. 스르르 옷 흘러내리는 소리는 전신을 마비시킬 것만 같았다.

덕은 도저히 참지 못해 감았던 눈을 떴다.

여인의 앞섶이 눈에 들어왔다. 그네는 하얀 젖이 살짝 내보일 만큼 왼손을 들어 오른쪽 유방을 꺼냈다.

이런 경우 남자에게, 더구나 금욕을 생활화하면서 수도하는 젊은 남자에게 현기증이 일지 않는다면 그것은 새빨간 거짓말일 것이다.

덕은 눈앞이 아찔했으나 그런데도 보았다. 그것도 자세히 보았다. 다섯 달 전에 본 것을 확인이라도 하려는 듯이.

그러나 유방은 분황사 지붕 위로 한 점 신비한 선으로만 보이던 실체가 눈앞에 다가온 그 이상도 이하도 아니었다. 그것도 너무나 오래도록 발효된 탓으로 눈앞의 유방은 한 점 살덩이에 지나지 않았고 하나의 단순한 물체에 불과했다. 더욱이 무엇을 생각하는 살덩이가 아니라 전체에서 떨어져 나온, 그저 노정되어 있는 것에 지나지 않았던 것이다.

그런데 불가사의는 또 일어났다.

미의 절정이 유방에만 집결되었다 하더라도 유방 자체에 불과할 뿐이라는 생각, 여인의 미와 관능의 일부인 유방은 전체와의 상관을 되찾아 불감의 물질이 되었으며 영원히 접근할 수 없는 존재라는 인식.

그런 인식이 들자 덕은 여인의 옷을 벗기어 횟대에 걸어두고 자기도 옷을 벗어서 윗목으로 밀쳤다.

그러는 그의 행동에는 혼자 기거할 때와 다름없었다.

마치 목석이라도 된 듯이.

여인은 이불 속으로 미끄러지듯 들어갔다.

그네는 미소까지 지었으나 다가올 쾌감을 기대하고 미소를 지은 것은 아니었다. 원효 성사의 분부가 떠올라서였다.

원효는 세희(細熙)를 선방으로 불러들였다. 불러놓고도 좀체 입을 열지
않은 채 벽면만 주시했다.

세희는 무언가를 고백하기 직전의 난감함 같은 것을 눈치 챘으나 대놓
고 물어볼 수도 없었다.

원효는 참선의 자세로 오랜 시간이 흐른 뒤에 운을 뗐다.

"내 불명을 원효라고 지은 것은 세상 구석구석까지 대중 불교를 밝히겠
다는 뜻으로 지은 게야. 그런데 이제와선 원효라는 불명이 한스러워."

"한스럽다니요. 고명하신 성사님께옵서."

"불도가 그런 것인데 나라고 해서 별 수 있겠어. 잊을 수밖에는."

"그것이 무엇이온지, 들려주실 수 없사옵니까?"

"해서 세희를 부른 게야. 한때의 풍전(風顚)이랄까. 망설인 끝에 부르긴
불렀으나 운을 떼기가 이렇게 힘이 드는지…"

원효는 눈을 지그시 내리 감았다. 그는 젊은 나이에 불자로서 감히 상
상도 할 수 없는 풍전을 일으키며 다녔었다.

누가 있어 자루 없는 도낄 주리오(誰許沒斧柯)
내 하늘 받칠 기둥 다듬을 텐데(我斫支天柱)

이런 소문은 구중궁궐 태종의 귀에까지 들어갔다.

태종은 소문을 전해 듣고 한 마디 했다.

"그 스님이야말로 반드시 귀부인을 얻어 현인을 낳고자 할 따름인데 모
두들 풍전이라니, 비방을 해도 너무 심한 게야. 나라 안에 대현이 나타난
다면 그보다 좋은 일이 어디 있을꼬."

그는 오히려 원효를 좋게 보았다. 그리고 그를 불러 홀로 된 요석공주(瑤石公主)의 궁으로 보내어 함께 지내도록 했다.

해서 원효는 본의 아니게도 파계를 했고 그로 인해 청춘을 얼마나 방황하며 번민했는지 생각조차 하고 싶지 않았다.

"우리 세희를 만난 마을이 어디였지?"

"모량(牟梁)이라는 마을이 아니었습니까."

"그래, 모량이라는 마을이었지."

세희는 원효 성사도 늙어 마음이 약해진 모양이라고 생각했다. 그네는 그런 생각이 들자 서글퍼져 눈물이 흐르기까지 했다.

세희는 지금도 누렇게 바랜 가사를 걸치고 다 닳은 석장을 짚은 채 구경꾼들 틈새에 끼어 있던 초라한 원효의 모습이 선하게 떠올랐다.

그 때만 해도 원효는 동안이나 다름없었던 것이다.

한바탕 연희가 끝내자 걸승이 다가와 말을 했다.

"애야, 네가 가진 박, 내게 줄 수 없겠니?"

"스님, 박은 뭣에 쓰려고 달라고 하는 거예요?"

"쓸 데가 있어 이렇게 부탁하는 거란다."

"스님, 절 광대 패에서 빼내 준다면 드리겠습니다."

"어렵겠지만 내 힘써 보지."

원효는 박을 손에 넣은 후, 화엄경 한 구절인 '일체의 무애인은 한 길로 죽고 사는 것을 벗어나다'를 써 무애가(無㝵歌)라 제목을 붙이고 이를 가지고 다니면서 노래하고 춤춰 대중 불교를 퍼트렸으며 나이 들어 분황사로 들어가 화엄경소(華嚴經疏)를 짓는데 심혈을 기울였다.

지금에 와 소원대로 대중 불교가 자리 잡혔고 신라불교의 독자성도 확고하게 다졌다고 할 수 있었다.

그런 탓인지 언제부터인지는 알 수 없었다.

사람들은 원효를 두고 고명한 성사(聖師)라고 떠받들었다.

그런데도 원효는 회한 하나가 가시지 않았다. 그것은 당신의 불도를 전수할 제자 하나 두지 못한 때문이었다.

세희에게 한껏 기대를 걸었으나 갈수록 불도보다는 세속에 관심이 쏠려 있는 것을 알고는 얼마나 속을 끓였는지 모른다.

그만큼 세희는 예쁘고 아름다웠다. 아니, 날이 갈수록 성숙한 여인으로 요염(妖艶)함이 뚝뚝 뜬다고 할까.

원효는 덕에게 보내어 그녀의 불도를 시험해 봤으면 했으나 그런 뜻을 드러낼 수 없어 시간을 질질 끌며 둘러댈 수밖에 없었는지 모른다.

"네게 내 부탁이 하나 있어요. 들어줄 수 있겠는지?"

그것은 부탁이라기보다는 애원이었다.

"성사님의 분부시라면 섶을 지고 불로 뛰어들어도 아깝지 않은 이 몸입니다. 성사님, 어서 말씀해 보시어요. 뭣이온지…"

"분부가 아니고 어디까지나 부탁하는 것이란다."

"성사님, 어쨌든 저로서는 좋습니다. 어서 말씀해 보셔요."

"자네도 분황사 서리에 광덕이라는 사문이 있다는 소문을 들어서 알고 있을 터. 소문이 워낙 자자하니까."

"그런 소문이라면 저도 들어서 알고 있답니다, 성사님."

"십년이나 짚신을 삼으며 불도를 닦는다니, 가상하지."

"저도 그렇게 듣고 있사옵니다."

훤칠한 미남이라고 신자들의 입에 자주 오르내렸으나 그런데도 덕은 한눈 하나 팔지 않고 불도에만 정진한다는 소문.

"자네를 보내어 그를 파계의 시험대에 올려놓고 싶네. 그렇게 해서 파계를 하지 않는다면 불제자로 삼아 내 불 사상을 전수하고 싶어. 이 나이가 되도록 불제자 하나 못 둬 한이 된 지 오래니…"

원효는 그네의 불도를 시험해 보겠다는 말 대신에 광덕을 시험대에 올려놓고 싶다는 말로 둘러댔다.

세희는 대답 대신 입술만 잘근잘근 깨물었다.

분황사 십구 응신(十九應身)의 하나가 되기까지에는 원효의 극진한 보살핌이 있어서 가능했는데도.

그런 큰 은혜를 입었음에도 파계하라는 데 선뜻 응할 수 없다니.

그네는 자신이 왠지 모르게 싫어졌다.

"선(禪)을 무상의 체(體)로 본다면, 마음에서 일어나는 일체의 형(形)이나 상(相)도 무상의 체일 수도 있을 텐데."

"……?"

"알았느니라. 내가 공연히 어려운 부탁을 했나 부다."

분황사 탑 위로 흰 구름 한 점이 딱 걸려 있었다.

세희는 구름을 바라보면서 극락정토로 귀의하려면 얼마나 많은 육체적 고통과 시련을 극복해야만 할는지를 생각했다.

뒤늦게 세희는 입술을 깨물어 마음을 다잡았다.

"이승은 성사님의 분부를 따르겠습니다."

"굳이 내키지 않는다면 그만두고…"

"아니옵니다. 따르겠습니다, 성사님."

"내 뜻을 따르겠다니 고맙네. 이러다 세희마저 잃지 않을까 걱정이네. 그는 십년 수도를 했으니 시일이 걸릴 게야."

"그리 알고 물러가겠습니다, 성사님."

세희는 원효의 곁을 물러났다. 불보살이 된 지 오래였으나 아직도 속세의 요염함이 남아 있었다.

그네는 시내로 내려가 목욕재계하고 동경(銅鏡)을 마주했다.

그네로서는 참으로 오랜만의 화장이었다.

화장을 하자 세희는 불보살이 아니었다. 옛날의 광대 패로 되돌아간 젊음이 처절한 매혹을 자아냈다.

그네의 처절한 매혹은 남정네에게 사랑을 받고 싶어 하는 여인에 지나지 않았고 그것도 뭇 사내를 유혹하고도 남음이 있었다.

그렇게 해서 세희는 세속적인 아낙의 다부진 마음을 가지고 분황사 서리, 덕이 혼자 은거해 수도하는 움막을 찾았던 것이다.

세희는 이제나 저제나 하고 초조하게 기다렸다.

이제는 접근해 오겠지. 제가 목석이 아니고는 견뎌내나 두고 보라지. 만약 접근해서 음행을 하려 들면 뺨이라도 후려치고 방을 뛰쳐나가야지. 뛰쳐나가는 길로 원효 성사에게 달려가 한 짓대로 고해 바쳐야지.

세희는 각오를 새롭게 다짐했다.

십년 수도가 별 수 있을라고.

세희는 십년 수도가 무너지는 상상을 하며 기다렸다.

그러나 그런 상상은 한낱 기우(杞憂)에 지나지 않았던 것이다.

세희는 이상한 낌새를 전혀 느낄 수 없었다.

그네는 초조하다 못해 눈을 살그머니 뜨고 광덕을 훔쳐보았다.

그 순간, 그네는 전율했다.

덕이 단좌한 채 불경을 염송하는 부동심에 몸이 떨렸던 것이다.

세희는 덕의 허리를 감고 쓰러졌으나 그는 조용히 뿌리치며 불경만 염송했다. 그네는 원효의 부탁마저 잊고 수치심으로 떨다 쏘아댔다.

"스님은 도대체 사람입니까, 아니면 목석입니까?"

"그렇게 노여워 마오. 불을 외니 목석은 아닐 테지요."

"목석이 아니다? 남자가 아닐 테지요?"

"남자가 아니라니요? 저도 남자입니다."

"남자라면 목석만도 못해요? 풀만도 못해요? 왜 그러고만 있어요?"

"소승이 언제 그런 말을 했던가요?"

"그래 좋아요. 제가 불경만도 못하다면 스님께서는 불이십니다."

"소승은 불(佛)이기 전에 사람이고 싶소이다."

"사람이면 뭣해요? 남자가 남자 구실을 못하는 데야."

"그런 말을 하다니, 할 말이 따로 있지요. 지나친 말씀이십니다."

"저까지 제쳐두고 외는 불은 도대체 어떤 불입니까?"

"지금 유행하고 있는 아미타불(阿彌陀佛)이지요."

"아미타불이라니, 그런 불도 있습니까?"

"노여워 마시고 절 따라 외우시지요. 노여움이 풀릴 것입니다. 그래도 노여움이 풀리지 않는다면 관음경을 외어 드리리다."

덕은 소리 내어 아미타불을 독경했다.

독경소리가 얼마나 청아했던지 세희는 더 이상 어떻게 해 볼 방도가 없었다. 아니, 되레 그의 불도에 세뇌를 받을 것 같아 전율했다.

그네는 원효 성사의 앞을 내다본 혜안에 새삼 감탄했다.

그로부터 덕에게는 불도에 정진하기보다는 계집의 육욕에 파묻혀 헤어나지 못한다는 온갖 비난의 화살이 쏟아졌다.

심지어 그와는 먼저 안양(安養: 서방정토)으로 드는 사람이 알리기로 하자고 다짐했던 엄장마저 탐욕스런 계집의 육욕에 빠져 불도를 소홀히 한다고 걱정 아닌 비난이 자자했으나 그런 소문은 덕에게는 한낱 기우에 지나지 않았다. 게다가 소문이 번지면 번질수록 덕은 그네를 시험대로 간주하고 더 더욱 불도에 정진했기 때문에.

덕은 밤마다 다가오는 그네의 살내음에 현기증을 느끼지 않은 것이 아니었다. 하얗게 드러난 젖 봉오리와 굴곡진 허리하며 몽실몽실한 둔부는 물론 여체의 온갖 신비를 간직한 사타구니가 마음을 온통 흔들어놓았으나 그럴수록 덕은 의도적으로 피한 것이 아니었다.

오히려 덕은 정면으로 부딪쳤다.

초승달 같은 아미, 터질 것 같은 입술을 보고 보았고 농익은 살내음은 맡고 맡았다. 그는 하나라도 놓칠세라 보고 또 보고 맡고 맡았다.

그런데 덕이 보고 맡는 것으로 자제할 수 있었던 것은 불도가 아니었다. 그것은 인상이 너무 오래도록 발효되어 물질로 비쳐진 탓이라고 할까. 유혹하는 살덩이가 아니라 삶의 일부에서 떨어져 나와 방안에 노정되어 있는 것에 지나지 않았던 것이다.

그는 오랜 시간에 걸쳐 미의 화신을 불감이 아닌 불후의 물질로 마음에 새기게 되었고 또한 마음의 동요를 안으로, 안으로만 진정시켜 하나의 소리를 창조하기에 이르렀던 것이다.

두 해가 훌쩍 흘러갔다.

그렇다고 덕은 덧없이 시간을 보낸 것이 아니었다.

그 동안 마음고생은 이루 말할 수 없었다. 여인과의 갈등, 파계에까지 이를 뻔한 시련, 숱한 고통과 번뇌를 이겨내느라고 십년 하나는 더 늙었으나 얻은 것도 있었다.

그는 여인이 옴으로써 불도에 자신감, 부동심의 마음을 얻었다.

깊은 가을, 한밤이었다. 달은 너무 밝아 눈이 부셨다.

그 사이 밝은 달이 문으로 들어 왔다.

덕은 문에 든 달빛을 타고 정좌한 채 참선했다.

찰나적이었다고 할까. 덕은 달을 향해 그동안 참고 견딘 마음의 고통을 하소연하고 싶은 충동이 북받쳐 올랐다.

그는 결연히 떨치고 일어나 옷을 단정하게 고쳐 입고 뜰로 나가 맨땅에 무릎을 꿇고 달을 응시했다.

달은 서서히, 아니 한 발 한 발 다가왔다.

넓은 이마, 둥근 얼굴, 자비로운 미소가 부각되었다.

광덕이 보고 있는 달은 달 자체에 지나지 않았으나 지금은 아미타불, 당신의 모습으로 비쳤다. 아니, 갈구하는 대상이며 매개체에 지나지 않았으나 그런 달에게 소망을 실어 절대자에게 귀의하려는 열망으로 가득 찼다. 달이 향하고 있는 곳은 서방이고 그런 달이 서방에 가서 무량수불 전에 전달만 해준다면 허공에 단순하게 떠 있는 달이 아니라 간절한 소망을 지닌 사람에게 소망을 풀어주는 위력의 신물이 될 수도 있었다.

그래서 덕은 달에게 가슴 가득 찬 소회를 털어놓고 싶은 충동을 느꼈다. 광명을 선사하는 달, 아름다움과 충만감으로 가득 찬 달, 지상 구석구석을 빛으로 감싸주는 달, 그런 달이라면 인간의 마음까지도 꿰뚫어볼 수 있다는 굳은 신심을 낳게 할 수 있다는.

마침내 어떤 소망이나 희구까지도 기원한다면 반드시 소원은 성취되기 마련이라는 신앙심이 발동했다고 할까.

덕은 새삼 경애의 마음, 조복(調伏)의 자세로 마음을 다졌다.

달의 위대성은 소멸을 거듭하며 소생하는 영생성에 있다. 그것은 유한적인 인간에게는 경이요 선망의 적이 아닐 수 없었다.

덕은 간절한 소망을 실어 첫 구를 장식했다.

달님이시여, 이제
서방까지 가십니까
무량수불 전에
이르러 아뢰옵소서

이제는 지금까지의 계속, 서방까지 기울기를 학수고대하면서 희열에 넘친 순간, 비로소 안도감에 젖어 무량수불에게 도를 닦으면서 기다리고 기다리던 초조감을 폭발시켜 갑자기 찾아온 희열을 대변시켰다.

그리고 경건한 마음과 기도하는 자세마저 가다듬어 아미타불의 초월성에 간청했다. 아니, 천상의 세계에 태어나기를 열망하면서 원왕생을 노래했다. 그것은 생과 사를 갈라놓는 일대 전환이며 지상의 세계를 초월하고자 하는 수도자의 몸부림이었다. 그것도 오랜 세월, 장구한 시간에 걸쳐 진아(眞我)를 찾으려는 끈질긴 투쟁과 인내심이 끝내 원왕생 원왕생을 되풀이하면서 어서 죽어 왕생하고 싶다고 발원했던 것이다.

그런 죽음은 극락세계로 드는 것을 전제로 가능했다.

이생의 삶을 다 누린 뒤가 아닌 세속적인 삶의 길목에서 자신의 생명을 아낌없이 내던지고 하루라도 빨리 죽음의 세계로 들어서겠다는 신앙의 죽음이며 절체절명의 죽음일 수밖에 없었다.

게다가 덕은 시대상에 충직한 사문이었고 체험에 의해 높은 불도의 경지로 승화할 수 있는 인물이었으니.

덕은 원왕생을 외기에 앞서 합장하고 기도하는 자세부터 취했다. 그것은 절실한 일념의 행동, 생활 전부가 기도였고 간절한 기원이었다.

그런 다음, 아미타불의 위대성을 찬양만으로 끝내는 것이 아니라 중생을 제도하겠다는 신념의 표백도 포함해야 했다.

다짐 깊으신 불은 다른 불이 아닌 바로 아미타불이 법장보살(法藏菩薩)로 있을 때, 세자재왕불(世自在王佛)에게 맹세한 서원인 염불왕생원(念佛往生願)임을 말할 나위도 없었다. 더욱이 왕생을 위해 아미타불에게 감동을 받은 데다 연약한 인간으로서 모든 것을 걸고 의지해서 애원하자니 안간힘이 꿈틀했고 그리고 찬미는 찬미로되 찬미로 끝나는 것이 아니라 소망성취를 또 다른 염원으로 비약시켜야만 했다.

달을 향한 서원(誓願), 하나 같이 의지해서 기원하고픈 높은 충동은 자연스레 달에 대한 신뢰감으로 나타났다.

다짐 깊으신 님께 우러러
두 손잡고
원왕생 원왕생
그리워하는 이 예 있다 아뢰소서

이제는 독백, 원망, 위력과 망령이 아닌 갈지 말지, 이루어질지 말지, 해
서 초조, 한숨 그러면서도 끝까지 매달리고야 말겠다는 신념이 불같이 일
어났다.

부처님과의 거리감에서 오는 경애심, 자신의 왜소함을 달을 매개로 애
소하다 보니, 자기도 모르는 사이 기도에서 잠시 이탈해 절박한 상태가
되었고 감정마저 고조되어 기원이 기진하자, 다시 한번 용출시키지 않을
수 없었다. 그것도 직접적인 독백을 통해 매달리고자 하는 간절한 염원을
연장선에 올려놓고 심화하고 확대시켰다.

아아, 이 몸 끼쳐두고
사십팔 대원 이루올까나

덕은 우여곡절 끝에 원왕생가(願往生歌)를 완성했다.

완성된 노래는 의례적인 격식에 구애를 받으면서도 자유분방했고 조
용하면서도 넋두리 같은 하소연을 더해 질적 수준을 높였으며 이를 고양
된 시 정신으로 승화시켰으나 순수성을 잃지 않았다.

달을 향한 감정이입이 뛰어났기 때문에 애절한 기원을 더했으며 그것
도 삼엄할 만큼 심적 갈등을 주조로 했으니 정성 또한 지극했다.

덕은 절박한 기원이며 부처님과 교통하고자 하는 수도자의 간절한 소
망을 실어 노래를 마무리하긴 했다.

그러나 청원하는 신력이 신격으로 승화되었다고 하더라도 신의 가호 없이는 실패할 수밖에 없다는 점도 놓치지 않았다.

덕은 완성한 노래를 읊고 또 읊었다.

청아한 소리는 하늘로 올라갔다가 되돌아와서는 잠자는 세희의 귓전을 두드렸다. 그네는 지금까지 결코 들어본 적이 없는 소리를 잠결에 듣고 눈을 떴다. 소리는 바깥에서 들려오고 있었다.

그네는 소리에 이끌려 바깥으로 나서 보니 덕이 맨땅에 꿇어앉은 채 무아경으로 노래를 읊고 있는 것이 아닌가.

세희는 덕에게 조용히 다가가 물었다.

"스님, 무슨 노래인데 오밤중에 읊고 있습니까?"

"……"

"스님, 말씀 좀 하서요."

세희는 그래도 반응이 없자 덕의 어깨를 잡고 흔들었다.

그제야 덕은 못 이긴 듯 감고 있던 눈을 뜬다.

"소승이 지은 왕생의 노래입니다."

"범패에 그런 노래도 있습니까?"

"아닙니다. 소승이 이제 막 완성한 노래지요. 부인이 이곳에 나타난 뒤로 잊기 위해 문득문득 떠오른 가사를 모아 중얼거렸답니다. 그러고 있으면 들뜬 마음이 가라앉아요. 제가 부인의 유혹을 뿌리칠 수 있었던 것도 노래 때문이라고 할 수 있습니다. 그런 노래를 향가의 형식을 빌려 뒤늦게 10구체로 완성을 했답니다."

"10구체라면 향찰(鄕札)로 된 노래가 아닙니까?"

"부인도 향찰에 대해 알고 있습니까?"

"그래요. 저도 들은 풍은 좀 있답니다."

"한자의 훈과 음을 빌었다고 할까."

"저는 스님께서 불도에만 정진하시는 줄로만 알았는데 향찰에도 일가견을 가지셨다니, 정말 대단하셔요."

"항간에서 유행하고 있는 향찰을 장난삼아 적용해 본 것에 지나지 않아요. 서라벌에 나가 설총에게 수정받을까 합니다."

"설총이라면 저도 들어 알고 있습니다. 저 원효 성사의 풍전으로 태어난 신라 제일의 학자가 아니옵니까?"

"소승도 그렇게 듣고 있습니다."

"스님, 제게 노래를 들려 주셔요. 듣고 싶답니다."

"내 그렇게 하리다."

덕은 밤의 정기를 들이마시고 무아경에 젖어 노래했다.

달님이시여, 이제
서방까지 가십니까
무량수불 전에
이르러 아뢰옵소서
다짐 깊으신 님께 우러러
두 손을 잡고
원왕생 원왕생
그리워하는 이 예 있다 아뢰소서
아아, 이 몸 끼쳐두고
사십팔 대원 이루올까나

하늘을 우려내는 소리였다. 입신의 경지에 이른 기막힌 창이었다. 옥을 바수는 듯한 종장 '아아'가 여명으로 사라졌다가 되돌아오면서 찡 하고 심장에 떨어졌다. 뿐만이 아니었다.

왕생을 기도하는 노래는 그네의 뼈 마디마디를 도려냈다.

세희는 자장에 든 쇠붙이처럼 노래에 이끌려 옷을 단정히 갖춰 입었다. 그리고 덕 앞에 무릎을 꿇었다.

"이승(尼僧)이 죽을죄를 졌습니다. 용서하소서."

"이승이라니요? 더구나 용서까지 하라니요?"

덕은 어제까지만 해도 아낙이라 하더니 지금 스스로를 이승이라고 자칭하면서 용서를 비니 덕으로서는 도시 영문을 알 수 없었다.

"이승은 분황사 십구 응신의 하나였답니다."

"십구 응신의 한 분이라니요?"

"그래요. 십구 응신의 하나였답니다."

"이렇게 내 머리가 둔해서야 언제 득도할 수 있을꼬. 그런 고결한 분인 줄은 상상도 못했습니다. 소승은 단지 불도를 시험하기 위해 누군가가 보낸 그런 분이라는 것은 짐작하고 있었으나 천만 뜻밖입니다."

"저는 저 원효 성사님의 분부를 받잡고 왔답니다."

"성사께서 왜, 왜인가요? 제게 무슨 연이라도…"

"제게 함께 기거하면서 불도를 시험해 보라고 하셨어요."

"그렇게 해서는요?"

덕은 의문이 꼬리를 물었으나 영문을 알 수 없었다.

"신심이 굳으면 제자로 받아들이고 싶어 했답니다."

"그런 사연이 있은 줄도 모르고, 전…"

세희는 알몸을 드러냈을 때보다 옷을 단정히 차려 입었을 때가 훨씬 아름다웠으며 더욱 매력을 풍겼다.

덕은 더할 수 없이 고운 여인의 자태 앞에서 젊음의 무력감을 새삼 느꼈고 고백 이래 십 년 수도가 와르르 무너지는 것 같은 현실에 몸을 부르르 떨어댔다. 선을 무상의 체라고 한다면 지금 마음에서 요동치는 형이나 상은 무엇일까. 무상을 그대로 지나칠 수 있는 견성은 어디로 달아난 것일까. 지금과 같은 형태의 색에도 극도의 예민한 반응을 보인다면 진여(眞如)에는 언제쯤 도달할 수 있을까. 명료한 형체가 가장 불분명한 무형으로 눈앞에 다가설 날은 도대체 언제란 말인가.

참으로 이상한 일이었다. 이내 들뜬 마음이 가라앉았다.

여인의 요염한 얼굴을 애써 지워 버리고 신라뿐 아니라 저 당나라까지 고승으로 알려진 원효의 대업을 떠올렸다.

가까이 할 수는 없었으나 언제나 멀리서 지켜보아 왔던 고승, 그런 위대한 성사께서 불보살을 보내왔다면 난 이미 불제자가 된 셈이며 반드시 서방정토에 들게 되리라는 확신마저 섰다.

지금도 수행에 회의가 이는데 이 기회에 마음을 다잡아 서방정토로 가리라고 덕은 다짐하고 다짐했다.

"저도 왕생의 노래를 따라서 부르겠어요. 스님, 가르쳐 주셔요."

"가르치고 말고가 어디 있겠습니까? 내 그렇게 해 드리리다."

세희는 행장 속에 간직한 세저<細笛>를 꺼냈다.

그네는 한때 광대 패에 끼어 큰 박을 두드리면서 세저를 불기도 했다. 또한 원효를 따라다니면서 노래하고 춤을 춰 사람들을 끌어 모았던 묵은 솜씨까지 한껏 드러냈다.

그네의 별 같은 맑은 눈매는 사내의 혼을 사르는 뜨거운 향로(香爐)요 방긋 웃을 때마다 드러나는 하얀 치아는 장부의 가슴을 녹이는 도가니이기도 했었는데도 이 순간만은 그네로서도 왕생의 노래를 연주하는 한낱 악인(樂人)에 지나지 않았던 것이다.

맑디맑은 세저 소리는 여명을 헤치고 구름 속까지 솟구쳤다.

웃는 듯 우는 듯, 아니 환희나 법열인 듯한 구도의 열정이 두 사람의 심금을 다듬이질했고 주름살 하나 없이 폈다.

덕이 노래를 메기면 세희는 세저로 받아 나가는데 어느 소리가 진짜 노래인지, 어느 소리가 진짜 세저 소리인지 분간도 못하는 사이, 혼융일체가 되어 신비를 한바탕 쏟아놓았다.

덕도 놀랐으나 세희는 더욱 놀랐다. 노래와 세저 소리는 하늘 높이 올라 구름 밖으로 나갔으며 서방정토로 드는 듯 사무치도록 가슴을 절여내고 굽이굽이 돌아서 앞 개울물을 껴안고 스러지곤 했다.

맞은편 산마루가 움찔움찔 움직였고 건너편 분황사마저 들썩들썩 엉덩이를 쳐들었다. 뿐만 아니라 노래와 세저소리는 너무나 청아해서 불을 모르는 불자마저 불도에 절로 귀의케 했다.

하루는 덕이 짚신을 팔러 서라벌을 다녀왔다.

"스님, 왕생의 노래를 향찰로 옮겨 오셨습니까?"

"그래요. 설총의 도움으로 적어 왔습니다."

"보여 주셔요. 궁금해 죽겠답니다. 어서요, 스님."

덕은 걸망 속을 뒤져 종이를 꺼냈다.

"이것이 바로 왕생의 노래를 적은 쪽지입니다."

세희는 향찰로 옮긴 가사를 보고 눈이 휘둥그레졌으며 아무리 새겨 읽어도 도시 그 뜻을 이해할 수 없었다.

月下伊底亦

西方念丁去賜里遣

無量壽佛前乃

惱叱古音多可支白遣賜立

誓音深史隱尊衣希仰支

兩手集刀花乎白良

願往生願往生

慕人有如白遺賜立

阿邪此身遺也置遺

四十八大願成遺賜立

"이승은 무슨 뜻이지 모르겠습니다. 가르쳐 주셔요, 스님."

"그럴 테지요. 직접 배운 저도 이해하기 어려웠답니다."

"어서 가르쳐 주셔요."

"月下의 月은 훈으로 새기고 下는 음으로 읽으면 달하, 달아가 되고, 이런 식으로 伊底亦은 이제로 읽습니다."

광덕은 음독, 훈독, 의훈독이며 음차(音借), 훈차(訓借), 의훈차에 허자(虛字)까지 하나하나 짚어가면서 설명했다.

"스님, 아둔한 이승으로서도 이제는 좀 알 것 같아요."

"그럴 겁니다. 이승은 매우 영특해서 쉽게 깨칠 것입니다."

덕과 세희는 아침저녁 예불에 곁들여 노래를 읊었다.

왕생의 노래와 함께 세월도 덧없이 흘러갔다.

나달이 가고 해가 바뀔수록 왕생의 노래는 지고의 경지에 도달하게 되었고 독특한 노래의 텃밭을 일궈갔다.

세희는 덕과 생활하는 가운데 원효의 분부를 까맣게 잊었다. 아니, 원효한테 느껴 보지 못한 덕의 불도에 빠져들었다.

원효의 불도는 경건하면서도 거리낌이 없다고 한다면 광덕은 일상생활에서 닦은 불도로 수행과 고행이 특색이라고 할 수 있었다.

세희는 덕의 불도에 이끌리어 충직한 동행자가 되었고 노래에 심취되어 십년이란 세월이 어떻게 지나갔는지 모른다.

어느 날 황혼 무렵이었다. 광덕은 세희를 불러 가까이 앉혀놓고 할 말은 이심전심으로 전하고 마지막으로 유언했다.

"내 죽으면 이승이 엄장을 깨우쳐 서방정토로 들도록 도와주오. 그와 기거하면서 득도하도록 도와주오. 엄장이 음욕을 품을지도 모르오. 그러 면 왕생의 노래를 불러 주어 일깨워 주오."

덕은 고통도 없이 꼿꼿이 앉은 채 열반했다.

세희는 눈물을 보이지 않았다. 저간의 수행으로 보아 틀림없이 서방정 토로 갔음을 확신할 수 있었기 때문이었다.

날은 붉은 빛을 띠면서 조용히 저물었다. 바로 그때였다.

하늘에서 은은한 소리가 들려왔다.

"내 먼저 서방정토로 가네, 엄장. 그대는 행복하게 지내다가 내 뒤를 따르게나. 안양으로 함께 들자고 언약하지 않았던가."

엄장은 문을 박차고 뜰로 내려섰다.

천악이 구름 밖에서 울려오고 밝은 빛은 땅까지 드리워져 있었다.

장은 이를 이상히 여겨 뜬눈으로 밤을 밝히고 새벽에 집을 나서 덕의 움막을 찾아갔다. 찾아가니 덕은 이미 열반한 뒤였다.

장은 세희를 도와 유해를 염해서 고리<장례>를 치러줬다.

그는 장례를 치르자 세희에게 말했다.

"이제 남편이 죽었으니 나와 함께 사는 것이 어떻겠소?"

"네. 원하신다면 그렇게 하셔요."

세희는 살림을 대충 챙겨서 장을 따라나섰다.

세희는 밤이 이슥해서야 잠자리에 들었으니 잠이 올 리 없었다.

뒤척이고 있는데 아니나 다를까.

엄장은 덕과는 전혀 달랐다.

"부인, 덕과 함께 생활하면서 남녀 사이 서로 정을 나누었듯이 나 또한 부인과 더불어 남녀 간, 운우의 정을 나누고 싶소."

"엄장 스님, 운우의 정을 나누다니요? 뭔 말이신지…"

"남자와 여자가 배를 맞추는 것 말이오."

장은 세희를 끌어당겨 포옹했으나 그네는 당황하지 않았다. 그의 요구를 마음 상하지 않게 거절하고 불도를 일깨웠다.

"지금 스님께서 서방정토를 간구하는 것은 마치 나무에 올라가 물고기를 찾는 것과도 같습니다."

"당치도 않은 소리요. 덕도 그렇게 하지 않았소?"

"스님, 제 말부터 들어보세요. 광덕 스님은 제가 갖은 교태를 떨어 유혹해도 뿌리치고 단정히 앉아 한결같은 목소리로 아미타불만 염송했답니다. 그래도 마음이 흔들리면 십육관음(十六觀音)을 지어 미혹을 깨쳐 달관하셨고요. 밝은 달이 집안에 들면 그 빛 위에 올라 가부좌해서 정진하셨답니다. 정성을 다함이 이와 같았으니 비록 서방정토로 가지 않으려 해도 어디로 갔겠습니까?"

"……"

"옛날 말에 의하면, 천릿길을 가고자 하는 사람은 첫걸음만 보아도 알수 있다고 했답니다. 지금 스님께서 하시고자 하는 행위는 동방으로 가고있는 것이지 서방으로 간다고는 할 수 없습니다."

세희는 옥을 다듬듯 목소리를 가다듬어 엄장을 설득했으나 그는 이미불도를 잃고 있었다. 쇠귀의 경 읽기였다.

엄장은 무지막지한 힘으로 세희를 타고 앉았다.

그런데 참으로 이상한 일이었다. 엄장은 이성을 잃고 색정으로 눈이 멀었는데도 귀만은 살아 천악의 노랫소리가 뇌리에 떨어지는 데야 불같은욕정도 사그라질 수밖에 없었다. 게다가 서산으로 기울던 달마저 노랫소리에 취해 다가와서는 밝은 빛을 드리우고 있었다.

그러자 세희의 얼굴은 관음보살 같은 밝은 자비가 테를 둘렀다.

순간, 장은 관음보살을 타고 앉은 듯 놀래어 몸에서 떨어졌다.

그는 수치심을 감추지 못해 옷을 걸치고 방문을 밀어 제쳤다.

세희는 가사를 잡아당겨 눌러 앉혔다.

"스님, 가실 때 가시더라도 제 말씀을 마저 듣고 가셔요."

장은 부끄러워 도망치려고 했으나 몸이 굳어버린 듯했다.

엄장의 위대성은 바로 이 점에 있었다.

단 한번의 실수, 그로 말미암아 갈등을 체험했고 수도생활에 일대 오점을 남겼으나 자기극복을 통해 원래의 엄장으로 돌아선 위대성, 속인으로서는 엄두도 못 낼 일이었다.

이런 엄장을 두고, 크게 씨 뿌리고 힘써 농사를 지어 엄청난 부를 축적했다니 도대체 말 같지 않은 소리였다. 그것도 화종도경(火種刀耕)을 대종력경(大種力耕)으로 오독한 데서 비롯했으니 말이다.

이렇다 할 경작지가 없는 산 속 오지, 그것도 움막 하나 지어놓고 겨우 풀칠이나 하면서 고행을 생활화하는 엄장에게 당키나 한가.

장은 화전을 일구어 입에 풀칠하는 생존 능력밖에 없었으며 부의 축적과는 거리가 먼 인물이다.

부를 축적해서 월등하게 잘 살았다면 고행을 수도로 삼는 아미타불에 귀의하지 않았을 것이며 신앙생활에만 오직 헌신하는 광덕과는 친교가 있을 수도 없었을 것이다. 그것도 안양<서방정토>에 가게 되면 먼저 알리자고 약속할 정도의 절친한 사이라면 평소 생활하는 방법이나 추구하는 신앙의 길이 같았기 때문임은 말할 나위도 없겠다.

엄장은 속세와 절연하고 산 속에 은거하며 가난한 삶 속에서 미타신앙에 정진했다는 것이 바른 풀이가 된다.

"스님, 광덕 스님이 늘 말씀하셨어요. 저와 십년을 함께 지내면서 장은 쓸데없이 날 부러워한다고요. 그게 무슨 뜻인지 아시겠습니까?"

"저로서는 당연히 알 수가 없을 수밖에 더 있겠어요."

장은 여전히 얼굴이 달아올랐다.

"이렇게 말씀하셨어요. 내가 날마다 어여쁜 색시와 남녀 사이의 정을 나누는 줄로만 알고 부러워한다고. 지음(知音)이라면 엄장뿐인데도. 그도 내가 세상 사람들처럼 어여쁜 색시를 아내로 맞아들여 불도에 정진하기 보다는 색정에 빠져 있다고 오해하고 있을 것이니, 그것이 안타깝다고도 했어요. 그리고 또…"

"……"

"하물며 이승 덕에 진여를 깨쳐 서방정토로 들게 되었다고 말씀하셨을 때는 어찌나 눈물이 나는지요."

"덕이 부인 덕으로 젊은 나이에 극락왕생을 했다는 겝니까?"

"그렇지 않다고 저는 부인하고 싶지 않아요. 광덕 스님께서는 저 때문에 더욱 더 정진한 것만은 사실이니까요."

"땡중과 다름없는 저로서는 이승을 마주할 수가 없군요."

장은 더 이상 마주하고 있을 수 없어 문을 나섰다.

"스님, 스님, 가지 마셔요. 제가 이렇게 애원하잖아요."

"……"

"아직도 전할 말이 남았답니다. 광덕 스님이 유언하시기를, '내 죽으면 엄장이 와서 이승 보고 함께 살자고 할 것이오. 그러면 거절하지 말고 따라가 득도하도록 도와주오.' 하고 말씀하셨어요. '그래야 서방정토에서 만나 지음을 나누지.' 하고요. 또 말씀하셨어요. '겁탈하려 든다면 왕생의 노래를 들려주라'고도 말씀하셨답니다."

장은 더 더욱 고개가 떨어졌다.

"스님, 스님. 그렇게 부끄러워할 것 없습니다. 젊은 혈기에 그만큼 참으신 것만도 불연이 깊었기 때문입니다. 사실이 또 그렇고요."

"나란 인간은 이렇게도 생각이 모자라는지 한심하오."

"스님, 광덕 따라 서방정토로 드셔야지요?"

"저같이 죄 많은 인간이 말입니까?"

"죄인이라니요, 천만의 말씀이십니다. 제가 원효 성사를 소개해 드리겠습니다. 함께 분황사로 가서 성사님께 진요(津要)를 부탁드리도록 해요. 성사께서는 삽관법(鍤觀法)―일설 정관법(淨觀法)―을 지어 이끌어주실 것입니다. 주저 마시고 저와 분황사로 가셔요."

"죄를 지은 사문에게 왜 이렇게 친절하십니까?"

"뉘우치고 계시니 사문의 길에서 벗어난 것도 아닙니다."

장은 개울로 가 더럽혀진 몸과 마음을 씻으면서 잘못을 회개했다.

그는 회개하느라고 날이 샜는지도 몰랐다.

장은 세희를 따라 원효 성사를 찾아갔다.

"성사님, 저 세희입니다. 늦게 찾아뵈어 죄송합니다."

"어디 보자. 누구인고? 세희가 아닌가? 이게 얼마만이지?"

"그 동안 성사님께옵서도 안녕하셨어요?"

세희는 마음에서 우러나는 지심으로 두 손 모아 합장했다.

"그래, 그래. 세희도 그 동안 별 탈 없이 잘 지냈고?"

"성사님의 불은으로 편안히 지냈습니다."

이 즈음에 들어 원효는 몸과 마음이 함께 늙었다.

"그건 그렇고. 내 부탁은 어찌된 게야?"

"며칠 전 광덕 스님은 서방으로 드셨습니다."

"서방으로 들었다고?"

"네, 그러합니다, 성사님. 제 미약한 힘으로는 광덕 스님의 일도 정진을 어떻게 해 볼 도리가 없었습니다. 죄송하기 그지없습니다."

"그랬을 테지. 아마 그랬을 게야. 그러니 죄송할 것까지야 없네."

세희는 광덕이 늘 원효의 불제자가 되었으면 하고 소원했던 그 말만은 성사의 마음을 헤아려 비치지 않았다.

"바깥에 서 있는 저 승은 누구인고?"

"광덕 스님의 지음인 엄장이라는 사문입니다. 성사님께서 바깥에 서 있는 저 사문을 서방정토로 들도록 이끌어 주셔요."

장은 무릎을 꿇고 진요를 간곡하게 부탁했다.

세상에 이름 없는 사문마저 서방에 들기를 저토록 간구하는데 나는 이 늙은 나이에도 부끄러워 고개를 들 수조차 없다니, 불도란 닦으면 닦을수록 깊고도 오묘한 것이란 말인가.

원효는 한 순간의 파계가 일생을 두고 한이 될 줄 몰랐다.

그로 인해 대중 불교를 외치고 다니면서 청춘을 불태웠고 신라 불교의 독자성을 확립하기에 평생을 바치지 않았던가.

원효는 머리를 스치는 회한을 다잡았다.

요석공주 때문에 불도에 대성했듯이 덕은 세희 탓으로 서방정토로 들었어. 그게 불도를 닦는 길이 아니던가.

"내 세희의 부탁이라는 데야 어찌 거절할 수 있을꼬."

세희의 부탁이 아니더라도 원효 성사는 덕 대신 장을 제자로 받아들였다. 그리고 직접 정관법까지 지어 엄장을 지도했다.

장은 피나는 각고로 수도했다.

엄장의 수도는 덕의 농도에 비해 더하면 더했지 결코 못하지는 않았다. 하나 같이 몸을 깨끗이 하고 잘못을 뉘우치면서 한 마음으로 관(觀)을 닦는데 심혈을 쏟았다.

단 한번의 실수, 그로 인해 수백, 수천 배나 더한 각고의 수행을 했고 각고의 수도 끝에 엄장은 광덕보다도 더한 값진 관(觀)을 터득했으며 심멸

즉종종법멸(心滅則種種法滅)의 세속에서 심생즉종종법생(心生則種種法生)의 새로운 경지로 들어섰다.

그랬으니 엄장도 죽어 서방정토로 든 것만 분명하다.

한때의 실수, 단 한번의 과실을 다스려 서방정토로 들 무렵, 장이 이생에서 마지막으로 부른 노래가 있었는데 그것은 광덕이 지어 부르고 세희가 부른 원왕생가였다.

밤에 몰 안고 가다

"세상에 요사스런 동요까지 번지다니, 공주는 추방당할 걸."

"추방해도 먼 변방으로 추방당할 것이 분명해."

"누구보다도 상야부인이 그냥 있지 않을 게야."

"그냥 둘 리가 없겠지. 왕실의 권위가 떨어질 테니까."

동요가 번지기 시작할 애초에는 대수롭지 않게 여겼으나 시간이 흐를수록 사태는 의외로 심각했다.

급기야 착하고 아름답기만 한 선화, 그네의 비행을 두고 음란한 동요가 번지더니 동경을 발칵 뒤집어놓는 사단이 되었다.

누구보다도 상야부인(庠耶夫人)이 펄펄 뛰었다.

그네는 후비인 박 씨 월명부인(月明夫人)에게 은총을 빼앗겨 질투심과 노여움이 부글부글 끓던 차에 일대 반격을 시도했다.

진골 출신인 그네는 외척을 내세워 들고 일어났다. 대내마 만세(萬世), 시중 만문(萬文)을 앞세워 선화(善花, 善化)를 몰아세웠다.

월명부인은 대궐 안에 지지기반이 전혀 없었기 때문에 당장 비세에 몰리지 않을 수 없었던 것이다.

대내마 만세가 진평왕(眞平王)에게 아뢰었다.

"선화공주의 비행으로 동경이 떠나갈 듯합니다. 이대로 됐다가는 왕실의 권위가 땅에 떨어집니다. 원찬시켜야 합니다."

그렇다고 해서 왕이 쉽게 윤허할 리 없었다.

시중 만문이 한 술 더 떠 아뢰었다.

"공주의 비행이 아니더라도 왕실의 권위가 땅에 떨어지고 있습니다. 공주의 비행을 그냥 뒀다가는 왕실의 권위를 회복할 수 없습니다. 선화공주를 그냥 둬서는 아니 됩니다. 원찬시켜야 합니다."

왕은 괴로웠다. 흠 하나 잡을 데 없는 공주, 귀엽고 깜찍하기만 한 공주, 그런 선화를 먼 변방으로 추방하라니.

신라 왕실은 선화의 비행과 추방문제로 한 해 겨울을 헛되이 보냈는데도 사태가 진정될 기미를 보이지 않았다.

심지어 만세 일당은 선화공주를 왕으로 옹립하자는 일단의 무리가 반란을 도모한다는 참소(讒訴)까지 서슴지 않았다.

그러자 왕도 어쩔 수 없었던지 백관들을 모아놓고 의견을 물었다.

백관들은 하나 같이 먼 곳으로 추방해야 한다고 간했다.

월명부인이 울며 호소했으나 불가항력이었다.

마침내 왕은 공주를 추방할 것임을 선언했다.

"공주로서 일만 백성들의 사표가 되어야 하거늘 음탕한 짓으로 왕실을 실추케 했을 뿐 아니라 민심까지 소란케 했으니 마땅히 변방으로 원찬시켜 만천하에 백계의 징표를 보이리라."

선화는 모후인 월명부인과 헤어지면서 한없는 눈물을 흘렸다.

눈물은 저고리며 치마까지 흥건히 적셨다.

부인도 가슴이 찢어지는 듯해 순금 한 덩이를 내주었다.

"연약한 아녀자가 변방으로 쫓겨 가서 어찌 살꼬? 가는 길에 고생이며 궂은일은 또 얼마나 당할는지.

그러나 이제는 깨어진 독, 참고 견딜 수밖에 방도가 없구나. 너의 타고

난 미모와 착한 마음으로 어디를 간들 못살겠느냐. 그러니 마음을 단단히 먹어. 내 조용해지면 왕에게 간청해서 돌아오도록 할 게야. 이것은 적지만 노자에 보태어 쓰고 남은 것으로는 살아갈 방도를 찾아라. 흑."

선화는 영문도 모른 채 왕궁에서 추방되었다.

왕성을 출발할 때는 병사들이 호위했으나 동경지계를 벗어나자 병사들이 보이지 않았다. 병사들은 끝까지 공주를 호위하기로 했으나 만문의 밀지를 받고 하나 둘 사라졌던 것이다.

선화는 난생 처음으로 세상에 홀로 뚝 떨어졌기 때문에 앞길은 막막하기 그지없었다. 더욱이 대궐 안에서만 생활해서 바깥세상은 구경도 못했으니 난감하기 이를 데 없었다.

날씨마저 찌는 듯 무더웠다. 그런데 무더운 날씨도 날씨거니와 어딜 가야 굶주린 배를 채울 수 있는지 알 수도 없었다.

그리고 그런 육체적인 고통보다도 죄 없이 쫓겨난 무고(誣告)함을 해명할 길 없는 마음고생은 이루 말할 수 없었다.

선화는 길도 모르면서 무턱대고 앞으로 나아갔다.

어디라고 작정한 곳도 없이 변방으로 가는 길이거니 여기고 발길 닿는 대로 걷다 보니 외로움과 무서움부터 경험했다.

선화는 길을 가다가 인가가 있으면 밥을 빌어 허기를 면했고 날이 저물면 남의 집 처마 밑에서 새우잠을 잤다.

하루 이틀은 견딜 수 있었으나 사나흘이 지나면서부터 발바닥에 물집이 생기더니 터져 하루 오십 리를 걷던 것이 삼십 리, 이십 리로 줄어들었다. 태양이 대지를 푹푹 삶았으나 그나마 비가 오지 않아 아무 데나 지친 몸을 눕힐 수 있어 다행이라면 다행이었다.

선화는 허기진 몸을 이끌고 산길로 들어섰다.

산 속은 호젓했다. 대낮인데도 인적이라곤 전혀 없었다. 너무 호젓해

길을 가다가도 가슴이 철렁 내려앉는 것 같았고 간간이 들려오는 이름 모를 짐승의 울음소리로 오금은 자지러들었다.

바로 그럴 때였다. 아니나 다를까, 뒤에서 인기척이 들렸다.

선화는 너무나 놀란 나머지 자리에 털썩 주저앉았다.

잠시 뒤 인기척이 다가왔다.

"공주님, 지금부터는 소인이 뒤따라가며 보살펴 드리겠습니다."

선화는 호젓한 산 속에서 짐승보다도 더 무서운 것이 사람과 맞닥뜨리는 것임을 알 리 없었다. 해서인지 내심 반갑기까지 했으나 너무나 놀란 나머지 한동안 넋을 잃어 멍청할 수밖에.

"공주님, 공주님. 안심하시고 정신 좀 차리셔요."

"……?"

"공주님을 해칠 사람은 결코 아니랍니다."

"누, 누구신데 절 공주라고 하셔요?"

"앞으로 길을 가면서 말씀 드리겠습니다."

"……?"

그랬으니 선화는 더욱 의아해 할 수밖에.

"차차 알게 될 것입니다. 지금은 이 세상에서 공주님을 가장 끔찍이 생각하고 있다는 것만 말씀드립니다."

선화는 사내가 너무나 진지하게 나왔기 때문에 오히려 불안하기까지 했으나 훤칠한 키, 서글서글한 눈매, 어느 모로 보나 악한 사람은 아닌 것 같아 다소 마음이 놓이긴 했다.

사내는 선화를 눈여겨보다가 뒤늦게 그네와 눈길이 마주치자 눈동자가 팽이 돌 듯 팽 도는 것만 같았다.

예쁘다고 해도 그렇게 예쁠 수 없는, 세상의 아름다움이란 아름다움을 다 모아놓은 듯한 미모에 순간적으로 눈동자가 팽 돌았던 것이다.

선화는 사내의 시선을 의식하고 몸 둘 바를 몰랐다.

"공주님은 소문대로 신라 제일의 미녀이십니다. 아니 백제나 고구려 땅에서도 찾을 수 없는 미녀이십니다."

"그렇게 추켜세우지 마셔요. 죄인에 지나지 않습니다."

"죄인이라니요? 천만의 말씀입니다."

그만 선화는 목이 메고 슬픔이 온몸을 휘감았다.

"공주님, 목이 마르지요. 석간수가 있습니다."

사내는 허리에 차고 있던 호리병을 건네주었다.

선화는 수줍어 고개를 옆으로 돌린 채 호리병을 받았다. 호리병을 건네받는 그네의 손은 눈결처럼 희고 부드러웠다. 섬섬옥수 그대로 토실토실한 손에는 귀티가 잔뜩 배어 있었다.

선화는 돌아서서 감로수처럼 단 물을 마셨다.

"물을 주셔서 참으로 고맙습니다."

"고맙다니요?"

"물 한 모금이 얼마나 고마운지 지금에야 알았답니다."

이렇듯 사내는 어렵사리 말문을 터놓고도 조바심이 가시지 않았는지 말을 잇지 못해 땀만 줄줄 흘리었다.

사내는 바로 서동(薯童)이었다. 이렇게 선화와 호젓한 산 속에서 단 둘이 대면하기까지 말 못할 고초를 겪었었다.

탄현(炭峴)의 준험한 고갯길, 단출한 봇짐을 등에 짊어진 사내 하나가 소라고둥 같은 굽이진 잿길을 넘어 오고 있었다.

사내의 행색은 초라하기 그지없었다.

초라한 봇짐에는 넘어가는 태양이 달라붙어 초라함을 더욱 부채질했으나 지친 육신에 비해 눈빛만은 초롱초롱한 빛을 발휘했다.

그것은 열망으로 타는 눈빛이었다.

그런 눈빛은 적을 일격에 쓰러뜨리겠다는 살기 띤 빛이 아니라 갈망(渴望)의 빛으로 이글이글 타올랐다.

어머니 몰래 집을 나와 이틀 밤낮을 걸으면서 병사들의 감시망을 피하다 보니 육신은 지칠 대로 지쳤으나 눈동자만은 생기를 뿜었다.

준험한 재를 벗어나자 사내는 오던 길을 되돌아보았다. 방금 넘어 온 영마루는 석양에 빗기어 아득하게만 보였다.

재는 신라와 백제의 지경을 이루는 탄현. 두 나라는 탄현을 사이에 두고 뺏고 뺏기는 공방전을 지금도 계속하고 있었다.

사내는 재의 험난함에 새삼 탄복했다.

'듣던 대로 정말 험준한 재로구만. 저 재만 잘 방비한다면 1천의 군사로 적 1만 병도 물리칠 수 있을 게야.'

사내는 두 나라 병사들을 감쪽같이 따돌리고 신라로 잠입하는데 성공했으니 발걸음이 가벼울 것이었다.

그런데도 그의 발길은 자지러졌다. 여독 탓만은 아니었다. 어떤 위험이 닥칠지도 모르는 미지가 암담했고 막연해서였다.

신라와 백제 두 나라는 서로 이웃해 있으면서 선린관계(善隣關係)가 아니라 구수(仇讐)의 적국 사이였다. 그것도 지금 치열하게 전쟁을 치르고 있는 절박한 상황이었다.

해서 사내는 계획했던 목적을 쉽게 달성할 수 있으리라곤 생각지도 않았다. 오직 용해할 수 없는 사모의 열정을 무기로 해서 온갖 고난과 난관을 극복하고 죽어서라도 쟁취하고 말겠다는 굳은 결심을 수십, 수백을 다지고 다졌으나 마음이 나약해짐은 신이 아닌 인간이기 때문에 어쩔 수 없는 일인지도 모른다.

땅거미가 소리 없이 내리면서 어둠이 포옹했다.

사내는 어둠 속에서는 여린 불빛마저 밝게 보이 듯 어둠을 헤집고 다가

오는 불빛 속에서 과거를 한 자락 움켜쥐었다.

위덕왕(威德王)은 신라 진평왕이 즉위하자 신라 변방을 공격했다.

신라도 장졸을 보내어 싸웠다.

백제는 아막성의 공방으로 신라의 귀산(貴山)과 추항(箒項) 두 적장을 살해했고 단잠성(椵岑城)을 석 달이나 포위한 채 공략해서 드디어 현령 찬덕(讚德)을 죽이고 성을 탈취했다.

이어 승리의 여세를 몰아 모산성(母山城)까지 공략했다.

신라도 북한산주 변품(邊品)을 앞세워 단잠성을 회복하기 위해 대군을 출동시켜 잃었던 성을 공격했는데 찬덕의 아들 해론(奚論)이 싸우다 용감하게 전사한 여세를 몰아 성을 탈취했다.

백제 또한 그냥 있지 않았다.

국력을 다 동원해서 속함(速含), 기잠(岐岑), 앵잠(櫻岑), 봉잠(烽岑), 기현(旗懸), 혈책(血柵) 등 여섯 성을 동시에 공략했다.

이때의 공격으로 세 성을 탈취했을 뿐만 아니라 적장 급찬(級湌) 눌최(訥催) 등은 물론이고 신라병을 수없이 사살하는 전과를 올렸다.

사걸(沙乞)은 주재성(主在城)을 공략해서 성주 동소(東所)를 죽였으며 신라의 두 성을 급습해 남녀 3백여 명을 사로잡기까지 했다.

백제는 그런 여세를 몰아 잃었던 단잠성을 에워싸고 공략했으나 성을 떨어뜨리지 못한 채 끝없는 소모전만 치르고 있었다.

그랬으니 백성들만 죽어날 밖에.

하루도 빤할 날이 없는 전쟁, 또 전쟁. 전쟁의 지속도 어느 한 쪽에 일방적인 승리를 가져다주는 것이 아니었다.

그것은 일시적인 승패의 되풀이에 지나지 않았고 뺏고 뺏기는 소모전이 지속되었기 때문에 백성들은 목이 열 개라도 붙어날 수 없었다.

한때는 개로왕의 철천지원수를 갚기 위해, 아니 신라의 배신에 이를 갈며 응징하기 위해 똘똘 뭉쳐 일어섰던 백성들도 계속되는 전쟁으로 말미암아 염증을 느끼고 신물을 토하다 못해 평화를 희구(希求)하는 열망을 잉태했다. 그런 그 열망은 처음에는 한두 사람에 지나지 않았으나 말없는 열망은 백성들의 입과 귀를 적시고, 아니 백성들뿐이 아니라 병사들의 마음속까지 차고 들어가 자리했다.

심지어 탈진상태에 빠진 장수들의 뼛속까지 파고들어 하나의 열망, 평화를 갈구하는 열망의 마음이 모이고 모여 소문을 잉태시켰는데 그것은 엉뚱하게도 진평왕의 셋째 딸인 선화공주, 그네의 미모는 참으로 미염무쌍(美艶無雙)하다는 소문이었다.

그런 소문은 병사들의 입에, 귀에 오르내리게 되었으며 백성들의 귀와 입을 적시고 적셔 눈덩이를 굴리 듯 번져 나갔다.

"진평왕의 셋째 딸은 절세미녀라지."

"선화공주는 월명부인의 미색을 빼닮아 미녀래."

"백제 땅에서는 볼 수 없는 미녀래."

"아니, 동방 제일의 미녀래잖아."

백성들은 보지도 못한은 공주를 두고 침이 마르도록 칭송했다.

이런 진원은 절세미녀인 신라의 공주와 백제의 왕자가 혼사를 맺었으면 하는, 국혼으로 전쟁을 종식시킬 수만 있다면 하는 염원이 눈덩이를 굴리 듯 한 입, 두 입 건너갔기 때문이었다.

한때 백제는 신라와 국혼을 맺어 화평을 유지했었다.

백제는 광개토왕이 즉위한 이래로 고구려의 끊임없는 침공을 받아 위례성을 비롯해 한강 이북 58성을 빼앗겼다.

더욱이 장수왕의 남진정책으로 요충인 남한산성마저 잃었으며 개로왕마저 사로잡혔다가 뒤에 처참한 죽음을 당했다.

뒤를 이은 문주왕(文周王)은 어쩔 수 없이 도읍을 웅진으로 옮겨 나라의 명맥을 유지하기에 급급했다.

신라도 사정이 백제와 다를 바 없었다. 피 흘려 얻은 죽령 이북을 고스란히 고구려에게 되넘겨 주었다.

이처럼 무력해진 두 나라는 강력한 고구려의 공동위협이라는 이해관계가 맞아 떨어져 동맹으로 발전해 공동의 적에게 대처했다.

백제는 웅진으로 천도한 지 불과 4년. 고구려로부터 받은 타격이 아직도 아물지 않은 시기여서 국가의 존립마저 부단히 위협받고 있었다. 신라와 동맹을 맺었다고 하나 언제, 어떻게 배신할지 모르는 누란을 느꼈으므로 동맹을 보다 공고히 다질 필요성을 절감했다.

해서 동성왕(東城王)은 동맹관계의 우호를 굳건히 다지기 위해 심혈을 기울었다. 그는 공동의 적인 고구려에 대처하는 동맹보다는 혈연관계의 혼인동맹을 체결해서 실질적으로 지속시키려는 야심을 불태웠다.

왕은 담력이 남달리 빼어난 성격 그대로 신라를 향해 대담하게 국혼을 청해 성사시킨 결과, 백제와 신라는 80여 년 동안 선린과 우호관계를 지속시켜 화평을 유지할 수 있었다.

그런데 그런 화평도 영원히 지속될 수 없었다. 백제는 신라와 연합전선을 펴 잃었던 한강 유역을 회복하긴 했으나 동맹을 체결했던 신라가 배반하는 바람에 힘을 합쳐 회복했던 한강 유역을 잃었다.

이에 충격을 받은 왕은 국력을 총동원해 신라를 몰아내다가 되레 죽음을 당하는 불상사까지 초래했다.

그로부터 두 나라는 구수의 적이 되어 전쟁은 끊일 날이 없었으며 지금도 승산 없는 싸움은 지리멸렬 지속되고 있었기 때문에 백성들에게 화평을 희구하는 열망이 움트기 시작했다.

동성왕이 그랬듯이 두 나라가 국혼을 해서라도 평화를 회복했으면 하는 염원은 엉뚱하게도 적국의 공주, 보지도 듣지도 못한 선화의 아름다움을 내세워 입에 올리며 화평을 희구했다.

이런 뜬소문에 유난히 관심을 나타낸 총각이 있었는데 이름은 장(璋)으로 재주가 뛰어났고 도량 또한 헤아리기 어려웠다.

그런 탓인지 장은 신이로 태어났다고 떠들어댔다.

물론 서울 남쪽 못 가에 집을 짓고 살았고 어머니가 과부인 탓도 있었으나 그를 못 속의 용과 정을 통해 낳았다는 풍문이 나돌았다.

장은 집이 가난했으므로 마를 캐어 팔아 살았기 때문에 장을 대신해서 서동(薯童)으로 부르기도 했다.

서동은 이성이 한창 그리울 나이로 성장했다. 이웃집 처녀의 치맛자락만 보아도 가슴이 울렁이고 얼굴이 달아오르곤 했다.

그런 서동이 신라 진평왕의 셋째 공주인 선화의 미모가 미염무쌍(美艶無雙)하다는 소문을 듣고 밤잠을 설치는 것은 당연했는지 모른다.

공주가 얼마나 곱고 아름다우면 구수의 나라인 백제에까지 소문이 흘러 왔을까, 그런 아름다운 공주와 결혼을 한다면 이 세상에 부러울 것이 없다는 막연한 상상까지 했다.

그렇다고 해서 적국인 신라, 지금도 한창 치열하게 싸우고 있는 나라, 더구나 평민의 딸도 아닌 일국의 공주에게 비록 백제의 왕자라도 언감생심 청혼할 수는 불가능했다.

서동은 생각을 지우면 지울수록 떠오르는 공주의 모습, 막연히 달덩이같고 꽃 같다고 생각만 해도 내밀한 비밀을 들킨 양 얼굴이 달아올랐고 죄라도 지은 듯 수줍어했다.

서동은 생각 자체를 말자고 다짐했으나 그럴수록 잊히어지기는커녕 눈을 뜨나 감으나 마음에 짠했으니 잠이 올 리 없었고 음식이 목으로 넘어갈 리도 없었다. 눈에 넣고 다녀도 불편을 전혀 모를 것 같은 공주의 생각으로 몸은 점점 야위어 갔다. 선화의 아름다운 자태며 옥같이 고운 얼굴, 눈같이 흰 살결을 상상하다 보니 뼈만 남았다.

한 두 달이 지나자 마침내 몸져눕고 말았다.

홀어미는 걱정이 태산 같았다. 가구 하나 없는 살림살이였다. 그네는 가난에 더부살이를 하면서도 병에 좋다는 약이란 약은 다 지어 아들에게 먹였으나 하늘도 무심하시지 차도가 없었다.

"어머니, 더 이상 약 짓지 마셔요. 제 병은 때가 되면 낫습니다."

"때가 되면 낫다니, 그런 병은 듣지도 보지도 못했다."

"그러니까 없는 살림에 약 짓지 말라고 하잖아요."

"실성을 했어. 이제는 헛소리까지 하다니……"

홀어미는 더 이상 손 쓸 수 없어 가슴만 찢어졌다. 그네는 누운 아들의 곁에서 함께 앓는 수밖에 방도가 없었다.

그런데 끙끙 앓기만 하던 서동은 정말 거짓말같이 하룻밤 새 일어났다. 그것은 상사병으로 소리 소문도 없이 죽을 바에야 차라리 신라로 잠입해서 공주를 약탈해 백제로 돌아오든지, 아니면 신라의 이름 모를 오지(奧地)에서 죽든지 양단간에 결판을 내고 말리라는 만용이 일어나게 했다. 아니었다. 훤칠하게 생긴 미남인 데다 도량이 남달리 뛰어나 그런 만용을 뒷받침했는지 모른다.

그리고 서동 자신도 그런 꿈이 실현되리라고는 믿지 않았으나 그렇다고 죽치고 누워 죽음을 기다릴 수는 더욱 없겠기 때문이었다.

서동은 머리를 깎고 변장했다. 봇짐도 꾸렸다. 옷가지 두엇, 마를 캐던 호미가 한 자루, 미투리는 손수 삼아 봇짐에 매달았다.

단출한 행장이었으나 품에 비수 하나를 숨겼다. 믿고 의지할 것이라고 서글서글한 눈매며 누구에게나 붙임성이 있다는 것과 아이들이 잘 따른다는 것뿐, 그리고 아이들을 불러 모을 수 있는 단소도 챙겼다.

서동은 이른 새벽에 집을 빠져 나왔다. 다시는 볼 수 없을지도 모르는 고향집을 둘러보고 동쪽을 향해 발길을 옮겼다.

먼 길을 떠나는, 적국으로 잠입하는 참으로 위험한, 나는 새도 얼씬거리지 못한다는 구중궁궐 속의 공주를 위계로 꾀어내어 백제로 돌아오기 위해, 아니 살아 돌아올 수 있을지 전혀 예측할 수 없는 위험천만한 길인데도 발길은 오히려 가벼웠던 것이다.

서동은 낮이면 걷고 밤이면 바위 틈새에 눈을 붙이는가 싶게 길을 재촉했다. 지나는 곳마다 산도 설고 물도 설었으나 지나치는 사람들은 조금도 낯설지 않았다. 자기를 밀고할 수도 있었으나 신라 사람들도 백제 사람과 다르지 않다는데 위안을 가질 수 있었다.

서동은 굶는 것을 밥 먹듯이 하면서 밤낮으로 걸었으나 배고픈 줄도 잊었고 피로한 기색도 띠지 않았다.

오직 선화가 있는 신라의 서울, 동경을 향해 나아갔다.

달구벌도 지났다. 영천도 지나쳤다. 백제를 떠난 지 이레 만에 꿈에 그리던 신라의 서울을 내려다볼 수 있는 고갯길에 올라섰다.

가을걷이가 한창이었다. 서동은 가슴이 벅찼다.

산도 설고 물도 설었으나 동경은 조금도 낯설어 뵈지 않았다. 그것은 꿈에도 잊어본 적이 없는 선화가 있는 곳이기 때문이었다.

그렇다고 서동은 곧장 동경으로 들어서지 않았다. 그는 동경을 내려다볼 수 있는 산에서 이틀이나 머물렀다.

이틀을 머물면서 주변 산야를 구석구석 뒤지고 다녔다.

서동은 마가 있는 곳을 파악한 다음에야 동경으로 잠입했다.

쭉 뻗은 대로, 즐비한 기와집들은 웅진과는 비교할 수 없을 정도로 화려했으나 그렇다고 겁을 지레 집어먹은 아니었다.

왕릉(王陵)을 지나 반월성으로 접근했다.

반월성(半月城)! 선화공주가 기거하는 왕궁은 으리으리했고 웅장해서 입부터 벌어졌다. 왕궁이 어마어마한데 놀랐다기보다 대궐 담장이 높아 월장할 수 없다는 데에 오히려 당혹했다.

서동은 제2의 계획을 실천하기 위해 골목을 살피고 다녔다. 서라벌의 골목마다 백제의 아이들과 다름없이 신라의 아이들도 떼를 지어 몰려다니면서 귀 동냥으로 들어 익힌 동요를 부르고 있었다.

저 아이들을 잘만 이용하면 목적을 달성할 수 있을 게야.

서동은 이튿날부터 봇짐 속에 마를 가득 담아 아이들이 몰려다니며 노는 곳으로 가서 자리를 잡았다. 그는 마를 날로 먹는 것보다는 구워서 먹어야 제 맛이 난다는 것을 알고 있었다.

얄팍한 돌을 주워 쌓고 돌 위에 깨끗이 씻은 마를 올려놓고 모닥불을 피웠다. 마는 돌이 달아올라도 타지 않은 채 감칠맛 나는 냄새를 풍기며 익었고 솟아나는 김과 함께 먹고 싶은 아이들의 마음을 충동질했다.

아이들이 한패 몰려오면서 동요를 불렀다.

얼레꼴레 꼴레얼레
누구누구는 누구누구와
아야찌야 아야찌야
붙었대요 붙었대요
얼레 붙었대요
꼴레얼레 얼레꼴레

서동은 노래를 들으며 마를 구웠다. 동요를 부르던 아이들이 구수한 냄새에 이끌려 몰려와서는 입맛을 쩍쩍 다시며 빙 둘러섰다.

아이들의 허기진 배가 꼬르륵 소리를 냈다. 뱃속의 회가 요동을 쳤으나 돈이 없어 사 먹지는 못하고 침만 꿀꺽 삼켰다.

개중에는 침을 질질 흘리는 아이도 있었다.

"니네들 먹고 싶지? 나눠 주련?"

"우린 가난뱅이라 지닌 돈도 없는데 어떻게 마를 사 먹을 수 있어요."

"그렇다면 너희들 태도에 따라서는 그냥 줄 수도 있지."

"거짓말 말아요. 아저씬 거짓말도 잘 한다."

"거짓말인지 아닌지, 두고 볼까."

서동은 잘 구워진 마 하나를 들고 골목대장인 듯한 아이에게 건네주었다. 아이는 얼씨구나 좋아했다. 그제야 아이들은 손을 내밀었다.

"오늘은 그냥 주지만 다음부턴 돈을 내고 사 먹어야 해."

서동은 수상쩍게 여길까 일침 놓는 것을 잊지 않았다.

"아저씨가 구은 마는 참 맛있다."

"그렇다면 너도 하나. 그리고 너도…"

서동은 구은 마를 둘러선 아이들에게 하나씩 나눠줬다.

"아저씨, 내일도 오면 줄래요?"

"줄 수는 있지. 그러나 아주 싸게 주지."

"아이 좋아라. 내일 또 와야지. 얻어먹게."

"그래, 그래. 내일 또 보자."

서동은 아이들의 머리를 쓰다듬어 주며 친밀감을 보여줬다.

그로부터 서동은 마를 캐기 위해 자리를 비우지 않으면 그 자리에 나와 아이들에게 마를 구워 나눠주면서 어울렸다.

아이들과 친해지자 재미나는 옛 이야기까지 들려줬다. 때로는 아이들의 동요에 맞춰 단소를 불기도 했다. 서동은 아이들의 입을 통해 인심 좋고 이야기 잘하는 형으로, 아저씨로 소문이 점점 번져 갔다.

열흘이 가고 보름이 지났다. 한 달이 훌쩍 지나갔다.

이제는 아이들이 서동을 친형 이상으로 따랐다.

그러자 서동은 아이들을 모아놓고 동요를 부르게 했다. 때로는 흥을 돋우면서 아이들의 동요를 약간씩 변조해서 부르게 했다.

그러자 아이들은 더욱 신이 나 노래를 불렀다.

서동은 아이들의 노래를 변조하다 생각 하나를 캤다. 가사에 위계(僞計)를 응용해 보리라는 생각이 문득 들었던 것이다.

"얼레꼴레 꼴레얼레 선화공주는 남 몰래 사랑을 맺어두고 서동방과 밤에 몰 안고 가다 꼴레얼레 얼레꼴레. 이렇게 바꿔 부를 수는 없겠니? 그러면 보다 재미있을 텐데."

서동이 몇 번 꼬드기기도 전에 한 아이가 따라 했다.

얼레꼴레 꼴레얼레
선화공주님은
남 몰래 사랑을 맺어두고
서동방과
밤에 몰 안고 간다
얼레꼴레 꼴레얼레

한 아이가 따라 하자 다른 아이도 따라 했다.

아이들에게는 사내아이와 계집아이가 단 둘이 어울려 놀거나 소꿉놀이를 하는 것만 보아도 같은 또래들에게 놀림의 대상이 되곤 했다.

그것은 더할 수 없는 놀림거리였다.

더욱이 철없는 아이들이라 할지라도 남녀가 함께 논다는 것은 사뭇 괴이하고 이상했으며 좋은 놀림감이었다.

놀리는 편에서는 더 없이 재미있는 반면에 놀림을 받는 쪽은 끝내 울음을 터뜨리고 따돌림을 받기 마련이었다.

아니었다. 서동의 꼬임이 아니더라도 구체적으로 이름이 제시되었다는 사실부터 아이들에게는 흥미였다.

게다가 성적 충동의 가장 초보적인 반응이었기 때문에 아이들은 재미있어 했으며 누구누구 대신에 누군지는 알 수 없더라도 선화공주와 서동방이라는 이름이 제시되었으니 열을 올렸던 것이다.

서동은 노래를 크게 부르는 아이들에게는 큰 것만 나눠줬다. 그런 아이들은 신이 나서 골목으로 다니며 노래를 불렀다.

서동은 아이들이 적게 몰려오는 날이면 눈 여겨 봐 뒀던 밭으로 가서 마를 캐어 저장했다. 목적이 언제 이루어질지 모르는 승산 없는 싸움을 이기기 위해 긴긴 겨울을 대비했다.

동요는 점점 번져 갔다.

처음에는 어른들도 흘려들었으나 동요가 동경 거리거리로 번지고 아이들이란 아이들은 목청을 돋워가며 노래를 불러대자 쉬쉬하면서도 공주의 비행을 입에 담기 시작했다. 그것도 애초에는 공주라는 신분 때문에 쉬쉬했으나 나중에는 드러내놓고 떠들어댔다.

그런 소문은 아이를 가진 집안의 어른들부터 번지다가 어느 틈에 대신들의 귀에까지 들어갔던 것이다.

대신들도 처음에는 쉬쉬하면서 입을 막았으나 입궐 시로나 퇴궐 시로 동요가 들려오는 데야 아연하지 않을 수 없었다.

심지어 대궐 안까지 동요가 날아들었다.

봄이 오자 뜸했던 노래는 봄바람을 타고 기승을 부렸다.

선화는 신라 제일가는 미모를 지닌 데다 영리했다.

게다가 마음씨가 비단결같이 고왔다. 공주로 태어났기 때문이 아니라 천성이 착한 탓으로 여성이 가야 할 길을 알고 있었다.

그런데다 그녀는 열 살 전에 글을 익혀 읽고 쓸 줄 알았다. 율(律)도 짓고 부(賦)도 지을 줄 알았다. 때로는 글씨도 썼고 사군자도 쳤다.

그런 여가 틈틈이 가야금 열두 줄도 골랐다.

공주라는 티를 조금도 드러내지 아니하고 안으로 교양미를 쌓았다.

그랬으니 왕과 왕비며 대신들로부터 사랑을 독차지했다.

공주의 나이 열여덟, 놀라운 미모며 곱기만 한 매무새, 이 세상 어디에 내놓아도 짝을 찾을 수 없는 재색까지 겸비했다.

그런 재색 탓인지 공주에게는 출처도 모를 소문이 꼬리에 꼬리를 물었다. 그것도 동경뿐만 아니라 온 신라로, 백제며 고구려 도성까지 번져 갔다. 그로 인해 당치도 않게 추방을 당했던 것이다.

서동은 길을 가면서 궂은 일 진일을 도맡아 했다.

때가 되면 여염집으로 다니면서 더운밥을 구걸했고 밤이면 남의 낡은 사랑채 방이나마 빌려 그녀에게 밤이슬을 피하게 해 주었으며 떨어진 가죽신을 대신해서 짚으로 미투리를 삼아줬다.

서동은 선화의 불편을 덜어주기 위해 애쓰는 그의 행동거지야말로 눈물겨운 연기 이상이라고 할 수 있었다.

하루는 산 속에서 인가를 찾지 못해 한데 잠을 자게 되었다.

여름밤이라고는 하지만 산 속은 쌀쌀했다.

서동은 모닥불을 피웠다. 모닥불은 소리를 내며 피어올랐다.

달이 밝아 우수를 자아냈는지 선화는 좀체 말이 없었다. 서동은 그네를 지켜보다가 보따리 속에서 단소를 꺼내었다.

입술에 침을 바르고 음을 고른 다음 단소를 불어제쳤다.

단소 소리는 고요한 산 속에 파문을 일으켰다.

구슬을 바수고 옥을 굴리는 듯한 여운이 달빛 속에서 때로는 여리게 또 때로는 강하게 이어졌다가 끊어지고, 끊어졌다가 이어지면서 애잔함을 쏟아 놓았으며 울적한 객수, 외롭고 서러운, 아니 멀리 변방으로 쫓겨 가는 선화의 텅 빈 가슴을 송두리째 흔들어 놓다 못해 부서지는 달빛을 뚫고 구름 속까지 솟구쳤다.

우는 듯 웃는 듯, 원망이며 사모, 때로는 정염에 불타 그 정염을 주체할 수 없어 끙끙 앓는 것 같은 조화까지 연출했다.

급기야 단소 소리는 미인이기 때문에 추방당할 수밖에 없었던 공주의 텅 빈 마음을 다듬이질해서 주름살을 하나 둘 펴 주었다.

선화는 애잔함을 쏟아놓는 단소 소리에 놀랐다.

"어디서 그런 비법을 터득하셨어요?"

"비법이라니요. 별 것도 아닌 걸요."

서동은 수줍어했다. 아니, 열없어 고개도 들지 못했다.

밤은 단소 소리에 묻혔고 선화는 잠도 달아났다.

서동은 상현달이 서산에 기울 때까지 단소를 불었다. 그리고 달이 서산으로 넘어간 뒤에서야 불기를 그만 뒀다.

"공주님, 밤도 깊었으니 이제는 눈을 붙이셔야지요."

"저도 눈을 붙일 테니 그쪽도 주무셔요."

"공주님께서 먼저 잠이 드셔야 저도 자지요."

"제 걱정은 마시고 어서 주무셔요."

"공주님께서 주무셔야…"

순간, 이리떼의 울부짖음이 산 속을 흔들었다.

선화는 깜짝 놀라 서동의 품을 파고들었다. 그 바람에 서동은 그네를 아주 가까이서 볼 수 있었다. 사람의 마음을 녹일 듯한 맑은 눈동자, 웃을 듯 말 듯한 붉은 입술은 향로로 돌변해 쇠라도 녹일 것 같았다.

선화는 서동의 몸에 기대어 잠이 들었다. 서동은 그네가 잠이라도 깰까 조바심이 일어 잘 수조차 없었고 죽음을 무릅쓰고 서라벌로 잠입하기를 잘했다는 생각과 사랑을 쟁취했다는 성취감으로 밤을 새웠다.

서동은 연약한 선화와 동행하자니 길이 더뎠다.

길이 더딘 반면, 하루가 다르게 신뢰감을 심어줄 수 있었다.

그네 또한 이름도 모르는 서동을 믿고 따르게 되었다.

서동은 그네의 추방지가 북쪽 변방이었으나 서쪽 백제 땅으로 유도해 소백 준령으로 접어들었다.

산은 높고 골도 깊었다.

산 속은 너무나 고즈넉해서 나뭇잎 떨어지는 소리며 솔바람 소리하며 골짜기 틈새를 비집고 흐르는 물소리마저 정겨웠으나 그 모든 소리보다도 선화가 쉬는 숨소리가 서동에게는 가장 정감 있게 들렸다.

험한 재를 오르자니 걸음도 더뎠고 피로도 빨리 왔으나 오르고 있는 재만 넘어서면 백제 땅이니 서둘 것도 없었다.

서동은 날이 저물기 전에 잠자리를 마련하고 선화를 쉬게 했다.

날이 어두워지자 달이 떠올랐다.

초저녁인데도 선화는 피곤했던지 새록새록 잠이 들었다.

잠든 그네에게 달빛이 쏟아졌다. 유난히 흰 피부였다. 옷고름이 풀려 외씨만큼 내비친 하얀 젖가슴도 드러났다.

서동은 흐트러진 머리 결, 하얗게 드러난 목둘레하며 비단결보다도 보드라운 젖가슴을 훔쳐보고 있자니 사지가 뒤틀리며 굳어버릴 것만 같았다. 초승달 같은 아미, 물감을 묻혀놓은 듯한 촉촉한 입술을 지켜보다 못해 그는 끙끙 앓는 소리를 내며 일어섰다.

서동은 옷을 벗어버리고 소로 뛰어들었다.

밤물은 차가웠다. 너무나 차 뼛속까지 도려낼 것만 같았다.

그는 용해할 수 없는 마음을 찬물로 껐다.

어느 정도 흥분된 마음이 진정되자 서동은 소에서 나왔다. 소에서 나온 서동은 선화에게 다가갔다. 흥분을 진정시키긴 했으나 그네를 깨우려 하자 새삼 온몸이 떨렸다.

한식경이나 주저하고 있었을까. 선화가 몸을 뒤척여서야 비로소 서동은 더듬거리며 말을 꺼낼 수 있었다.

"고, 공주님! 고, 고백할 것이 이⋯⋯"

선화는 자고 있던 것이 아닌 양, 잉어 같은 입술을 움직였다.

"어디 말씀해 보셔요. 듣고 싶어요."

"고, 공주님을 이 지경으로 만든 장본인은 바로 저랍니다."

"댁이 저를 이 지경으로 만들었다니요?"

"제가 아이들을 충동해 동요를 퍼뜨리게 했답니다. 죽을죄를 졌습니다. 어떤 처분도 달게 받겠습니다."

"아닌 밤에 무슨 뚱딴지같은 소리예요?"

선화는 좀체 믿기지 않아 했다.

서동은 미적거리기만 하다가 뒤늦게 저간의 사정을 실토하고 서동요(薯童謠)까지 불렀다.

선화공주님은

남 몰래 사랑을 맺어두고

서동방을

밤에 몰 안고 간다.

노래까지 확인시켜 주었는데도 선화는 여전히 긴가민가했다.

"그대는 도대체 누구예요?"

"백제 사람 서동입니다. 노래 속의 서동이 바로 접니다."

비로소 선화는 이루 형언할 수 없는 표정을 지었다.

그러나 그것도 오래 가지 않았다. 이미 모든 것을 숙명으로 체념한 상태였고 팔자소관으로 돌린 탓도 있었으나 그 동안 서동과 함께 지내면서 그의 지극 정성에 감동을 받았는지도 모른다.

"그런 사연이 있었는지도 모르고 전 팔자타령만 했답니다."

"제게 설분(雪忿)하세요. 달게 받겠습니다."

"설분이라니요? 이제 와서요? 당치도 않답니다."

"공주님을 너무 사모한 나머지, 제가 저, 저지른 짓이었습니다."

"……"

"좀 더 일찍 실토하려고 했으나 기회를 잡지 못해서요."

"이제야 실토하는 이유는요?"

"내일이면 신라를 벗어나 백제로 들어서기 때문입니다."

"저도 처음부터 이상하게 생각했어요. 무엇 때문에 추방당한 제 뒤를 따르면서 헌신적으로 보살펴 주는지요."

"아, 네. 그러셨어요."

"저는 숙명이거니 하고 체념했답니다."

"그렇게 생각하시니 몸 둘 바를 모르겠습니다."

서동은 감격한 나머지 절까지 했다.

"제가 오히려 고마워해야지요. 지금까지 헌신적인 보살핌에 가슴이 뭉클했으니까요. 그래요. 가슴이 뭉클했답니다."

"지금도 늦지 않았답니다, 공주님. 신라 도성으로 돌아가시겠다면 제가 모셔다 드리겠습니다. 말씀하세요."

"돌아가다니요?"

"제가 서라벌로 돌아가서 공주님의 누명(陋名)을 벗겨 드리겠습니다.

그리고 어떤 벌이든 달게 받겠습니다."

"지금 그렇게 하시겠다고요?"

"그렇습니다, 공주님. 이미 늦었지만, 그렇게라도 해야 제가 지은 죄를 조금이라도 갚을 수 있을 것입니다."

"이제 와선 다 부질없다 할 밖에요."

산 속에서 보는 달은 살아 숨 쉬는 달, 선화는 달의 숨소리를 주워 담았다. 너무 많이 주워 담아 가슴이 터질 것 같았다.

그네는 가슴이 터질 것 같은 정감으로 속삭였다.

"그렇다면 좋아요. 절 백제로 데려가서 어떻게 하시겠어요?"

"……"

"서동님, 방금 저를 어떻게 하시겠느냐고 물었답니다."

"결혼해서 행복하게 해 드리겠습니다."

"전 그 말이 듣고 싶었답니다."

"……?"

마침내 서동의 지성이 선화를 움직였다.

"서동님, 저를 소까지 데려다줘요."

선화는 서동이 지켜보는데도 조금도 저어함이 없이 옷을 벗고 소로 들어가 노숙으로 절은 때를 말끔히 씻었다. 아니, 서동을 지아비로 맞아들이기 위해 몸과 마음을 깨끗이 닦아냈다.

몸을 깨끗이 씻자 선화는 너무나 아름다웠다. 얼마나 아름다웠으면 달도 무색해 구름 속으로 몸을 숨기기까지 했다.

서동은 그네를 데리고 웅진으로 들어섰다.

길을 가던 사람들이 걸음을 멈추고 그네의 미모를 보고 혀를 내둘렀다. 그리고 집으로 들어서기도 전에 소문이 번져 사람 울타리를 쳤다.

울타리를 친 사람들은 그네의 미모를 입에 담기에 열을 올렸다.

"세상에 저렇게도 예쁠 수가 또 있을까."

"달나라 항아(姮娥)가 내려온대도 저토록 예쁠 수 있을라고."

"항아라도 저렇게 예쁘지 않을 게야."

선화는 곱게 단장하고 홀어미에게 인사했다.

홀어미는 좋은 날을 받아 조촐한 결혼식을 치러 주었다.

서동은 선화와 생활하면서 틈만 나면 단소를 불었다.

선화 또한 단소에 맞춰 노래를 부르곤 했다.

서동요는 어느 새 아이들의 입과 입, 귀와 귀를 통해 마을과 마을로, 고을과 고을로 번져 전국으로 퍼져 갔다.

그리고 오랜 세월이 흘렀다.

이제는 신라의 노래가 아니라 백제의 노래가 되어 방방곡곡으로 번지더니 설화로 굳어져 사람들의 입에 오르내렸다.

선화는 백제로 온 후, 신라 왕실에 있을 때보다도 몸가짐을 더욱 조심했다. 신라인이 아니라 백제의 여인이었으나 신라인의 긍지와 자존심을 잃지 않도록 조심했던 것이다.

세월이 흐를수록 선화는 사람들의 선망의 적(的)이 되었다.

그런 선망의 적이야말로 마침내 평화를 갈망하는 사람들의 마음을 대변한 설화까지 잉태하기에 이르렀다.

어느 날 저녁이었다. 선화는 어미가 준 금덩이를 내놓았다.

서동은 놀라는 기색도 없이 되물었다.

"이게 무엇이오?"

"황금입니다. 백년의 부를 누릴 수 있을 것입니다."

"황금이라면 난 산더미처럼 쌓아뒀소."

선화는 놀래어 말도 잇지 못했다.

"그것은 천하의 지보입니다. 금이 있는 곳을 알고 있다면 저의 부모님이 계신 궁궐로 보내드리는 것이 어떻겠어요?"

"그렇게 할 수만 있다면 나도 그러고 싶소."

금을 모아놓으니 작은 동산만 했다.

서동은 용화산 사자사(獅子寺)에서 수도하는 지명법사를 찾아갔다. 가서 지명법사에게 모은 금을 신라로 실어 보낼 방도를 물었다.

"내 신통한 법력으로 보내줄 것이니 이리 가져오게."

서동은 선화의 편지와 함께 황금을 사자사로 운반했다.

법사는 가져온 금을 하룻밤 사이 신라로 보냈다.

진평왕은 이런 신비스런 조화를 보고 서동을 미워하기는커녕 오히려 사랑했고 가끔 서찰을 보내어 안부를 물었다.

이런 소문이 꼬리에 꼬리를 물고 번져 나가면서 서동은 민심을 얻어 왕위에 올랐다. 바로 베일에 싸인 무왕(武王)이었다.

서동이 왕위에 오를 수 있었던 것은 평화를 희구하는 백성들의 마음이었고 서동요 때문이라고 할 수 있었다.

서동은 왕후와 함께 시주를 하기 위해 사자사로 가는 도중인 용화산(龍華山) 못 가에 이르렀을 때, 못 한가운데서 미륵 삼존이 나타나 어가를 멈추게 하더니 절을 올렸다.

왕후가 이를 영험으로 여기고 왕에게 아뢰었다.

"이곳에 대가람을 세우는 것이 좋겠습니다."

왕도 내심 생각하고 있었기 때문에 좋아했다.

왕은 법사를 찾아가서 못 메울 일에 대해 법사에게 의논했다.

법사는 법력으로 하룻밤 사이 산을 헐어 평지로 만들었다.

그로부터 역사를 시작해서 미륵상 셋과 회전(會殿), 탑(塔), 낭무(廊廡)를 세 군데 세우고 미륵사란 편액을 달았다.

진평왕도 백공을 보내어 도와주었다.

삼국유사에도 이런 사실이 기록되어 있으며 가사까지 수록해 놓았다. 그렇게 수록된 서동요는 4구체로 된 단순한 노래였으나 입과 입으로 전해져 왔기 때문에 원래 모습은 보다 많이 변이된 형태였다.

善花公主主隱
他密只嫁良置古
薯童房乙
夜矣卯乙抱遺去如

좋은 날은 고대 오리니

남악으로 들어서는 대현령(大峴嶺)은 턱밑부터 험준했다.

너무 험준해 인가조차 들어서지 않았다.

게다가 수해마저 인간을 거부했다. 가문비나무 사스레나무 물박달나무 굴참나무 소사나무 회나무 등 이름 모를 나무들로 암록과 담록이 물결치는 수해, 그런 산 속에 오직 살아 움직이는 것이라곤 나무들이 숨 쉬는 소리뿐, 그 흔한 짐승소리조차 들리지 않았다.

대현령은 산적들이 무리를 지어 출몰했기 때문에 사람들은 재 넘기를 두려워해서 대낮인데도 인적이라곤 없었다.

그런데 스님 하나가 대현령 턱밑으로 들어서지 않는가.

등에는 낡은 걸망을 지고 손에는 석장을 짚은 초라하기 짝이 없는 스님, 스님은 고요를 벗 삼아 재를 오른다.

재는 턱밑부터 수목이 우거져 어둠침침했다. 해서 세상의 고요란 고요는 다 모아놓은 잿길, 오를수록 섬뜩함을 자아냈다.

한데 갑자기 고요를 찢는 쇳소리가 산자락에서 들렸다.

"게 섰거라. 한 발만 움직여도 살아남지 못하리."

어느 사람이라면 심장이 덜컥 하고 떨어졌을지도 모르지만 스님은 가던 길을 멈추지도 않았고 당황해하거나 두려운 기미도 비치지 않았다.

다만 앞만 보고 가던 길을 계속해서 가고 있을 뿐.

이쯤 되면 소리친 축이 질릴 만도 했으나 그도 아니었다.

"게 섰지 못해! 한 발만 움직여도 요절을 낼 테다."

바로 앞에서 쇳소리가 났으나 스님은 여전히 걷기만 했기 때문에 애꿎은 나뭇잎만 흔들어놓고 사라졌다.

"땡땡이 중놈 좀 보래. 여기가 어디라고 우리의 영을 거역해. 죽으려고 환장을 했어. 그 자리가 네 무덤인 줄 알렸다!"

아니나 다를까. 앞에서 훌쩍 뛰어 내리고 뒤에서 내달아 서너 놈이 눈 깜짝할 사이, 스님을 에워쌌다.

그제야 스님은 "지나는 길손에게 왜들 그러시우?" 하고 반문했다.

"이 땡땡이 중놈아, 뒈질려고 환장을 했어."

한 놈이 우악스런 손으로 스님의 턱을 치켜 올렸다.

"길가는 나그네에게 공연히 해꼬지 마시오."

"귀머거리인 줄 알았더니, 제법이군."

"난 가진 것이라곤 하나도 없소. 재물을 약탈하려고 했다면 당신들은 분명히 헛다리를 짚었소. 다른 데나 가 보시지…"

"없긴 뭐가 없어. 네 목줄이 여기 있는데."

"늙은 사람의 목줄이 필요하다면 내 내어주지."

으름장을 놓는데도 스님의 얼굴에는 장난기가 서려 있었다.

"중 주제에 입만 살아 나불거리다니…"

세모난 얼굴이 스님의 뺨을 쳤다. 스님은 그 자리에 나뒹굴었다. 그러자 엄살을 떨긴 어디서 떨어 하면서 가슴을 짓눌렀다.

스님은 그런 험한 일을 당하고도 대거리가 없었다.

이를 보다 못해 소두목인 듯한 곱상한 사내가 그를 제지했다.

"스님, 스님. 제발 하느라고 엄살 그만 떨고 일어나시오."

스님은 좀체 일어나지 못하자 사내가 팔을 잡아 일으켰다.

"스님, 어딜 가는 길이오? 실토 좀 하시오."

"내사 어디를 가든 자네들이 왜?"

"더 이상 경을 치기 전에 묻는 말이나 대답하시오."

"자네들이 상관할 바 아니라고 했네."

"늙은 중이라고 사정 좀 봐 주려고 했더니, 그냥 뒤서는 아니…"

곱상한 사내가 발끈했으나 거머쥐었던 주먹을 도로 폈다.

"스님, 깊은 산 속엔 웬 일로 들어왔소?"

"……"

"염탐하러 들어왔지? 어서 실토하시오."

"염탐이라니? 난 그런 것 모르네."

"염탐도 모르오?"

"모르네. 땡초 중 주제이니…"

세모난 얼굴이 달려들었으나 곱상한 사내가 제지했다.

"능청 떠는 것을 보니 보통 염탐꾼이 아닌 게 분명해. 전에도 늙었다고 봐 줬다가 기습을 당했었지. 산채로 끌고 가 두목에게 보일 수밖에. 여기서 이러고 있을 것이 아니라 끌고 가자고. 자 자, 어서."

"데려갈 것까지야 무에 있소. 목을 댕강 날려 버리지."

"그래도 산채의 법도가 있는 법, 함부로 사람의 목을 벨 수는 없소. 눈을 가리고 데려갑시다. 자, 어서 서둡시다."

산적들은 노승을 산채(山砦)로 끌고 갔다.

한식경이나 끌고 갔을까. 뒤로는 층암절벽, 앞에는 깊은 계곡, 한 사람이 지나갈 수 있는 벼랑 밑을 지나 산채 입구에 당도했다.

곱상한 사내가 보초를 서고 있는 사내에게 다가가 일렀다.

"두목에게 알리게. 늙은 중놈을 하나 잡아왔다고…"

잠시 뒤, 두목이 모습을 드러냈다. 두목이라는 사내는 흔히 산적 두목에게서 풍기는 험악한 인상은 아니었다. 어딘가 귀품이 배어 있어 산적 두목으로서는 전혀 어울리지 않는 인물이었다.

곱상한 사내가 쑥스러운 표정을 지으며 말했다.

"두목님, 보통 중이 아닌 듯해 데려왔습니다."

"산채까지 데려오면 어떻게 해?"

"죽일 수도 없고, 그렇다고 우리의 정체가 드러난 이상, 살려 보낼 수도 없고 해서 끌고 왔습니다. 죄송합니다."

사내가 머리를 긁으면서 구차한 변명을 늘어놓았다.

"가둬놓고 동태를 감시할 수밖에."

부하들이 들어 스님을 끌고 가려고 했다.

"그럴 필요까지야 없네. 내 발로도 갈 수 있으니까. 그리고 내 분명히 말해 두겠네만 첩자가 아니네. 헛수고들 말게."

"아까는 염탐도 모른다더니, 이 중놈이 이제 와서 첩자까지 들먹여? 아무래도 수상하기 짝이 없습니다. 되게 족쳐 봅시다."

곱상한 사내가 발끈했으나 두목은 점잖게 대했다.

"스님께서는 조정에서 보낸 밀정이라도 되나 부지."

"저렇게 머리가 맹해서야 어디다 써."

"그도 아니라면, 도대체 정체가 뭐요?"

"늘그막에 입산하러 가는 땡초 중에 지나지 않네."

"중은 중인데, 땡초 중이라…"

두목은 참다못해 너털웃음까지 터뜨렸다.

"허허, 헛참. 산적질을 하다 보니 별난 중도 다 보겠네."

"중은 중인데 땡초 중이라고 자칭하니, 재미있지 않소?"

스님은 수도하는 스님답지 않게 꽤나 익살맞았다.

둘러선 60여 명의 산적을 두려워하기는커녕 웃기기까지 했다.

스님은 외부로부터 잠입한 간자는 아닌 듯했다.

행동거지가 그렇게 여유 만만할 수 없겠기 때문이었다.

이쯤 되자 산전수전을 겪은 두목이 되레 당황할 수밖에.

두목은 땡초라는 스님에게 최대한 예의를 갖췄다.

"일단 스님의 존함이라도 들어봅시다."

"이름은 알아서 뭐하오? 한낱 부운에 지나지 않는 이름 따위야. 개똥이면 어떻고 소똥이면 또 어떻소. 부질없소이다."

"이름을 밝히면 놓여날 수 있을지 압니까."

"놓여날 요량으로 밝히는 것은 아니네. 나, 영재라고 하네."

"영재, 영재라… 어디서 들어본 이름 같은데…"

두목은 '그럴 게야' 하고 고개를 끄덕이다가 "향가에서 듣던 이름, 향가에 익숙하다는 바로 그 스님입니까?" 하고 공손해졌다.

영재라면 알 만한 인물이었다.

영재(永才)! 신라 최후의 고승이라고 조야가 떠받들었으니 산적 두목, 그것도 보통 두목이 아닌 자로서 명성을 모를 리 없었다.

영재는 사람이 좋은 데다 타고 난 천성(天性) 자체부터가 익살스러워서 누구나 쉽게 접근할 수 있었다.

그는 세속의 틀에 얽매이기를 싫어했으며 재물이나 명예를 탐내지 않았다. 3대에 걸쳐 국사(國師)로 책봉되었으나 한번도 그 자리에 나간 적도 없었다. 승려이기 전에 자유인이었으며 그것도 단순한 자유인이 아니라 시대가 낳은 자유인이었다.

그랬기에 불도 이외 향가에도 일가견(一家見)도 일궜다.

때는 무열왕의 혈통이 끊어지고 내물왕계의 혈족이 왕위를 계승한 지 얼마 되지 않아 조정은 갈등이 증폭했다. 그것도 순리에 따라 왕위를 계승한 것이 아니라 유혈 참극을 연출해서 쟁탈한 왕위였다.

그랬으니 갈등은 심화되고 골은 깊을 대로 깊었다. 피 한 방울 흘리지 않은 정권의 붕괴에도 후유증이 지속되기 마련인데 왕을 시해하고 왕위를 차지했으니 반목과 질시는 심화되고 국정은 극도로 문란해졌다.

경신(敬信)은 상대등 양상(良相)과 함께 이찬 지정(志貞)이 모반을 하자 그들을 제거했을 뿐만 아니라 여세를 몰아 혜공왕(惠恭王)과 왕비까지 시해하고 권력을 장악했다.

그로부터 무열왕계와 내물왕계의 반목질시는 극에 이르렀다.

경덕왕과 아들 혜공왕을 지지해 오던 세력과 지정을 따르던 무리들이 잠복하면서 양상과 경신을 끈질기게 괴롭혔기 때문이다.

먼저 양상이 왕위에 올라 선덕왕(宣德王)이라 일컬었다.

그는 재위 5년 만에 병사하고 뒤를 이어 경신이 왕위를 차지했는데 바로 원성왕(元聖王)이다.

경신은 왕위에 오르자 반대파들의 온상인 화랑의 세력부터 거세하려 들었다. 진흥왕 이후, 왕실의 비호를 받아 급속히 성장했던 화랑은 통일의 벅찬 흥분이 가시기도 전에 쇠퇴기로 접어들었다고는 하나 여전히 왕권을 위협하는 도전세력으로 남아 있었다.

해서 화랑의 세력을 의도적으로 말살하기 위해 무술을 중히 여겨 인재를 중용하던 종래의 정책을 폐지하고 학문의 고하만을 따져 등용하면서 철저한 존문사상의 신봉자임을 자처했다.

따라서 화랑의 세력은 급격히 퇴화할 수밖에 없었다.

권력에 빌붙은 잔류 세력들조차 현실에 안주하다 무력화되었거나 산 속으로 숨어들어 목숨을 연명하는 것이 고작이었다.

두목은 한참 동안이나 난감해 하다가 재차 스님에게 물었다.

"국사를 거절했다는 영재 스님, 그 스님입니까?"

"나 같은 땡초 중이 뭐 그리 고와 국사에 책봉했겠소. 이미 떠나간 민심을 나를 미끼로 돌려보자는 속셈일 테지. 속셈이 뻔한 자리에 내가 나가 중인환시의 표적이 되어야만 하겠소."

이렇게 신분이 밝혀졌는데도 두목은 마음이 놓이지 않았다.

원성왕 시대의 세태는 왕당파에 빌붙어 출세하려는 불승들이 득시글했다. 그들은 끈을 잡아 집권층에 파고들었다.

그렇게 해서 한 자리 차지하면 정사를 좌지우지했을 뿐만 아니라 심지어 권세를 악용해서 재물을 끌어 모으기에 혈안이 되었던 것이다.

그랬으니 불승들이라고 하면 힘없고 연줄 없는 백성들은 치부터 떨어댔으며 눈에 띄기만 하면 도망부터 쳤다.

그런 세태를 영재가 등졌다고 해서 마음 놓을 단계는 아니었다.

"스님, 지금 어디를 향해 가시는 길입니까?"

"귀찮게 대구 묻긴. 피세하러 남악으로 가는 중이네."

"그것을 믿으라고 하시는 말씀입니까?"

"믿고 안 믿고는 그대 마음에 매였을 뿐."

"마음에 매이다니요? 스님, 그게 무슨 뜻인지 알아듣게 말씀 좀…"

"내 나이 아흔이 가까운데 거짓말을 해!"

"거짓말과 나이와는 무슨 상관이 있습니까?"

"저렇게 돌대가리니 산적질을 할 밖에."

여전히 두목은 의심을 풀지 않았다. 지정(志貞)과 더불어 양상 일파를 제거하려다 오히려 배신자의 밀고로 목숨만을 부지한 채 산 속으로 도망쳤던 쓰라린 기억이 아직도 생생했던 것이다.

만정(滿貞)은 경신과 양상이 세력을 규합해 혜공왕을 시해하고 왕권을 독차지하려는 음모를 알고 있었으나 분쇄하기에는 부릴 병사가 너무 부족했다. 해서 깊은 밤, 야음을 타 이찬 지정을 찾았다.

"이찬 대감, 제가 이렇게 은밀히 찾아온 까닭을 아시겠습니까?"

"짐작은 하고 있네. 앉게. 앉아서 애기함세."

무릎을 맞대고 밀담했으나 중과부적이라는 원론만 되풀이했다.

만정은 날이 샐 무렵에야 단안을 내렸다.

"방법은 하나, 은밀히 세력을 규합합시다. 이찬 대감도 동지를 모으세요. 이대로 죽치고 앉아 당할 수만은 없지 않으오이까."

그러나 사태는 의외로 빨리 들이닥쳤다. 동지를 모으고 세력을 규합해서 도상훈련 한번 해 보지도 않았는데 경신과 양상은 이를 비웃기라도 하듯 왕궁을 포위하고 왕을 압박했다.

혜공왕은 너무 나약했다. 여아로 태어났어야 할 운명을 사내로 돌려놓았으니 인과응보라고나 할까. 보료 속에서 이불만 뒤집어쓰고 있었으니, 왕성 수비군인들 사기가 오를 리 없었다.

수비군은 단 하루도 버티지 못하고 허망하게 무너지고 말았다.

만정은 이찬 지정의 뜻을 받들어 양상 일파를 제거하려다 거사 직전에 패했다. 그것도 정면으로 맞서서 패한 것이 아니라 밀고자에 의해 자체 붕괴되고 말았다.

거사의 실패로 가슴을 찢었으나 왕을 시해할 빌미를 제공한 그것 때문에 지금도 가슴을 도려내고 있었다.

처음 산 속으로 도망쳐 은신했을 때만 해도 따르는 무리가 2, 3천이었다. 그런 무리를 가지고 편제를 만들어 조련하기 6년이란 세월이 흘렀다. 그리고 결정적인 시기를 맞이했다.

원성왕 7년, 경덕왕과 그 아들 혜공왕을 지지하는 이찬 제공(悌恭)이 반목질시 끝에 급기야 모반을 했다.

만정은 제공에게 밀사를 보내고 2천여 명의 잘 조련된 군사를 인솔해서 밤을 타 왕성으로 진격했으나 만사후회였다.

절치부심(切齒腐心)의 거사마저도 실패로 끝나고 말았다. 남악에서 경주까지 2천의 무리를 은밀히 이동시키기에는 먼 거리였다.

왕성에 닿기도 전에 제공은 주살되어 효시된 뒤였다.

이에 구심점을 잃은 구원군은 왕당군에게 도륙당해 피로 내를 이뤘으며 살아남은 자도 달아나 목숨 하나 부지하기에 급급했다.

또 10년의 세월이 흘렀다.

이제는 따르는 무리도 기껏 60여 명에 지나지 않는다. 대의를 위한 명분보다는 단지 살아남기 위해 산적이 될 수밖에 없었다. 게다가 나이마저 쉰을 넘어선 지 두어 해.

만정은 강요가 아니라 간청을 하다시피 했다.

"스님, 향가라도 지어서 들려주시오. 그래야 영재 스님으로 믿고 돌려보내 줄 것이 아니겠습니까?"

"산적 주제에 향가는 왜? 산적질이나 할 것이지."

"무시하지 마시오. 이래 뵈도 향가쯤은 알고 있소이다."

"향가를 안다? 그렇다면 산적이 아닌 게로군."

"스님, 어서 향가나 지으시오."

"흥이 나야 짓든지 말든지 하지."

"염탐꾼으로 몰려, 죽느냐 사느냐 하는 판에 흥은?"

"그래도 그렇지. 흥도 없이 향가를 지을 수야."

"속히 지으시오. 또 봉변을 당하기 전에요."

"이 무슨 흙은 수작이람. 산적 떼거리와 한없이 노닥거릴 수도 없고, 내 속이라도 꺼내서 믿도록 할 수밖에."

영재는 땅바닥에 앉아 편안한 자세로 시상을 가다듬었다. 그의 주변에는 60여 명의 산적들이 둘러서서 지켜보고 있었다.

그는 산적들이 지켜보든 말든 관심을 두지 않은 채 오직 시상을 모으는

데만 정신을 집중하다 보니 산적들이 죽치고 앉아 있는 것도 잊었다.

산적들은 향가를 지으라는 두목을 두고 이해할 수 없었다.

도대체 향가란 어떤 것이기에 두목이 짓게 하고 그것을 지으려고 퍼질러 앉아 골몰하고 있는 스님을 사뭇 의아하게 생각했다.

영재는 나이 아혼에 가까움을 상기했다.

불승으로서 나이 아혼이라면 세속적인 번뇌와 망집(妄執)에서 벗어나 종교적인 신심이 투철해야 할 그런 나이가 아닌가.

그런데도 이제야 겨우 명(明)을 깨닫고 견성(見性)의 길을 깨치기 위해 깊은 산 속, 남악으로 들어가다가 산적들에게 붙잡혀 곤욕을 치르다니. 자신으로서는 지난 과거의 모든 삶이 한낱 미망(迷妄)이었으며 그것을 깨치지 못한 중생의 반열에서 조금도 헤어나지 못했었다.

그런 자기를 두고 살아 있는 부처니, 성불했느니 하면서 국사로 떠받들었으나 모두가 허망(虛妄)이었다. 그것도 나이 들수록 세속적인 일들마저 후회스러웠다.

해서 반성의 자세부터 가다듬었다. 진성(眞性)에서 중히 여기는 것은 양태(樣態)가 아니었다. 오직 마음의 모습, 곧 유심(唯心), 마음의 동향이 무엇보다 중요했다.

그런데도 육신만으로 살아왔으니 한심하다 할밖에.

뒤늦게나마 몸뚱이만으로 살아온 속세와 인연을 끊고 아니, 나이마저 잊고 유심의 참된 견성을 찾아 산 속으로 들어가는 결단이, 미망에서 헤어나지 못하고 있는 그로서는 무엇보다도 절실했다. 그렇게 하는 것만이 과거와의 단절을 통해 진각(眞覺)을 찾는 개안의 단초인데도.

영재는 첫구부터 솔직한 고백으로 장식했다.

제 마음의

모습조차 모르던 날
멀리 지나치다가
이제사 은둔하러 가다니

이 기상천외한 첫 구에 원래 도적답지 않은 산적들은 눈이 휘둥그레졌다. 그들은 나이로 보나, 인생의 경륜으로 보나 자기들의 초라한 몰골에 비해 조금도 부족해 보이지 않는 스님의 입에서 거침없이 스스로를 깨우치는 말이 나오는데 놀랐고 모진 핍박을 가한 자기들을 두고 불호령이라도 떨어질 줄 알았다. 그런데 그게 아니어서 놀랐던 것이다.

정신적으로 자기들보다도 훨씬 높은 경지에 오른 스님이 진솔하고도 담백하게 참회하는 것을 보고 산적들은 더없이 왜소하고 초라하다는 느낌부터 와 닿았다. 산적들의 마음이 혼란해지는 사이, 노래의 힘은 서서히 부동심과 의지의 비상을 잉태하고 있었다.

영재는 부동심과 불퇴전의 자세를 새로이 가다듬었다.

이미 뜻을 세우고 마음으로 수 십, 수 백 번을 다지고 다졌는데 그 뜻을 그래, 하찮은 산적들의 위협 때문에 속세로 돌아갈 수는 없었다. 오히려 산적들의 방해를 일소에 붙이고 이를 기폭제로 삼아 비상해야만 했다.

그것은 미화도 아니었고 해학은 더구나 아니었다. 실상을 내세운 것에 지나지 않았던 것이다.

오직 올곧찮은 파계주
무서운 짓으로 돌아갈 수야

영재는 진작부터 알고 있었다. 산적은 산적이되 영악스런 도적이 아님을. 피치 못할 사정이 있어 세상을 피해 이룬 집단임을.

해서 산적들을 파계주에 비유한 것은 일체의 중생은 하나 같이 불성을 가지고 있기 때문에 표현한 것이 아니었다.

이 나이에 칼을 무서워하고 죽음을 두려워할까.

아니었다. 그도 아니었다. 산적들이 들이대고 있는 칼과 창을 바라볼수록 죽음에 초연할 수 있었고 대오해서 죽음의 순간을 기쁨의 순간으로, 기쁨의 순간이 곧 죽음의 순간임을 깨쳤던 것이다.

이런 대오는 일찍이 깨닫지 못한 견성이라고 할까.

이런 생각이 들자 놀라지 않을 수 없었다. 죽음을 오히려 기쁨으로 생각하다니. 영재는 놀랍도록 변신한 자기 자신을 되돌아보았다.

저 칼에 찔리면
좋은 날은 고대 오리니

도적들은 이 구절에 이르러 감화를 넘어 압도당했으며 부동심의 위력은 주변을 일신시키기에 이른다.

죽는 것이 좋은 날을 하루라도 빨리 맞이할 수 있다는, 아니 죽음 앞에서 두려워하기는커녕 되레 기뻐하고 있으니 원왕생(願往生)의 신심에 고개가 절로 숙여질 수밖에 없었다. 좋은 날은 다름 아닌 서방정토, 피안의 세계에서만 누릴 수 있는 즐거운 시간임에 틀림없을 것이다.

영재는 향가를 짓는 동안 생사를 초월해 내세에서만이 향유할 수 있는 법열을 깨달았다.

그런데도 그런 기쁨을 슬쩍 감추어둔 채 다음으로 넘어갔다.

그것은 죽음을 기피해서라기보다는 죽음 앞에 기꺼이 나서고 보니 차선의 죽음이 떠올랐기 때문이었다. 죽음 자체가 비록 견성으로 들어서는 선업이라고 하더라도 그냥 죽어서는 가치가 되레 반감된다.

죽음보다 더한 선업은 바로 피안의 세계가 아닌 지상의 세계, 그것도 60여 명의 산적들에게서 구해야 한다고 생각했다. 선업에 도달하려면 선업의 축적이야말로 가장 고귀한 것이 아니던가.

해서 영재는 일단 죽음을 보류했다. 불선의 현장이 눈앞에 있는데 이를 방치한 채 나만이 죽음을 선택했다고 새 집에 들 수는 없었다.

아아, 요만한 선쯤이야
아니 새 집 되나이다

이미 노래는 노래로 끝난 지 오래였다.

그런데도 누구 하나 말하는 사람이 없었다. 시끌벅적하던 산채는 때 아닌 정적이 꿈틀댔다. 너무도 적막해서 전율감마저 자아냈다.

이런 분위기야말로 노래만이 만들어낼 수 있는 경건한 마음이며 노래만이 희열의 공감대를 형성했기 때문이리라.

"스님, 참으로 훌륭하십니다. 과문한 탓인지 이만한 향가는 들어본 적이 없어요. 대단한 재주를 가졌습니다."

"기파랑가도 있고 제망매가도 있잖소?"

"그런 노래는 배부른 사람들의 노래가 아닙니까. 우리 같은 쫓기는 놈들이야 노래가 좋다고 해도 즐길 여유가 없습니다."

"하찮은 노래가 마음에 들었다니, 고맙네."

"스님, 들려주시오. 듣고 또 듣고 싶습니다."

영재는 목소리를 가다듬어 지은 가사를 내리 읊었다.

제 마음의
모습조차 모르던 날

멀리 지나치다가

이제사 은둔하러 가다니

오직 올곧 찮은 파계주

무서운 짓으로 돌아갈 수야

저 칼에 찔리면

좋은 날은 고대 오리니

아아, 요만한 선쯤이야

아니 새 집 되니이다

벌써 생명을 위협했던 험악한 분위기는 해소되었으며 노랫소리는 메아리로 되돌아와 산적들의 가슴에 덜컥덜컥 떨어졌다.

강압적이기만 했던 산적들의 마음속에는 노래의 감동에 감화를 받아 불승으로 귀의하고픈 심성까지 생겼을 지경에 이르렀으니.

"스님, 노래를 향찰(鄕札)로 옮겨줄 수 없는지요?"

"건, 왜 또 옮겨 달라는 게야? 산적답지 않게…"

"스님께서 가신 뒤에도 두고두고 노래하게요."

만정은 향가를 좋아해서 틈만 나면 붓을 들어 향찰로 옮기는 버릇까지 생겨 알려진 노래는 거의 다 베껴두고 있었다.

"그렇다면, 그거야 그리 어려울 것도 없지. 내 당장 써 주지."

산적 하나는 한지를 펼쳐 놓고 먹을 갈았다.

"그대 이름이 만정이라고 했던가? 그렇다면 그대도 산적 두목 노릇하긴 이제 글렀어. 짐짓 하는 말이네만 향찰까지 알고 있으니…"

영재는 빗대어놓고 붓을 들었다. 붓끝이 꿈틀 움직였다.

그는 쓴 우적가(遇賊歌)를 만정에게 넘겨줬다.

우적가를 받아든 만정은 "스님의 필적은 달필에 명필이십니다그려. 오직 감탄만이 있을 뿐입니다."하는 고마움이 절로 우러나왔다.

"달필을 알아보다니. 산적질 그만 두게나."

영재는 석장을 짚고 일어섰다. 날이 저물기 전에 험한 재를 넘으려면 길을 서둘러야 했던 것이다.

산채를 나서려는데 산적 하나가 앞길을 막아섰다.

"이대로 보낼 수 없소. 돌아가 밀고라도 하는 날이면 우린 살아남지 못하오. 확답을 받기 전에는 돌아가게 할 수 없소."

"확답을 받다니, 그게 무슨 소린가?"

"밀고하지 않겠다는 확답 말입니다."

그랬다. 향가에 홀려 잠시 부하들의 생명을 소홀히 하다니, 산적 두목으로서는 좀체 있을 수 없는 실수였다.

만정은 비단 두 필을 가져오게 해서 스님 앞에 내밀었다.

그것은 도적답지 않은 행동이었다. 노래에 감동을 받아 비단 두 필을 내놓은 것이 아니라 밀고하지 말라는 뇌물과 다름없었다.

살려 보내주기는 주되, 밀고하지 말라고 통사정하는 심정으로 귀하디 귀한, 하물며 서라벌에서도 좀체 구할 수 없는, 그것도 당나라 서안에서 생산되는 비단 두 필을 내놓았다.

"스님, 받으시지요. 좀체 구할 수 없는 좋은 물건입니다."

"웬 비단을 내놓는 게요? 내겐 바꿀 돈이 없소."

"가시는 길에 노자에 보태거나 시주라도 하시라고 주는 것입니다."

"내게는 세상 모든 것이 무주공산(無主空山)인데 뭣에 쓰겠소."

"길을 가다 보면 돈이 필요할 것 아니겠습니까?"

"재물은 지옥으로 가는 근본이며 지름길이오. 더구나 궁벽한 산 속으로 들어가 여생을 보내려고 하는데 이를 받을 수 있겠소."

영재는 내놓은 비단을 바닥에 패댕이쳤다.

유사에는, 산적들이 노래에 감동되어 지니고 있던 칼과 창을 버린 채 머리를 깎고 제자가 되어 지리산으로 들어가 다시는 세상에 나오지 않았다고 기록했으나 그것은 무미건조한 기사에 지나지 않는다.

영재는 비단을 땅에 던지는 순간, 산적들을 회개시켜 지리산으로 데려가기 위해 며칠이라도 묵을 생각을 했다.

그것은 노래에 감동을 받고 풀어주워서가 아니라 귀한 비단까지 내어주는 데서 가능성을 발견했기 때문이었다.

"노래에 대한 보답으로 주는 것이니 받으시오."

"비단을 받는다면 내 밀고하겠소."

"그렇다면 스님, 불편하시더라도 저희 산채에서 하룻밤이라도 묵어가시지요. 해도 많이 기울었습니다. 스님, 부탁드립니다."

"그렇잖아도 묵어가려고 작정했네."

영재는 못 이긴 듯 집어 들었던 석장을 도로 내려놓았다.

"산채를 연 이래 가장 귀한 손님입니다."

"고맙네만 나도 속셈이 있어."

어쨌거나 산채는 모처럼 손님대접으로 분주했다. 산에서 나는 나물은 다 내놓았으니 그런 대로 단출한 성찬인 셈이다.

"스님, 종일 시달려 시장하실 것이오. 어서 수저를 드시지요. 깊은 산속이라 변변한 찬도 없소이다."

"중놈이 성찬을 찾는다면 중놈이라고 할 수 있겠나."

"중놈, 중놈 하지 마시오. 민망합니다."

"산적이 되레 제 발 저린 격이군. 도대체 여기가 어디요? 양가 규수 방이라도 된다는 겐가. 객을 대접한다는 것이……"

"스님, 그게 무슨 뜻인지요?"

"산적들의 소굴이 아니오. 산적들의 소굴답게 곡차라도 독째 가져와야 하지 않겠소. 내 말이 어디 틀렸소? 어서 가서 내오시오."

"이렇게 맹해서야. 아, 알겠습니다."

산적들은 의아해 했으나 영재는 익살스럽게 받아넘겼다.

"곡차 한 동이 못 마시는 중놈이 사해 고해를 어떻게 알 것이며 고해를 모르고야 중생을 어찌 제도하겠소."

만정은 술을 있는 대로 가져오게 했다. 부하들은 술 달라는 중은 내 생전에 처음 본다고 투덜대면서 동이째 가져왔다.

영재는 동이째 들이켰다. 술이 넘어 가느라 목줄이 꿈틀거렸다.

감자기 산적들의 눈이 휘둥그레졌다.

"저건 중이 아니라 술독이네."

"저런 술독은 처음 보겠네."

심지어 산적들은 영재가 들으라고 드러내놓고 빈정거렸다.

그런데도 영재는 조금도 구애받지 않고 익살을 떨었다.

"계집이라도 안겨줘 보우. 그대들 앞에서 품어 중놈의 진면목을 보여주지. 계집을 데려오라는 데도 죽치고 있기요?"

가사단장의 노승 입에서는 음담패설이 거침없이 쏟아졌고 얼굴색 하나 변하지 않은 채 술술 흘러나왔다.

산적들은 영재의 익살에 술렁이기는 했으나 노래의 감동이 남은 탓인지 고개를 끄덕이는 축도 있었다.

영재는 게걸스럽게 먹어대다가 "땡초 중놈, 식사 한번 모처럼 걸차게 했네." 하고 입 언저리를 문질렀다.

상을 치운 산적들은 영재를 중심으로 둘러앉았다.

촛불이 깜박였다. 깜박이는 촛불에는 60여 명의 얼굴이 매달렸다. 가지각색의 얼굴, 찌든 얼굴, 겉늙은 얼굴, 수심 겨운 낯짝, 세상이 그리운 얼굴이 그 속에 있었다.

만정은 그런 얼굴을 잊으려는 듯 말을 꺼냈다.

"저희 죄 많은 중생에게 불법이라도 좀…"

"죄 많은 중생이라니요, 천만에. 그대들은 죄 많은 중생이 아니외다. 지금 권력을 쥐고 흔드는 놈들이 죄인이지. 놈들은 왕을 시해하고도 뻔뻔스럽게 권좌에 눌러 있지 않소. 그런 놈들에 비하면 그대들은 선업을 쌓았다고 할 수 있소. 선업을 말이오."

"스님께서만 예외로 저희들을 그렇게 생각해 주시니 고맙소이다. 대명천지에 고개를 들고 다닐 수조차 없었는데…"

"땡초 중이 그것 하나는 옳게 봤으니 더 이상 말하지 말게."

만정이 들어 저간의 사정을 말하려 하자 제지했다.

"내 말하지 않았소. 그대들은 선업을 쌓았다고."

한데 영재는 엉뚱하게도 또 술과 여인을 청하는 것이 아닌가.

술은 그렇다 치고 중 주제에 여인까지 청하다니.

산적들이 술렁이는데도 그는 눈썹 하나 까딱 하지 않았다.

만정이 여인 하나를 데려오라고 했다.

여인이 술상을 들고 들어와 영재에게 술을 따랐다.

영재는 술잔이 차기도 전에 여인의 손부터 잡고 수작했다.

60여 명의 산적들이 눈꼴사납게 지켜보는 데도 여인 다루는 솜씨는 겸사가 없었다. 되레 산적들이 무안해서 눈을 돌려야 했다.

산 속의 밤은 소리 없이 깊어갔다.

영재는 서둘러 잠자리를 마련해 달라더니 보란 듯이 여인을 끼어 차고 방으로 황급히 들어가는 것이 아닌가. 중이 고기 맛을 보면 절 방에 빈대조차 남지 않는다더니 영재가 장본인이었다.

산적들은 아연했다. 아연하다 못해 분위기마저 험악하게 돌아섰다. 어떤 녀석은 당장에 요절을 내자고 반기를 들기까지 했다.

만정은 부하들을 달래느라고 애를 먹었다.

"왜들 이래? 나도 다 생각이 있어."

산적 하나가 계집을 끼고 들어간 방안을 훔쳐보았다. 훔쳐보면서 입안에 돈 군침을 몇 번이나 삼켰는지 모른다. 군침을 삼키면서도 눈알아 빠져라 하고 훔쳐보았다. 세상에 남의 분탕질을 훔쳐보는 것보다 신나는 일은 없을 것이다.

여인은 성숙했다. 더욱이 스님을 파계시켜야 풀려날 수 있다는 밀약이라도 두목에게 받아낸 양 갖은 교태를 떨었다.

"스님, 그냥 있으면 어떻게 해요. 옷고름을 푸시고요"

"응, 그래. 그렇게 하라면 해야지."

영재는 아주 자연스럽게 저고리 고름을 풀었다.

"속저고리 고름도 푸셔야지요"

"세상에 참, 그런 것도 있었던가?"

영재는 속저고리 고름도 풀었다. 속저고리를 벗기도 전에 풍만한 유방이 드러났다. 만지면 터질 것만 같은 젖 봉오리였다.

"스님, 치마끈도 풀어야지요."

"풀어야겠지. 여부가 있나."

치마끈도 풀어졌다. 여인의 희멀건 속살이 드러났다.

그런데도 스님은 낭패감을 드러내지 않는다.

"그러고 있으면 어떻게 해요. 속곳이 끈도 푸셔야지요."

"세상에 이런 변이 다 있나. 아직도 풀 것이 남았다는 게야?"

끈이 풀리자 속곳이가 절로 흘러 내렸다.

그러자 알몸이 된 여인은 스님의 품으로 파고들었다.

"스님의 품은 매우 안온합니다. 스님, 저를 꼭꼭 안아 주셔요."

"그렇다면 내 못 안을 것도 없지."

이제는 스스로 사타구니를 찾아들 테지, 두고 보라지.

그런데 여인의 기대는 여지없이 깨어졌다. 스님은 말과는 달리 여인을 밀치고 가부좌하고 금강경을 염송하는 것이 아닌가.

방을 지켜보던 산적도 아연했다.

익살을 늘어놓고 넉살을 떨던 태도와는 달리 아무도 보지 않는 데서는 부동심의 화신이라도 된 듯 가부좌한 채 참선하는 데야.

여인은 실오라기 하나 걸치지 않은 알몸으로 교태를 떨다 더더욱 불똥가지를 내어 악착스레 매달렸다.

그러나 스님은 바윗덩이가 내리누르는 듯 손끝 하나 까닥하지 않았다. 날이 새기까지 스님은 가부좌를 풀지 않았던 것이다.

날이 밝기 전에 부하가 발길을 돌려 만정에게 보고했다.

"두목님, 저 바옵니다요."

"그래, 스님이 계집을 끼고 요분질을 치던가?"

"그게 아니옵고……"

"그게 아니라면 계집을 요절이라도 냈다는 게야?"

"그런 것이 아닌데요."

"들어보나 마나 내 짐작이 맞았을 것이야."

만정은 의미심장한 미소를 지으며 스님을 더욱 존경하게 되었을 뿐만 아니라 신앙에 가까운 믿음을 느꼈다.

만정은 아침상을 대하는 자리에서 넘겨짚었다.

"스님, 간밤에 잠은 잘 주무셨는지요?"

"자다니, 웬 섭섭한 말씀. 잠을 잘 수나 있었겠는가. 육욕에 푹 빠지다 보니 날이 훤히 샜수다. 내 눈 좀 보오. 쑤욱 들어가지 않았소?"

"들어가기만 했을까. 말을 타고 한참이나 달려야 도달하겠소."

만정은 술을 따라 건넸으나 영재는 잔을 한사코 거절했다.

"미망(迷妄)은 한번으로 족한 것을 두 번 저지를 수야."

영재는 아침 식사를 했는데도 길을 떠나지 않았다. 아침나절이 기울고 저녁참이 다 되었는데도 산채에 머물러 있었다.

밤이 되었다. 영재는 방안에 앉아 있는 산적들을 둘러보았다. 산적들은 세태 이야기로 밤이 이슥한 줄도 몰랐다.

이윽고 영재는 입을 열었다. 슬슬 밥값이라도 하려는 듯이.

스님의 시선이 산적들의 눈을 압도했다.

"불법이라는 게 별 것 아니오. 깨치면 불법이지."

영재는 원효가 득도한 사례를 들어 설법했다.

문무왕(文武王) 원년이외다. 원효의 나이 마흔 다섯. 그 나이에 당나라로 불법을 구하려 의상과 길을 떠나지 않았겠소.

당시 뭍은 온통 싸움터였으니 바다를 택해 갈 수밖에. 당주계 근처 이름도 없는 산자락에 이르자 날이 저물었소. 인가를 찾았으나 산 속이라 인가는 보이지 않고 비마저 뿌려댔으니 사정이야 오죽 딱했겠소.

토굴을 발견하고 속으로 들어갔어요.

그는 원로에 지쳐 이내 잠이 들었으나 목이 말라 중간에 잠이 깼답니다. 깨니 목이 몹시 탔으나 어디에 물이 있는지 알 수 없었고 그렇다고 그냥 눈을 붙이고 자자니 심한 갈증 때문에 잠이 올 리가 있겠소.

원효는 무턱대고 땅바닥을 더듬었소이다.

그러자 뭔가가 손에 닿았어요. 그것은 바가지였소. 그것도 애타게 찾던 물이 든 바가지였소. 목이 너무나 탔기 때문에 그런 곳에 바가지가 왜 있는지 생각할 겨를이 없었소.

다급한 마음에 비가 들이쳐서 물이 괴였다고 생각한 원효는 바가지를 쳐들고 벌컥벌컥 마셔서야 타는 듯한 갈증이 가셔지면서 이루 표현할 수 없는 상쾌함이 스며들었다오. 원효는 마신 바가지를 머리맡에 두고 재차 잠을 청했다오. 그렇게 잠을 잤으니 꿀 같은 단잠이 아니었겠소.

날이 밝고 아침 햇살이 동굴 안으로 비껴들었소.

그때서야 원효는 소스라치게 놀랐답니다. 바가지는 온데 간 데 없고 그 자리에는 해, 해골만 덩그렇게 놓여 있었기 때문이오.

잠을 잔 곳은 동굴이 아니라 오래된 무덤 속이었고 고여 있던 물은 빗물이 아니라 해골이 썩어 괸 물임을 비로소 알았소이다.

원효는 구역질을 하다못해 창자 속에 든 오물까지 토해냈다오. 속이 텅텅 비도록 토해내도 여전히 메스껍기는 마찬가지란 말이오. 원효는 뒤늦게 찬란한 태양을 받아 무참히 형상을 드러낸 해골을 유심히 바라보았소. 바라볼수록 이상타는 생각이 들었다오.

목이 타서 마셨을 때는 감로수보다 상쾌했었는데 뒤늦게 해골 썩은 물인 줄 알고 토해 내다니. 어둠 속에서나 밝은 햇볕 속에서나 물은 물이 분명한데 왜 토해냈을까. 토해내게 된 근본 원인은 해골이라는 인식 때문이 아니었을까. 그렇소이다. 모든 분별은 마음으로부터 일어나며 사람의 마음 또한 모든 분별로부터 초월하게 되면 비로소 자유로울 수 있다는 부처님의 가르침이 바로 이런 것이로구나 하고 깨닫기 시작했으며 오장육부를 맑은 물에 씻은 듯 상쾌함을 느꼈소.

해골이, 분별을 넘어서야 자유로울 수 있다는 평범한 진리를 깨우쳐준 셈이오. 원효가 체험한 것처럼 참다운 진리란 따로 있는 게 아니오. 언제나 마음 곁에 있으며 늘 마음과 함께 움직이고 행동하면 그게 다 참다운 진리요. 어디든 마음이 있는 곳이나 마음속에서 진리를 찾을 수 있는 게요. 원효는 당나라로 향하던 발길을 포기하고 되돌아섰소.

그런데도 당나라로 가 불법을 구했던 의상보다도 한발 앞서 신라 불교의 독자성을 확립한 고승이 되었으니 말이오.

영재는 불법이란 다른 곳에 있는 것이 아니라 마음속에 있다고 못을 박으며 그 밤의 설법을 끝내고 잠자리에 들었다.

산적들은 설법이 끝났는데도 숙연해져서 '마음속에 있다'를 되풀이하며 잠자리에 들 생각을 하지 않았다.

영재는 이틀이나 산채에 더 머물렀다. 그는 산채에 머물면서 할 일 없는 산적들을 모아놓고 설법했다.

오늘은 불법의 특징을 말하리다. 불타는 결코 신을 내세우지 않소이다. 불타가 후대로 내려오면서 심화되고 이상화되면서 절대 무한, 그밖에 갖가지 성격이 부여되었으나 각성(覺醒)과 구제의 근거가 되었을 뿐이지 창조자나 정복자와 같은 자세와는 다르오. 그리고 자비와 지혜로 대표되는 것이 불법이외다. 자비는 무한이며 무상의 애정이라 할 수 있으며 증오와 원한은 전혀 품지 않소이다.

그러므로 광신을 배척하기 마련이며 따라서 관용인 동시에 일체의 평등을 관철하는 것을 이상으로 생각하오.

지혜의 내용으로는 다섯 가지가 있소.

핵심은 일체를 종으로 절단하는 시간적인 원리인 무상과 일체를 횡으로 연결하는 공간적인 원리인 연기가 중심이라고 할 수 있소.

그리고 현실을 직시하는 경향도 있소이다. 모든 일에 있어 집착과 구애를 받지 않는 실천만이 강조되기도 하오. 조용히 거안(居安)하면서 결코 흔들리지 않는 해탈을 가장 이상적인 경지로 생각하는데 이를 열반이라 하오. 이러한 교의마저 석존의 정각(正覺)에 기초를 두고 있소.

셋째 날은 문답식으로 설법했다. 세모난 얼굴이 물었다.

"스님, 삼보(三寶)란 무엇이오이까? 쉽게 말해 주소."

"삼보는 불보, 법보, 승보를 가리키는 말이외다. 이는 불교의 근본이 되는 것이오. 이를 주지삼보, 별체삼보, 동체삼보라고 하오."

"사제(四諦)란 무엇이고요?"

"사제는 미혹(迷惑)한 인과(因果)를 넷으로 나눈 것인데 고제, 집제, 멸제, 도제로 고집멸도라고 일컫지요.

…여기서의 제(諦)란 지극히 진실하다는 뜻입니다. 고제(苦諦)는 미계(迷界)의 과보(果報), 곧 사고와 팔고의 인생을 말함이외다. 집제(集諦)는 괴로운 모든 번뇌를 이름이고 멸제(滅諦)는 곧 열반(涅盤)을 말함이외다. 도제(道諦)란 열반의 인과인 정도. 사고와 번뇌는 이생, 열반과 정도는 죽어서 가는 저승의 일이외다."

산적들은 설법을 듣느라고 밤이 깊은 줄 몰랐다.

삼경이 되어서야 만정이 말했다.

"밤도 깊었으니, 이제 주무시지요."

"그렇다면 해골 좀 눕혀 볼까."

나흘째, 이른 조반을 들고 영재는 걸망을 걸치고 산적들과도 헤어져 영마루를 향해 나아갔다.

그는 잿마루를 올라서기도 전에 또 다른 산적들과 부딪쳤다.

순간, 심장이 덜컥 떨어지는 것 같은 충격을 받았다.

그런데 알고 보니 그들은 산적들이 아니었다.

만정을 비롯한 60여 명의 산적들이었다.

그들은 험상궂은 산적들의 모습이 아닌 구레나룻을 밀어버린 새로운 얼굴, 깔끔한 차림이었으니 비록 혜안(慧眼)을 지닌 영특한 영재라고 하더라도 그 순간 알아볼 수 없었다.

"난 산적들을 또 만났는가 해서 간이 다 떨어졌네."

만정이 앞으로 나서더니 무릎을 꿇고 제자 되기를 간청했다.

"스님, 저희를 불자로 거둬 주십시오. 스님을 따르겠습니다."

"오래 살다 보니 희한한 일도 다 보는구려."

"저희는 창과 칼을 다 분질러 땅에 묻고 달려왔습니다. 제발 길 잃은 저

회들을 내치지 마시고 거둬 주십시오. 이렇게 간구합니다."

60여 명의 산적들은 일제히 땅에 무릎을 꿇고 간청했다.

"스님, 저희들을 버리지 마시고 거둬 주십시오."

"땡초 중놈을 믿고 따르겠다니, 고맙소."

영재는 도중에서 생각지도 않은 60여 명의 산적들을 이끌고 지리산으로 향했다. 남악 깊은 골로 들어가 산기슭에 움막을 지어 비바람을 가리고 화전을 일궈 연명하면서 불법에 정진했다.

그들은 마음이 혼란해지면 영재가 지어준 우적가를 부르면서 자경(自警)했고 불도를 잠시 잠깐도 게을리 하지 않았다.

그들이 득도해 열반에 들었는지 어쨌는지 기록이 전해지지 않아 알 수 없으나 무리를 떠나 환속했다는 기록도 보이지 않는다.

그들은 가고 없으나 밤낮 불렀던 노래는 남아 입과 입으로, 귀와 귀로 전해지다가 일연에 의해 향찰로 정착되었다.

自矣心米
貌史毛達只將來呑隱日
遠烏逸□□過去知遣
今呑藪未去遣省如
但非乎隱焉破□主
次弗□史內於都還於尸朗也
此兵物叱沙過乎
好尸日沙也內乎呑尼
阿耶唯只伊吾音之叱恨隱澂陵隱
安支尙宅都乎隱以多

이처럼 노래가 향찰로 정착하게 된 근거를 대라고 하면 노래가 힘을 발휘했기 때문일 것이다.

이념과 설법을 거부한 노래.

시의 이면에 불교의 정신을 포용했다고 하지만 외견상으로는 종교적인 언어가 일체 비치지 않으면서도 인생의 여정이 제시되어 있고 그것도 서정의 시적 가락에 담겨 있으니 읊는 이를 감화시키는 보이지 않는 힘까지 지녔을 것이다.

그것도 겉으로 드러낸 것이 아닌 은근히 과시되어 있어 호소력이 뛰어났기 때문이 아닐까.

서럽도다, 우리네여

늙은이며 젊은이, 남정네와 아낙네며, 아니 어른 아이 할 것 없이 수많은 사람들이 학 떼처럼 부산하게 움직이고 있었다.

부산하게 움직이는 사람들은 영락없는 학 떼였다. 어린 학, 늙은 학, 허리 굽은 학이 있는가 하면 흰 학, 검은 학, 심지어 단정학까지 끼어 먹이를 찾아 움직이고 있는 것 같았다. 흰 옷 입은 사람들, 흰옷에 붉은 흙이 묻어 붉은 옷으로 변한 사람들, 법의를 걸친 사람들, 그들은 맨손이 아니었다. 호미나 괭이, 곡괭이며 삽을 들고 진흙을 파는가 하면 판 흙을 삽으로 퍼서 지게에 싣거나 소쿠리에 퍼 담고 있었다. 소쿠리에 흙을 퍼 담으면 지고 갔고 소쿠리에 가득 차면 머리에 이고 갔고 가마니에 차면 둘이나 넷이 발을 맞춰 운반했다. 심지어 치맛자락에 흙을 퍼 담아 운반하는 아낙도 있었다.

그런 행렬은 영묘사로 향했다.

잠시 쉬던 행렬은 또 살아 꿈틀거렸다. 끝없이 꿈틀거리는 기나 긴 행렬은 앞에서 선도하는 지휘자나 인솔자가 없었고 채찍을 들고 휘두르는 병사들의 감시도 없는데 질서정연해서 흐트러짐이 없었다.

단지 긴 행렬은 노래에 맞춰 움직일 뿐.

진흙은 노역에 참가한 사람들에 의해 영묘사 외곽에 산더미처럼 쌓여

진 흙에 한 떼의 무리가 물을 부어 반죽했다.

또 한 떼의 무리는 물 부은 진흙 속으로 들어서서 밟느라고 흙물이 가랑이며 바지에, 저고리와 얼굴에 튀어 사람 꼴이 아니었다.

무리 속에는 걷어부친 바짓가랑이며 소매가 흘러내려 진흙으로 반죽이 된, 흙물이 튀어 옷인지 가사인지 분간도 못할 스님이 있었는데 그의 손길에 따라 진흙은 버무려 빚기에 좋을 정도로 반죽이 되었다.

한낮이 기운 지도 오래였다.

그런데도 흙 범벅이 된 스님은 때마저 까맣게 잊고 일을 계속했다.

불자 하나가 스님에게 다가가 말했다.

"스님, 점심때도 지났습니다. 공양을 드셔야지요."

땀을 뻘뻘 흘리던 스님은 고개를 들어 태양을 바라보았다.

벌써 태양은 서쪽으로 많이 기울어 있었다.

"이렇게나 시간이 흘렀어. 내 깜박 했네."

"중생에게 공양을 베풀어야지요."

"베풀어야지. 늦었네. 어서 나눠주게."

한 떼의 아낙네들이 광주리를 이고 들이닥쳤다.

그녀들은 광주리를 내려놓기가 무섭게 흙을 운반하거나 이기는 사람들에게 주먹밥을 안겨주었다. 쌀알 하나 섞이지 않은 꽁보리밥이었다. 반찬도 없었다. 보리밥에 소금물을 바른 것이 고작이다.

사람들은 손에 묻은 진흙을 털거나 씻지도 않은 채 옷자락에 문지른 뒤, 주먹밥을 받아 허겁지겁 입에 털어 넣었다. 주먹밥은 힘든 노역에 비해 양이 차지 않았으나 누구 하나 더 받아서 먹으려고도, 불만을 토로하지도 않았다. 그들은 공덕을 닦으러 자진해서 힘든 노역에 참가했기 때문에 꽁보리 주먹밥에도 감지덕지했다. 아니, 양지의 명성과 불심에 감화를 받아 나왔기 때문에 힘든 노역을 공덕으로 생각했다.

양지(良志)는 공양이 끝날 때쯤 주먹밥 하나를 집어 들고 아무 데나 쓰러져 쉬고 있는 노역자들을 둘러보았다.

"모두가 불은이로다. 모두가 불은이야."

양지는 손에 묻은 흙을 먹는지, 얼굴에 튄 흙을 먹는지 주먹밥을 게 눈 감추듯 하고 그늘을 찾아 지친 몸을 눕혔다.

노역을 시작한 지 달포가 지났다.

그런데도 사람들은 바쁜 농사마저 미루고 노역에 매달렸다.

양지는 흘러가는 구름 한 점을 응시했다.

이리저리 떠돌아다니는 구름, 무상한 구름 그 자체가 바로 인생인 것을 모르는 중생, 이를 깨우쳐주고 싶었다.

"불은을 믿고 저토록 힘든 노역에 응하다니. 마음이 곧 불인데도. 이번 기회에 그것을 깨우쳐줘야 할 텐데."

하루는 분황사 주지가 나타났다.

나타나 한다는 말이 다짜고짜 "양지 있는가? 날세. 바로 나란 말일세. 목소리마저 잊었는가?" 하고 승방의 문을 걸어차는 것이 아닌가.

"누구인데 문을 걸어찹니까? 낯익은 음성이 전혀 아니외다."

"낯익은 음성이 아니라니, 벌써 잊었는가?"

양지는 참선을 중단하고 문을 열었다.

바깥에는 뜻밖에도 환희가 서서 환히 웃으며 서 있지 않는가.

양지는 문을 걸어차인 불쾌감보다도 반가움이 앞섰다.

"환희가 웬일인가? 누추한 암자까지 거동을 하시고. 안으로 들어가세. 환희가 거동하셨으니 내 불은을 입었음이야."

양지는 환희의 손을 잡고 방으로 들이었다.

"승방이 이렇게 조촐하다니. 참선으로는 그만이겠네."

"자네도 알다시피 내 불도는 참선이 아니던가? 그럴 수밖에."

"내 모를 리 없지. 한때 수도를 같이 했으니."

두 사람은 열네 살에 첫 인연을 맺었다.

시주 길에 우연히 부딪친 인연이었으나 통하는 점이 있었다.

그런데도 두 사람은 가는 길이 달랐다.

당시 환희는 분황사의 학승으로 어린 나이에도 경이라면 모르는 것이 없었다. 그에 비해 양지는 참선을 수행의 으뜸으로 삼았으며 손재간도 남달라 참선 틈틈이 불상을 조각했다.

때로는 조각한 불상을 환희에게 보여 주어 평가를 받기도 했고 참선 틈틈이 불상 제작으로 공덕을 닦기도 했다. 나무로 빚어 만든 불상이며 보살상은 물론 흙으로 빚어 만든 삼존불상하며 쇠를 녹여 만든 관음보살상은 보는 이로 하여금 불심을 자아내게 했다.

서예마저 당대 제일의 솜씨를 자랑했다. 30년을 오로지 참선과 조각, 서예만을 익힌 데다 솜씨와 재주가 남달랐으니 일가견을 이룬 것도 지극히 당연하다고 할 수 있었다.

그렇다고 해서 빼어난 솜씨가 세상에 널리 알려진 것도 아니었다.

"은둔하고 있는 나를 찾아온 자네의 용건은?"

"차도 들기 전에 용건부터 챙기긴가?"

"미안하네. 자네 같은 생불이 누추한 곳까지, 그것도 혼자 찾아왔으니 그럴 수밖에. 내 말이 어디 틀렸는가?"

동승이 내온 잘 달인 차는 독특한 내음을 뿜었다.

"차 맛이 괜찮을 걸세. 어서 들게나."

"자네가 손수 가공한 차렷다."

양지의 소일거리라면 차나무를 심고 가꾸는 일이었다.

그는 정성을 다해 가꿀 뿐만 아니라 잎을 따서 가공도 했다.

손수 가공을 해 뒀다가 환희 같은 귀한 손님이 오면 차를 달여 대접하면, 향이야 일품, 향긋하고 달착지근해 혀끝에서 맴돌았다.

차를 마시고 반상마저 물렸다. 그제야 양지가 운을 뗐다.

"환희, 차도 음미했으니, 찾아온 용건을 말하게."

그런데 환희는 생각지도 못한 엉뚱한 질문부터 하지 않는가.

"양지, 출사할 생각이 없는가? 그것부터 알고 싶네."

출사라니, 양지는 도무지 이해할 수 없었다.

"갑자기 뚱딴지같은 소린?"

"자네의 재주가 너무 아까워. 숨은 재주를 썩힐 수야 없지."

"이 나이에 출사를 해? 입에 담지도 말게."

그렇다고 고분고분 물러날 환희도 아니었다. 양지를 설득하기란 쉽지 않을 것임을 단단히 각오하고 걸음걸이를 하지 않았던가.

그랬으니 환희도 끈질기게 물고 늘어질 수밖에 없었다.

"자넨 바늘로 찔러도 피 한 방울 안 나오겠네."

"내가 너무 박정했나. 섭섭히 생각 말게."

"양지, 이제 불은을 베풀 만한 나이가 되었다고 보는데 그렇지 않은가? 고집 그만 피우고 내 말 좀 듣게."

"난 죽을 때까지 수도승만을 고수하려네."

"그렇다면 수도나 할 것이지, 재주는 왜 닦았어?"

"나 같은 수도승이 무슨 재주를 닦았다고."

"알고 찾아왔으니 내숭은 그만 떨게."

"내 은일로 일관하기로 마음먹은 지 오래일세. 은둔으로는 마음에 차지 않아 은일로 일관하기로 했어. 나를 조금이라도 생각해 준다면 더 이상 괴롭히지 말게. 간절히 부탁하네."

"양지, 아네. 알아. 내 벌써부터 다 알고 있네그려."

"알면서도 부탁을 하는 겐가, 참으로 한심한 사람일세."

"이번 일은 자네도 좋아할 것 같아서. 아니, 자네가 쌍수를 들어 환영할 줄 알았지. 내가 사람을 잘못 봤네, 잘못 봤어."

"……?"

"불사를 일으키겠다는 여왕의 밀지가 있었네."

"분황사를 지은 지 얼마나 됐다고 또 불사를 일으켜. 불사를 자주 일으키면 백성들의 원망을 사. 그 정도는 알아야지."

"진흥왕이 황룡사를 세워 발원했듯이 대찰을 세워 국가를 반석 위에 올려놓겠다는 여왕의 밀지가 있었다니까."

"황룡사처럼 대찰을. 그것이 여왕의 뜻인가?"

"그렇다네. 자네도 황룡사를 창건한 내력쯤은 알고 있을 터. 긴 말은 하지 않겠네. 여왕의 뜻에 따르게."

황룡사의 창건 내력은 다음과 같다.

진흥왕 14년, 왕궁 남쪽에 대궐을 지으려고 터를 닦고 있는데 황룡이 나타났다. 왕은 이를 무슨 영험으로 여겨 그 터에 절부터 지었다. 황룡사(皇龍寺)란 이름부터 지어놓고 대역사를 시작해서 장장 17년 만에 대찰을 완성했다. 완성된 대찰은 너무나 어마어마해서 대궐마저 압도했다.

그런데 절을 완성한 지 얼마 되지 않아 남쪽 바닷가에 배 한 척이 나타나 하곡(河曲) 고을 사포(絲浦)로 들어왔다.

이를 보고 포구 주민들이 몰려갔으나 선원은 보이지 않았다.

이상히 여긴 주민들은 배 위로 올라가 샅샅이 뒤져 종이쪽지와 부처상 하나, 보살상 모형 둘을 찾아냈다.

쪽지에는 서죽 아육왕(阿育王)이 쇠 5만7천 근과 황금 3만 푼<分>을 녹여 석가존상 셋을 만들려고 했으나 만들 수 없었다.

어쩔 수 없이 배에 실어 바다로 떠나보내니, 인연 있는 나라로 가 장육존상이 조성되기를 바란다는 내용이 씌어 있었다.

종이는 주민들의 손에서 아전의 손으로, 아전은 고을 원에게 보고했다. 고을 원은 장계와 함께 왕성으로 보냈다.

장계를 읽은 왕은 "이는 보통 인연이 아니로다. 불은이 깊었음이야." 하고 신기롭게 여기고 시중을 불러 지시했다.

"시중, 고을 동쪽을 향한 곳, 서기(瑞氣) 가득한 명당을 찾아 동축사(東竺寺)란 절을 세우고 불상과 보살상을 조성해 모시도록 하오."

"당장 파발을 띄워 어명을 전달하도록 하겠습니다."

"지체 말고 서두시오. 쇠와 황금은 동경으로 실어 와서 장육존상을 조소토록 하오. 차질 없이 시행토록 하오."

시중은 날랜 파발을 띄우는 것과 동시에 쇠와 황금을 실어올 튼튼한 우마와 건장한 병사들을 선발해서 딸려 보냈다.

석 달 만에 쇠와 황금이 실려 왔다.

실려 온 쇠와 황금을 황룡사로 옮기고 유명한 장인을 초빙해 갑오년 3월부터 장육존상을 조소하기 시작했다.

공사는 순조롭게 진행되어 완성했다.

완성된 존상은 3만5천 근, 황금 1백9십 푼도 들어갔다. 두 보살상을 조소하는데도 쇠 1만2천 근과 황금 1만1백 푼이 들었다.

왕은 막대한 국고를 들여 존상과 보살상을 주조해서는 황룡사에 안치하고 조석으로 국가의 안위를 위해 기도했다.

그렇게 공덕을 쌓은 탓인지는 모르겠으나 확장에 확장을 거듭해서 북으로는 황초령을 넘어 원산까지, 서로는 죽령을 거슬러 올라 한강 유역까지 영토를 확보했고 당과의 직접 교역이 가능했다. 그리고 이를 기리기 위해서 직접 순행하며 순수비(巡守碑)까지 세운 탓인지 진흥왕이 죽기 직전, 장육존상에서 물이 스미어 나와 한 자 둘레나 젖었다고 한다.

"왕의 소청도 소청이거니와 불자로서 쌍수를 들어 환영할 일이 아닌가? 내 말이 틀렸다면 어디 잘난 자네가 이유를 대 보게나."

"불사를 일으켜서 외침을 물리치겠다는 뜻이렷다."

"여왕의 뜻이 갸륵하지 않은가."

선덕왕(善德王)의 이름은 덕만(德曼), 진평왕(眞平王)의 맏딸로 어머니는 마야부인(麻耶夫人)이다.

어려서부터 총명해 왕자로 태어나지 못한 것을 모두들 안타까워했다.

후사 없이 부왕이 승하하자 덕만은 신하들의 옹립을 받아 왕위에 올랐는데 신라 최초의 여왕이 되었다.

제위에 오른 덕만은 선대에 이어 분황사란 대찰을 완성하고 국태민안을 거국적으로 발원했으나 그네의 불심과는 달리 의자왕의 침공을 받아 미후성 등 40여 성을 잃었다.

이어 고구려의 내침까지 받아 당황성까지 빼앗겨 나당 통로마저 상실했으니 대찰을 세워 불심으로 잃었던 땅을 회복하려고 한 것이었다.

"양지가 나서서 대찰의 역사를 감독해 줘야겠네. 온 나라를 뒤져 찾아낸다고 한들 자네만한 인재가 어디 또 있는가?"

유사에도 다음의 기록이 보인다.

양지(良志)의 조상이나 고향에 대해서는 알 수 없다. 오직 선덕왕 대 그 자취를 잠시 드러냈을 뿐이다.

양지가 석장 끝에 걸망을 걸어두기만 하면 석장이 저절로 날아서 시주 집에 닿으면 윙윙 떨며 소리를 냈다. 그 집에서는 양지가 재에 쓸 시주를 하러 온 줄 알고 공양을 걸망에 넣어주었다. 걸망이 차면 석장은 또 날아서 되돌아왔다. 해서 석장사라고 했다는.

물론 이런 일화는 양지의 불자들이 그를 신기롭게 여긴 나머지 지팡이에 주술을 가미한 것에 지나지 않았다.

이런 일화 하나만 보아도 실로 그는 평범한 승려가 아닌 것만은 분명하다고 할 수밖에. 양지의 신이함은 예측할 수 없었다고. 갖은 기예(技藝)에 통달했기 때문에 신묘함은 이를 데 없다고나 할까.

이런 숨은 재주를 누구보다도 환희만이 알고 있었다.

"더 이상 시간 끌지 말고 확답을 하게."

"불사에 노역을 마다하면 중놈이 아니지."

"양지, 고맙네. 정말 고마워."

다음날 환희는 양지를 대궐로 데려가 여왕에게 알현시켰다.

"마마, 소승 분황사 주지 환희입니다. 마마가 찾고 계시는 스님을 모시고 왔습니다. 석장사란 소찰에서 수도하는 양지라는 스님으로, 온갖 기예를 갖춘 훌륭한 사문입니다."

여왕은 만면에 미소를 띠며 반겼다.

"그대가 양지라는 스님이오?"

"그러합니다. 석장사에 기거하는 양지입니다. 마마의 용안을 우러러 뵙게 되어 광영이옵니다."

"스님, 반가워요. 석장으로 유명한 스님을 만나다니."

"떠도는 소문에 지나지 않습니다."

"환희 스님에게 들었어요. 숨은 재주가 많다면서요?"

"모두 과찬이십니다, 마마."

"짐이 재주를 맘껏 펼칠 기회를 드리겠어요. 이번에 짓는 사찰은 스님에게 전적으로 일임하겠습니다."

"미천한 재주밖에 없는데 과분합니다."

"과분하다니요. 겸손이겠지요."

"지나친 왕은입니다."

선덕여왕은 소문대로 매우 총명했다. 아니, 사람의 마음을 꿰뚫어 볼 줄 알았다. 뿐만 아니라 사람을 부릴 줄도 알고 있었다.

그랬으니 양지는 거절의 명분을 내세울 수 없었다.

"스님, 하루라도 빨리 착수했으면 합니다."

"미력하나마 최선을 다하겠습니다."

여왕은 연회를 베풀어 양지를 극진히 대접했으며 식사를 함께 하면서 여러 가지를 물었다. 양지 또한 왕의 관심사를 파악할 수 있는 좋은 기회라고 생각하고 하고 싶은 말을 했다.

양지는 연회가 끝나갈 무렵쯤 해서 왕의 의도를 파악했으며 사찰에 대한 윤곽도 대충 구상했다.

그는 대궐을 나와 곧장 환희와 헤어져 석장사로 향했다. 생각 때문인지 발이 건성으로 놀아났다.

양지는 일에 열중하면 엉뚱한 행동을 하기도 했다. 잘 가꾼 잔디밭이 있었다. 잔디밭에 누워 하늘을 쳐다보면서 대찰의 구도를 생각했다.

동녘이 훤히 밝았다. 들로 나가던 농부가 핀잔을 줬다.

"웬 사람이 미나리꽝에 누워 있소?"

"잔디밭에 누워 있는데 미나리꽝이라니요?"

"에이 여보슈, 돌아도 한참 돌았소."

"……?"

해서야 미나리꽝에 들어와 누워 있음을 알았다.

달포에 걸쳐 구상을 끝낸 양지는 걸망을 걸치고 절을 나서 전국의 이름 있는 사찰이며 이름 없는 암자까지 둘러보았다.

양지는 몇 달에 걸쳐 답사를 끝내자 사지(寺址)를 찾아 동경 6부를 샅샅이 뒤졌다. 샅샅이 뒤진 끝에 마땅한 사지를 발견했고 사지를 정하자 사찰의 이름까지 지어됐다.

영묘사(靈廟寺). 분황사처럼 우람한 절보다는 아담하면서도 신심을 불러일으킬 수 있도록 세심한 배려까지 했다.

양지는 어느 때보다도 자신감이 넘쳐 났던 것이다. 이미 불사에 대한 경험도 있었고 손을 댄 사찰마다 솜씨가 아주 빼어났다고 절찬을 받은 적도 있었다. 천왕사에 안치한 팔부신장이 그랬고 법림사 주불인 삼존불이며 좌우 금강신은 명품으로 당까지 알려졌다.

글씨마저 명필이었다. 법림사의 현판을 썼을 때는 당대 제일의 명필이라고 사람마다 칭찬을 아끼지 않았던 것이다.

일찍이 벽돌을 구워 작은 탑을 만들고 그 탑에다가 삼천의 불상을 새겨 석장사에 모셔 두고 아침, 저녁으로 예불을 올리고 있었으니 자신감을 가지는 것도 당연했는지 모르나 그런 것은 아주 사소한 재주에 지나지 않았다. 여전히 숨은 재주를 드러내지 않았으니 이제는 그런 재주 하나쯤은 드러내도 괜찮다고 생각했다.

양지는 입정으로 들어가 대웅전을 구상했다. 그는 구상을 끝내자 기둥이며 대들보의 원목부터 마련하기로 했다.

소나무는 춘양목이 으뜸이다. 춘양목은 사계가 뚜렷하고 토질마저 비옥한 탓으로 무늬가 뛰어났다. 가을이 지난 뒤, 수분이 가장 적을 때 베면 무늬를 최대한 살릴 수 있다. 단지 나뭇결이 세고 성깔이 있어 흠이었으나 잘만 다루면 그런 단점을 극복할 수 있다.

양지는 가을이 되자 춘양으로 달려갔다.

벌목꾼을 진두지휘해 나무를 벴다. 벤 나무는 여럿이 목도를 해서 산 밑으로 운반했다. 운반한 원목은 달구지를 이용해 해안으로 옮겼고 거룻 배에 실어 낭산 아래 바닷가에 내려놓았다.

내려놓은 질 좋은 원목을 울력과 달구지를 이용해 이곳까지 실어왔을 때의 기쁨은 이루 말할 수 없었다. 너무나 기쁜 나머지 며칠을 두고 설빔을 기다리는 아이들처럼 밤잠까지 설쳤다.

사찰 창건을 총괄해야 하기 때문에 건축에 대한 안목이 높은 대목수를 선정하기란 쉽지 않았다. 그런 도편수도 정했다. 도편수 밑으로 대목(大木), 그리고 소목(小木)까지 구했다.

소목은 나무를 다루는 정교한 조각이므로 나무의 문양과 결 등의 원형을 살릴 수 있으며 거친 손마디, 깊게 파인 손금만 보아도 삶과 기예가 드러나는 장이를 구하기란 쉽지 않았다.

그리고 목수 일이란 밑도 끝도 없는 일이었으므로 자연의 질서에 따라 일하는 삶의 텃밭임을 알고 있었다.

양지는 신중에 신중을 기했다. 한 가지 일에 몰두하는 끈기, 재료를 적재적소에 짜 맞추는 슬기를 발휘해 3년여에 걸친 대역사를 끝낼 무렵, 대웅보전은 그 웅장한 모습을 드러냈다.

양지는 삼존불상을 앉히는 연화좌대는 조각예술의 극치라고 할 수 있어 재료를 구하느라고 또 동분서주했다.

그는 멀리 있는 나무만 보고도 무늬하며 문양까지 꿰뚫어 볼 수 있는 혜안을 가졌는데도 좀체 찾지 못하다가 석 달 만에 먹감나무를 찾아 베어 왔을 때의 기쁨은 열반의 경지에 든 것과도 같았다.

물에 담가 두면 뒤틀리는 것은 피할 수 있으나 수명이 짧기 때문에 물기와 나무의 진이 빠지도록 통풍이 잘 되는 곳, 그것도 그늘진 곳에서 일 년이 넘게 자연 건조시켰다.

그렇게 건조시킨 원목을 적당한 크기로 잘라 방바닥에 늘어놓고 이불을 덮은 뒤, 아궁이에 불을 지피면 방바닥이 뜨끈뜨끈 달아오르면서 마디마다 각각 다른 성질의 문양이 나타나는데 함께 자고 생활하면서 나무에 혼을 불어넣었다.

양지는 혼을 불어넣은 나무로 연화 좌대를 만들고 조각했다. 못은 일체 사용하지 않았다. 못을 사용하지 않은 대신 아교나 민어의 부레로 만든 접착제를 사용했다.

조각을 끝낸 다음 양지는 밀봉으로 꼼꼼히 칠을 칠해서 문질렀고 또 물고기 껍질로 문질렀으며 그리고 들기름을 묻힌 걸레로 광을 내서야 비로소 먹감나무는 자연 그대로의 나이테가 살아났고 목리는 잔잔한 여울처럼 결을 드러냈다. 이어 좌대를 만든 뒤, 삼존불상을 안치해 대웅보전을 완성했다. 대찰의 완성에 3년이란 세월이 걸렸다.

완성된 대웅보전은 여왕의 의중을 반영이라도 한 듯 우람스럽다기보다는 아담했고 남성적이기보다는 여성적이었다.

여왕은 절을 둘러보면서 "양지 스님은 짐의 마음속을 마음대로 드나드는 혜안(慧眼)을 가진 것이 분명해요. 어쩌면 이토록 짐의 마음에 쏙 들게 지었을까." 하고 흡족해 했다.

여왕은 삼존불상 연화좌대 앞에서 발길을 멈추고 좌대 조각을 섬섬옥수로 어루만지며 발길을 돌리지 못했다.

"조각이 섬세하기도 해라. 나무의 결을 어쩌면 이렇게 잘 살렸을까. 짐의 얼굴이 조각 속에 든 것만 같으니. 절이 완성되면 비구니만 거처케 해서 불심을 베풀도록 해야지."

양지는 왕이 지켜보는 자리에서 대웅보전이란 현판을 썼다.

현판을 쓸 때는 평범한 글씨에 지나지 않았으나 달아놓고 보니 태양을 받아 찬란한 서체를 드러냈다.

"과연 명필이오. 일찍이 이런 명필은 보지도 못했어요."

여왕은 다구 일품을 하사하는 은총을 내렸다.

또 양지는 일손이 많이 가는 장육존상을 제작하기에 앞서 입정으로 들어갔다. 단정히 무릎을 꿇고 정신은 오직 불상 제작에만 집중시켰으며 고요히 참선하면서 마음을 바르고 맑게 했다.

그는 법심(法心)만으로 불상 제작에 들어가자 눈코 뜰 새 없이 바빠졌다는 소문이 한 입 두 입 건너 성안으로 번졌다.

소문을 들은 성안의 남녀노소들이 다투어 나와 노역을 시주했다.

진흙을 파는 사람, 판 흙을 나르는 사람, 나른 흙에 물을 붓는 사람, 물 부은 흙을 짓이기는 사람, 이긴 흙을 뭉치는 사람, 뭉친 흙을 나르는 사람들로 인산인해(人山人海)를 이루었다.

양지는 틈만 나면 몸으로 때우는 신도들의 어깨를 다독이면서 "불은이로다, 불은이야." 하고 격려했다.

그런 시주들의 노역도 하루 이틀이지, 열흘이 가고 달이 기우니 고된 노역으로 지쳐 쓰러지는 사람이 생겨나고 사소한 부상임에도 일어나지 못하는 사람이 많아졌다.

양지는 감았던 눈을 떴다. 구름은 서쪽으로 흘러가고 있었다.

순간, 노역에 시달리고 있는 만성(滿城) 남녀들에게 힘든 노역을 덜어줄 수 있는 노동요는 없을까 생각했다.

"그렇지. 그렇게 지으면 될 게야. 집단으로 부를 수 있는 공덕의 노래, 노동요로 부를 수 있는 노래는 바로 이것이야."

당시 사찰 주변에는 자생적으로 생겨나 불리어지고 있는 향찬(鄕讚)의 민요가 널리 유행하고 있었다. 무상과 공덕을 내포하고 있는 단형의 노래는 승려 층에서 비롯되었다가 신도들에게 퍼졌고 일반 시정 사람들의 입에도 오르내리고 있었다.

양지는 갖가지 기예에 통달했으니 노래에 일가견을 가졌다고 해서 이상스러울 것도 없었다.

석장의 일화는 재주가 신이하고 덕이 많음을 과장한 것이라고 한다면 장육존상을 조소하는데 있어 진흙을 운반하는 사녀(士女)들의 힘든 노역을 다소라도 덜어주겠다는 단순한 생각은 그의 진솔한 일면을 보여주는 일화가 아닐 수 없다.

오다 오다 오다

오다 서럽더라

누구나 쉽게 익혀서 부를 수 있는 노래, 시적인 긴장감이기보다는 평범하고 온순한 노래, 민요의 냄새가 짙게 배어나는데도 어휘의 수는 단지 네 종류, 수미상관의 짜임새가 특이한 노래.

오다의 반복 사용은 단순히 강조의 의미밖에 없었으나 향찬의 민요풍으로 시정인들의 인생, 세상을 보는 눈, 사회적인 자각을 함축시켰다.

서럽다고 하는 무상감까지 내재시켰기 때문에 내세에 대한 개안도 깃들어 있는 노래가 되어야 했던 것이다.

신라는 불교가 전래된 뒤, 기복(祈福)이 터전을 잡으면서 지상의 복락을 기원했고 현세의 영리만을 추구했다.

그러나 이제는 세월도 많이 흘렀다. 세태도 변했다. 더구나 사람들의 마음도 달라졌다. 현세의 기복만으로는 불교 자체의 존립이 위협받고 있어 현세의 기복을 능가할 수 있는 그 이상의 복락, 천상의 세계를 동경하고 그곳에의 안주를 그리워하기 시작했다. 그것은 시대적인 조류였기 때문에 거대한 힘으로도 돌려놓을 수 없었다.

지상의 복락에서 천상에의 영화. 그러자니 반성이 뒤따랐다.

지금까지 집착해 왔던 현세의 복락은 실상 덧없는 것, 허상의 실체임을 자각했고 그러한 자각 끝에 회의를 느끼고 서러운 감정에 휘말릴 수밖에 없어 서럽다고 표현했고 지상의 낙, 현세적인 복락보다는 천상의 낙, 극락을 깨닫는 순간, 희열과 함께 일체 세속적인 무상감과 비애가 응어리진 민초들의 심리를 대변한 노래.

서럽도다, 우리네여

공덕 닦으러 오다

현세가 확고하면 뒤에 오는 것은 미래지향적인 신앙의 세계만 남게 된다. '공덕 닦으러'는 종교적인 신념의 표상, 공덕을 닦는다는 것은 천상의 극락을 지향하겠다는 의미이며 삶의 모든 의지를 그곳으로 귀의하려는 내세극복이기도 했다.

여기서 한 걸음 더 나아가 영생할 수 있는 세계로만 매진할 때, 천상의 극락에 도달할 수 있다는 정신과 마음의 다짐도 필연적이라고 할 수 있으며 극락에 도달하려면 성곽의 돌을 하나하나 쌓아올리듯 공덕을 닦는 길이 남아 있었다. 다섯 번이나 반복되는 '오다'는 현세부정을 통해 새롭게 발견한 내세에 있지 않은가.

해서 내세를 찾아가는 무수한 신도들의 불심을 그대로 반영시킨 셈이기도 했다. 미래지향적인 신앙의 자세는 한두 사람만의 것이 아닌 만인의 것, 현세를 살아가는 사람들의 움직일 수 없는 종교적 신념까지 곁들여 표현했기 때문에 노래는 더욱 소담스럽다고 할까.

양지는 노역에 찌든 사람들을 불러 모았다.

"힘이 드시지요? 들어보나마나 힘들겠지요."

"스님, 힘이 들다마다요."

"노역을 잠시라도 잊을 수 있도록 노래 하나를 가르쳐 드리다. 따라 부르세요. 자, 자. 귀를 이쪽으로 모으고요."

노역꾼들은 의아해 했다. 어떤 노래를 가르쳐준다는 걸까.

"오다 오다 오다."

"……"

반응이 없어 오히려 양지가 의아해 했다.

"오다 서럽더라."

"……"

"서럽도다, 우리네여."

"……"

"공덕 닦으러 오다."

"……오다."

몇 번을 되풀이해서야 사람들은 하나 둘 따라 불렀다.

오다 오다 오다

오다 서럽더라

서럽도다, 우리네여

공덕 닦으러 오다

뒤늦게 공덕가(公德歌)를 변조시켜 노동요(勞動謠)로 만든 노래는 노래 명이라기보다는 참요(讖謠)의 성격이며 민요인데 가명으로 굳어져 서서히 위력을 발휘하기 시작했던 것이다.

오다의 반복이 먹혀들었고 노래 속에 담긴 신앙의 뜻에 공감하자 사람들의 입에 자연스럽게 오르내렸다.

반복의 음악성은 노동을 할 때 능률을 높였다. 더욱이 영묘사 창건과 장육존상을 조소하는데 미력이나 노역을 보태는 사람들의 마련부터가 '공덕 닦으러 오다'에 부합했고 노동요로 대응된 '오다'의 반복성으로 쉽게 노역꾼들에게 동화되어 갔다.

이틀이 못 가 사람들은 자고 나면 노래를 흥얼거렸다.

흙을 운반하거나 반죽을 할 때는 장단이 맞아 떨어졌다.

흙을 진 지게가 춤이었고 흙을 담은 광주리를 이고 가는 아낙네의 걸음걸이가 그대로 흥이 되었다. 흙을 반죽하거나 반죽된 흙을 덩이로 뭉치는 데도 춤이 붙어 다녔다. 울력을 할 때는 손발이 척척 맞아 떨어졌다. 수십 명이, 수백 명이 노래에 맞춰 손발을 움직였기 때문에 한 치의 차질도 빚어지지 않았고 다치거나 부상도 입지 않았다.

노래 속에 누른 쇠를 녹여 부을 틀이 완성되었다. 흙으로 빚어 만든 틀, 노래의 힘으로 시일을 단축시킬 수 있었다.

이제는 주물공들의 일만이 남았다.

대형 벽돌 솥을 스물이나 걸어놓고 사흘 밤낮 쇠를 녹였다. 장작을 패어 나르고 풍구질을 하는 손길에도 노래가 묻어 있었다.

녹인 쇠를 흙으로 만든 틀 속에 쏟아 붓는데도, 아니 주물을 쏟아 부을 때마다 노랫가락도 함께 들어가 굳었다.

닷새가 지나서야 쇠가 식었다.

사람들은 장육존상을 지켜보기 위해 구름처럼 몰려들었다.

드디어 틀을 부수자 장육존상이 모습을 드러냈다.

노래는 지켜보는 사람들의 입을 통해 절정을 치달았다.

노래는 산악을 송두리째 흔들다 못해 뭇 사람들의 가슴마다 덜컥덜컥 떨어져 하나의 경악을 잉태했다.

장육존상의 경이로움, 2만3천7백 석의 비용이 든 장육존상의 웅대하고도 경건한 자태!

"아……"

"……어!"

사람들은 석양의 노을을 받아 웅장한 모습을 드러낸 장육존상을 보고 경악하다 못해 얼어붙기까지 했다.

양지는 최후의 손질을 하고 가산(假山)을 쌓아 울력으로 장육존상을 좌대에 안치하고 조용히 재 올릴 채비를 했다. 손수 향로를 손질했고 단향

(檀香)도 피웠다. 그러는 양지는 이번 재에는 여왕을 초빙하지 않았다. 대신 장육존상 조소에 노역을 시주하다 다친 사람들, 팔이 부러졌거나 다리를 다쳐 걷지 못하는 사람들, 얼굴을 다쳤거나 머리를 다쳐 누워 있는 사람들, 그런 사람들을 장육존상 맨 앞에다 눕히거나 앉히고 직접 재를 주관하면서 쉬지 않고 발원했다.

사람들은 누구 하나 양지 스님의 발원이 무엇인지 몰랐다.

장엄하다 못해 엄숙한 장육존상이 굽어보는 앞에서 사람들은 재를 올리는 중에도 장육존상에 압도되어 계속 경악했으니…

재는 이틀에 걸쳐 숙연하고도 엄숙하게 치러졌다.

셋째 날 새벽, 여명이 돋는 순간, 여명이 장육존상을 비치는 바로 그 순간, 양지는 어디론지 흔적도 없이 사라졌다.

사람들은 이상타고 웅성거렸으나 그 웅성거림은 그리 오래 가지 않았다. 이유는 새로운 소리에 묻혀 버렸기 때문이다.

어깨를 다친 사람들, 허리를 쓰지 못하는 사람들, 다리를 저는 사람들, 장육존상을 조소할 때 노역으로 다친 사람들의 탄성이 여명을 밀어냈다. 그들은 다친 데가 씻은 듯 완쾌되어 있었기 때문에.

다쳤다가 나은 사람들만이 알고 있었다.

양지가 그토록 간절하게 발원했으며 흔적도 없이 사라졌는가를.

뒤늦게 사람들은 떠들기 시작했다.

"양지 스님은 재주가 온전했어. 뿐만 아니고 덕도 충만했지. 스님은 다방면의 대가로 하찮은 재주만 드러냈을 뿐이지, 진짜 재주는 숨긴 게야. 진짜 재주는 다친 사람들을 완쾌시키는데 드러냈을 뿐이야. 그것도 처음이자 마지막으로."

양지는 흔적도 없이 사라졌으나 그가 가르쳐준 노래는 남아 불려졌다. 처음 누구의 입으로부터 불리어졌는지 알 수 없는 노래, 해서 임자 없는 노래로 남아 있다가 가끔 사찰의 노역(勞役)에 동원된 신도들의 입에 오르내리다가, 아니 공덕가로서 향찬(饗饌)이었던 노래가 엉뚱하게도 영묘사 장육존상을 조소할 때 자진해서 참가했던 성중 사녀들의 노역을 덜어주기 위해 양지가 군창하게 했던 노래, 풍요는 민요나 참요인데도 어느 사이 노래명으로 굳어졌던 것이다.

풍요(風謠)는 이심전심으로 전해지다가 자연스럽게 일연에 의해 유사에 다음과 같이 기록되었다.

來如來如來如
來如哀反多羅
哀反多矣徒良
功德修叱如良來如

낭의 그리움 좇는 길

득오(得烏)는 신라금을 무릎 위에 올려놓고 미동도 하지 않은 채 지난 밤을 뜬눈으로, 아니 사흘 밤을 꼬박 앉아 밝혔는데도 눈동자는 살아 말똥말똥했다. 죽지랑(竹旨郎)의 초라한 모습이 사라지지 않았다.

늙었다고 해도 그렇게 험하게 늙을 수 없었다.

해서 화려했던 시절을 회상할 수 있도록 노래를 지어 뜯으려고 마음먹은 지 두어 달이 지났으나 지금껏 시간만 죽였기 때문이었다.

그는 현을 퉁겨도 보고 뜯어도 보았으나 오열에 찬 농현(弄絃)의 가락 속에 그리움만 묻어날 뿐 종전의 열두 마디에서 풍겨나는 선율(旋律)과 다른 가락이 이어지지 않았다.

득오는 신라금(新羅琴)을 몹시 사랑했다.

3세기 경, 가실왕이 당의 쟁(箏)을 본 따 제작했다는 가야금, 가야가 위태롭게 되자 우륵(于勒)은 신라에 투항했다.

가야금의 오묘한 선율을 듣고 감탄한 진흥왕은 가야금을 국기(國技)로 수용하려 했으나 신하들이 반대했다.

"가야를 망케 한 가야금은 망국의 음입니다. 이를 국기로 수용할 수 없습니다. 마마, 굽어 살피소서."

한데도 진흥왕은 "가야왕이 매우 음란해서 자멸한 것뿐인데 가야금이 무슨 죄가 있단 말인고." 하고 단호하게 물리쳤으며 오히려 악공들의 협찬을 얻어 신라금으로 개조하도록 했다.

또 우륵을 국원<충주>에 안주시키고 대내마 법지(法知), 대사인 만덕(萬德)으로 하여금 비법을 이어받아 후세에 전수토록 해서 고구려나 백제에서는 볼 수도, 들을 수도 없는 신라 특유의 법금을 만들어 부드럽고 청아한 음색까지 창조하게 했다.

그런 내력이 아니더라도 신라금은 쉰 몇 해의 세월 동안, 득오의 손에서 잠시도 떠나본 적이 없었다.

득오는 향가 독주에 일가견을 가졌다는 소문이 서라벌에 자자한 지도 벌써 여러 해가 지났는데도 지금에 와 새로운 선율 하나 창조하지 못해 아까운 시간만 죽이고 있었다.

가무로 신라금을 탄다면 왕의 앞인들 못 퉁길 리 없었으나 가무에 새로운 사를 덧붙이자니 뼈를 깎는 고통이 뒤따랐던 것이다.

득오는 사흘 밤낮 동안 신라금을 끌어안고 씨름했으나 고작 '간 봄 그리매, 지난봄이 그리워'만 수 백, 수 천 번 뜯고 퉁겼을 뿐 다음을 잇지 못해 가슴을 저미고 저몄다.

득오는 눈꺼풀이 내리 덮치는 피로 때문에 눈을 감지 않을 수 없었다.

하루라도 빨리 노래를 지어 신라금으로 뜯어야 할 텐데. 그렇게 하는 것만이 은인에 대한 최소한의 도리일 텐데.

득오는 죽지를 위해 신라금을 제작했다.

오동나무를 베어 통나무째 그늘에 두고 수년이나 말렸다.

말린 통나무를 일정한 길이로 잘라 앞면은 배가 불룩 나오도록 깎고 뒷면은 평탄하게 다듬었다. 다듬은 다음에는 동백기름을 먹여 윤이 나도록 문지르고 문질렀다.

이어 윤이 난 나무를 길이 석 자 다섯 치, 너비 한 자 두 치를 남기고 나머지는 잘라 버리고 봉미 쪽에 양이두를 만들어 붙이고 부들을 달았다. 학술도 만들고 안족도 만들어 붙였다.

봉두에 현침(絃針)을 박아 제1현부터 12현까지 몇 겹을 꼬고 꼬아 봉밀을 먹인 끈으로 단단히 잡아맸다.

득오는 완성한 금을 가지고 책상다리를 하고 앉아 봉두는 오른 무릎 위에 올려놓고, 양이두는 왼쪽 무릎 30도 정도 비스듬히 세우고 오른손을 용두에 올려 현침 너머 열두 줄을 뜯거나 퉁겨 소리를 내보았다.

신라금은 가야금과는 달리 음고가 없기 때문에 음색의 창조는 전적으로 연주자의 솜씨에 달렸다.

안족에서 학술 사이를 오가면서 왼손으로는 오른손이 내준 소리를 되받아 흔드는 농현(弄絃), 소리를 흘리는 퇴성(退聲), 줄을 굴러주는 전성(轉聲)도 골라 보았다.

음을 고른 지 보름째, 득오는 신라금 특유의 부드럽고 청아한 음색을 찾아냈고 고저에 맞춰 사를 붙이기에 또 골몰했으나 새로 만든 금에 합당한 사는 좀체 떠오르지 않았던 것이다.

득오는 밤샘을 죽 먹듯 했다. 그것도 닷새를 이어 밤샘을 했다. 나이답지 않게 조급하다 못해 안달했다.

그런데 눈은 피로로 충혈이 되었으나 마음은 여명을 받아 흠모의 빛으로 출렁이었다. 그는 바깥으로 나서 하늘을 우러러보았다.

빛이 가시지 않은 하현달이 동산에 걸려 있었다.

득오는 집을 나서 오솔길로 들어섰다.

이승들이 기거하는 암자를 지나 잡목 사이로 들어섰다.

갑자기 지세가 꺼지고 석산이 병풍처럼 둘러쳐진 아래로 늪이 나타났다. 늪가는 수양버들이 휘늘어져 있었다.

발을 들여놓으면 흐느적이다 이내 취할 것만 같은 마음이 들었다가도 이내 안온해짐을 느낄 수 있는 늪이다.

득오는 바위에 앉아 취할 듯한 안온함에 젖어 늪을 응시했다.

물결이 튀었다.

튄 물결은 여명을 받아 영롱한 빛을 발산했다.

득오는 신라금을 무릎에 올려놓고 과욕이라곤 없이, 아니 허욕도 내지 않고 신라금 열두 마디를 퉁겼다.

애절한 가락이 늪의 물방울에 매달렸다가 물속으로 사라졌다. 사라졌는가 싶더니 과거를 한 자락 낚아 올린다.

나이 열일곱, 그 무렵이었다. 득오는 어렵게 손에 넣은 신라금을 가지고 늪가에 앉아 되나마나 현을 퉁겼다. 얼마나 열심히 퉁겨댔던지 누가 다가와 있는 줄도 눈치 채지 못했다.

"그건 산조가 아냐. 우륵의 십이곡은 더구나 아냐. 아무 것도 아냐. 도도 개도 아냐. 신라금을 모독하는 것밖에는."

득오는 뜯던 손을 멈추고 고개를 들었다. 미소년이 서 있었다.

득오는 미소년을 본 순간, 소녀처럼 얼굴이 달아올라 손만 닿아도 그대로 데일 것만 같았다. 미소년의 화려한 옷에 비해 자기의 누더기 삼베옷이 부끄러워서가 아니었다. 신라금을 뜯는 가락이 도도 개도 아니라는 데 수치심을 느끼어서였다.

미소년은 신라금을 좀 보자고 하더니 "가야금과는 달리 신라금은 이렇게 뜯는 게야." 하고 보란 듯이 현을 퉁겼다.

열두 마디가 둥기둥 하고 울었다. 지금껏 들어본 적도 없는 선율이었다. 어딘가 애절함이 깃든 듯, 아니 가야가 걸어온 가냘픈 표상인 것만 같은 선율이 기공(氣孔)을 활짝 열었다.

"지금 뜯고 있는 곡은 무슨 기(伎)인지요?"

"가실왕이 우륵에게 십이율을 본 따 십이곡을 짓게 했다는 바로 그 전설적인 곡이야. 곡 가운데서도 사자기(獅子伎)야.

말하자면 산예(狻猊) 같은 것을 행할 때 연주하는 곡이랄까."

"산예를 연희할 때 타는 곡이라고요?"

사자춤, 점잖게 시리 머리를 흔들고 꼬리를 치는 어진 짐승의 사자춤, 명절이면 가끔 볼 수 있는 연희의 하나였다.

"저, 모래에 사는 득오라고 합니다. 득오실(得烏失)이라고도 하지요. 뜻 밖에도 공자님을 뵙게 되어 영광입니다."

"아, 득오, 득오실, 참으로 좋은 이름이오."

"공자님의 조, 존함은요?"

"존함이라니. 죽지, 죽만랑이라고 하지."

"유명한 화랑의 화판?"

"술종공(述宗公)의 장자에 지나지 않아."

소문으로만 듣던 술종공, 김유신에 버금간다는 술종공의 장자인 죽지 랑을 뜻밖에 고즈녁한 늪에서, 단 둘이 만나다니.

득오는 행운을 잡은 것이나 다름없었다.

"득오, 그대를 풍류황권<화랑의 명부>에 올리고 싶소. 죽지의 낭도가 되어 주오. 낭도가 되어 나를 좀 도와주오."

"미천한 신분에 이런 광영이……"

"당치도 않은 소리. 그대가 신라금을 좋아한다면 좋은 스승도 소개해 주겠소. 내 낭도가 되겠나?"

가타부타가 있을 수 없었다.

득오는 그날로 죽지의 무리에 끼게 되었다. 화랑도에 적을 두고 급간 (級干)이라는 8품 벼슬을 얻게 된 것은 오로지 신라금의 인연이었으며 그 로부터 죽지를 그림자처럼 붙어 다니면서 상관과 부하로서, 때로는 지음 (知音)을 나누는 인생의 반려로서 일생을 두고 관계를 유지했었다.

그러나 통삼 이후 신라 왕실은 화랑을 의도적으로 약화시켰다.

신라의 이성으로 추앙 받은 김유신의 세력이며 통일의 영웅도 미미한 존재에 지나지 않은 문관들에게 푸대접을 받았다.

그런 세태는 성덕왕(聖德王) 시대부터 비롯했다고 할 수 있다.

김유신(金庾信)이 죽은 지 십 몇 년 지났을까.

왕은 유신의 적손인 윤중(允中)을 불러 그의 위업을 칭찬하고 대아찬이라는 벼슬을 하사했다.

이를 두고 왕의 외척들이 공연히 질투하고 시기했다.

오곡이 익어 가는 소리로 달마저 둥글어지는 한가위, 왕은 월성 높은 대에 올라 달을 완상하다가 측근에게 일렀다.

"달도 밝구나. 당장 가서 윤중을 불러 오라. 짐은 윤중과 함께 술을 마시면서 즐기리라. 어서 불러 오라는데도."

그러나 간사한 신하가 들어 반대했다.

"지금 종실이며 외척 사이에서 찾는다면 어찌 호인이 없겠습니까? 그런데 유독 소원한 신하를 불러 친할 필요가 있사온지요?"

"지금 과인과 경들이 무사안일하게 즐기는 것은 윤중의 조부 덕인데 공신의 덕을 잊는다면 도리라 할 수 있소?"

윤중은 왕의 초대를 받았는데도 나타나지 못했다.

왕은 왕권을 확고히 다지기 위해 골품에 의한 신분을 엄격히 하고 전제주의 체제를 군건히 하긴 했다.

그러나 세월이 흐를수록 골품제도는 측근들에 의해 폐쇄적이며 배타적인 울타리를 치고 외부와 차단했으며 왕족 이외는 배척했다. 아니, 왕권차원에서 화랑을 와해시켰다.

게다가 화랑의 옹호세력인 내물왕계가 퇴조하고 무열왕계가 득세했다. 그들의 득세는 화랑 척결의 도화선이 되었다.

따라서 화랑들도 급격히 약화되었다. 게다가 세력 또한 문약해져 호화와 사치에 젖었고 놀이에만 빠졌으며 때로는 반왕당파에 가세하기도 해서 몰락을 자초했다.

그도 아니면 통일의 공훈을 내세워 권력의 중심으로 접근하기도 했으나 그것이 여의치 않게 되자 왕실을 위협했으며 역모까지 일으켰다가 처단되기도 했으니 실로 왕실의 가시 같은 존재가 아닐 수 없었다.

게다가 통일 이후 왕권강화와 국력의 신장에 맞춰 문관 중심으로 체제를 전환했으니 화랑의 존속마저 위태롭게 되었다.

급기야 신문왕(神文王) 원년에는 통일의 공신인 흠돌(欽突)이 흥원(興元)과 진공(眞功)의 세력을 규합해 모반했다.

이에는 병부령 이찬까지 가담했으나 실패로 돌아갔다.

그 여파가 얼마나 심했던지 화랑은 감시의 대상은 물론 학대를 받았으며 하찮은 문관까지 멸시하는 풍조까지 생겼다.

득오만 해도 그랬다.

길을 가다 익선과 우연히 마주쳤는데 얼토당치도 않게 "웬 놈이 앞을 가로막는 게야?" 하는 불호령에 길을 비켰으나 이미 때는 늦었다.

병사들이 달려들어 익선 앞에 무릎을 꿇게 했다.

"감히 당전(幢典)인 익선(益宣)의 부임길을 가로막다니. 도대체 어떤 돼먹지 못한 늙은 퇴물 화랑인 게야? 말하렷다, 당장."

"퇴물이라니요. 죽지의 낭도이다."

"죽지의 낭도라구? 웃기고 있네. 건방지다. 저 놈을 끌고 가자. 부산성(富山城) 부역이나 시켜 먹게."

득오로서는 모면할 수 없었다. 영문도 모른 채 끌려갔으나 조금도 비굴한 기색은 보이지 않았다.

죽지는 득오가 보이지 않자 내심으로 의아하게 생각했다.

그것도 하루 이틀이 아니라 열흘이나 눈에 띄지 않았다.

죽지는 걱정되어 득오의 집으로 찾아갔다.

"득오가 열흘 동안이나 보이지 않으니, 어찌 된 게요?"

"모량부의 당전, 익선 아간이 이유도 없이 부산성으로 끌고 갔는데, 갑작스레 끌려가느라고 알릴 겨를이 없었답니다."

"아드님이 사사로운 일로 간 것이라면 찾아볼 필요도 없겠으나 이제 공사로 끌려갔다고 하니 내 찾아가 보겠소."

죽지는 떡을 고리짝에 담고 항아리에 술을 채워 좌인(左人)을 데리고 출발했다. 낭도 1백40여 명도 뒤따랐다.

부산성에 도착한 죽지는 문지기에게 물었다.

"득오를 아는가? 안다면 지금 어디 있느냐?"

"밭에서 부역을 하고 있습니다요."

죽지는 밭으로 찾아가서 가지고 간 떡과 술을 대접하며 위로했다. 그리고 익선에게 휴가를 청해 함께 돌아오려고 했으나 그는 끝까지 으스대면서 청을 들어주지 않았다.

모량부 출신인 익선, 득오보다 3급 위인 아간에 지나지 않았으나 육두품으로서는 차지할 수 있는 최고의 지위에 올랐고 관직은 문관인 당전으로 노비관리관, 노역 조달관, 부역 징용관을 관장하는 인물이 죽지의 청을 들어줄 리 없었다.

죽지는 익선과는 비교할 수도 없는 걸물이다.

그는 성골 출신인 내물왕계로 통일의 일익을 담당했고 뒤 이어 중시(中侍), 진덕여왕 때는 전제주의 왕권확립에 있어 막중한 직책인 초대장관에 올랐을 만큼 왕의 신임이 두터웠었다.

지금은 비록 흠돌의 반역사건에 책임을 지고 관직에서 물러나 만년을 왕실을 멀리 하고 비록 초라하게 보내고 있으나 하찮은 익선 따위에게 수

모를 당할 이유가 없었다. 모진 수모는 득오가 부당하게 부역을 하고 있는 것을 빼내주기 위해 감수했던 것이다.

사리 간진(侃珍)이 추화군 능절의 조 서른 석을 거두어 성안으로 들어가다가 죽지랑이 익선에게 수모를 당하고 있는 것을 목격하고 의아하게 생각했다. 성골 출신 죽지랑이라면…

그것도 술종공의 장자로서 통일의 주역을 담당했을 뿐 아니라 진덕여왕 때는 시중까지 지낸 걸물이었으며 지금은 실세해서 초라하게 지내고 있을망정 아간이라는 문관 따위에게 모욕을 당할 수 없었다.

간진은 화랑의 성(盛)과 쇠(衰), 명(明)과 암(暗), 영(榮)과 고(枯)를 동시에 보는 듯해 가슴이 아팠다. 그것도 무리 중에 급간 득오가 부당하게 끌려가 혹독하게 부역하고 있는 현장에 나타나 후히 대접하고 휴가를 얻어 함께 돌아가기 위해 모욕을 참고 있다는 사연을 듣자 죽지의 인품에 절로 고개가 숙여졌다. 죽지의 명성에 걸맞게 집에 앉아서도 익선을 소환해서 질책하고 득오를 데려올 수 있었어야 했는데도

그런데 세상은 변해도 너무 돌변했던 것이다.

'익선은 해도 너무 해, 당전 주제에 비루하기 짝이 없어.' 하더니 싣고 가던 조 서른 석을 익선 앞으로 내밀었다.

"이만하면 득오의 부역 값은 될 만하니, 휴가를 내주시오."

"당치도 않은 소리. 부역 조달관으로서 어디까지나 공무로 징발해 데려왔소. 어림 반 푼어치도 없는 소리 마소."

익선은 생긴 모양 그대로 뻔뻔스러웠다.

"죽지랑의 체면도 생각해야지."

"지금은 무관시대가 아니고 문관시대란 말이요. 늙었으면 집에 처박혀 있을 것이지, 찾아와서 귀찮게 굴어, 굴기를."

사리 간진이 무안을 당하자 진절 사지가 말안장을 내놓았다.

익선은 거만을 떨어대다가 "그렇다면, 좋소이다. 이제 데려가도 좋소. 뇌물도 뇌물 같아야지." 하고 뚱하게 말했다.

득오는 마흔이 넘은 나이에 부당한 부역에서 풀려난 해방감보다는 전율로 떨었다. 자기의 신분이며 명성이 아무리 높다 해도 그것으로 상대가 위압당하거나 굴복하는 것이 아니라 오히려 상대방의 인격을 존중해 줌으로써 스스로 굽어 들도록 하는 죽지의 은연 자중하는 인품에 전율을 느꼈던 것이다. 지금 예순을 바라보는 나이였으나 20여 년 전, 당시의 일을 생각만 해도 전율감이 일었다.

득오는 신라금을 다잡고 현을 퉁겨서야 벽두가 떠올랐다.

지난 봄 그리워
못 견디게 우는 이 서러움

그리움이란 임이 대상이며 임의 본질은 그리움이 속성이기 마련이었다. 그 임도 여성이 아닌 바로 남성, 죽지랑을 그리워해서 그리움의 사로 첫 연을 장식했다. 그렇다. 죽지의 인간 됨됨이가 어느 새 존경과 숭모로, 그리움으로 돌변해서 흠모의 정으로, 남성이 여성을, 여성이 남성을 그리워해 읊은 노래는 많아도 남성이 남성을 그리워해서 노래를 지어 부른 노래는 흔치 않을 것이다.

그러나 그뿐, 득오는 다음 연을 잇지 못해 몸부림쳤다. 그것은 악몽과 같은 과거가 그리움을 망쳤기 때문이었다.

그 뒤, 익선의 만행이 온 서라벌에 번졌다.

이제는 거의 다 거세되었다고 믿었던 화랑의 잔존 세력이 거칠게 항의했다. 여론도 왕실에 불리했다.

왕은 이러다 모반이라도 일어나지 않을까 해서 지레 겁을 집어먹고 조정의 화주(花主)를 불러 지엄한 어명을 내렸다.

"화랑의 잔존 세력들에게 명분을 줘서는 아니 되오. 익선을 잡아 엄히 다스리시오. 당장 시행하시오."

조정의 화주는 사자를 보내어 익선을 잡아다 더럽고 추함을 씻어 주려고 했으나 도망쳐 숨어버렸다.

대신 장자를 잡아 성안 연못에 넣어 목욕을 시켰다. 때는 엄동, 장자는 그만 얼어 죽고 말았다.

나이 열 두엇, 너무나 앳된 나이. 아버지 대신 얼어 죽는 현장을 목격한 탓으로 지난 세월만큼 한으로 남아 괴롭혔다.

시상이 절정으로 치닫는 순간, 악몽이 되살아나다니.

득오는 또 늪가를 배회했다.

신라금마저 손에서 놓아버리고 정처 없이 방황했다. 방황하면서도 악몽을 지우기 위해 죽지의 인품을 무던히 떠올렸다.

죽지는 화랑의 전형으로 용장인 동시에 덕장이었다. 그로 인해 부하들의 존숭을 한 몸에 받지 않았던가.

죽지는 수차에 걸쳐 전쟁터에 나가 혁혁한 전공을 세웠다.

진덕여왕 3년, 백제장군 은상(殷相)이 군사를 이끌고 석토성 등 일곱 성을 함락시켰을 때, 죽지는 약관 23세의 나이로 대장군 김유신 휘하에 들어가 적을 격파시켜 잃었던 성을 되찾았고 이태 뒤에는 행정 최고기관인 집사부 중시의 중책에 올랐다.

또 문무왕 10년, 전쟁터로 나가 내지(內地)와 천존(天存)과 합세해 일곱 성을 탈취하고 적 2천여 명을 참수했다.

죽지의 가장 빛난 전공은 문무왕 11년 6월의 격전이다.

가림성(加林城)을 짓밟고 진격해 석성에서 당병과 혈전을 치르면서 천부의 덕장임을 유감없이 발휘했던 것이다.

술종공이 삭주도독사(朔州都督使)가 되어 임지로 향할 때였다.

왕은 삼한에 병란이 있어 기병 3천으로 호송하게 했다. 행차가 죽지령(竹旨嶺)에 이르렀을 때, 어떤 거사 하나가 길을 닦고 있었다.

이를 보고 술종공이 경탄해 마지않았고 거사 또한 공의 위세가 매우 혁혁함을 좋게 여겨 내심 감탄했다.

이심전심이었을까. 술종공이 부임한 지 한 달이 지날 무렵이었다.

거사가 방으로 들어서는 꿈을 꿨다.

부인 또한 같은 꿈을 꿨다.

이튿날 공이 사람을 보내어 거사의 안부를 알아 오게 했다. 사자가 달려가서 알아보니, 거사는 죽은 지 이틀이 지났다고 했다.

공교롭게도 거사가 죽은 날은 내외가 꿈을 꾼 날과 같았다.

공은 죽은 거사가 우리 집에 태어날 게야 하고 태몽임을 시사했으며 군사를 보내어 영마루 북쪽 양지 바른 곳에 거사의 무덤을 쓰게 하고 미륵상을 조각해 무덤 앞에 안치토록 했다.

부인이 꿈을 꾼 날로 태기가 있었고 만삭이 되어 해산을 하고 보니 아들이었다. 해서 이름을 죽지라고 지었다.

죽지는 거사의 정령을 받아 태어나기도 했으나 아버지의 가르침을 게을리 하지 않은 탓도 있었다.

술종공은 좌우명 하나를 새겨 뒀다가 자식이 태어나자 틈만 나면 들려주면서 주지시켰던 것이다.

진덕여왕 때였다. 술종공은 알천공(閼川公), 임종공(林宗公), 호림공(虎林公), 염장공(廉長公), 유신공(庾信公)과 함께 남산에 있는 우지암(于知岩)에 모여 국사를 의논하고 있었는데 호랑이 한 마리가 좌중으로 뛰어들었다. 다른 사람들은 모두 놀라 도망쳤으나 알천공만은 당황하지 않은 채 담소하며 호랑이 꼬리를 잡아 땅에 메어쳐 죽였다.

그로 말미암아 알천공의 알력이 셌기 때문에 상석에 앉혔으나 좌중은 유신공의 위엄에 오히려 심복했던 것이다.

이를 두고 공은 훈계했다.

"사람은 완력이나 만용만 가지고는 무리의 신망을 얻을 수 없는 게야. 힘으로야 알천공이 유신공보다 몇 수 위였으나 덕이 부족한 그를 따르지 않았어. 사람에게는 용력도 있어야 하나 덕을 쌓아야 큰 인물이 되는 게야. 알아듣겠는가?"

죽지의 인간 됨됨이가 낱낱이 드러난 싸움이 석전전투였다.

그야말로 피아가 서로 뒤엉켜 이레 낮 이레 밤에 걸쳐 치열한 백병전(白兵戰)을 치렀는데도 싸움의 승부는 좀체 나지 않았다.

여드레째 되는 한낮 무렵, 그 시각이었다.

당장(唐將)이 백제의 유병(遊兵)과 당의 성한 병사들을 몰아 신라 진으로 돌진해 왔다. 신라병은 지치고 굶주려 사기를 잃은 데다 전의마저 상실한 채 패전을 기정사실로 받아들이려 했다.

패전의 다급한 상황에서 이적이 일어났다.

죽지가 구원장(救援將)의 화신으로 일선에 나타나 신라병들을 독전하며 동에서 번쩍, 서에서 번쩍 신풍을 몰면서 앞장서 적진을 돌파했고 뒤를 이어 병사들이 내달아 잔적을 유린했다.

순식간의 일이었다. 패전이 승전으로 돌변했고 여드레째 혈전은 마침내 막을 내렸던 것이다.

그런데 승리에 취한 병사 둘이 엉뚱한 짓을 했다.

숲을 뒤지던 병사 하나가 "저기 치맛자락 보이제?" 하고 동료에게 물었다. 뒤를 따르던 졸개가 끄응 하고 침을 삼켰다.

"이거 미치겠는데. 정말 미치겠어."

"쥐도 새도 모르게 해 치우자."

"둘이다, 두 사람이야. 호박이 넝쿨째 굴러 왔으니 복이 터진 게지."

"우리 둘이서 하나씩 차지하면 땡이겠다."

병사 둘은 덤불 속을 뒤져 여자를 끌어냈다.

"나오시지. 숨어도 소용없어."

여자 둘은 겁에 질려 걸음도 제대로 떼어놓지 못했다. 한 여자는 열일곱 정도, 다른 여자는 스물 두엇 들어 보였다.

졸개가 침을 삼켰다. 여자를 보지 못한 지 달포가 넘었다.

"예쁜데. 저렇게 예쁜 여자는 처음 봐."

"먹어 치우고 입을 싹 씻는 거다."

병사는 손으로 목을 베는 시늉을 했다.

"우리 이런 짓거리하다가 대장에게 들키면 어쩌지?"

"갑자기 소심해지기는. 우선 먹고 보는 거야. 이런 전쟁터까지 끌려왔다면, 저년들 하는 짓은 이골이 났을 게야."

병사는 나이 어린 여자를 숲 속으로 끌고 갔다. 치맛자락이 걷어 졌다. 회멀끔한 허벅지가 드러났다. 비명소리가 째지게 났다.

그는 정신없이 배설하고 나서야 여자의 비명소리가 무슨 뜻인 줄 알았다. 피 봤다고, 난생 처음으로 숫처녀를 먹어 봤다고 좋아한 것도 잠시였다. 여자는 배가 불러 있었다.

뜻밖의 사태에 졸개가 불안해 병사에게 말했다.

"아이를 가졌어. 천벌을 받을 게야."

"전쟁터까지 와서 양심타령을 하다니."

둘은 옥신각신 다퉜다. 병사가 졸개를 쓰러뜨리고 칼을 들어 임신한 여자의 목을 치려고 했다. 졸개가 일어나 막아섰다. 맞붙어 싸우다가 병사들에게 발각되어 죽지 앞으로 끌려갔다.

둘은 죽지의 굳은 표정을 보고 당장이라도 날벼락이 떨어질 것 같아 사색이 되어 사시나무가 떨어대듯이 벌벌 떨어대고 있지 않는가.

죽지는 눈을 감고 한참이나 생각하는 듯하더니 뜻밖에도 "네놈들이 군기를 어기고 저 여자들을 범했단 말인고?" 하고 물었다.

"……"

"왜, 대답이 없는고? 벙어리인가?"

죽지는 끙 하고 호흡을 가다듬었다.

장졸들은 어떤 명령이 떨어질지 몰라 숨을 죽였다.

그랬는데 "너희는 결혼을 했는고?" 하는 뚱한 질문을 했다.

"……?"

"결혼은 했느냐고 물었다. 어찌 대답이 없는 거냐? 어서 대답하라."

"저, 저는요, 아직 미 처자이옵니다."

"그래. 군기를 어긴 죄, 마땅히 참해야 하나 대승을 거둔 처지에 피를 보고 싶잖아. 용서는 해 주되 조건이 있어."

"……?"

"저 여인과 혼인해서 해로하겠는고?"

말은 부드러웠으나 위엄이 넘쳐흘렀고 뜻밖의 조건에 병사 둘은 대답조차 하지 못하고 쩔쩔 매고 있었다.

"혼인해서 살겠는가, 아니면 목을 내놓겠는고?"

"살려만 주신다면, 여부 있겠습니까."

"식언은 아니렷다?"

"어느 안전이라고 거짓으로 아뢰오리까."

"행복하게 해줘야 한다."

"장군님, 명심하겠습니다요."

그제야 긴장해서 지켜보던 병사들 사이에서 와, 하는 탄성과 동시에 우레 같은 박수가 쏟아졌다. 박수소리가 멎기도 전에 적 참수 5천3백여 수,

백제 유장 두 명과 당나라 장수 과의(果毅)를 사로잡았다는 보고.

이 싸움으로 백제의 유병이나 당병은 아예 반기를 들지 못할 정도로 위엄을 떨쳤으며 죽지의 명성은 3대에 드날렸다.

득오는 석성 싸움에 출전해서 죽지와 생사를 함께 하며 그의 인품을 가까이서 지켜볼 수 있었다.

혁혁한 전공을 세운 용감함과 역대 왕에게 신임을 받은 충직함이며 흠모의 대상이었던 화판(花判－화랑의 우두머리), 동정심이 남달랐고 부하 하나라도 아끼는 다정다감함이며 신분이나 지위를 내세워 교만해 하지 않는 은연자중, 이해를 구하는 중후하고 겸허함은 물론 도량마저 넓었던 죽지의 모습이 떠올랐다가 이내 사라지곤 했다.

아름답던 그 모습
세월 흘러 주름살졌으니

여성만이 아름다운 것은 결코 아닐 것이다.

지고의 아름다움은 남성이 남성에게서 느끼는 그리움일 수 있으나 지순의 그리움이 극대화될 때, 또 다른 장벽에 부딪칠 수 있다.

해서 다음 연을 이을 수 없어 또 고민했다.

통일의 주역이었던 죽지였다.

유신과 함께 부원수가 되어 삼한을 통일했고 진덕, 태종, 문무, 신문왕 등 4대에 걸쳐 나라를 안정시킨 총재(冢宰)까지 역임했었는데 늘그막에 푸대접을 받고 이렇게 초라하게 지내다니.

지존처럼 우러러보였던 죽지랑에 대해서 세상이 아무리 변했다고 하더라도 그렇게 푸대접할 수는 없는 일이었다.

지난날을 생각할수록 못 견디게 서러운 심정에서 그리움이 우러나왔다면 그리움의 뿌리는 도대체 어디서 유래한 것일까.

고매한 인격이 너무나 융숭했던 죽지, 늙었다는 무상에서 그리움이 연유됨과 동시에 죽지의 명을 염원하는 발로는 어떨까.

그런데 그리움은 인간적인 유한성과 시간적인 무한성에서 우러나는 또 다른 슬픔을 동반한다.

인간이면 누군가와 관계를 맺고 삶을 살아가게 마련이고 그와 함께 그런 관계도 시간의 무한성에 의해 언젠가는 허물어지게 되어 있는 것이 속성인지 모른다. 그런 삶도 의식적이든 무의식적이든 삶의 기조로 작용하고 있다고 한다면 인간이라는 유한과 시간이라는 무한과는 상반될 수밖에 없으며 끝없는 괴리현상을 빚어내는 것은 아닐까.

그런 탓으로 인간은 고독과 소외감에 젖어 운명적으로 살아가게 마련이고 누군가는 먼저 떠나야 한다는 단절의 아픔은 그리움을 자연발생적으로 낳을 수밖에 없지 않겠는가.

죽지와의 유대, 언제부터인지 확적하지 않았으나 정신적으로 하나가 된 유기체, 오랜 세월에 걸쳐 맺어진 인연이었다.

아름다운 유기체의 장애물은 무엇일까?

유기체를 파괴한 것은 인간이 아닌 시간의 사나움이었다. 죽지와 득오, 이 둘의 유기체는 인위로는 파괴할 수 없으며 오직 시간만이 파괴할 수 있기 때문에 시간의 사나움에 떠맡길 수밖에 없었다.

득오는 자연발생적인 그리움 때문에 다음 연을 잇지 못했고 시간의 사나움을 어쩌지 못해 슬퍼했고 애타 했다. 그리고 끝없는 그리움은 합일에의 또 다른 한을 낳았다.

죽지의 환한 얼굴이 지금도 생생한데 세월 흘러 주름살졌다는데 새로운 한이 치받쳤다. 누구나 세월이 흐르면 늙게 마련이나 그에게 있어서만은 달라야 했다. 죽지가 풍기는 숭고한 인품의 향기, 그로 하여금 그리움의 화신이 되게 했고 합일에의 집요한 동경을 낳아 '아름답던 그 모습, 세월 흘러 주름살졌으니'를 낳았다면 다음 연은……

득오는 통일의 주역이었던 죽지의 주름살에서 화랑의 성과 쇠, 영과 고, 명과 암의 모습, 그 중에서도 쇠의 모습, 암의 모습, 고의 욕됨을 보는 듯해 가슴은 아프다 못해 쓰라렸다.

더욱이 늘그막 들어 쇠와 암의 생활이 점철되지 않았던가. 통일 이후 정치판이 새로 짜일 때, 권세의 자리에서 밀려났다.

지금까지 늙고 실세한 화랑의 초라한 모습을 구성지게 읊었다면 이제는 딱할 만큼 초췌한 모습에서 전환해야 하지 않을까.

환하고 아름답던 모습을 영광으로 재현할 수 없어 한으로 응결될 수밖에 없으며 세월과 인생의 무상함이 뼈저리게 느껴지면서 단절의 아픔만 더해지는데, 아니 인자하고 고결한 인품과 짝해 언제까지나 살고 싶은데 늙어 죽게 되었으니……

이런 소박한 바람마저 하루아침에 산산이 깨어져 허망한 꿈이 되어 버렸으니 새로운 한으로 몸부림칠 수밖에.

눈 내두를 사일망정
만나보고 싶어라

고매한 인품에 대한 숭모가 승화되어 3연을 낳았다면 그리움과 한의 속성은 무엇일까? 그것은 표리의 관계였다.

그리움의 속성은 합일을 지향하는 염원의 발로이고 한은 합일에의 꿈이 여지없이 깨어지는 데서 오는 괴리, 그리움이 환상의 꿈으로 변해 버렸을 때에야 우러나온 한은 자연발생적인 한일 수 있다.

그런 한마저 돌이킬 수 없어 메아리로 굳었다.

죽지에 대한 사모의 정염이 조화를 이뤄 한 사람의 인품을 숭고한 미로 고양시켰다면 남성이 남성을 향한 인간적인 유대가 아름답게 승화된 것으로 끝낼 수는 없을까.

아니었다. 그도 아니었다. 그리움과 한을 그리움과 한으로 끝낸다면 그것은 시도 아니고 노래도 아닌 한낱 넋두리요 푸념에 지나지 않는다.

득오는 사모와 한을 단심으로 격상시키려고 고심했다.

죽지의 인품에 감화를 받은 나머지 맹목적인 자기투시의 충정, 일종의 희생적인 맹세와도 같은 맹신인 단심으로 정화하기 위해 시심을 동원했고 살아온 세월을 우러러 인고하며 시심을 참기름 짜듯 짜냈다.

죽지와 함께 남은 삶을 보낼 수만 있다면 이제 죽어 야차의 지옥에 떨어진다고 한들 여한이라곤 있을 수 없을 것만 같았다.

죽어 저승에서라도 만나 함께 지내고 싶은 지순지애가 도타운 단심을 낳았고 인격의 감화가 낳은 지순지결의 순애, 자기희생마저 그를 위해서라면 달게 받아들이겠다고 다짐하고 다짐해서 죽지와 일체가 되려는 소망 아닌 비원을 마지막 연에 담았다.

낭의 그리운 마음 좇는 길
다북쑥 굴혈에 잘 밤도 있으리

영원히 그리워하는 마음, 영원히 하나가 되고 싶은 단심이 궁극적으로 이상이요 지상의 과제로 굳어졌다.

그리움이 굳어져 승화된 고도의 지순한 상태, 거짓 없고 변함없는 참마음의 정수(精髓), 고도로 승화된 그리움의 결정체라고 할까.

끝없이 사모하는 정염과 이제라도 죽어 저승에 가서라도 함께 있기를 바라는 비원이 형상화된 지금이야말로 더 이상 배회는 죽지를 모독하는 행위일 뿐이었다. 그리고 잊기 전에 정서해 두고 신라금에 맞춰 퉁겨야 한다. 그것도 혼자만 퉁기면서 즐길 것이 아니라 만인에게 들려줘서 심금을 울려야 했다. 그렇게 해 후세에까지 죽지의 인품을 전하지 못하다면 한낱 넋두리에 지나지 않는다.

득오는 서둘러 집으로 돌아왔다. 돌아오자 방안에만 틀어박혀 신라금과 씨름한 끝에 사를 완성해서 향찰로 옮겼다.

去隱春皆理米
毛冬居叱沙哭屋尸以憂音
阿冬音乃叱好支賜烏隱
貌史年數就音墮支行齊
目煙廻於尸七史伊衣
逢烏支惡知作乎下是
郎也慕理尸心未行乎尸道尸
蓬次叱巷中宿尸夜音有叱下是

득오는 한 자의 착오도 없이 옮겼다. 그리고 신라금을 무릎 위에 올려놓고 화음에 맞춰 금을 퉁기고 뜯어 곡까지 완성했다.

곡을 완성하자 득오는 지체 없이 죽지에게 달려갔다.

그런데 날벼락이 떨어졌다. 문안을 드리지 못한 며칠 사이, 죽지는 이 세상 사람이 아니었다. 이틀 전, 그러니까 그저께 사를 지어 곡을 완성한 그 시각에 맞춰 운명했던 것이다.

초상집은 썰렁했다. 조문하러 오는 사람도 없었다. 죽지를 따르던 늙은 낭도 몇 명만이 초라한 빈소를 지키고 있었다.

득오는 오열했다. 고희를 축하하기 위해 사를 짓고 곡을 완성했는데 조사가 될 줄이야. 득오의 주름진 얼굴에는 눈물이 흘러 내렸다.

그는 나이답지 않게 흐느껴 울다 신라금을 다잡았다.

둥기둥! 신라금 열두 마디에서 지음이 쏟아졌다.

차분하고 애조 띤 어조는 예순 늙은이의 쉿소리가 아니라 십대의 앳된 목소리에 연륜이 흠씬 배어 있었다.

지난 봄 그리워

못 견디게 우는 이 서러움

아름답던 그 모습

세월 흘러 주름살 졌으니

눈 내두를 사일망정

만나보고 싶어라

낭의 그리움 좇는 길

다북쑥 굴헐에 잘 밤도 있으리

연주가 끝났는데도 여운은 좀체 사라지지 않고 길게 끌었다.

사람들은 사모의 정염에 젖어 눈시울이 뜨겁게 달아올랐고 그리움이 응결되어 승화된 노래에 혼연일체가 되었다. 거짓 없고 변함없는 마음의 정수, 고도로 승화된 노래의 감동이 가슴에 닿아 출렁이었다. 아니, 찡하도록 와 닿아 떨어질 줄 몰랐다. 남자와 여자가 밤새 잠자리에서 부대끼며 살을 섞는, 뜨겁게 단 살이 맞닿으면서 비지땀을 흘리는, 바작바작 저며 내는 전율과도 같은 찡함이 가슴을 저몄다. 뜰에 있는 나무들도 수액을 뿜어내고 차디찬 돌마저 모든 기공을 활짝 열어 수분을 짜내는, 인간과 물상들의 아우성이 한데 어울려 앓는 소리를 내고, 그 소리마저 분해되어 머리에서 발끝까지 와 닿아 소나기처럼 쏟아지기 시작했으며 조율이 잘된 악기에서 우러나는 소리가 심장에 덜컥덜컥 떨어졌다.

죽지의 화려했던 지난날마저 슬프지 않은 것이 없었다.

노경의 처지가 무력하다고 해도 그렇게 무력할 수 없었고 죽음 또한 초라할 수 없었다. 그런 탓으로 구성진 가락일 수밖에.

득오는 장례를 치르고 집으로 돌아오자 신라금을 박살내어 태워 버렸다. 고희를 축하하려고 한 것이 오히려 장례의 숙연한 분위기를 망가뜨린 것이 아닌가 해서였다.

그는 신라금을 태운 재로 목욕재계한 뒤, 곡기를 끊고 단좌한 채 가슴앓이로 몸뚱이가 분해되어 갔다.

득오의 노래는 사방으로 퍼졌고 대궐까지 번져 왕의 귀에까지 들어갔다. 노래를 들은 효소왕(孝昭王)은 모죽지랑가를 후세에까지 전하도록 했을 뿐만 아니라 궁중 연회시 연주토록 했다. 그리고 모량리 출신으로 벼슬에 오른 사람은 모두 쫓아냈으며 관청에는 발을 들이지 못하도록 조치한 데다 승의조차 입지 못하도록 했으며 승이 된 자가 있더라도 종을 치고 북을 울리는 절에는 일체 발을 들이지 못하게 했다.

왕이 익선의 오만불손한 행동을 빌미로 모량리 출신 모든 사람을 응징한 것은 죽지에 대한 국가적인 차원에서의 배려가 아니라 죽지를 빙자해 모량부 출신의 세력을 의도적으로 숙청한 것이었다.

비록 거세되었다고 하나 제도상으로 잔존하는 화랑들의 불만을 진무하는 수단이었으며 만에 하나 있을지도 모를 모반을 사전에 예방하기 위한 특단의 조치였다. 특단의 조치를 내리게 된 결정적인 계기는 바로 모죽지랑가(慕竹旨郎歌) 때문이라고 할 수 있었다.

널 어찌 잊으리 하셨는데

사저로 물러나 두문불출한 지 사흘, 신충(信忠)은 왕의 밀지를 받은 승지가 세 번이나 다녀갔으나 모두 문전에서 물리쳤다.

일각도 지체할 수 없으니 당장 입궐해서 시중 직을 계속 맡아 민심을 수습하라는 신왕의 전갈임을 알면서도 물리쳤다.

신충은 세상일이 모두 허망했다.

선왕의 급서 충격에서 벗어나지 못한 탓도 있었으나 유언이 아무리 지엄하다고 하더라도 그렇게 초라하게 보낼 수 없었으며 시중으로서 마지막 가는 왕을 너무나 홀대했다는 불충에서 헤어날 수 없었다.

효성왕(孝成王)은 제위 5년, 절대왕권을 휘둘러보지도 못한 채 외척의 눈치 보기에만 전전긍긍했었다.

지금에 와서야 왕권이 서서히 회복되어 가는 시점인데 너무도 아까운 20대에 급서하고 말았으니, 왕과는 각별한 사이였던 신충은 세상일이 모두 허망할 수밖에 없었다.

효성왕은 왕위쟁탈의 소용돌이 속에서 인생의 무상함을 얼마나 느꼈던지 "짐이 죽으면 화장을 해서 재를 동해에 뿌려주오." 하고 유언(遺言) 아닌 회언(戱言)까지 했었다.

왕실과 신하들은 왕의 회언에 따라 장례를 서둘렀으니 국장은 자연 소홀할 수밖에 없었고 국상치고는 너무나 초라했던 것이다. 죽었으니 내다 버린다는 식으로 급서한 국왕의 장례를 치렀다.

그런데도 누구 하나 이의를 제기하지도 않았다.

효성왕이 즉위하기까지는 곡절도 많았었다.

온갖 도전을 물리치고 제위에 오르자 왕은 능력을 따져 인사를 단행했다. 이찬 정종(貞宗)을 상대등, 아찬 의충(義忠)을 시중에 임명했다.

그런 후한 녹을 입은 신하들마저 신왕의 눈치 보기에 혈안이 되어 초라하기 짝이 없는 국상에 대해서는 이의를 거론치 않았다.

왕실도 왕실대로 두서없이 서둘렀다. 같은 자매인 혜명왕후(惠明王后)마저 언니가 낳은 선왕의 국상인데도 관심을 드러내기보다 동생 헌영(憲英)을 제위에 앉히는 데 혈안이었다.

따라서 국상은 신왕의 즉위식에 밀려 대궐도 아닌 소찰에 지나지 않는 법류사(法流寺)에서 화장으로 간소하게 치러졌고 재는 범선에 실려 동해 물결 위에 뿌려졌다.

그날따라 파도는 왜 그리 사납던지.

신충은 시중에 오른 지 2년, 시중으로 초라하기 짝이 없는, 졸부의 장례에도 미치지 못하는 국상을 치렀으니 만감에 사로잡힐 수밖에 없었다.

두문불출하는 사이, 시중 직에서 떨려났다는 전갈을 받았으나 신충은 일말의 동요조차 일지 않았다.

그는 왕의 49재가 다가오자 자리를 털고 일어났다.

그는 일어나자 아무도 눈치 채지 못하게끔 집을 빠져 나와 정처 없이 떠돌았다. 발길 닿는 대로, 마음 내키는 대로 떠돌다가 전혀 알 수 없는 남악＜지리산＞으로 들어섰다.

들어서서는 이름도 없는 골짜기를 헤맸다.

날이 저물면 바위 틈새를 비집고 잠을 잤고 날이 새면 또 헤맸다.

열흘이나 헤매고 돌아다녔을까. 신충은 허기진 데다 지쳐 쓰러진 채 의식을 잃고 말았다. 뒤늦게 의식이 돌아왔을 때는 초막으로 지은 암자에 누워 있는 자신을 발견하고 당황했다.

"내가 왜 여기에 누워 있지."

신충은 기억을 떠올렸으나 산 속을 헤매다가 쓰러진 것만 생각이 날 뿐 그 뒤는 기억이 나지 않았다.

기억을 더듬고 있는데 낯선 스님이 방안으로 들어섰다.

"시주, 이제야 정신이 돌아오셨습니까?"

"스, 스님은 뉘시오?"

스님은 암자의 주지인 겸허(兼虛)라고 했다.

"신충이라고 합니다."

"신충, 조야의 신임을 한 몸에 받고 있는 분이 아닙니까?"

"스님께서 어찌 하찮은 이름을?"

"산 속에 묻혀 지낸다고 해서 세상을 등진 것은 아니었소이다. 효성왕의 총애를 받던 시중을 모를 리 있겠습니까."

"그런 말씀을 하시니 부끄럽소이다."

"깨어나셨으니 공양이라도 하셔야지요."

겸허는 시주를 나갔다 돌아오는 길에 숲 속에 쓰러진 사람을 보고 두고 올 수 없어 업어왔으며 아랫목에 눕혀두고 군불을 지피고 잣을 갈아 미음을 끓이다가 방으로 들어섰던 것이다.

"선사님께 신세를 끼치다니요. 예가 아닙니다."

"신세라고 할 것까지야 무에 있겠습니까."

두 사람은 수인사를 나눈 뒤 밤이 이슥하도록 이야기했다.

이야기 끝에 신충은 속내를 드러내어 부탁을 했다.

"선사님께 부탁이 하나 있소이다. 말씀드리면 들어주시겠습니까?"

"어서 말씀해 보시지요. 좋은 방책이라면 좋겠소."

"먼저 외부인의 발길부터 일체 끊었으면 합니다."

"외부인의 발길을 끊다니요?"

"선왕의 49재를 이 암자에서 지냈으면 해서요."

"초라한 이 암자에서 재를?"

"그렇소이다, 선사님. 도와주십시오."

"시중 대감의 부탁이라는 데야."

"내키지 않는다면 그만 둬도 됩니다."

"오히려 불자의 영광이지요."

49재는 시일이 촉박해 서둘러야만 했다.

겸허가 신도 두엇을 불러 조촐한 음식을 마련해 제상을 차렸다.

진설된 음식은 비명에 운명한 왕의 49재라기보다는 졸부의 제상에도 미치지 못했으나 정성이 담겨 있었다.

겸허와 그를 따르는 신도들이 신충의 마음을 알아 이름 없는 졸부의 거창한 재보다도 각별히 정성을 쏟았기 때문이다.

49재는 이경이 지나서야 끝났다.

"이렇게 재를 올릴 수 있게 된 것은 선사님의 덕입니다."

"소승의 덕이라니요. 대감의 충정일 테지요."

"가진 것이라곤 공수뿐이니……"

"마음이 곧 시주인 걸요."

신충은 품속에 지녔던 순금 한 덩이를 시주했다. 순금 덩이는 효성왕이 잠저(潛邸)에 있던 시절, 신표로 준 것이었다.

"이처럼 소중한 물건을 내놓다니, 불은입니다. 대감, 소중히 간직했다가 암자를 신축할 때 요긴하게 쓰겠습니다."

"선사께서 저의 중생의 마음을 알아주십니다그려."

"어찌 대감의 뜻을 덕이 부족한 소승이 알겠습니까."

"세상인심이 각박한데 선사는 그렇지 않습니다."

당시 대부분의 사찰에서는 신도의 시주 정도에 따라 대접도 달랐고 배웅도 달랐다. 주지가 방안에 앉은 채, 또는 선 채 배웅하면 별 볼일 없는 신도이고 방문을 열고 나와 마루나 뜰에 내려서서 배웅하면 괜찮은 신도이며 절문을 나서 멀리까지 따라 나가 배웅하면 권세가이거나 돈 많은 신도를 암시했다. 겸허는 그런 것을 초월했다.

부자나 가난한 자나, 지위가 높거나 낮거나 따지지 않았다. 누구라도 암자를 찾아와 도움을 청하면 기꺼이 응하는 구제의 스님이었다.

"밤도 깊었으니 침소로 드셔야지요. 자리를 마련했습니다."

"침소까지 마련해 뒀다니…"

"모두가 부처님의 뜻이겠지요."

침소는 물소리를 주워 담을 수 있는 개울가에 있었다.

안내를 받아 신충은 침소로 들어섰다.

윗목에는 조그만 미륵불이 안치되어 있었고 촛불과 향이 타고 있었다. 아랫목에는 깨끗이 손질한 요며 이불이 깔려 있었다.

지친 심신을 눕히기에 안성맞춤이었다.

"스님, 새벽 예불 시간에 맞춰서 기별하겠습니다."

"이렇게까지 배려해 주시다니요."

"배려라니요. 별 것도 아닌 것을."

겸허는 방이 알맞게 데워졌는지 바닥을 만져보고 돌아갔다.

새벽 예불까지는 한 식경이나 남았을까.

신충은 자리에 누워 촛불을 껐으나 잠이 오지 않았다.

창에는 열이레 달이 잣나무 그림자를 드리우자 눈동자가 초롱초롱 살아나면서 잣나무 그림자에 시선이 머물렀다.

귀는 흘러가는 개울물 소리를 놓치지 않았다. 시간이 지날수록 개울물 소리는 과거를 실어 날랐다.

성덕왕(聖德王) 36년 동안은 정파간의 주도권 쟁탈로 암투의 각축장이었으며 따라서 시중의 잦은 교체를 야기했으니…

신충으로서는 참으로 다사다난했던 시기에 곡예를 한 삶이었다.

왕은 등극하자 아찬 원훈(元訓)을 시중에 임명했으나 2년이 채 안돼 면직시키고 아찬 원문(元文)으로 교체했다.

이어 그를 강제로 물러나게 하고 아찬 신정(信貞)을 시중에 임명했다.

5년에는 대아찬 문량(文良)으로 신정의 뒤를 잇게 했으나 며칠이 못 가 아찬 위문(魏文)으로 교체하지 않을 수 없었다.

그런 위세 등등한 위문도 이찬 효정(孝貞)에게 떨려나는가 하면 효정 또한 파진찬 사공(思恭)에게 쫓겨났다. 사공도 우여곡절 끝에 시중 직에 올랐으나 불과 2년, 파진찬 문림(文林)에게 떨려났다.

이번에는 왕의 의도대로 선종(宣宗)을 앉혔으나 왕의 신임이 두터웠던 선종마저 윤충(允忠)에게 밀려났다.

해서 왕의 권위는 실추될 대로 되어 주워 담을 수도 없었다.

원인은 왕 3년, 승부령 소판 원태(元泰)의 딸을 왕후로 맞이한 이후부터였다. 원태는 영리한 딸을 둔 탓으로 왕 이상의 권세를 휘둘렀다.

성정왕후(成貞王后)가 태자 중경(重慶)을 낳으면서 그의 세도는 절정기를 맞이했다. 게다가 둘째 왕자인 수충(守忠)이 당의 숙위로 들어가 신통하게도 현종의 총애를 한 몸에 받게 되자 왕까지 업신여겼다.

왕 14년, 원태는 중경의 태자 책봉까지 밀어붙였다.

그랬으니 원태의 자만은 하늘 높은 줄 모르고 치솟았다.

이런 원태의 독주는 반대세력의 준동을 예고한 것이나 다름없었는데 순원의 재등장이 그것이었다.

그는 한때 시중 직에 있었으나 이찬 경영(慶永)의 모반사건에 연루되어 파직 당했었는데 어느 새 반대세력을 용케도 규합해서 원태에게 정면으로 도전했던 것이다.

그 무렵, 성정왕후의 비리가 봇물처럼 터져 동경이 들썩이었고 하루도 빠할 날이 없이 상소가 들이닥쳤다.

해서 순원은 이때가 원태를 몰아낼 절호의 기회라고 생각하고 왕비의 비리를 끈질기게 물고 늘어졌다.

원태 일파가 왕비를 비호하고 나섰으나 왕의 사랑이 식은 데다 민심마저 떠나 순원의 승리로 끝났다.

왕 15년, 기세등등하던 왕후는 축출 당했다.

왕후가 쫓겨났다고 해서 원태의 세력이 꺾인 것은 아니었다. 여전히 원태는 권력의 심장부에 남아 있었다.

그런데 순원이 권력을 하루아침에 거머쥐게 된 사태가 발생했다. 태자로 책봉된 지 2년, 2월에 급서했다.

원태 일파는 태자가 죽기 전에 숙위로 가 있는 수충을 화급히 불러들였다. 그것도 현종을 꼬드겨서 태자 책봉을 강력히 주장한다는 친서까지 가져오게 했는데도 조정은 당의 의견을 묵살했다.

이는 순원이 들어 태자 책봉을 강력히 저지했기 때문이었다.

현왕이 젊어 태자 책봉을 서둘 필요가 없다는 주장을 겉으로 내세웠으나 속셈은 따로 있었다.

순원의 속셈이 구체적으로 드러난 것이 왕 19년이었다.

그가 딸을 왕비로 들여앉히는 데서 드러났으며 소덕왕후(炤德王后)가 왕자 승경(承慶)을 낳으면서 절정에 이르렀다.

그로부터 조정은 새로운 암투가 시작되었다.

왕위 계승을 두고 정실 소생인 수충을 옹립하려는 일파와 후실 소생인 승경을 싸고도는 일파는 치열한 각축전을 전개했다.

그들의 암투로 국력은 소진되었고 민심은 왕실을 떠나갔으며 승산도 없는 대결이 7년이나 질질 끌었으니 백성들마저 넌덜머리를 앓았다.

왕 22년, 순원이 들어 왕을 윽박질렀다.

"마마, 속히 왕자 승경을 태자로 책봉해야 합니다. 그보다 화급을 다투는 일은 없습니다. 어서 윤허하소서."

"짐도 아니하는 것이 아니라 못하는 게요. 그것은 당이 수충을 강력히 밀고 있기 때문이오. 더 이상 간하지 마오."

"마마, 그것은 매우 간단한 일인 줄로 알고 있습니다. 단지 현종의 환심만 사면 해소되는 일이 아닙니까."

"현종의 환심을 사다니?"

"당 현종은 미인을 좋아한다는 소문이 자자하지 않습니까. 빼어난 미인을 선발해 진상하면 될 것입니다. 그것도 왕족이나 대신의 딸이라면 현종도 혹할 것입니다, 마마."

"현종에게 미인을 진상한다?"

"벌써부터 소신이 만반의 준비를 해 뒀습니다."

"준비라니, 무슨 준비를?"

"마마의 고자매인 포정(抱貞)이 있지 않으오이까. 부친은 내마였던 천승(千承)으로 그의 딸입니다. 또 한 미인은 정홍(貞薨)으로 부친은 대사인 충훈(忠訓)입니다. 그네들의 미모는 당나라까지 알려져 있지 않습니까. 왕실과 대신의 딸입니다. 현종인들 어찌 탐내지 않겠습니까?"

"경의 뜻이 그렇다면 추진하시오."

왕은 줏대가 없었다. 바람 부는 대로 흔들렸다.

순원이 미인을 들여보내려 하자 천승과 충훈은 정면으로 반대했다. 어명이란 구실을 달아 묵살하고 보냈으나 일은 뜻대로 되지 않았다. 넉 달이 못되어 두 미녀는 되돌아왔다. 더욱이 현종은 미인을 받아들이지 않았을 뿐만 아니라 수충을 태자로 책봉하라는 친서까지 동봉했다.

혹을 떼려다 되레 혹 하나를 더 붙인 격이었다.

순원은 몹시 당황했다. 현종이 수충을 끝까지 태자로 옹립하려는 속셈을 드러냈기 때문에 선수를 칠 수밖에 없다고 생각했다.

해서 그는 모든 일을 제쳐두고 태자 책봉을 서둘렀다.

"마마, 당이 미녀를 돌려보낸 것은 태자 책봉을 빌미로 삼아 우리를 협박하거나 치겠다는 속셈을 드러낸 것 아닙니까? 이럴 때일수록 태자 책봉을 매듭 지으셔야 이완된 민심을 바로잡을 수 있을 것입니다. 태자를 책봉해서 마마의 확고한 의지를 천명하셔야 합니다."

"그게 최선의 방책이란 말이오?"

"마마, 그렇습니다. 그 외는 방도가 없습니다."

"그렇다면, 그렇게 하오."

23년 봄, 드디어 허락이 떨어졌다.

몇 년을 두고 질질 끌기만 하던 태자 책봉이 마침내 이뤄졌다. 정실 소생이 있는데도 후실 소생을 태자로 책봉한 데는 소덕왕후의 입김도 있었으나 순원의 세도가 절대적이라고 할 수 있었다.

당과의 외교적 마찰은 일단 접어둔 것을 제외하곤 순원의 승리로 끝나는 듯했으나 실은 그게 아니었다.

비록 승경이 태자로 책봉되기는 했으나 반발이 너무나 심해 왕위등극은 보장할 수도 없었기 때문이다.

조야의 신망을 한 몸에 받고 있는 신충이 협조한다면 모르지만.

해서 양쪽에서는 신충을 포섭하려고 혈안이 되었다.

그는 대문을 닫아걸고 일체 사람을 들이지 않았다.

하루는 밤늦게 수충이 찾아왔다.

왕자로서 좀체 있을 수 없는, 신하의 집으로 잠행했으니 신충으로서는 물리칠 그 어떤 명분도 찾을 수 없었다.

"대감, 지금 조정은 외척의 손아귀에 놀아나고 있소이다. 그들을 제거하고 왕권을 확립하는 것이 시급합니다. 지금에야말로 대감께서 나서 사태를 수습할 때가 왔다고 봅니다."

"왕자 마마, 순원 일파를 제거하고 왕권을 확립할 비책이라도 가졌단 말입니까? 비책이라도 있다면 말씀해 보시지요."

"저를 밀어주는 당의 강력한 힘이 있지 않습니까. 숙위로 있을 때, 현종의 총애를 한 몸에 받은 몸입니다. 당의 힘을 빌려 왕권을 확립할 수 있습니다. 저를 지지해 주십시오."

"그건 더욱 안될 말입니다. 그리할 수는 없습니다."

"왜요? 왜 안 된다고만 하시오, 대감."

"외세를 끌어들일 수 없기 때문입니다. 당의 힘을 빌려 왕권을 차지했다고 칩시다. 저들의 내정간섭은 어떻게 하시겠습니까. 순원 일파가 모반이라도 일으킨다면 이를 저지할 군사라도 있다는 겝니까. 그렇게 되면 신라는 가만히 앉아서 망하고 맙니다."

"이대로 앉아 당하기만 하란 말입니까?"

"순리에 따라야 할 것입니다."

"순리가 별 겝니까. 밀어붙이면 될 것을."

"그렇게 하셔야 합니다."

"힘으로 밀어붙이는 세상이 아닙니까."

"그렇지 않습니다. 민심이 천심이라는 말도 있지 않습니까. 민심을 잃어서는 아니 됩니다. 민심이 떠나간다면 자멸하고 맙니다. 문무대왕께서 어떻게 통일한 나라입니까."

신충은 수충을 돌려보냈으나 마음이 편할 리 없었다. 나라를 안정시키고 선정을 베푼다면 누가 왕위에 오른들 무슨 상관이 있으랴.

이번에는 순원이 태자 승경과 함께 잠행했다.

순원은 어느 때보다도 공손히 두 손을 모아 허리를 굽혔다.

"이찬 대감, 태자의 왕사가 되어 주셨으면 합니다. 대감이 아니면 왕실에 어느 어른이 있겠습니까? 부탁하오이다."

태자마저 일어나 왕사에 대한 예의를 갖췄다.

"대감님, 대감님의 가르침을 받고자 찾아왔습니다. 훌륭한 왕재가 되도록 절 이끌어 주십시오. 부탁드립니다."

"제가 왕사의 자질을 갖췄어야지요."

신충은 사양했으나 승경은 눈동자를 반짝였다.

"대감만큼 덕행을 갖춘 왕족이 어디 있습니까. 높으신 대감님의 가르침을 받고자 잠행까지 했습니다. 제가 만약 왕위에 오른다면 왕사의 가르침을 받은 대로 신라를 반석 위에 올려놓겠습니다."

"……"

말은 하지 않았으나 신충은 태자를 돌려세울 수 없었다.

명색이 한 나라의 태자가 아닌가.

나이는 어렸으나 행동거지가 수충보다도 의젓했다. 초롱초롱한 눈동자는 영리했고 총기로 뭉쳐 있었다.

잘만 가르친다면 왕재로서 부족함이 없을 게다.

순원은 미웠으나 태자는 미워할 수 없었다.

"그렇게 부탁을 하시니 미력하나마 왕재가 되도록 힘써 보겠습니다. 그러나 지나친 기대는 하지 마십시오."

그제야 신충은 태자의 제안을 못 이긴 듯 받아들였다.

"고맙소이다. 두고두고 잊지 않겠습니다."

그로부터 신충은 잠저를 드나들면서 태자를 가르쳤다.

왕도의 길과 제왕의 길하며 군주가 가야 할 길을 누누이 일깨웠다.

태자는 총명했다. 몸이 약한 것이 흠이지만.

신충은 겉으로 드러내지는 않았으나 속으로 흡족해서 "왕재가 되고도 남음이 있습니다." 하고 왕사로서 최선을 다할 것을 약속했다.

"왕사께서 좋게 보아주시기 때문이겠지요."

"왕위에 오르시거든 왕도의 길을 펴시기 바랍니다. 그러기 위해 왕도의 길을 게을리해서는 결단코 아니 됩니다."

"왕사님, 열심히 배우겠습니다."

시간이 지나고 나달이 흐를수록 신충과 승경 사이는 왕족과 태자, 스승과 제자가 아닌 인간 대 인간으로 진전되었던 것이다.

하루는 잠저 잣나무 아래에서 바둑을 뒀다. 바둑을 둔다기보다는 국가 경영의 비법을 터득한다고 하는 것이 옳았다.

바둑을 두던 태자가 뜻밖에도 "경을 잊는다면 저 잣나무가 절 일깨워 줄 것입니다." 하고 후일을 약속했다.

세월은 덧없이 흘러갔으나 세월이 흐를수록 왕권을 향한 암투는 어느 한 쪽을 요절내려고 했다. 수충을 옹립하려는 일파는 당의 밀약을 하루라도 빨리 얻어내기 위해 지략을 짜냈으며 왕당파는 현왕의 지위를 내세워 태자를 제위에 앉히려고 혈안이 되었다.

순원이 들어 왕을 회유했다.

"원태보다는 당을 먼저 설득해야 합니다. 당을 설득하자면 뇌물밖에 더 있겠습니까? 뇌물로 환심을 사야 합니다."

"하정사를 보내지 않소?"

"그것은 의례적인 외교일 뿐입니다. 비의례적인 파행이 중요합니다. 윤허하소서. 화급을 다투는 일이옵니다."

"경의 뜻이 그렇다면 그렇게 하시오."

순원은 환심을 사기 위해 사신과 함께 당에 공물을 들여보냈으며 왕 25년 4월에는 충신(忠臣)을 입당시켰다.

5월에도 왕제 근질을 보내 조공을 바쳤다. 27년 7월에는 왕제 사종(嗣宗)을 파견했고 28년 9월에도 조공을 실어 보냈다.

29년 2월에는 왕족 지만(志滿)을 입당시켜 조공을 바쳤다.

10월에도 방물을 들여보냈다.

32년 12월에는 왕질인 지렴(志廉)을 들여보냈다.

순원은 하정례(賀正禮) 이외에도 수시로 사신을 파견해서 조공과 방물을 바쳤으나 태자 추인을 받아내지 못했다.

그런데 사태는 의외로 긴박했다.

원태 일파가 동경 외곽에 병력을 집결시켜놓고 도성을 넘보는 데다 왕마저 붕어했던 것이다.

이때의 암투는 국가의 기틀을 송두리째 흔들었다.

신충이 사저로 물러나 잠자리에 들려는 순간, 말 울음소리가 들리는가 싶더니 급히 대문을 두드려대는 소리가 요란스럽게 들렸다.

하인이 대문을 열기가 무섭게 태자 승경이 뛰어들었다.

태자는 가쁜 숨부터 몰아쉬면서 말했다.

"왕사님, 유고가 생겼습니다."

"유고라면 왕이 돌아가시기라도……"

"술시에 돌아가셨습니다. 왕사, 어서 대궐로 듭시어 사태를 수습하셔야지요. 유고가 알려지면 도성을 포위한 원태 일파가 가만히 있을 리 없습니다. 당장 공격하겠지요. 어서요."

"유고를 알고 있는 사람은?"

"지금은 소수 측근들만이 알고 있습니다. 대감, 아니 왕사, 긴급을 요하는 사안입니다. 속히 입궐하시어 사태를 수습해 주셔야지요."

신충은 극비리에 입궐했다. 그는 왕의 급서 소식은 묻어둔 채 태자의 즉위식부터 차질 없이 차분하게 추진했다.

즉위식은 소수의 측근들만 참석했으나 근엄을 잃지 않았다.

태자가 신왕으로 즉위했다는 소식에 접한 원태 일파는 왕성을 공격했으나 사기가 떨어져 싸워 보지도 못한 채 자체 붕괴되어 왕당파에게는 일방적인 승리나 다름없었다.

효성왕은 국장을 치르고 나자마자 인사를 단행했다.

말이 왕의 인사였지 순원이 들어 칼을 휘둘렀다.

그는 왕실과 민심의 구심점인 신충을 시중 자리에 앉혔다가는 자기의 세도가 위협받겠다고 생각해서 배제했다.

그렇게 그를 과소평가했다가 뒤늦게 효성왕의 즉위과정에서 숨은 능력을 보았기 때문이다.

순원은 능력을 따져 인사를 단행하기보다는 자기편 사람부터 요직에 앉혔고 고분고분 순종하는 사람들만 골라 앉혔다.

이찬 정종(貞宗)을 상대등, 아찬 의충(義忠)을 중시에 임명했다.

그런 푸대접에도 신충은 왕을 조금도 원망하지 않았다.

신충은 밤샘을 했는데도 눈동자는 말똥했다.

새벽 예불이 가까웠는지 창틀에 걸려 있던 잣나무 그림자도 사라졌다. 그림자가 사라진 창틀에는 왕의 옥안이 비쳤다.

왕위에 오르기 전에는 매일 대면했던 옥안이 아니었던가.

신충은 제위에 오른 왕을 만날 수 없었다.

순원이 쳐놓은 장막 때문에 접근할 수 없었다.

왕이 보고 싶었다.

태자 스스로 그렇게 다짐했던 약속 같은 것은 이행하지 않아도 좋았다. 다만 용안을 뵐 수만 있다면, 열흘에 한번, 한 달에 한번만이라도 뵈었으면 했으나 먼 발치에서도 용안을 우러러 뵐 수 없었다.

한 달이 지나고 반년이 지나갔다.

상사병에 걸리기라도 한 듯 왕의 얼굴이 짠했다.

왕이라기보다는 친자식이, 그것도 이순에 낳은 5대 독자처럼 그립고 보고 싶어 안달했다. 왕이 원망스러웠다.

아니었다. 순원이 미웠던 것이다.

신충은 보고 싶은 마음에 대궐로 찾아갔다.

"왕을 알현고자 찾아왔소. 입궐을 허락해 주시오."

수문장은 융통성이라곤 없었다.

"대감을 대궐에 들이지 말라는 엄명을 받았소이다. 그것도 부원군 순원 대감의 특명이 있었소이다."

"한번이면 됩니다. 들게 해 주시오."

"아니 되오. 허락할 수 없소."

신충은 어쩔 수 없이 발길을 돌렸다.

"내 목이 달아나오."

왕이 원망스러웠다. 아니, 살아 있는 자신이 원망스러웠다.

일 년이 헛되이 흘러갔다. 신충은 세월이 흐르면 흐를수록 잊히어질 줄 알았으나 잊히어지기는커녕 보고 싶은 마음은 더했다.

무상한 것은 세상일이었고 인심이었다.

그렇다고 왕을 원망한 적이 없었다. 그리움으로 안달하면서도 겉으로는 의연한 자세를 흩뜨리지 않았다.

어느 새, 왕을 생각하는 마음은 곡조가 되고 노래가 되었다.

노래 속에는 동정을 사겠다는 의도가 아니라 오히려 가사가 차분하게 가라앉아 있어 처연하다 할까. 나이 탓이었다.

해서 기녀들이 사창에 기대어 애모의 노래를 읊는 노래가 아닌 은일한 선비의 기품이 서린 노래를 흥얼대기 시작했다.

　　무성한 잣나무
　　가을이 와도 시들지 않듯이
　　널 어찌 잊으리 하셨는데

　심사를 솔직하게 나타내기에 앞서 벽두에 태자가 잠저에 있을 때, 약속했던 말을 앞세웠다. 잣나무와 가을. 가을이 오면 온갖 나무들은 푸름을 잃고 잎이 시들어 떨어지는데 유독 잣나무만은 푸름을 잃지 않는 불변의 섭리를 지니고 있지 않는가.

　그런 잣나무를 등장시켜 왕의 마음은 변할지라도 자신만은 결코 변할 수 없다는 금석의 맹약을 일깨우면서 너와 나, 왕과 신하의 신의를 담았다. 흠이라면 말을 그대로 재현시켰기 때문에 시적인 감동이나 언어적인 긴장감은 반감되었을지 모르나 왕과의 지난 일을 솔직하게 드러내는 데는 부족함이 없었다.

　신충은 지난 일을 환기시키고 이를 재확인했다.

　그렇게 함으로써 자기에게 보다 유리한 방향으로 사태가 진전되었으면 하는 은근한 바람도 빠뜨리지 않았던 것이다.

　　우러르던 낯 고쳐질 수야

　이렇게 표현하고 보니 비감에 젖은 음성, 허탈감에 젖은 모습은 어쩔 수 없었으나 왕에 대한 불변의 충성심, 결코 변하지 않는다는 신하의 마음을 자연스럽게 표현할 수 있었다.

　낯은 낯이로되 어디 보통 낯인가. 그 낯은 굳게 언약했던 왕의 체면은 물론, 언약을 어긴 왕의 체면을 살려주는 낯이기 때문이었다.

비록 지금은 재야에 있다고 하지만 왕을 생각하는 마음이야 변할 수 없다는 굳은 언약도 내포되어 있었다.

그런데 그것조차도 지난 과거에 한 언약이었기 때문에 완곡한 목소리로 표현했다. 언약은 언약이었으나 감동을 불러일으킬 수 없는 언약이 지금에 와서 무슨 소용이 있을 것인가.

그러면서 왕의 심금에 닿아 마음을 움직일 수 있기를 은근히 기대한 하소연의 낯, 시적으로 승화된 낯이었다.

그리고 위약한 왕을 두고 가을이 지나면 겨울이 오듯이 겨울이라는 차디찬 계절을 암시해 이미지를 고조시켰다.

달그림자 옛 못에 어려 있는데
흐르는 물결이 모래를 밀어내듯

'흐르는 물결이 모래를 밀어내듯'은 '달그림자 옛 못에 어려 있는데'를 도치시켜도 감상과 자탄이 새어나왔다.

거짓 없는 허탈감을 대변하면서 인간 세상의 온갖 변덕을 시적으로 승화시키기는 했으나 격정에 치우친 나머지 허탈감을 표현한 것이 아니라 감상에 지나지 않았으며 격정이 없는 의연한 자세에 인품을 반영했다고 하나 마음에 차지 않았다.

옛 못의 물결에는 고요함이 사라지고 파문이 일었다.

파문은 곧 외부세력의 준동과 압력의 환치, 이를 감상적이면서 차분한 음성으로 표현했으니 시적인 긴장감이 반감되었다.

모습 바라볼수록

누리가 뜻대로 되야 할 텐데

정말 각박한 세상이었다. 신의나 약속 따위는 헌 신짝 버리듯 하는 험한 세태였으니 한탄과 자조도 빚어 나왔다.
그렇다고 울분을 토로할 수도 없었다.
야박한 인심이 기승을 더해 가는 세상, 왕과의 언약마저 한낱 물거품이 되어 가는 세태니 누구를 원망할 수도 없어 오직 충성심을 앞세워 무사와 안일을 기원했다.
의연한 자세로 체념하고 달관하면서 애소도 아닌, 동정도 아닌, 원망과 기대는 더구나 아닌 시종여일 쓰라린 심정이랄까.
그런 변모해 가는 세태를 적극적으로 타개해 보겠다는 의지를 배제한 채 체념하는 것으로 끝을 냈다.
능불능(能不能)의 비법으로 원불원(願不願)을 살렸다 할까.

무성한 잣나무
가을이 와도 시들지 않듯
널 어찌 잊으리 하셨는데
우러르던 낯 고쳐질 수야
달그림자 옛 못에 어려 있는데
흐르는 물결이 모래를 밀어내듯
모습 바라볼수록
누리가 뜻대로 되야 할 텐데
<후구는 없어졌다>

物叱好支栢史

秋察尸不冬爾屋支墮米

汝於多支行齊教因隱

仰頓隱面矣改衣賜乎隱冬矣也

月羅理影支古理因淵之叱

行尸浪阿叱沙矣以支如支

貌史沙叱望阿乃

世理都之叱逸烏隱第也

<後句 亡>

이렇게 가사를 정리해 놓았으나 여전히 불만이 남는다.

사람들이 노래를 듣고 벼슬에 나아가지 못해 원망이 가득한 몸부림의 노래를 지었다고 비난할까, 그것이 두려웠다.

실은 원가(怨歌)라고 하기에는 너무나 차분해서 괘관의 노래, 오히려 벼슬을 버리고 전원으로 돌아가고자 하는 괘관가(掛冠歌)인 데도.

신충은 적은 종이를 벽에 붙여두고 아침, 저녁으로 읊었다.

노랫소리는 울 밖으로 번져 저잣거리로 퍼졌다.

그런데 어느 날 갑자기 노래를 적은 종이가 사라졌다.

신충은 백방으로 찾았으니 끝내 찾을 수 없었다. 방안을 청소하는 종지기가 갖다 버렸거니 여기고 하인을 족쳤으나 찾을 수 없었다.

그랬던 것이 우연하게도 종이는 대궐 잣나무 가지에서 발견되어 왕의 손으로 들어갔다.

하기야 신충의 안타까운 심정을 안 어떤 협객이 종이를 떼어다 궁중의 나무, 왕의 눈에 잘 띄는 잣나무에 걸어둔 것인지도 모르겠으나 이런 사단이 주술까지 덧붙여져 소문이 번졌다. 신충이 원망의 노래를 지어 궁중 잣나무에 걸어두자 잣나무 잎이 며칠 새 누렇게 시들어 버렸다고.

왕은 푸르기만 하던 잣나무가 누렇게 시든 것을 보고 매우 이상하게 여겨 시신을 시켜 살펴보게 했다. 왕의 지시를 받은 시신은 잣나무를 살피다가 노래가 적힌 종이를 발견해서 왕에게 전했다.

왕은 "정무가 복잡하고 바쁘다 보니, 각궁(角弓)을 잊었도다." 하고 불러 벼슬을 내리자 잣나무가 소생했다는.

유사에도 이런 주술적인 신이를 기록했다.

그런데 신충이 관직에 나아가게 된 것은 노래 때문만이 아니었다. 전혀 엉뚱한 사태 때문이었다.

왕 3년 8월, 뜻밖의 사건으로 모반이 일어났다. 파진찬 영종(永宗)이 군사를 이끌고 왕성을 포위한 채 대궐을 공격했다.

영종의 모반은 순원의 과욕이 자초한 화였다.

순원은 3대에 걸쳐 세도를 부리기 위해 둘째 딸인 혜명(惠明)을 왕비로 들어 앉혔으나 왕은 왕비에게 정을 주지 않았고 후궁의 방에 틀어박혀 혜명에게 가지 않았다. 후궁은 바로 파진찬 영종의 딸로 순원 몰래 궁 안으로 잠입시킨 책략의 여인이었다.

그네는 사내를 다룰 줄 알아 왕의 총애를 독점했다. 그것도 하루 이틀이 아니라 밤낮으로 떨어질 줄 몰랐다.

그랬으니 혜명의 노여움을 살 수밖에.

혜명은 질투의 노여움을 끓이다 못해 친정 사람들을 궁중으로 잠입시켜 후궁을 감쪽같이 죽여 암장했다.

이 사건은 왕비와 후궁 사이에 있을 수 있는 치정에 지나지 않았으나 사태는 의외로 발전했다. 조정과 나라를 송두리째 뒤흔드는 사건으로 확대되어 갔던 것이다.

왕비는 후궁을 쉽게 제거해 버리자 기고만장해서 사건을 숨기기보다는 겉으로 드러내어 떠벌렸다.

해서 영종은 원한을 갚으려고 했을 뿐 아니라 기회를 놓칠세라 순원을 제거하고 권세를 잡기 위해 세력을 규합해서 모반했다.

순원과 영종의 대결.

두 외척 사이의 힘겨루기는 좀체 승부가 나지 않았다. 석 달이나 질질 끌었으니 왕실 제정은 동이 나고 국가의 기틀마저 흔들렸다.

그런 위급한 때, 왕이 잠행해 신충의 사저에 납시었다.

신충은 조금도 당황하지 않았다.

"마마, 어인 일로 소신의 사저까지 납시온지요?"

왕의 불안은 겉으로도 역력했다.

"왕사, 짐이 등극하면서 왕사를 시중으로 임명하려 했으나 반대에 부딪쳐 제수하지 못했소. 미안하오."

"이제 와서 그런 말씀을."

"도와주시오. 시중이 되어 모반을 평정해 주시오."

"그럴 능력이 없습니다."

"왕사가 아니라면 누가 또 있단 말이오. 지금의 잠행은 측근들조차도 모르오. 왕사님, 짐과 함께 궁으로 들어갑시다. 들어가서 모반을 평정하고 나라를 반석 위에 올려놓읍시다."

"지난 날 왕사에 대한 대접이오이까?"

"지난날의 약조 때문만은 아니오."

왕은 조급해 하다못해 어지를 손수 내밀었다.

"왕사, 어서 받으시지요. 짐의 손이 부끄럽지 않소이까."

신충은 무릎을 꿇고 어지를 받들었다. 좀체 있을 수 없는, 있어서도 아니 되는, 왕의 잠행에 이어 파격이 아닐 수 없었다.

그는 왕을 모시고 궁으로 잠입했다.

신충이 시중 직에 제수되었다는 소문이 무섭게 번지자 영종의 모반에 가담했던 병사들이 하나 둘 이탈했으며 민심도 돌아섰고 영종이 사로잡히자 석 달이나 끌었던 대치는 끝이 났다.

그는 왕권을 과시하기 위해 영종의 목을 베어 효시했다.

영종의 모반을 제압했는데도 순원의 세도는 여전했다.

그는 또 후사(後嗣) 문제를 들어 왕권에 도전했다.

"마마, 후사가 없어 왕권이 도전받고 있습니다. 태자 책봉을 서두셔야 합니다. 태자를 세운다면 왕권도 강화될 것입니다."

신하들은 순원의 눈치 보기에 급급했다.

"마마의 춘추 약관이십니다. 후사가 없다니요. 무례한 말씀을 어전에서 함부로 할 수 있단 말이오?"

"약관이 어디 적은 춘추랍디까? 지금 서둔다고 해도 늦습니다. 빨리 서두셔야 할 것입니다. 어서요."

"어느 왕자를 태자로 세우겠다는 게요?"

"소덕왕후가 낳은 왕자가 있지 않습니까."

"마마의 실제를 말이오니까?"

"그렇소이다, 시중."

3대에 걸쳐 세도를 부리려는 순원은 속셈을 분명히 드러냈다.

그는 효성왕이 신충의 편에 있는 한, 세도를 누리기는 틀렸다고 판단하고 태자 책봉을 끈질기게 물고 늘어졌던 것이다.

"그렇게 할 수는 없소이다."

신충은 예를 들어 반대했으나 혼자 힘으로는 버틸 수 없었다.

모든 실권이 순원의 손에 쥐어져 있었으므로.

끝내 순원의 의도대로 왕의 실제를 태자로 책봉했다.

족벌정치의 온상이었다.

여론도 비등했고 반발도 심했으나 세도는 꺾이지 않았다.

왕마저 드센 외척의 등쌀에 편할 날이 없었다.

엎친 데 덮친 격이라고 할까. 왕 4년 7월이었다. 비의(緋衣)를 걸친 여인이 예교(隷橋) 밑을 나와 외척을 비난하면서 효신공(孝信公)의 문전을 지나 자취를 감춘 사건이 발생했다.

그것은 사소한 사건에 지나지 않았으나 아녀자까지 나타나 외척의 세도를 비난할 만큼 그의 횡포는 극에 이르렀다.

왕은 몸져누웠다. 반년이나 앓아누웠을까.

왕은 백관을 불러 유언했다.

"짐이 부덕한 소치로 왕위에 올라 나라만 어지럽혔소. 죽으면 조용히 장례를 치러주오. 화장해 동해에 뿌려주오."

기다렸다는 듯 궁중의 눈이란 눈은 태자궁으로 쏠렸다.

순원이 맨 먼저 태자궁으로 달려갔다.

뒤를 이어 문무백관이 따랐다.

국장은 제쳐둔 채 태자의 등극만 서둘렀다. 신충 혼자서만 외롭고 쓸쓸한 왕의 운명을 지켰다.

"시중만이 남았구려. 고맙소. 시중께서 짐의 재를 동해에 뿌려주오. 짐으로서는 이생에서의 마지막 부탁이오."

"이렇게 가실 수 없음입니다."

그러나 왕은 유언을 끝으로 운명하고 말았다.

재위 5년, 그것도 20대에 유명을 달리했다.

"주무시는지요? 예불 시간이 됐습니다."

"곧 나가겠습니다."

신충은 바깥으로 나서서 하늘을 우러러보았다.

새벽하늘에는 수많은 별들이 마지막 빛을 발산하고 있었다.

신충은 저 많은 별들 중에 하나쯤은 왕의 영혼이 깃든 별이 있으리란 생각을 하면서 법당으로 발길을 옮겼다.

목탁소리가 암자의 여명을 열었다.

세월은 덧없이 흘렀다.

경덕왕 22년, 신충은 벼슬을 내놓고 남악으로 들어가 왕의 49재를 올렸던 암자를 찾았으나 흔적도 없었고 겸허마저 어디로 갔는지 만날 수 없었다.

신충은 암자가 있던 자리에 절을 세웠다.

절이 완성되자 단속사란 현판을 달았다.

그는 경덕왕이 불렀으나 출사하지 않았다. 머리를 깎고 중이 되어 효성왕의 진영을 법당에 걸어두고 명복을 빌었다.

무슨 혜성이 또 있을꼬

낭도들은 풍악 유람의 첫날밤을 맞아 들뜬 분위기 탓인지 몸은 지칠 대로 지쳤으나 드러눕는 낭도 하나 없었다.

그만큼 풍악 유람의 길은 극적 반전이 없었다면 수포로 돌아갈 뻔했으니 마음은 들뜨다 못해 날아갈 것만 같았을 수밖에.

누군가 장작불을 피워놓고 둘러앉아 놀자고 제안했다. 너나없이 찬성했다. 나무를 주워 쌓았다. 불길이 당겨지자 나무는 활활 타올랐다.

캠프파이어! 낭도들은 불을 중심으로 둘러앉아 노래 부르고 춤춰 그 동안 짓눌렸던 젊음을 한껏 발산했다.

분위기가 절정으로 치닫는 순간이었다.

무리 속을 빠져 나온 낭도 하나가 밤하늘을 쳐다보았다. 바닷가에서 보는 별은 동경에서 보는 별과는 달리 고혹적이었고 수마저 헬 수 없을 만큼 많은 데다 유난히 빛나 여수의 정감마저 자아냈다. 밤이 깊었는지 은하수는 남쪽으로부터 천심을 지나 동북쪽으로 기울어 있었다.

그 무렵 낭도 하나가 별을 헤기 시작했다.

별 하나, 나 하나. 별 둘, 나 둘. 별 셋, 나 셋… 별 열, 나 열… 별 스물, 나 스물… 별 서른, 나 서른… 별 마흔, 나 마흔…

낭도는 별을 헤다가 그만 두고 성좌(星座)를 찾았다. 주극성(周極星)을 중심으로 해서 큰 곰, 작은 곰, 전갈, 방패, 궁수, 기린 등과 독수리좌의 견우성, 거문고좌의 직녀성도 찾았다.

그 때 행성 하나가 직녀성을 향해 쏜살같이 달려가고 있었다.

낭도는 놀래어 벽력같이 소리쳤다.

"혜성이 심대성을 범하고 있어."

하자 야영 분위기는 수라장이 되었다. 수라장이 되었을 뿐 아니라 풍악행이 중단되는 것은 아닌가 해서 전전긍긍했다.

융천(融天)은 하늘을 살피다가 "좀 전의 행성은 혜성이 아니오. 별똥이오. 혜성은 꼬리가 길어 육안으로도 쉽게 식별해 낼 수가 있어요. 잘못 보고 소리친 것이 분명하오. 안심들을 해요, 안심을. 별 일 아니니까." 하고 진정시켰으나 불안해 하기는 마찬가지였다.

융천은 낭도들의 안녕을 기원하는 임무를 띠고 낭승으로 풍악행을 따라나섰으니 책무가 막중했던 것이다.

융천은 풍악행이 어떻게 성사됐는가를 잘 알고 있었다.

그는 운석이라고 낭도들을 달래 놓긴 했으나 여전히 불안했기 때문에 낭도들의 마음을 진정시킬 묘안이 절실했다.

불안에 들뜬 낭도들의 마음을 어떻게 진정시킨다?

그는 묘안을 떠올리기 위해 바닷가를 배회했다. 너무나 골똘히 생각하느라고 베잠방이가 젖는 줄도 몰랐다.

융천은 출발전야를 상기했다.

선임 낭도 거열랑이 왕의 알현을 위해 부대를 월성 광장으로 이동시켰을 때의 당당함이란 말로 다 표현할 수 없었다.

낭도들의 대오는 정연했고 사기는 하늘을 찌를 듯했다.

때는 4월 하순이니 좋은 계절이었다.

좋은 계절을 맞아 거열랑(居烈郎), 실처랑(實處郎), 보동랑(寶同郎) 등

세 화랑의 무리들은 풍악으로 유람 가기 위해 만반의 준비를 끝냈으며 마지막으로 왕의 알현을 위해 부대별로 도열했다.

드디어 왕이 시신을 거느리고 나타났다.

왕이 나타나자 수많은 깃발이 하늘을 뒤덮었고 병장기가 춤을 췄다.

낭도들은 우레 같은 함성으로 왕을 환영했다.

"대왕 마마, 만세! 만만세!"

진평왕은 흐뭇한 미소를 지었다.

화랑단을 조직한 이래 이만한 규모는 본 적이 없었다.

진흥왕 때야 화랑의 수련과정이 도의나 닦고 기악이나 즐기면서 명산대천에 노닐며 수양하는 것이 목적이었으나 왕은 그에 만족할 수 없었다.

진평왕은 화랑의 수양이야말로 군사작전의 일환임을 전제로 내세웠다. 해서 가까이는 평해나 울진 아니면 명주로, 멀리는 고성과 풍악을 수행 장소를 정하고 행군하면서 작전능력의 배가는 물론 기동력을 살리는 실전훈련을 하도록 했다.

동해안으로 한 것은 비밀을 요했기 때문이다.

진평왕이 등극하면서 선왕인 진흥왕이 확장한 영토를 빼앗겼고 지금도 백제와는 치열한 싸움을 하고 있었으며 적국의 간자들이 잠입해 있어 그들을 속이기 위해서였다.

특히 백제와는 치열한 싸움을 하고 있는데도 거열랑 등 세 화랑의 부대를 싸움터로 출전시키지 아니하고 풍악 유람을 보내는 것은 유사시 사직을 수호하기 위한 정략의 일면이라고 할 수 있었다.

그랬으니 왕의 관심은 특별할 수밖에.

왕은 화랑들의 환영에 격려했다.

"낭도들의 당당한 모습을 대하고 있으니 짐의 마음은 흐뭇하기 그지없소. 지금도 백제와는 치열한 싸움을 하고 있소. 남진정책을 추진하고 있는 고구려도 우리를 노리고 있소. 그런데도 낭도들을 풍악으로 유람 보내는 것은 실전 경험을 쌓는데 목적을 두었기 때문이오. 이번 풍악 유람은 단 한 사람도 낙오 없이 훈련에 임할 것이며 하시라도 전투에 투입될 수 있도록 정신무장을 단단히 해주기 바라오.

그대들의 전술 연마 여하에 따라 사직의 안위가 달려 있소. 그것은 사직을 보전하는 길이며 나아가 그대들의 사랑하는 가족을 외침으로부터 보호하는 길임도 잊어서는 아니 됨을 명심하오.”

낭도들이 만 만세를 연호하는 함성은 하늘을 찔렀다.

왕은 낭도들의 어깨를 두드리며 환송했다.

낭도들이 서남쪽 월성을 끼고 야영하자 막사마다 횃불이 타올랐고 월성 동쪽은 불야성을 이뤘다. 바라고 바랐던 풍악으로 떠나기 위한 전야제, 새벽이면 장도에 오를 것이었다.

밤은 삼경, 밤하늘에는 구름 한 점 없었다.

그런데 구름 한 점 없이 평화롭던 하늘 한가운데서 괴변이 일기 시작했다. 긴 꼬리를 가진 별 무더기, 소혜 같은 소성인 혜성(彗星)이, 모양이 발발하고 광망의 꼬리가 길어 불길한 별로 알고 있는 혜성이 갑자기 나타나 심대성을 삼키려고 하지 않는가.

심대성(心大星－전갈자리)! 심수의 모양은 별 셋이 정립한 가운데서도 대화(大火)로 나타나며 중앙의 별이 가장 찬란히 빛나는 별로서 늘 중천에 떠 있어 천왕이라고도 하는 별이었다.

그런 심대성이 방금 나타난 혜성에게 먹혀들기 직전이었다.

최초로 발견한 사람은 첨성대의 수지기 일관 복감(卜監)이었다.

그는 저런, 저런 하고 탄식까지 자아냈다.

“혜성이 나타나는 해는 천재가 뒤따랐어. 이는 혜성이 요성으로 병역(病疫)을 달고 다니기 때문이야. 그것도 대궐이 있는 반월성 동쪽에서 접근하고 있으니 외침의 징조가 분명해. 빨리 보고를 해야지."

복감은 급히 서둘러 대궐로 달려갔다.

왕은 낭도들을 격려하고 돌아와 침실에 들기 직전이었다.

"마마, 급히 아뢸 일이 있사옵니다."

"급히 아뢸 일이란 게 뭐요?"

"마마, 혜성이 심대성을 범하고 있습니다."

"혜성이 심대성을 범한다고?"

"불길한 징조임이 분명합니다."

왕은 복감의 안내를 받으며 첨성대로 올라갔다.

올라가자 일관이 혜성의 위치를 가리켰다.

"광망이 긴 저 별을 보십시오. 중앙에 있는 밝은 별을 향해 다가서고 있지 않습니까? 중앙의 별이 심대성입니다."

"밝아서 짐의 육안으로도 보이네."

"심성은 일곱 개의 별이 벌어 있는 중천에 떠 있는 별이옵니다. 그것도 중천 가운데서 천왕으로 불리는 별이며 심수성좌 중에서도 가장 빛나는 별입니다. 저 별이 중요한 자리를 차지하고 있기 때문에 신성시 여겼으며 사직이나 제왕에 비유되기도 했습니다."

"알았네. 동쪽에서 접근하고 있지 않는가?"

"그렇습니다. 선대왕부터 심대성을 사직의 상징으로 여겨왔습니다. 사직에 재앙이 미칠까 걱정이옵니다."

"혜성이 심대성을 범했을 때, 어떤 변고가 있었는고?"

"사직은 화평을 잃고 병혁(兵革)에 빠지기도 했고 왕이 붕어하기도 했습니다. 모반이 있었고 외침도 있었습니다."

"그렇다면 우환임이 분명하렷다?"

"그러하옵니다, 마마. 이를 어찌하면 좋겠습니까?"

"지금 혜성이 동남쪽에서 빠른 속도로 심대성에게 접근하고 있으니, 변고라면 왜구의 침탈 조짐이 아니겠는가?"

"마마, 그럴 수도 있겠습니다."

왕은 석 달이나 버티던 단잠성(椵岑城)은 현령 찬덕(讚德)이 죽자 성마저 떨어져 나갔다는 밀지를 며칠 전에 받았고 모산성이 공격당하고 있으니 구원병을 급히 보내달라는 전령이 지금 도성에 머물고 있기 때문에 서쪽은 아니라고 생각했다.

마침 건달바성(乾達婆城)의 봉화대가 타올랐다.

"저것은 무슨 불빛인고? 어서 아뢰어라."

"건달바성에서 올리는 봉화이옵니다."

불길은 세 번이나 연거푸 타올랐고 세 번 꺼지면서 되풀이해서 타오르고 있었다. 바로 외침을 알리는 봉화였다.

"마마, 건달바성에서 왜적의 내침을 알리는 봉화를 올리고 있습니다. 혜성이 나타나 심대성을 범하려고 한 이유가 분명해졌습니다. 마마의 혜안에 감탄이 있을 뿐이옵니다."

"예상했던 일. 왜구의 침탈이 뜸하지 않았소. 대신들에게 어전회의가 있음을 알리고 낭도들을 불러오도록 하오."

사방으로 전령이 잽싸게 달려갔다.

야영지에도 어명이 당도했다.

"거열 등 세 낭도는 급히 어전으로 들라는 어명이오."

세 낭도들은 새벽의 출동을 숙의하고 있다가 어명을 받기가 무섭게 출동준비를 지시하고 말을 몰아 내달았다.

왕은 낭도들이 도착하자 명령했다.

"혜성이 심대성을 범하기 때문에 왜구의 내침이 아닌가 여겼는데 건달바성에서 봉화를 올렸소. 지금이야말로 쌓은 훈련을 실전으로 옮길 절호의 기회요. 부대를 이끌고 동해로 가서 왜구들을 수장시키시오. 수장시켜 다시는 신라를 넘보지 못하도록 징치하시오."

거열랑이 앞으로 나서서 어명을 엄숙히 받들었다.

"마마, 그 동안 닦은 전술로 물리치겠습니다."

"적을 가볍게 보지 말고, 신중에 신중을 기하시오."

"대왕 마마, 최선을 다하겠습니다."

"최선 가지고는 부족하오. 싸워 이겨야 하오. 도성이 몇 십리 안에 있음을 명심하시오. 사직의 안위가 달렸소."

"마마, 반드시 사직을 지켜낼 것입니다."

"승리도 중요하나 우군의 희생을 줄이시오."

세 화랑은 야영지로 급히 돌아왔다.

부대는 벌써 출동준비를 완료하고 기다리고 있었다. 작전회의는 이동하면서 갖기로 하고 제5부대부터 출발시켰다. 이어 제6부대가 뒤를 따랐고 보동이 지휘하는 제7부대를 지원부대가 되어 속속 뒤를 따랐다.

거열랑은 행군하면서 작전회의를 주재했다.

"이번 싸움에는 그 동안 갈고 닦은 전술을 그대로 적용할 것인즉 누구든지 의견이 있으면 말하시오."

실처랑이 의견을 제시했다.

"왜구는 항해 끝이라 지쳐 있을 것이오. 상륙하자 공격해 오지는 않을 것이오. 주력부대를 해안에 잠복시켜 기습을 노리는 한편, 물에 익숙한 정병 5백을 적선으로 잠입시켜 배를 태워 버려야 하오. 기습은 적이 해안에 상륙해서 전열을 수습하기 전에 감행해야 하오."

실처랑이 동의했고 보동랑이 보충했다.

"왜구는 배를 타고 왔기 때문에 기병이 없을 것이오. 혼전을 타 숨겨둔 기병을 출동시켜 적을 제압해야 하오."

적을 섬멸하는 작전에는 빈틈이 없었다. 건달바성에서 봉화를 올리지 않았다면 이런 신속한 대응은 있을 수도 없었던 것이다.

융천은 이를 해소시키는 묘안으로 건달바성부터 떠올렸다.

옛 동해가 건달바
노닌 성 바라보니

건달바는 수미산 남쪽 금강굴에 사는 제석의 천악신이며 팔부중신의 하나로 악기를 도맡은 신이다. 부처님의 설법현장을 따라다니면서 정법을 찬탄하고 불교를 수호하는 임무를 맡은 신이기도 해서 신라인들은 동쪽에 있는 낭산을 수미산으로 생각하고 숭모했다.

융천은 건달바를 첫 구부터 등장시켜 호국사상과 불연국토사상을 드러냄과 동시에 신라를 미화시켰다. 신라를 미화시키자면 자연적으로 왜를 비하시키는 효과까지도 기대할 수 있다.

어느 누구도, 어떤 나라도 넘볼 수 없는 나라, 성스럽고 아름답기까지 한 나라, 그런 신라는 어제, 오늘에 존재한 나라가 아니며 게다가 정통성마저 굳건히 고수해 오지 않았던가.

융천은 정통성을 기리기 위해서 건달바성을 벽두에 등장시켰다.

옛 동해가는 동해 변(邊)만을 지칭한 것이 아니라 동방(東邦)에 있는 나라, 신라 전체를 상징하기도 했다.

왜군 또 왔다
봉수 올린 변방 있어라

융천은 바로 어저께 치열한 전투를 환기시켰다.

왜적의 침입으로 말미암아 변방의 놀라움, 신속하게 봉화를 올려 사태에 대응한 수지기의 민첩성, 급작스런 사태에 직면하자 풍악행을 중단하고 세 화랑의 무리가 출전해 적을 궤멸시키는 공을 세웠으며 계획대로 풍악행을 결행하는 흥분은 아무리 과장해도 지나침이 없었다. 부대는 소리를 죽이고 전진했다. 동경 동쪽에 있는 낭산을 지나 수미산 바닷가에 도착했을 때는 여명이 밝아 오고 있었다.

그러나 뭍은 짙은 안개 때문에 먹물 같은 어둠에 잠겼다.

거열랑은 기습부대를 학익진을 친 바깥에 숨기고 기병 일천 기를 산자락에 배치했다. 물에 익숙한 정병 5백도 숨겨뒀다.

낭도들에게는 미숫가루로 배를 불린 뒤, 휴식을 취하도록 했다.

병력의 배치가 완료되어서야 안개가 걷히기 시작했다.

안개가 걷히자 바다가 한눈에 드러났으나 이쪽은 산골이라 골짜기마다 안개가 자욱해서 적에게 들킬 염려가 없었으며 이쪽에서 적을 환히 볼 수 있었으나 적은 이쪽을 볼 수 없었다.

지리의 잇점은 이를 두고 한 말이었다.

드디어 바닷가 5리쯤 정박해 있는 적선들의 모습이 드러났다.

적선의 수는 어림잡아 4, 50척, 한 척에 병사 쉰으로 계산도 2천, 대병력임이 분명했다.

화랑은 1개 부대에 5백, 모두 1천5백이었다. 중과부적이었다.

기습작전이 성공하더라도 긴 싸움이 될 것이었다.

햇살이 퍼지기 시작하자 적들은 해안으로 상륙했다.

척후선이 바닷가에 닿자 선발대가 내려 주변을 정탐했다. 뒤를 이어 후속 선들이 닻을 내리고 병력을 쏟아놓았다.

뭍에 오른 왜구는 신속하게 움직였다. 왜구의 대부대는 수미산을 거쳐 낭산을 돌아 동경을 향해서 곧장 진격하려는 것이 분명했다.

드디어 실처랑의 작전이 기가 막히게 맞아떨어지고 있었다.

숨 막히는 시간은 흘렀다. 숨소리 하나 들리지 않았다.

모든 움직임이 순간적으로 멎은 듯했다.

적의 선발대가 거열이 잠복한 지점을 지나갔다. 제2부대도 통과했다. 제3의 부대가 통과하기 직전, 기습명령이 떨어질 것이었다.

적의 선발부대가 보동랑의 부대에 들어올 쯤, 제2부대가 중간 지점에 매복한 실처랑의 부대를 지나칠 때를 기다렸다.

적의 후속부대는 선발대가 통과했기 때문에 생각 없이 거열의 학익진 속으로 들어섰으며 적의 후미가 학익진으로 들어오는 찰나, 공격의 고삐를 당겼다. 좌우 산기슭에 매복해 있던 낭도들이 일제히 내달았고 학익진 머리맡에서는 기병이 달려들어 적을 유린했다.

창과 창, 칼과 칼이 맞부딪치면서 섬광을 뿜었다.

개전 초는 낭도들의 일방적인 승리였으나 싸움이 계속될수록 전황은 불리해졌다. 적들이 전열을 정비해 반격을 시도했다.

접전한 지 두 식경이 지나고 세 식경이 되었을까.

피아간에 아비규환의 혈전을 치렀다. 밀고 밀리는 대접전, 창이 튀고 칼이 부러졌다. 목이 날아가고 다리가 달아났다.

비명으로 파도소리마저 잠재웠다.

시간이 지날수록 낭도들이 밀렸다. 밀리는 순간, 5백 정병이 불을 질렀는지 적선에서 불길이 치솟기 시작했다.

한두 척이 아니었다. 열 척, 스무 척이 일시에 휩싸였다.

적들은 치솟는 불길을 보자 당황했다. 배가 타 버리면 달아날 길이 없음을 알고 싸움은 고사하고 퇴각을 서둘렀다.

이 때를 놓칠세라 거열랑은 숨겨둔 기병을 출동시켜 퇴각하는 적들을 바다로 밀어 넣었고 밀리고 있던 낭도들도 사기충천해서 왜구를 유린했다. 적들은 밀리다 못해 바다로 뛰어들어 배로 헤엄쳐 갔다.

낭도들은 화살을 쏘아댔다. 칼과 창에 맞아 죽는 적들보다는 바다에 빠져 흐느적거리는 숫자가 많았다.

피아간의 치열한 싸움은 적들의 수장으로 끝났다.

돌아간 적선은 10여 척, 병력을 3분의 2나 잃고 퇴각했다. 물에 익숙한 정병으로 적선을 불태우게 한 작전은 대승을 거뒀던 것이다.

하루 해도 기울었다.

꼬박 하루 낮을 싸운 낭도들은 승리에 도취해 피로한 줄도 몰랐다. 낭도들은 전사자를 수습하고 부상자를 치료했다.

그리고 부대를 재정비해 보무도 당당히 입성했다.

연도 주민들이 나와 낭도들을 열광적으로 환영했다.

왕도 낭산까지 직접 나가 낭도들을 맞이했다.

"거열랑, 실처랑, 보동랑 그대들은 화랑의 기개를 유감없이 발휘했소. 짐에게는 이보다 더한 기쁨은 없을 것이오."

"모두가 대왕 마마의 성덕이라 생각되옵니다."

"아니오. 낭도들의 임전무퇴의 정신 덕이오."

"만세. 만세. 대왕 마마 만만세."

전승 축하연이 열렸다. 낭도들은 마시고 취했으나 군기를 어기거나 부대를 이탈하지 않았다. 노는 데도 화랑의 기개를 내세웠고 노래하는 데도 화랑정신을 결코 잊지 않았다.

축제 마지막 날, 왕은 신하들을 대동하고 나와 화랑의 화판들에게 술을 따라주며 어울렸고 사기를 진작시켰다.

"이제는 왜구보다 백제와 고구려에 대처해야 하오. 그대들은 자만 말고 전술을 연마해 주기 바라오. 침입했던 왜구도 물리쳤으니 이제 중단했던 풍악놀이를 떠나도 좋소."

"대왕 마마, 하늘같은 성은이 망극, 또 망극하옵니다."

"그 동안 미뤄 왔으니, 내일 떠나도록 하오. 전과에 대한 보상으로는 미흡하나 승리의 보답임은 말할 나위도 없소."

출발 전야는 무사를 비는 의식이 엄숙하고도 장엄하게 치러져 왜구 격퇴 이전과는 비교도 되지 않았다.

낭도들과 동행하는 낭승이 융천(融天), 그는 낭승으로 천심을 익혀 천기나 천체의 움직임을 깨쳤고 천지에 호응해 천하를 감동시킬 수 있는 재주까지 겸했다.

이런 사실을 두고 유사에는, 거열랑 실처랑 보동랑 등 세 화랑단의 무리가 풍악으로 놀러가려는데 혜성이 심대성을 범했다.

낭도들은 이를 이상하게 여겨 여행을 중지하려고 했다.

그때, 융천사가 노래를 지어 부르자 혜성의 변괴가 사라졌고 일본 군사마저 제 나라로 돌아갔으니 경사가 되었다.

왕도 기뻐 낭도들을 보내 풍악에서 놀게 했다고 기록되어 있다.

치열한 싸움을 몸소 지켜본 융천이었다.

그는 대승을 거두기까지 낭도들의 용감성과 무퇴의 감투정신에 감동했고 놀이를 가는 낭도들을 자청해 따라나섰으며 그들의 무사행군을 기원하기로 하지 않았던가.

길을 가면서 융천은 낭도들의 안녕을 기원했다. 별의 변괴가 지금이라도 또 나타난다면 풍악놀이를 중단할 수밖에 없지 않는가.

융천은 저간의 대승을 고도의 생략과 비약으로 은근히 숨기고는 기원 아닌 기원을 직서했다.

세 화랑 유람 길 듣고
달도 바지런히 길 밝혔다

벽두(劈頭)부터 건달바(乾闥婆)를 내세워서 신라를 나무국토(羅舞國土)로 미화했듯이 낭도들의 풍악행을 달을 내세워 미화했다.

하늘에 떠 있는 달마저도 풍악 행에 오른 화랑의 무리를 내려다보면서 부지런히 길을 밝혔으니 그보다도 더 성스러운 일은 없을 것이다. 지상에서 진행되고 있는 일련의 움직임을 중천에 떠 있는 달에 접맥시킨 것은 빼어난 수사 기교가 아닐 수 없었다.

이미 신라를 미화시킴으로써 왜를 비하시켰고 또 다시 낭도들의 풍악행을 성스럽게 표현함으로써 왜구를 정신적으로 압도한 자신감, 그것을 시로서 나타냈다. 그리고 혜성이 나타났다가 괴멸되었다 할지라도 또 나타났다가는 풍악 행을 중도에서 포기할 수밖에 없다.

그러니까 또 다시 혜성이 나타나서는 아니 되었다.

이제는 혜성이 나타났기 때문이 아니라 앞으로 나타날지도 모를 불길한 사태를 방지하기 위해 기우로 끝내야 했다.

길 쓸 별 보고
혜성이다 외친 사람 있다

아아, 달도 아래로 떠갔는데
이봐, 무슨 혜성이 또 있을꼬

융천은 주가(呪歌)이자 치리의 사로 대미를 끝냈다.

주술적인 언어, 만약 있을지도 모를 성괴를 예방하면서 낭도들의 풍악행이 무사히 진행되기를 기원한, 주가이기보다는 치리가(治理歌)였으며 화랑 찬양의 성격도 함께 담았다.

다만 대화체를 빌어 '이봐, 무슨 혜성이 또 있을꼬.'로 마무리 지어 고수

레와 같다고나 할까. 경직성이나 엄숙성과는 다른, 그러면서 주가의 성격도 지닌 찬양의 노래를 완성했는데 이런 점이 혜성가(彗星歌)의 특색이라면 특색이 된다.

마지막 사를 대화체로 처리한 기법은 융천이 아니고는 감히 흉내 낼 수 없는 기상천외한 착상이 아닐 수 없다.

융천은 천심을 닦아 천기를 알았고 천체의 운행까지 예지했으며 천지에 호응해 천하를 감동시킬 수 있음은 물론, 교화까지도 할 수 있었던 능력의 소유자였기 때문에 이런 표현이 가능했을 것이다.

융천은 중천에 있는 달을 올려다보며 읊었다.

옛 동해 가 건발바

노닌 성 바라보니

왜군 또 왔다

봉수 올린 변방 있어라

세 화랑 유람 길 듣고

달도 바지런히 길 밝혔다

길 쓸 별 보고

혜성이라 외친 사람 있다

아아, 달도 아래로 떠갔는데

이봐, 무슨 혜성이 또 있을꼬

융천은 완성한 노래를 가지고 보동랑의 막사를 찾았다. 그는 낭도들의 화판 중에서 목소리가 곱고 노래를 잘 불렀다.

"보동랑, 그대들의 장도를 위해 소승이 노래를 하나 지었습니다. 혜성가(彗星歌)라는 노래를요. 들어보시겠습니까?"

"대사님, 고맙소이다. 들려주시지요."

융천은 목소리를 가다듬어 노래를 불렀다. 청아한 소리는 새벽하늘로 올라갔다가 되돌아와 파도 속으로 가라앉았다.

노래를 들은 세 화판(花判—화랑의 우두머리)은 감격했다.

"스님, 참으로 수고 많으셨어요."

보동랑은 낭도들을 집합시키고 융천을 앞세워 가사를 익히도록 했다. 그러나 넓은 바다, 가로막은 태백준령으로 말미암아 뒷줄에 서 있는 낭도들에게는 노랫소리가 들리지 않았다.

생각다 못한 보동랑은 낭도들을 해산시켰다.

"스님, 수고스럽지만 노래를 향찰로 써 주십시오. 그것도 여러 장을요. 각 부대마다 돌려 노래를 외우게 하겠습니다."

"좋은 제안입니다."

융천은 여러 장의 종이를 꺼내놓고 향찰로 옮겼다.

舊理東尸汀叱乾達婆矣

游烏隱城叱肹良望良古

倭理叱軍置來叱多

烽燒邪隱邊也藪耶

三花矣岳音見賜烏尸聞古

月置八切爾數於將來尸波衣

道尸掃尸星利望良古

彗星也白反也人是有叱多

達阿羅浮去伊叱等邪

此也友物北所音叱彗叱只有叱故

융천이 밤새 쓴 종이를 낭도들을 시켜 부대마다 돌렸다.

낭도들은 소단위별로 노래를 익혀 부대별로 합창했다.

행군의 고통보다도 혜성가를 목청껏 부르는 낭도들의 마음은 한결 가벼워져서 어깨춤이 더덩실 얼추 절로 솟았다.

이틀이 지나 보동랑은 부대를 집결시켰다.

"지금부터 개인은 물론이거니와 부대별로 혜성가의 경연대회를 갖겠소. 부대마다 최선을 다해 주기 바라오. 그리고 우승한 부대는 제일 먼저 풍악에 드는 영광을 주겠소."

노래경연대회는 한마당 축제와 다름없이 혜성가는 낭도들의 입과 입으로, 귀와 귀로, 아니 마음과 마음속으로 파고들어 그윽한 신비를 질펀하게 쏟아놓았다.

점지된 꽃 너희는

불길한 징조임이 분명한 하늘의 변괴가 또 나타났다.

경덕왕이 나라를 다스린 지 19년 4월, 두 태양이 나타나 열흘이나 사라지지 않았다. 이를 퇴치하기 위해 조야가 머리를 숙이고 대책을 모색했으나 묘안이 떠오르지 않았다.

경덕왕은 식음까지 전폐했다. 제위에 오르기까지 숱한 난관을 극복했으며 온갖 반대를 물리치고 제위에 올라 전제주의 체제를 굳히기 위해 심혈을 쏟았는데도 도전세력은 끊이지 않았다.

효성왕(孝成王)은 후사가 없어 아우 파진찬 헌영(憲英)을 태자로 책봉했다. 헌영은 갖은 암투 끝에 태자에 책봉되었고 왕위에 오른 뒤에도 그런 암투는 거미줄을 치며 죄어왔다.

왕이 비를 간택하는 일만 해도 그랬다.

왕은 이찬 만종(萬宗), 양상(良相) 등 소위 화랑의 명문인 반왕당파의 거센 도전을 뿌리치고 복심 그대로 이찬 순정(純貞)의 딸을 왕비로 맞이해서 만월부인(滿月夫人)으로 책봉했던 것이다.

왕은 왕비를 맞은 뒤, 당의 제도를 도입해 중앙집권제를 강화했다.

삼국을 통일한 뒤로는 평화가 지속되는 시기는 국력만 낭비하는 화랑의 세력을 약화시키거나 제거하려는 정책을 최우선으로 삼았다.

그랬으니 왕으로서는 안팎으로 도전을 받을 수밖에.

최초의 시련은 왕 3년에 발생했다.

다섯 말<斗>만한 요성(妖星)이 중천에 나타나 열흘이나 사라지지 않았던 것이다.

이런 변괴를 두고 조야는 추진하던 정책을 포기하라고 종용했으나 왕은 이를 묵살하고 되레 더 세게 밀고 나갔다. 아니, 반대파가 극렬하게 들고 일어날수록 민심을 엉뚱한 곳으로 돌렸다.

왕 10년, 불국사를 완성시키기 위해 국력을 지원했고 13년, 황룡사 종을 주조했다. 이듬해는 분황사 약사여래상까지 축조했으나 안팎의 도전은 수그러들지 않았다.

18년 3월에는 혜성이 나타나 가을이 되어도 사라지지 않았다.

더욱이 그토록 염원했던 왕자 건운(乾運)이 탄생한 환희가 사라지기도 전에 뇌성벽력이 천지를 진동시켰으며 벼락이 떨어져 진불사(震佛寺) 등 16 대찰이 전소되는 괴변이 발생했다. 그런데도 왕은 정사를 팽개친 채 쾌락에 빠져들기도 했다.

이를 가장 안타깝게 생각한 사람이 이순(李純)이다. 대사마 이순은 왕의 은총을 한 몸에 받다가 돌연 세상을 피해 입산했다.

그는 왕이 여러 차례 불렀으나 머리를 깎고 중이 되었다.

왕은 어쩔 수 없어 사찰을 지어주고 안거케 했다.

훗날 이순은 왕이 정사는 돌보지 아니하고 쾌락에만 탐닉한다는 소문을 듣고 산을 나와 대궐로 가 충정으로 아뢰었다.

"옛날 걸왕(桀王)과 주왕(紂王)은 신하들의 충언을 끝내 듣지 않고 주색에만 빠져 음탕한 짓을 그만두지 않았습니다. 해서 정사를 소홀히 한 끝에 나라가 망하게 되었습니다. 엎드려 바라옵건대, 마마께서는 스스로를 새롭게 하셔야 오래도록 나라를 존속시킬 수 있을 것입니다."

왕은 이순의 간언을 듣고 쾌락을 중지하고 정사에 힘썼다.

이처럼 왕에게는 단순한 면이 없는 것도 아니었으나 그것도 잠시, 19년 정월 들어 도성 인방(寅方)에서 벌고 소리가 끊이지 않았다.

사람들은 벌고를 귀고라고 해서 민심이 흉흉했다.

왕은 이를 제거하려 들기보다는 궁중에 못을 파 궁 남쪽 교천(蛟川)에 달이 뜨면 비치게 하는 역사를 벌렸다.

그런데 이번의 변괴만은 왕도 어쩔 수 없었던지 신하들을 어전에 모아 놓고 때도 없이 성화를 끓였다.

"이 많은 총중에 별의 변괴 하나 제거하지 못하는고?"

"……."

그런데도 누구 하나 묘책을 제시하지 못했다.

"정말 딱한지고. 한심한지고."

"……."

이찬 염상(簾相), 김옹(金邕), 상대등 김사인(金思仁), 시중 신충(信忠) 등 왕당파의 거두들은 돌로 머리를 짓이겨놓은 듯 대책을 세우지 못해 쩔쩔 매고 있었다.

다만 쾌재를 부른 사람은 이찬 만종(萬宗), 아찬 양상(良相) 등 반왕당파의 거두들이다.

시간은 덧없이 흘러갔다. 어전은 무거운 침통이 지배했다.

뒤늦게 일관(日官)이 어전으로 다가가 아뢰었다.

"마마, 인연 있는 스님을 모셔다가 산화공덕가를 짓게 한다면 재앙을 물리칠 수 있을 것입니다. 그렇게 하오소서."

"인연 있는 스님을 모셔다 산화공덕가를 짓게 한다?"

"그러하옵니다. 그렇게 하옵소서."

비로소 숨통이 트인 신하들이 거들었다.

"그렇게 하옵소서, 대왕 마마. 어서요. 서둘러야 하옵니다."

"지금으로서는 최선인 듯합니다."

왕은 내키지 않았으나 조원전 앞에 제단을 마련하라고 어명을 내리자 조야가 법석을 떨어 급조된 것이긴 했으나 제단을 마련했다.

제단이 마련되자 왕은 출행을 서둘러 청양루로 갔다.

청양루에 올라 인연 있는 스님이 지나가기를 기다렸으나 좀체 나타나지 않았다. 왕은 초조하다 못해 안달했다.

신하들마저 면목이 서지 않아 고개조차 들 수 없었다.

오랜 뒤, 누군가가 '저기 스님이 지나가고 있어' 하고 소리쳤다. 이 소리를 듣기가 무섭게 사람들의 눈길이 남쪽 천백으로 쏠렸다.

천백 남쪽 길을 가고 있는 사람은 스님이 분명했다.

이찬 김옹(金邕)이 생기를 되찾아 앞서서 왕에게 아뢰었다.

"스님이 지나가고 있습니다. 불러올까요?"

"그렇게 하오. 불러오되 정중히 모시도록 하오."

김옹이 지나가는 스님에게 다가가 청했다.

"스님, 가시던 길을 접고 청양루로 올라 왕을 알현하십시오."

"그대가 뉘시오? 나를 청양루로 오르라고 하다니요?"

"왕께서 청양루로 납시어 인연 있는 스님이 지나가기를 기다리고 있소이다. 스님께서 점지되었으니, 어서 오르시지요."

월명은 영문도 모른 채 이끌려 청양루에 올랐다.

"마마, 스님을 모시고 왔습니다."

왕은 누대에 오르는 스님을 정중히 맞이했다.

"어서 오르시오, 스님. 스님의 법명은 무엇이라 하오?"

"소승은 국선의 무리에 속하는 월명이라 하옵니다."

"월명이라? 그래요. 들어 본 이름 같소. 피리를 잘 분다는…"

"하찮은 소승의 이름까지 기억하시다니요. 왕은을 입었음입니다."

"피리를 잘 분다는 스님이지요?"

"대왕 마마, 남들이 그렇게 부르고 있습니다만……"

"스님을 만났으니 인연이 깊소."

"하찮은 소승에게 과분한 성은이십니다."

달 밝은 밤이었다.

피리를 불면서 대로변에 있는 대문 앞을 지나가고 있었는데 달도 움직이지 아니하고 멈춰 섰다.

해서 그곳을 월명리로 불렀고 월명 또한 유명해졌다.

"부탁이 하나 있소. 지금까지 인연 있는 스님이 지나가기를 초조하게 기다리고 있었는데, 스님께서 인연 있는 스님으로 점지되었으니, 지금 단을 열고 기도문을 짓도록 하오."

"소승은 국선의 무리에 속해 있어 향가만을 알 뿐 범성(梵聲)에는 서툽니다. 그런데 어떻게 기도문을……"

왕은 국선의 무리라는 말을 듣는 순간, 몹시 불쾌했으나 일이 워낙 다급했기 때문에 내색은커녕 오히려 애원하다시피 했다.

"인연 있는 스님으로 점지되었으니 향가라도 좋소."

"마마, 향가라도 좋다니, 어명이옵니까?"

"응제시를 짓는다고 생각하오."

월명은 왕이 이렇게 나오는 데야 피할 수 없다고 생각했다.

"부족한 재주나마 짓겠습니다."

"어서 지어 단을 여시오."

"……"

월명은 산화공덕을 짓기에 앞서 청양루로 납시어 인연 있는 스님을 지나가기를 왕이 왜 기다리고 있었는지부터 헤아렸다.

숱한 난관을 급복하고 제위에 오른 경덕왕은 역대 어느 제왕보다도 절대왕권을 다지려고 노심초사했던 것이다.

그럴수록 반발 또한 더욱 극심했다.

실은 두 태양이 나타난(二日並現) 것이 아니었다. 실은 하늘에 두 태양이 나타난 것이 아니라 지상에 또 하나의 태양이 등장해서 절대왕권에 정면으로 도전했던 것이다.

왕으로서는 도전세력이 등장했다는 자체를 도저히 용납할 수 없었다.

왕은 곧 태양이다. 그런 태양에 또 다른 태양이 나타났으니 도전세력과 대치하고 있는 것이 분명했다.

본래의 태양을 두고 또 하나의 태양이 나타나 열흘이나 사라지지 않자 변괴를 제거하기 위해 단을 쌓고 청양루로 납시었다면 강력한 도전세력을 궤멸시키고자 함일 것이다.

왕은 효성왕의 적자로 왕위를 계승한 것이 아니라 왕의 동생이었기 때문에 왕위에 오를 수 있었다.

동생으로서 왕위에 올랐다는 것은 정통성을 이미 상실한 것이나 다름없었다. 그것도 장자가 엄연히 살아있는데도.

해서 왕위 계승은 성골이든 진골이든 세력만 있으면 언제든지 주상을 제거하고 왕위에 오를 수 있다는 선례까지 남겼다.

이를 파계한 장본인이 태종 무열왕이었는데도 삼국을 통일하는 위업을 이루지 않았던가.

경덕왕은 안팎으로 도전세력에 직면했고 이를 해소하기 위해 전제주의 체제를 공고히 다지려고 노심초사했다.

강력한 도전세력은 양상이었다.

그의 아버지는 효방 해간(孝芳海干)으로 진골 김 씨를 대표했고 어머니는 사소부인(四炤夫人)으로 성덕왕의 딸이었으니 기세등등한 문벌이었다. 그의 등장이야말로 왕의 권위를 좀먹는 벌레라고 할 수 있다.

왕과 양상 일파는 왕권을 둘러싸고 줄다리기를 하고 있었으니 지상에 왕이 둘이 생긴 것이나 다름없었다.

이런 기우는 머지않아 나타난다.

양상은 경덕왕의 아들 혜공왕과 후비들을 살해하고 이찬 지정(志貞)까지 주살한 뒤 스스로 왕위에 올라 선덕왕(宣德王)이라 자칭한다.

그런데도 강력한 도전세력을 드러내놓고 말할 수 없어 짐짓 하늘에 '두 태양이 나타나 열흘이나 사라지지 않았다(二日竝現 俠旬不滅)' 고 짐짓 둘러댈 수밖에 없었는지 모른다.

왕은 도전세력을 의도적으로 제거하고 왕권을 강화하기 위해 신하들을 대동하고 청양루로 나온 것이 속셈이다.

월명이 속세를 등진 승이라고 해서 돌아선 민심을 되돌리기 위한 왕의 행차임을 모를 리 없었다.

월명은 이를 알고 있었기 때문에 범성(梵聲)은 할 수 없으나 향가라면 지을 수 있다고 했고 어명이라면 짓는다고 했다.

조원전 주변으로 군중들이 구름처럼 몰려들었다.

그들은 산화공덕의 의례를 지켜보기 위해 아침부터 몰려들었는데도 단은 좀체 열리지 않았다.

기다리다 지친 군중들은 하나 둘 불평을 늘어놓았다.

제단을 개설하고 산화공덕을 거행한다는 방을 곳곳에 붙여 군중들을 조원전 앞으로 모이게 했으니.

새벽부터 멀고 가까운 곳에서 몰려온 군중들은 나절이 지나고 오후 햇살이 죽어 가는 시각인데도 의식을 진행조차 하려 들지 않는 무책임에 대해 불평을 늘어놓았다.

마침내 불평 소리는 왕의 귀에까지 들어갔다.

하나마 황망했으면 경덕왕은 체통마저 잃었다.

"대사, 지금 군중들의 불평소리가 들리지 않소? 어서 범성을 지어 단을 열도록 하오. 짐으로서는 일각이 급하오."

"알고 있습니다, 마마."

월명은 사려가 깊기 때문에 생각하고 생각했다.

일명 산화가(散花歌)는 불교의례의 범패이기 때문에 지을 수 없다고 하더라도 산화가의 전주곡인 서사만은 지어야지. 그것마저 짓지 못한다면 지엄한 왕명을 두 번이나 거역하는 불충을 저지르게 돼. 짓되 산화가에 예속된 노래가 아니라 독립된 노래로 향가의 특색을 살려 산화가 이상의 의미를 담아야 한다고.

월명은 노래를 짓기 전에 치리의 내용부터 생각했다.

산화가는 불교적인 내용이라 어쩔 수 없더라도 왕으로서는 불상사인 일괴(日怪)를 물리치는, 아니 절대왕권에 도전하는 세력을 진무하는 데 있어 화급을 다투는 일임을 모르지 않았다.

유리왕 5년, 왕명에 의해 도솔가(兜率歌)가 제정되었듯이 지금 왕 또한 도전세력을 진무하는 것이 무엇보다 화급했다.

동짓달이 되자 유리왕은 국내를 순행했다.

왕은 순행 도중 굶주리다 못해 얼어 죽게 된 노파를 목격했다.

"짐이 세상 물정이라곤 전혀 모른 채 왕위에 올랐으니 백성들을 잘 먹여 살리지 못할 수밖에. 남녀노소 할 것 없이 다 이 지경이 된 것은 모두가 짐의 무능 탓이오."

왕은 용포를 벗어 노파를 덮어 주고 손수 음식을 먹여줬다. 그리고 유사(有司)에게 이르는 것을 잊지 않았다.

"어디에 살든지 그게 무슨 상관이 없소. 홀아비와 과부하며 외롭고 쓸쓸한 사람들은 물론이고, 늙고 병들어 스스로 살아갈 수 없는 사람들까지 곡식을 고루고루 나눠 줘서 살도록 하오."

이처럼 왕이 사소한 일까지 마음을 썼으므로 이웃나라 사람들이 몰려들었으며 백성들은 편안히 살 수 있게 되었다.

이런 사실을 두고 유리왕의 뜻을 받들어 누군가가 도솔가를 지었듯이 월명은 또한 치리의 내용을 떠올렸다.

그렇다고 해서 주사의 성격도 가볍게 취급할 수 없었다.

월명은 당대 제일의 생불이라고 떠받드는 능준 대사(能俊大師)의 문하에 들어가 불도를 닦은 적이 있었다.

그래서 산화공덕을 짓는다는 것이 얼마나 어려운가는 알고 있었다. 그것도 산화공덕가가 이미 널리 유행하고 있었기 때문에 굳이 산화공덕을 내세울 수도 없었다. 흔히 들을 수 있는 불교적인 산화공덕가보다는 주사적인 내용이 보다 효험을 볼는지 모른다.

더욱이 두 태양이 나타나 열흘이나 사라지지 않는데 그런 일괴(日怪)를 물리치지 못하면 왕이 어떻게 나올지는 너무나 뻔했다. 게다가 산화공덕의 서사로 꽃도 포함시켜야 했으니.

두 태양이 나타나 열흘이나 사라지지 않아 이를 물리치려는 데야. 이를 해소하는 데 있어 꽃에서 실마리를 찾지 않을 수 없었다.

꽃은 꽃이되 인간의 숙명을 손아귀에 넣어 장악하는 그런 꽃으로, 만에 하나 꽃이 미륵좌주(彌勒座主)를 모셔 오지 못하면 일괴라는 불상사의 사태는 수습의 길을 잃고 말 것이다.

이런 점에서 월명의 한계는 극명하게 드러난다.

신이 아닌 월명 스스로는 미륵좌주를 모셔 올 수 없다.

오로지 꽃을 통해, 꽃의 힘을 빌려 모셔올 수밖에 없다.

월명은 일체의 소망을 꽃에 의지했다.

소망을 반드시 성취시켜야 했으므로 절체절명의 꽃이기에 더 더욱 의

지하지 않을 수 없었다. 인간의 운명 일체를 좌우하는 꽃, 계절의 순환에 따라 부침을 거듭하는 꽃이 아니라 일회성으로 삶과 죽음의 갈림길, 일괴를 물리치느냐 못하느냐 하는 절박한 꽃으로, 열망의 꽃이라야 했다.

곧은 마음의 꽃으로 부동의 지기, 자연 그대로의 지순 지결한 꽃, 해와 달의 내밀한 속삭임까지도 알고 있는 꽃, 온갖 비밀이란 비밀은 다 알아내어 어떤 일이든 대처할 수 있는 구원의 꽃으로 승화시키지 않으면 실패할 수도 있다.

그것도 단 한번의 소망, 그 소망은 확고함과 불변성을 더해 절대적인 것이라야 했다.

월명은 그러한 소망을 제3구에 신념처럼 박아 넣었다. 무엇보다 시간이 촉박했기 때문에 선택의 여지조차 없었다.

꽃이 신념의 행동으로 나타날 때, 의지의 실현을 수반하게 된다.

꽃은 인간 의지의 표상, 절대 의지가 폭발하는 현장, 인간의 운명과 보람으로서의 소망 일체를 꽃이 짊어지지 않을 수 없기 때문에 '꽃이여 뫼시어라'로 환치시킬 수밖에 없었고 절체절명의 소망, 신념, 의지를 역설적으로 표현하지 않을 수 없었다.

이런 의지의 신념은 원상으로의 복귀에 있다.

두 태양이 나타나 열흘이나 사라지지 않았고 그런 사태가 더 이상 지속된다면 정상의 붕괴는 명약관화하지 않는가.

그런 의지는 꽃에 이르러 강렬하고 구체적인 실체로 굳어졌으나 실은 암중모색에 지나지 않았다.

마지막으로 혼신의 힘을 쏟아 꽃이 꽃을 찾아서, 아니 꽃에게 모든 의지를 불어넣었기 때문에 보통 꽃이 아닌 꽃은 꽃 나름대로 원상에로의 회귀를 바라는 인간 의지를 수용하면서 즉멸(卽滅), 곧 두 태양 중에서 하나를 사라지게 해야 했다. 그것도 정상적인 것이 아니라 비정상적인 태양을.

마침내 꽃은 단순한 꽃이 아니라 월명에 의해 마력의 힘을 지닌 꽃으로 돌변했고 그런 꽃은 하수인이 아닌 동등한 자격으로 미륵좌주를 모셔 오지 않으면 안 되는 꽃으로 승화했다.

오늘 이리도 산화가 부를 제
점지된 꽃 너희는
곧은 마음이 시키는 대로
미륵좌주님을 뫼시어라

비로소 월명은 왕이 바라는 노래를 완성했다.

도솔가(兜率歌)는 월명이 지었으나 왕실, 특히 경덕왕의 노래였고 나아가 신라 전체의 안정을 바라는 집합체가 되었다.

미륵좌주를 뫼시러 가는 꽃은 흑의를 걸친 어둠<二日並現>과는 도무지 인연이 닿지 않는, 닿을 수도 없는 꽃이었다.

월명은 두 세력이 동일선상에서 충돌하는 데 있어 발휘되는 꽃의 광채는 더더욱 위력을 발휘할 수 있는 꽃이로되 광명의 사도, 천상과 지상, 미타불과 인간을 연계시켜 주는 중재자의 위치를 수행하는 꽃이 되기를 열망하면서 향찰로 옮겼다.

今日此矣散花唱良
巴寶白乎隱花良汝隱
直等隱心音矣命叱使以惡只
彌勒座主陪立羅良

월명은 완성한 도솔가(兜率歌)를 왕에게 바쳤다.

왕은 초조하게 지켜보다 미소를 지으며 받았다.

"산화공덕을 짓느라고 수고가 많았소. 이제 스님이 도솔가까지 지었으니 단을 열고 범성으로 불러 주시오."

"소승, 부르기는 하겠습니다."

조야의 시선은 모두 월명에게 쏠렸다. 이제나 저제나 하고 초조하게 기다리던 군중들도 잔뜩 기대감에 부풀었다.

월명은 단에 올라 제단을 열었다.

엄숙하고 더할 수 없이 경건한 의식, 그것도 좀체 보기 드문 국가적인 제례의식에 왕과 신하들은 물론 군중들도 합장했다.

월명은 도솔가를 범패로까지 불렀다.

그것도 궁중 악사들의 반주 속에 엄숙하고도 장엄하게 불렀다. 신라금이 둥기둥 울었다. 이어 온갖 악기가 일제히 소리를 뿜었다.

월명의 선창에 따라 고승의 지도를 받은 법제승들이 도솔가에 이어 산화가를 불렀다. 의식은 진지하고 엄숙한 데다 장엄해서 모여든 사람들로 하여금 절로 충성심이 솟게 했고 왕당파에게나 반왕당파에게도 심금을 울려 일체감을 조성해 나갔다.

길고 긴 산화가를 합창하는 전문적인 범패보다는 미숙하고 생경하기조차 한, 아니 어딘가 모르게 어색하고 모자란 듯한 도솔가가 사뭇 의식에 참석한 모든 사람들을 압도해 나갔다.

나흘째 드는 새벽이었다.

마침내 월명이 기도한 대로 도솔가는 밝음의 사도로서 광명을 되찾으려는 왕의 소망과 염원을 스스로 수행해서 두 태양 중 하나를 사라지게 했으며 동터 오는 동쪽에 정상적인 태양 하나만을 덩그렇게 매달아 놓았던 것이다.

이런 이적을 그 누구도 몰랐으나 단 한 사람만이 넋을 잃고 멍청히 그야말로 한 동안 멍청히 바라보다가 소리쳤다.

"감쪽같이 태양 하나가 사라졌네."

비로소 사람들은 동쪽 하늘을 쳐다보았다.

"신이해. 월명은 신이를 지녔어."

"그렇고 말고. 그러니까 왕도 어쩔 수 없었던 태양 하나를 눈 깜짝 할 사이 사라지게 했지. 월명은 곧 부처야."

"월명이 아니면 태양을 사라지게 할 수도 없었을 게야."

이런 쑥덕거림도 일시적인 것에 지나지 않았다.

경악과 전율에 젖어 그 누구도 입을 떼지 못했기 때문이다.

이런 이적을 두고 좋아한 사람은 왕이었다.

왕은 이를 매우 가상히 여겼다. 해서 품다 일습과 수정염주 108개를 하사했다.

"대사, 그대가 국가의 존위를 튼튼하게 해 주었소. 짐은 대사를 결코 잊을 수 없을 것이오. 이것은 사소한 물건이나 받아주셨으면 합니다."

"하찮은 재주에 지나지 않습니다."

"하찮은 재주라니요. 어서 받아요."

월명은 사양하다 못해 왕이 내린 하사품을 정중히 받았다.

이때 의형이 매우 곱고 깨끗한 동자 하나가 나타나 무릎을 꿇고 차와 염주를 받아 조원전 서소문으로 사라졌다.

왕은 이상히 여겨 시신을 불러서 뒤를 따라가 보라고 했다.

그러자 동자는 사람이 따라오는 기미를 눈치 채고 차와 염주만을 남벽 미륵화상 앞에 놓아둔 채 내원 탑 속으로 숨었다.

이를 지켜본 사람들은 혀를 내둘렀다.

"참으로 신이하기도 해라. 월명의 지극한 정성과 덕이 저토록 미륵보살을 현신시킬 수 있다니. 월명은 신승이야."

"신승이고 말고, 암 신승이지."

조야는 동자를 미륵보살의 현신으로만 알았다.

이런 이적으로 현장에 있던 사람들과 이를 들은 사람들은 왕에 대한 충성심을 불러일으켰고 반왕당파의 반심까지 잠재웠다.

왕은 감격해서 비단 일백 필(匹)을 또 하사했으나 월명은 이를 사양하고 걸망을 챙겨 가던 길을 재촉했다.

백성은 어린 아이일지나

삼월 삼짇날, 날씨는 온화해서 산과 들에는 꽃이 피기 시작했으며 강남 갔던 제비도 돌아와 추녀 끝에 집을 지었다.

삼짇날 머리를 감으면 머릿결은 물이 흐르듯 윤기가 나고 노랑나비를 먼저 보면 한 해의 소원을 성취한다는 속신까지 생겼으니 삼짇날이 좋은 날인 것만은 분명했다.

충담(忠談)은 그런 삼짇날이었으나 마음이 편할 리 없었다. 화랑은 역사의 전면에 나서서 통일의 주역으로 당당히 한몫을 차지했었다.

그러나 통일 이후로는 태평과 안일에 젖은 데다 왕실조차도 전제 군주제를 다지기 위해 화랑을 의도적으로 약화시켰기 때문에 우울했고 세월이 흐를수록 화랑의 활달한 기상은 과거 속으로 사라지고 망각의 오솔길에서 푸대접만 받는 것이 또한 안타까워서였다.

충담은 몸을 깨끗이 씻은 뒤, 차를 달이려고 청동화로에 겨우내 구워둔 참숯을 가져다 불을 피웠고 새벽에 돌샘에서 솟는 정화수를 길러 온 물을 차 솥에 붓고 숯불에 올려놓았다.

숯불은 발갛게 피어올랐다. 발갛게 피어 오른 숯불에는 통일의 주역이었던 인물들이 하나 둘 나타났다가 사라진다.

관창(官昌), 비령자(丕寧子), 원술(元述), 흠춘(欽春), 반굴(盤屈), 유신(庾

信), 흠돌(欽突), 죽지(竹旨) 등등. 한때는 그도 국풍의 무리에 속한 적도 있었기 때문에 아픔, 미련, 아쉬움 등이 더한지 모른다.

충담은 과거를 잊기 위해 머리를 내둘렀다. 그럴수록 사라지지 않는 갖가지 상념들이 꼬리를 물었다. 국풍의 쇠잔과 약화, 아니 국풍 자체를 입에 담는 것조차 죄악시하는 세태에 못마땅함 등.

충담은 정성껏 달인 차를 가지고 미륵세존(彌勒世尊) 앞으로 가 달인 차를 따라 공양하고 지성으로 기도했다.

비원을 간직한 기도는 오래 지속되었다.

그는 오랜 기도 끝에 화랑도를 기리는 노래를 지었으나 지은 노래는 마음에 들지 않았다. 마음과 노래가 팽팽히 맞섰으니 마음에 들지 않을 수밖에 없었는지 모른다.

충담은 붓을 꺾어 버렸다. 그것이 벌써 몇 해 전의 일이다.

그런데 우연히도 짓다가 팽개쳐 버린 찬기파랑가(讚耆婆郎歌)는 신도들의 입을 통해 세상에 알려졌다.

이번 삼짇날에도 충담은 남산 삼화령 미륵세존께 차를 달여 공양했다. 공양이 끝나자 납의(衲衣)를 걸치고 앵통(櫻筒)까지 지고 산을 내려와 귀정문을 향해 발길을 재촉했다. 그 시각은 경덕왕이 귀정문으로 나가 영승(榮僧)을 기다리고 있던 시각과 일치했다.

왕이 나라를 다스린 지 24년, 천기마저 누설해 가며 후사(後嗣)를 얻은 뒤로 천재지변이 끊이지 않았다.

한여름인데도 달걀만한 우박이 쏟아져 다 지은 농사를 망쳐놓는가 하면, 결실기에는 메뚜기 떼가 내습하는 재해까지 겹쳤다. 겨울에도 바라는 눈은 아니 오고 북풍만 몰아쳐 보리농사마저 망쳐놓았다.

재해가 겹치는가 하면 왕릉과 사탑에 벼락까지 떨어졌으며 월성(月城) 도처에서는 귀곡성이 끊이지 않았다.

그런데도 왕은 민심을 수습하려 들기는커녕 신라 중기를 대표하는 전제군주를 자처했고 전제주의적인 왕통이 다음 대에도 이어지기를 열망했으며 절대왕권을 과시하기 위해 수많은 역사를 벌여놓았다.

황룡사 대종의 주조를 비롯해서 석굴암의 축조, 한 수 더 떠 불국사의 창건은 물론이거니와 행정 부처마저 9주를 위시해서 지방 군현과 중앙 관서의 명칭을 당나라 식으로 뜯어 고쳤다.

이런 일련의 정책은 질서가 확고하게 다져진 당의 제도를 모방해 중앙집권제로 나아가기 위해서였다.

그러나 귀족들의 반감과 암투만 불러일으켰다.

신충(信忠), 김옹(金邕), 이순(李純)이 중심을 이룬 왕당파와 김사인(金思仁), 양상(良相), 염상(廉相) 등이 반발한 반왕당파와의 암투는 국가의 기틀마저 흔들었으며 여기에 왕은 후사가 없어 절대왕권을 굳히려고 서둘렀으니 충돌은 그믐밤에 숯불 보듯 뻔했다.

후사를 얻기 위해 천기를 누설했다는 일화까지 있다.

왕의 옥경(玉莖)은 여덟 치였다.

해서 후사를 잉태할 수 없는지도 모르는데 왕은 자신을 탓하기는커녕 왕비를 폐위시켜 사량부인(沙梁夫人)으로 강등시키고 각간 의충(依忠)의 딸인 만월(滿月)을 맞이해 경수태후(景垂太后)에 책봉했다.

이런 조치는 후사를 얻기 위한 것임은 말할 것도 없었다.

그랬는데도 경수태후에게 태기가 있을 리 없었다.

왕은 초조해 하다 표훈 대덕(表訓大德)을 궁중으로 불러들여 아들을 부탁했는데 부탁이라기보다는 애걸이었다.

"짐은 복이 없는지 아직까지 후사를 두지 못했소. 원컨대 대덕이 상제께 아뢰어 아들을 낳게 해 주오. 부탁하오."

"소승의 미력으로는 어떻게 할 수 있는 일이 아닙니다."

"대덕은 당대의 고승이 아니오이까. 그런 대덕이 아뢴다면 상제께서도 들어줄 것이오. 이렇게 부탁하오."

"소승의 능력으로는 불가하다고 이미 아뢰었습니다."

"어서 올라가 아뢰어 주시오."

표훈은 마지못해 어명을 받들고 하늘로 올라가 천제를 만나 왕의 뜻을 전달했다. 천제는 딸이라면 가능할 수도 있다고 했다.

그는 하늘에서 내려와 상제의 뜻을 그대로 전했다.

"상제께서 말씀하시기를, 딸을 원한다면 혹 들어줄 수 있을지 모르겠으나 아들은 안 된다고 하셨습니다."

"딸을 아들로 바꾸라고 하시오."

"마마, 상제의 뜻을 어기는 일입니다."

"짐의 소원이오. 그렇게 하시오."

표훈은 내키지 않은 마음으로 재차 올라가 상제께 왕의 뜻을 전했다. 상제는 아들이 불가함을 천기를 들어 설명했다.

"아들을 낳게 할 수는 있지. 하지만 아들일 경우 나라가 위태로워."

표훈이 내려가려 하자 상제가 불러 세웠다.

"인간으로서 하늘을 어지럽힐 수 없거늘, 대사는 하늘을 이웃집 드나들 듯하며 천기를 누설했으니, 앞으론 올라오지 말라."

"천제님, 명심, 또 명심하겠습니다."

표훈은 하늘에서 내려와 천제의 뜻을 왕에게 전했으나 경덕왕은 좀체 고집을 꺾으려 하지 않았다.

"비록 나라가 위태로워진다고 해도 아들을 얻어 대를 이을 수만 있다면 그로써 족하오. 짐은 아들을 낳을 것이오."

"그렇다면 마마의 뜻대로 하옵소서."

"무엇으로 보상을 해야 할지. 대덕, 참으로 수고가 많았소."

표훈은 대궐을 나온 뒤, 세상을 등지고 숨어 살았다. 숨어 살면서 시정(市井)에는 일체 그림자조차 드러내지 않았던 것이다.

그것은 본의 아니게도 천기를 누설한 죄책감 때문인지도 모르며 그를 끝으로 신라에는 고승이 나타나지 않았다.

이런 우여곡절 끝에 경수태후에게 태기가 있더니 소원대로 아들을 낳긴 했다. 왕은 몹시 기뻐했으나 기쁨이 가시기도 전에 불행이 꼬리를 이었다. 왕자가 태어난 시각과 일치해 멀쩡하던 하늘에서 날벼락이 떨어져 16 대찰이 잿더미로 변했다.

태자는 돌이 지나면서부터 계집애들처럼 비단주머니 같은 것을 차고 다니기를 좋아했으며 또래 계집애들과 어울려 소꿉놀이를 즐겼다.

자라날수록 왕재의 자질은 엿볼 수 없었다.

왕은 이래저래 심기가 불편했다. 하물며 불길한 징조이기나 하듯 오악, 삼산 신들이 시시로 나타났고 대궐에까지 와서 시위했기 때문에 불길한 징조를 빨리 해소하고 싶었다.

두 태양이 나타나 열흘이나 사라지지 않자 청양루로 가서 지나가는 연승을 점지해 도솔가를 지어 물리친 적이 있었는데 이번에도 귀정문으로 나가 지나는 영승을 불러 구국의 대방을 얻으려고 결심했다.

삼월 삼짇날은 참으로 좋은 날이다.

왕은 신하들의 반대를 물리치고 귀정문으로 나갔다.

오후 햇살이 눈부시게 쏟아지는데도 왕은 일산도 받치지 않은 채 누대 난간에 기대어 영승이 지나가기를 기다렸다.

그런데 기대한 영승은 좀체 나타나지 않았다. 왕은 안달하다 못해 역증까지 내며 성화를 끓였다.

"참으로 한심하오. 이 많은 신하 가운데 그래, 길 가는 위의 갖춘 영승 하나 데려오지 못한단 말인고?"

아첨과 아부라면 뛰고 나는 신하라고 할지라도 별 뾰족한 수가 없어 그저 황송, 또 황송하다고 깜박 죽는 시늉을 할 수밖에.

오랜 시간이 지나서야 대덕 하나가 시야에 들어왔다.

대덕은 위의가 매우 선결했는데 곧장 길을 가고 있는 것이 아니라 이리저리 배회하면서 느릿느릿 걸어가고 있었다.

주눅이 든 신하들은 이때다 하고 앞 다퉈 달려갔다.

"대덕, 귀정문으로 올라 대왕을 알현하시오."

그런 신하는 좀 전의 주눅 든 것과는 달리 거들먹거렸다.

"소승을 지목해서 하는 말씀인가요?"

"대덕 아니면, 누가 또 있소."

대덕이 귀정문에 올라 왕을 알현했으나 왕은 "짐이 생각한 영승이 아니오. 물리시오." 하고 데려온 신하에게 화를 냈다.

왕은 도솔가를 지은 월명사와 같은 영승(榮僧)을 생각하고 있었음이 분명했다. 비록 월명사와 같은 영승은 아닐지라도 그와 유사한 승려라면 만족할 수밖에 없는 심정인지 모른다.

시간이 가뭇없이 흘러갈수록 신하들은 몸 둘 바를 몰랐다.

오랜 시간이 지나서야 스님 하나가 시야에 나타났다.

스님은 납의(衲衣)를 걸친 데다 앵통(櫻筒)까지 짊어진 채 남쪽에서 귀정문 방향으로 느릿느릿 걸어오고 있었다.

이를 보고 기뻐한 왕은 귀정문을 나서 스님을 누대로 맞아들였다. 누대에 오르자 스님의 앵통을 벗겨주기까지 했다.

"스님, 앵통에 든 것은 무엇인 게요?"

"마마, 다구입니다."

"이렇게 많은 다구를 지고 다닌다. 그대의 존함은?"

"소승은 충담이라고 합니다."

"충담이라면 찬기파랑가를 지은 스님이 아닌가?"

"마마, 그러합니다."

"아, 그러오. 지금 어디서 오는 길이오?"

"삼월 삼짇날과 중구절이면 차를 달여 남산 삼화령 미륵세존께 공양했습니다. 지금 차를 달여 공양하고 오는 길입니다."

"그렇다면 과인에게 차 한 잔 나누어 줄 수 있겠소?"

"잠시 기다려 주신다면 달여 드리겠습니다."

"기다리겠소. 한 잔 주시오."

충담은 앵통에서 다구를 꺼냈다. 청동화로, 자기 한 벌, 찻주전자, 귀때그릇, 찻잔 두엇, 찻잔 받침, 개수 그릇 하나, 차를 넣어두는 차호, 대나무로 만든 차시, 참숯을 꺼내었다.

청동화로에 숯을 담아 불을 붙이고 차솥을 올려놓고 한 치의 실수도 없이 차를 달였다. 차주머니에서 전차<煎茶>를 한 숟갈 담아 끓인 물에 탔고 우러나는 시간을 기다려 귀때그릇에 붓고 찌꺼기를 걸러냈다. 걸러낸 것을 찻잔에 부어 왕에게 올렸다.

"마마, 드시지요. 차는 여유를 가지고 달여야 하는데 서둘러 달여 제대로 맛을 냈는지 두렵기만 합니다."

"차 맛이야, 뭐 그리 대순가."

왕은 음미하듯 한 모금 마셨다. 차 맛이 독특했다. 궁중에서 마시는 차 맛은 아니었다. 향긋했다. 향긋해서 마음이 상쾌하다 못해 가벼워지기까지 했으며 빈 잔에는 향긋한 냄새가 남아 있었다.

"스님의 차 맛은 듣던 대로 일품이오."

"마마, 과찬이십니다."

"과찬이라니, 사실이 그러하오."

왕은 기분이 좋았다. 그것은 차 맛 탓만은 아니었다.

왕은 충담의 인품이 의외로 마음에 들었기 때문이었다.

"조용한 기회에 차 맛을 보기로 하고……"

"마마, 그렇게 하시지요."

"과인은 진작부터 들었소. 스님이 노래한 찬기파랑의 사뇌가는 그 뜻이 매우 고상하다고요. 과연 그러하오? (朕嘗聞. 師讚耆婆郞詞腦歌 其意甚高. 是其果乎)"

"마마, 그러합니다(然)."

왕의 앞이라 그랬을까. 얼결에 대답하고 보니 얼굴이 달아올랐다.

그것은 지금까지도 기파랑가를 완성하지 못한 탓이다.

"그렇다면 짐을 위해 백성들을 편안히 다스릴 수 있는 노래를 지어줄 수는 없겠소? 부탁드리오."

"소승은 산 속에 묻혀 지내는 승려에 지나지 않습니다. 세상 돌아가는 형편을 모르고 있습니다."

"찬기파랑가처럼 뜻이 높지 않아도 상관이 없소. 다만 실천할 수 있는 노래로 족하오. 대사, 지어 주시오."

"……"

"답답하오. 속 시원히 대답하시오."

"……"

충담은 백성들의 안위는 도외시한 채 절대왕권에만 집착하는 왕을 마땅찮게 생각하고 있었다. 그런 생각을 가지고 있는 것 또한 부인할 수 없더라도 이제 자의가 아닌 타의라 하더라도 이번 기회에 왕을 대도의 길로 나서도록 대방(大方)을 제시해 줄 수만 있다면, 그것은 승려 이전의 백성된 도리일 것이었다.

그리고 깊은 산 속에 파묻혀 고고한 척하면서 자기수양에만 집착하는 소승(小乘)이 아니라 현실에 적극적으로 뛰어드는 대승(大乘)의 길도 때로는 필요하다고 생각을 돌렸다. 비록 왕의 요청이 있었다고 하더라도 어디까지나 왕만을 위해서가 아닌 백성들의 편에 서서 저들의 안위를 생각하는 민본사상(民本思想)을 구현할 수만 있다면 거절할 이유가 없다는 생각까지 들었다. 더욱이 찬기파랑가가 아니었다면 왕과의 만남이며 솔직한 대화의 가교는 있을 수 없는 일이 아니었던가. 그것도 이런 우연한 기회가 아니면 신라 사회가 당면한 고민, 산적한 정치적 곤경을 해결할 수 있는 경륜과 포부는 펼칠 수 없지 않는가.

혼미를 거듭하는 시국을 수습하고 안민의 대도를 밝히는 대방을 제시해 주는 데야 불도에 어긋나지 않으리란 생각도 들었다.

"스님, 지어 줄 거요, 말 거요? 대답하오. 답답하오."

왕은 다급한 나머지 체통도 없었다.

"마마의 뜻이 확고하온데 백성인 도리로서 어찌 짓지 않을 수 있겠습니까. 최선을 다해 지어 드리겠습니다."

"스님, 참으로 고맙소."

충담은 더 이상 회피했다가는 어떤 불똥이 떨어질지 몰라 불안했다.

불똥이 떨어지기 전에 노래를 짓는 것만이 살아남는 길이었다.

왕의 괄괄한 성미를 잘 알고 있는 그로서는.

충담은 차를 달이면서 마음을 차분히 가라앉혔다. 그리고 향긋한 차를 음미하면서 생각을 정리했다. 지금까지 찬기파랑가를 완성하지 못한 이유부터 헤아렸다. 그것은 과욕 탓이랄까.

과욕부터 버리고 대방의 구현에 골몰했으나 자의가 아니어서 무엇부터 제시해야 할지 난감했다.

타의가 아닌 자의라고 하자. 내 흥에 겨워 내 나름의 노래를 짓는다고 하자. 왕의 부탁이 아니라 자의에 의해서.

충담은 아쉬움만 더했던 찬기파랑가, 아직도 완성을 보지 못한 찬기파랑가와는 다른, 달라야 하고 다를 수밖에 없는 노래다운 노래, 대방(大方)의 노래를 짓겠다고 새로이 결심했다.

먼저 왕의 진의부터 파악했다.

왕이 어떤 이유로 백성들을 편안하게 다스릴 수 있는 노래를 부탁했을까? 그것도 유가가 아닌 불승에게 말이다.

충담은 왕이 말한, 뜻이 매우 높다는 말을 새삼 상기했다.

기파랑의 노래에 접한 왕은 노래를 단순히 찬가로만 이해하지 아니하고 매우 차원 높은 노래, 의미심장한 노래, 상징적인 의미가 담긴 노래로 받아들인 것은 아닐까?

노래가 의미하는 진정한 뜻은 의도적인 작의에 의해 구현된 것이었으나 찬양은 찬양이되 단순한 찬양이 아니라 화랑정신의 퇴화에서 야기된 한탄, 아쉬움, 미련, 애통, 안타까움이 짙게 배어 있다.

왕은 그런 것을 막연히 애통의 소리나 아쉬움의 호소로 받아들였다기보다는 그 반대인 저항의 넋두리로 확대 해석해서 이해한 것이라는 생각이 들었다. 전제주의 체제를 공고히 다지기 위해 조급하게 서둘다가 반왕당파를 만든 장본인은 누구도 아닌 왕 자신이었으며 그것도 스스로의 정책이 빌미가 되었던 것이 아니던가.

그렇다면 대방은 분명하다고 할 수 있다.

충담은 왕실내부의 사정도 살폈다. 전제주의 체제에 직접 반기를 들고 벌떼처럼 들고 일어난 사람은 바로 상대등 김사인(金思仁)이다.

그는 왕의 실정을 하나하나 적은 상소문을 올리고 스스로 권력의 정상에서 물러났다. 좀체 있을 수 없는 정변이다.

양상(良相)도 그랬고 염상(廉相)도 그랬다. 특히 양상은 김옹(金邕)을 몰아내고 권좌를 차지했는데도 그랬다.

왕이 임명한 것이 아니라 스스로가 왕당파를 제거하고 권좌를 차지했으니 사정을 짐작하고 남음이 있다. 더욱이 신임이 두터웠던 만종(萬宗)까지도 왕의 뜻을 거역하고 반왕당파에 빌붙어 한 자리 차지하려고 들었으니 왕의 심기가 오죽이나 불편했을까.

독단으로 강행했던 전제주의 체제의 강화는 반왕당파의 거센 도전에 직면하게 되었고 하늘의 뜻을 거역하면서까지 태어난 왕자는 계집애같이 심약한 성격이라 왕의 중압감은 보지 않아도 뻔했다.

오래 전부터 군신 사이에 지켜져야 할 상하 질서는 송두리째 허물어졌었다. 해서 왕은 하루도 위기감에서 헤어날 수 없었을 것이며 반왕당파의 거두인 양상과 염상 등 그 추종세력은 왕권까지 넘보는 상황까지 치닫고 있었다. 버티다 못한 왕은 이순(李純)의 직간을 들어 중앙집권제의 시행을 일단 보류하기도 했었다.

그런 왕이었으니 귀정문(歸正門)으로 난 것은 혼미를 거듭하는 정치현실을 나름대로 타개해 보려는 안간힘의 일단이 아닐까.

충담은 사태를 꿰뚫은 다음, 구국의 대방에 착수했다.

임금은 아비고
신하는 자애로운 어미라
백성은 어린 아이일지나
사랑 주는 이를 아나니

4구에 걸쳐 군주체제의 질서를 드러냈다.

겉으로는 반왕당파에게 경종을 울리고 있으나 실은 왕통을 지속시키기 위해 전제체제를 다지는 왕이며 왕을 무조건 추종하는 무리들에게 조종을 울리는 내용을 담았다.

정치적인 파쟁의 소용돌이기는 했으나 신하의 도리를 못하고 있는 신에게도, 정치의 본체인 민에게도 비중을 둬 아비로서의 임금, 어미로서의 신하, 관직에 있는 모든 사람들이 맡은 바 직분을 성실히 수행해야 어린 아이 같은 백성일지라도 따르게 되며, 위에서 하는 일이 사랑을 주는 것인지 미움을 낳는 것인지를 알 수 있다는 민본사상을 강조했다.

충담은 그에만 그치지 않았다.

통일을 이룩한 지 80여 년, 통일의 뜨거운 열기는 식었다고 하더라도 백제나 고구려며 당을 반도에서 몰아내던 전쟁 당시보다는 백성들의 생활은 윤택해야 했다.

그러나 실상은 그렇지 않았다.

전쟁 당시보다도 백성들은 못 먹고 못 입는 온갖 고초를 당하고 있었다. 계속되는 천재지변으로 농사는 말이 아니었고 백성들은 입에 풀칠할 것이 없어 초근목피로 끼니를 때우다 보니 산마저 헐벗어 죽어가고 있는 실정이었으니 나라의 기강이 제대로 자리 잡힐 리 없었고 정치가 뜻대로 경영될 리 없었다.

충담은 백성들의 한 맺힌 부르짖음을, 그것도 단순한 절규가 아님을 위정자들에게 깨우쳐줄 뿐 아니라 정책에 반영될 수 있도록 해야 마땅하다고 생각했다.

한여름에도 달걀만한 우박이 떨어지고 한발과 메뚜기 떼의 빈번한 기습으로 재해가 겹쳤으며 겨울인데도 눈은커녕 북풍만 몰아쳐 보리농사마저 망쳐놓았다.

정치는 혼미에서 헤어날 줄 몰랐으며 기근과 질병으로 백성들은 신음하고 있는데 그런 백성들을 진무하기 위해 전국으로 특사를 급파했으나 위기는 가라앉지 않았다.

이 모두가 백성들을 못 먹여 살렸기 때문이다.

구차스럽게 사는 이들
그들을 먹여 살린다면
이 땅 버리고 어디로 갈까

경덕왕의 집권말기는 상서롭지 못한 천재의 이변이 잇달았다.

두 태양이 나타나더니 열흘 동안이나 사라지지 않는가(日竝現 挾旬不滅) 하면, 크고 작은 지진이 잇달아 발생했다.

이런 자연현상은 가난에 찌든 백성들뿐만 아니라 떵떵거리는 지배계층에게도 불안을 고조시키는 원인이 되었다.

심지어 벼락이 신성하기 짝이 없는 사탑에 떨어졌으며 하룻밤 사이, 절을 잿더미로 만드는가 하면 왕릉 근처에 수없이 떨어졌다.

귀신의 소리마저 다른 곳이 아닌 대궐 안에서 들려왔고 터무니없는 소문마저 월성 부근에서 꼬리를 물고 파다하게 번졌다. 더욱이 삼산의 신마저 때때로 나타났으며 궁궐 안에서 버젓이 행동하며 시위까지 했다.

모두가 상서롭지 못한 징조였다.

급기야 왕은 왕당파인 상대등 신충(信忠)을 면직시키고 총애하던 시중 김옹과 이순마저 벼슬에서 물러나게 했다.

이어 초당적으로 반왕당파인 김사인, 양상, 만종을 맞아들이는 획기적인 조치를 취했으나 민심은 수습되지 않았다.

오히려 조신 사이의 위계질서만 붕괴되었고 왕당파와 반왕당파의 암투만 불러일으켜 백성들을 불안하게 했으며 민심마저 떠나게 했다.

충담은 이런 정황을 고려해 구국의 대방을 완성했다.

나라 보전 길 알고 싶다면
군답게 신답게 민답게야

나라도 함께 태평하리니

지극히 평범한 데서 불변의 왕도를, 아니 제왕이 지켜야 하고 신하들이
솔선수범해야 할 대방을 제시했다.
충담은 노래를 향찰로 또박또박 적어 왕에게 바쳤다.

임금은 아비고
신하는 자애로운 어미라
백성은 어린 아이일지나
사랑 주는 이를 아나니
구차스럽게 사는 이들
그들을 먹여 살린다면
이땅 버리고 어디로 갈까
나라 보전 길 알고 싶다면
군답게 신답게 민답게야
나라도 함께 태평하리니

君隱父也
臣隱愛賜尸母史也
民焉狂尸恨阿孩古爲賜尸知
民是愛尸知古如
窟理叱大肹生以支所音物主
此肹喰惡支治良羅
此地肹捨遣只於冬是去於丁爲尸知
國惡支持以支知古如

後句君如臣多支民隱如爲內尸等焉

國惡太平恨音叱如

왕은 안민가(安民歌)를 받아 음미하는 얼굴은 석양을 받아 온통 상기되어 있었다. 아니, 정곡을 찌르는 안민가의 깊은 뜻을 헤아리고 얼굴이 붉어졌다는 것이 옳을는지 모른다.

왕로서는 당면한 위기를 해소할 수 있는 대방을 얻는다면 반왕당파도 등용하고, 그 누구라도 대방만 제시한다면 이를 정책으로 삼아 현실을 타개하고 싶은 심정이었으니 흡족할 수밖에.

왕은 신하들을 돌아보며 말했다.

"충담이 지은 안민가를 돌아가며 읽어 보오."

신하들도 읽고 고개를 끄덕였다.

"짐은 안민가를 좌우명으로 삼을 것이니 경들도 좌우명으로 삼아 실천토록 하오. 안민가의 뜻을 두고두고 새기시오."

그리고 일일이 이렇게 하고, 저렇게 하라고 지시했다.

그런 다음 "충담, 아니 대사라고 해야겠지. 정말 훌륭하오. 이보다 좋은 대방은 없을 것이오." 하고 칭찬을 아끼지 않았다.

"평소 품고 있던 생각을 노래에 담았을 뿐입니다."

"짐에게는 하나 같이 정곡을 찌르는 것이오."

"좋은 대방이라도 실천하지 않는다면 소용이 없습니다."

"대사를 일찍 만나지 못한 것이 한스럽소."

"일찍 만나지 못한 것은 불법에서 말하는 인연이 닿지 않았기 때문일 것입니다. 그리고 전에 만났다고 하더라도 소승 같은 인물은 마마께서 거들떠보지도 않았을 것입니다."

왕은 가슴이 철렁 하고 내려앉는 것 같았다.

전제체제를 굳히기 위해 혈안이 되었을 때는 대방마저 묵살했으니.

"대사를 국사로 삼아 곁에 두고 고견을 듣고 싶소. 대사, 왕사가 되어 짐을 보필해 주오. 함께 신라를 반석 위에 올려놓읍시다."

경덕왕은 대사의 가사를 잡고 애원하다시피 매달리는 것이 아닌가.

"소승은 한낱 수도승에 지나지 않습니다."

충담은 재배하고 사양했으나 왕은 거듭 촉구했다.

"국사가 되어 주시오, 대사."

"소승은 국사의 자질이 못 됩니다."

충담은 왕의 요청을 완곡하게 거절했다.

남산에 걸린 실낱같은 초승달도 졌다. 충담은 다구를 넣은 앵통을 어깨에 걸치자 어전을 물러났다.

그는 올 때와 다름없는 걸음걸이로 가던 길을 되돌려 남산 삼화령 미륵세존(彌勒世尊)을 향해 어둠 속에 몸을 던졌다.

향가 관련 인물시

충담사

수로부인

처용

희명

월명

광덕

영재

선화공주

양지

융천사

득오

신충

엄장

충담사

구름을 헤치고 나타난 달이 있는 데야
흰 구름 좇을 수야…

화랑의 귀감(龜鑑)일까,
기파랑(耆婆郎)은.
시내와 알천 조약돌,
달과 흰 구름,
천상과 피안,
무위의 안주를 바란 탓일까.

아아, 잣 가지도 높아라,
서리 모를 화판(花判)이여.

찬기파랑가(讚耆婆郎歌)는

천년 뒤

어느 달 밝은 밤

동방 서라벌

알천 시냇가 조약돌,

서천을 향한 동경,

머나 먼 이상

희한하게도

골동품이 아닌 절창(絶唱)의 노래로

오늘날에도

회자(膾炙)되고 있음이니

한국 시가의 최고 품격일 테지.

수로부인

신라 제일의 미녀 수로부인
하마나 미녀였으면
입과 귀를 적셔 소문났을까.
물새알을 세워놓은 듯한
갸름한 얼굴이며 맑은 눈매,
빚어 만든 결곡한 콧등
방긋 웃을 때마다
하얗게 드러나는 치아
호수와도 같은 눈매,
초승달과도 같은 아미,
반듯한 이마에
범접할 수 없는 우아함까지.

아름답고 고우면
음하거나 독하기 마련인데
되레 부드러우면서 귀품이 있고

어여쁘면서도 곡진해서
미륵불에서나
볼 수 있는 지순한 신앙의 미모.

그랬으니 신물이나 요정들이
다투어 납치해 갔겠지.
아니, 오직 마음을 비우고
나비가 꽃을 보고 날아드는 본능으로
납치를 자청했음이니.

'칠보궁전(七寶宮殿)에 드니
나오는 음식마다 진미였으며
향기롭고 깨끗해서
세상 음식과는 달랐다.' 고
시침을 뚝 따는 수로였으니…

처용

사도 아니었다. 곡도 아니었다. 학대였다.
좌절과 내부 분열이 빚은 자조였다.

끓어오르는 정분을 참지 못해
둘은 속곳을 밀어내며
앞서거니 뒤서거니
서로를 찾아 나서고
누구의 엉덩이인지
벌겋게 단 무쇠를 두드리는 망치가 되고.

발로는 비단금침을
긁고 차 격정의 춤을 연출했지.
처용으로서는
천정과 방바닥이 진동치고
감창으로 초불이 무안해
가물거리는 것으로 부족해

요분을 질탕하게 내지르고
드러누워 코를 고는
현장을 목격했으니…

'본대 내 것이었는데
이미 앗아간 데야.'

분노와 충격이 빚어낸 자조였지.
체념과 좌절 끝에
자폭의 길을 가다
되돌아서서
가장 인간적인 칼부림이
벽사진경의 문신으로 추앙을 받았으니
희한키는 희한타.
그를 두고 무(巫)라고 하다니……

희명

무릎을 꿇고 꿇어 두 손을
모아 모아서 쥐고
천수관음전에 숙원의 말씀 사뢰나이다.

한결같은 호흡으로,
자연스런 토로로,
의장이라곤
전혀 없는 하고 싶은 말,
가식 없는 기원만을 싣고 실었다.

일천 눈, 그 많은 눈에서
하나를 덜거나 내어
불쌍한 아이의 한 쪽 눈이라도
뜨게 해 주옵소서, 관음이시여.

아이는 잉어 같은 입술로
노래하고 노래하기를
아홉 밤 열 날이 되는
새벽의 여명이 이적을 낳았다.

천수대비상의 일천 코,
일천 혀, 일천 손,
일천 어깨는 있는데
눈만은 구백아흔아홉 개.

아니었다.
구백아흔여덟 개가 남았으니…

월명

세상에 태어나 산다는 것은
새로운 빛을 받아 떠나는 것일진대
생명 받아 태어났다는 것은
세상 어디에서 왔으며
죽음 또한 어디로 가고 있는지.
그것은 여름 하늘에 구름이 생겼다
사라지는 것과 같을 것임에.
하늘에 떠도는 구름마저도
아무런 형체 없음이니
태어났다가 죽는 것도
구름이 생겼다 사라지는 것과 같아.
남은 것은 풀잎에 맺혀 있는 이슬보다
못하다고 할 수 있으니
이슬 또한 머잖아 흔적 없이 사라질 것이니.

세상에 태어나 산다는 것은
구름이 생겼다 사라지는 것일진대
물건이 없어진 것과 같아서
죽으면 돌아오지 않아
돌아온다는 마음조차 먹지 말아야지.
물은 뜨거운 불에 펄펄 끓지만
불길 죽으면 이내 식을 것임에.
숲속의 새들도 둥지를 떠나면
영영 돌아오지 않듯이
만물의 영장인 사람이라고 해서
새들과 다를 게 무에 있겠어.
바람에 씻기듯 머무는 것은 없음이니
죽으면 돌보지 말아야지
목숨 또한 언제 어느 때고 사라지게 마련이니.

*「제망매가」에 붙여

광덕

지노기로 명복을 빈 노래와는
전혀 달리 부른 노래,
독실한 지심공양으로 부른 노래,
십구 응신이 찾아와
십년 동거 끝에 부른 노래.

세상에 여인의 옷 벗는 소리보다
아름다운 선율이 또 있을까.
인간이 낼 수 있는 지고의 소리.

그 소리마저 떨쳐 버리고,
시간의 흐름마저 멈춰놓고
무릎을 꿇고 꿇어 달을 응시했음이니…

넓은 이마, 둥근 얼굴,
자비로운 미소,
아미타불 당신의 미소.

다짐 깊으신 임께 우러러
두 손 맞잡고
원왕생 원왕생…

독백, 원망, 한숨, 토로,
그것이 아니었다.
아아, 이 몸 끼쳐두고 48대원 이룰거나.

영재

제 마음의 모습조차 모르던 날
재를 넘다가 산적에게 붙들려
향가를 지으라고 강요당하다니…

산적 두목은 그 대가로
비단 두 필을 내밀었으나
거절했으니 승은 승.
아니, 욕심 많은 승이었다.

비단 두 필을 받는 대신
60여 명의 산적들을
불도에 귀의케 해서 선업을 쌓았으니
가장 욕심 많은 승이었다.

올곧지 못한 파계주
무서운 짓으로 돌아갈 수 없었음이니…

선화공주

성적 충동의 초보적인 단계
아이들 놀림감의 노래.

얼레꼴레 꼴레얼레.
선화공주는
서동방을
밤마다 몰래 만나
사랑하고
몰래 도망쳤다네.
꼴레얼레 얼레꼴레.

노래의 힘으로
서동은 왕위에 올랐다는 전설을 낳았다.
서동요의 전설을!

양지

사찰 주변에 떠도는 향찬(鄕讚)의 민요,
시정인들의 인생, 생의 무상감,
그리고 개안(開眼)도 거기엔 있다.

오다 오다 오다
오다 서럽더라.

지상의 낙이 아닌 천상의 낙,
극락을 일깨우는 순간의 희열(喜悅).
장육존상을 완성한 재주
그것은 재주의 일부에 지나지 않아.
장육존상을 조소할 때 노역으로
다친 사람은 알고 있었다.

양지 스님은 다방면의 대가
진짜 재주는 장육존상을 조소할 때
드러낸 것이 아닌 다친 사람들을 완치시키는데 드러냈음을
알 만한 사람들은 알고도 남음이 있었음에야.

융천사

옛 동해가 건달바(乾達婆)
봉화 올린 성이 있어.
옛 동해가는
동해의 변이 아닌
동방의 나라 신라,
누구도,
어떤 나라도
넘볼 수 없는 성스러운 나라.

세 화랑 풍악 유람길 듣고
달도 길 밝혔는데…

입과 입, 귀와 귀, 마음과 마음으로
파고 든 노래.
이봐, 무슨 혜성이 또 있을꼬.

득오

안족에서 학술 사이를 오가면서
왼손은 오른손이 내준 소리를
되받아 흔드는 농현(弄絃),
소리를 흘리는 퇴성(退聲),
줄을 굴러주는 전성(轉聲)의
음을 고른 지 보름째,
신라금 특유의 부드럽고 청아한 음색으로

지난 봄 그리워
못 견디게 우는 이 서러움

을 연주했으니
이제는
죽지의 인간 됨됨이가 존경과 숭모로,
그리움으로 돌변해

흠모의 정으로,
남성이 여성을,
여성이 남성을
그리워해 읊은 노래는 하 많아도
남성이 남성을 그리워하는
유일한 노래를 연주케 했나니.

그리움의 속성은 합일을
지향하는 염원의 발로
한은 합일에의 꿈이 깨어지는 데서
오는 괴리,
화랑의 성과 쇠, 영과 고, 명과 암의 모습에서
쇠의 모습, 암의 모습, 고의 욕됨을
보는 듯한 한의 모죽지랑가.

신충

저 신라의 신충(信忠)은
원가(怨歌)로
노래를 불렀을까.
아니었다.
괘관의 노래로 불렀다.

괘관가(掛冠歌)는
벼슬을 버리고
전원으로 돌아가려는
비원(悲願)의 노래며
능불능(能不能),
원불원(願不願)의 노래였으니…

달그림자는 옛 못에
어리어 있는데
흐르는 물결이
모래를 밀어내듯이.

'우러르던 낯 고쳐질 수 있으리.'
는 지순으로 승화된 낯.

'세상의 일 뜻대로
돼야 할 터인데…'

그러니까 시들던 잣나무도 소생했겠지.

엄장

벗이 있어 안양*에 함께
가기로 언약한
지음(知音)이었는데
그가 죽은 뒤
그 아내 범하려 했음이니.

단 한번의 실수로
되레 불도를 크게 깨치게 되었으니
그 위대성이야말로
속인으로서는
감히 엄두도 못 낼 엄장이었다.

* 안양(安養) – 저승, 극락

향가를 소설로 쓰기까지

–「헌화가」의 경우

  나는 오래 전부터 향가를 제재로 해서 소설을 쓰려고 별렀다. 학부시절 무애 선생의 「신라가요강독」 강의를 신청하고 기대에 부풀어 설레던 모습이 지금도 선하다. 그랬는데 첫 강의시간이었다.

  기대와는 달리 선생의 강의에 꽤나 실망한 뒤부터인지도 모른다.

  선생이 강의를 못해서가 아니라 당신 특유의 자기 자랑, 자기 과시만 듣다가 끝난 첫 강의에 실망한 때문이었다.

  더욱이 6·3사태로 휴강이 명 강의이며 휴강을 많이 해야 유명교수라는 시대착오적인 생각, 그런 탓인지 모르겠으나 「신라가요강독」은 첫 시간이 그야말로 종강이 되고 말았던 것이다.

  선생께서 첫 마디가 '『고가연구』는 백년이 지나도 단 한 자도 수정할 수 없을 것이며, 있다면 당신의 손가락에 장을 지진다.'고 큰소리친 것은 자긍으로 받아들일 수 있겠으나 신라가요는 골동품, 폐품창고에 가둬져 버렸다는 인상을 지울 수 없었다.

  세계에서 네 번째쯤 오래된 걸작품이 학자들, 그것도 소수 학자들의 전유물로 전락되었다는 느낌을 지울 수 없었다.

  그런 탓인지 세계 최고의 걸작인 향가를 재미있게 읽힐 수 있는 방법은 없을까 하고, 그것은 내게 즐거운 고민이 되었었는데 생각해 낸 것이 향가를 제재로 소설을 쓰면 좋을 것 같은 생각이 들었던 것이다.

나는 십수년에 걸쳐 『삼국유사』에 실린 설화와 시의 탐색은 물론 기존 향가연구는 거의 섭렵했고 이를 바탕으로 소설로 쓰기 시작했다.

마침내 1991년 『기파랑』(청한문화사)을 발간했고 2년 뒤, 전면 개작해서 『소설향가』(태학사)란 타이틀로 두 번이나 출간했다.

그래도 불만이 많아 또 2년 뒤 『천년 신비의 노래』(태학사, 1995)로 재출간했다. 『천년 신비의 노래』는 향가소설의 결정판이라고 할 수 있는데도 불만이 많아 같은 타이틀로 세 번에 걸쳐 개정판을 냈다.

이 정도 열정이라면 향가 소설의 광이라고 할 수 있지 않을까.

이런 의문을 독자에게 풀어주기 위해 나는 「헌화가」를 소설로 쓴 비밀을 낱낱이, 그것도 솔직하게 털어놓는다.

저 「헌화가(獻花歌)」는 4구체의 향가로 성덕왕 대(代) 이름을 알 수 없는 한 노인에 의해 불리어졌던 노래였다.

『삼국유사』권2, 「수로부인」항에 배경설화와 가사가 수록되어 있다.

「수로부인」항은 두 기사로 나누어 생각할 수 있다.

「헌화가」의 기사와 「해가(海歌)」의 기록이다.

이 기사는 수로부인을 소설로 쓰는데 있어 중요한 모티브가 된다. 전자는 「헌화가」의 창작과정을 밝히는 데 주요한 자료가 되며 후자는 보다 소설적이라는 점이다. 나는 「헌화가」를 소설로 쓰는 데 있어 배경설화는 물론이고 이를 편찬한 일연의 의도를 최대한 존중하면서 때로는 상상력을 발휘해 써 나가기로 했다.

먼저 『삼국유사』권 2, 「수로부인」기사부터 번역한다.

때는 성덕왕 시대였다. 순정공이 강릉 태수로 부임하는 길에 바닷가에 이르러 점심을 먹는데 바로 곁에는 절벽이 우뚝 솟았는데 높이가 천 장,

절벽 위에는 철쭉꽃이 멋들어지게 피어 있었다.

공의 부인 수로가 꽃을 보고 좌우 사람들에게 말했다.

"저 꽃을 꺾어 바칠 사람이 없어요?"

한 종자가 대답했다.

"사람의 자취로는 닿을 수 없는 곳입니다."

모두들 못하겠다고 거절했다.

어떤 노인이 암소를 몰고 지나가다가 부인의 말을 듣고 꽃을 꺾어 헌화하면서 노래까지 지어 바쳤다.

노인은 어떤 사람인지 알 수 없었다.

또 이틀을 편안히 가다가 임해정에 이르러 점심을 먹는데 홀연 바다용이 나타나 부인을 납치해 사라졌다.

공이 주저앉아 발을 굴렀으나 대책이 서지 않았다.

또 한 노인이 나타나 말했다.

"옛 사람들의 말에 의하면 '여러 사람들의 입은 쇠라도 녹인다.'고 했습니다. 이제 바다 속에 사는 생명인들 어찌 뭇 사람들의 입을 두려워하지 않겠습니까? 경내 백성들을 모아 노래를 지어 부르게 하고 막대기로 해안을 두드려댄다면 부인을 볼 수 있을 것입니다."

공이 따라 했더니 정말 용이 바다에서 부인을 받들고 나왔다.

공이 부인에게 다가가 바다에 들어갔던 일에 대해 물었다.

부인이 대답했다.

"칠보 궁전에 드니 음식은 달고도 부드러웠으며 향기롭고 조촐해서 인간 세상의 화식과는 달랐습니다."

부인의 옷에는 이상한 향기가 배어 있는데 이 세상에서 맡아본 적도 없는 희한한 냄새였다.

수로의 자태와 미모는 절대였기 때문에 매양 깊은 산, 큰 소를 지날 때면 여러 차례 신물들에게 납치당하곤 했다.

　뭇 사람들이「해가」를 불렀는데 가사는 이렇다.

　거북아, 거북아, 수로를 내놓아라.
　남의 부인 약탈한 죄 얼마나 큰지
　네 만약 거역하고 내놓지 않으면
　그물로 사로잡아 구워서 먹으리.

　龜乎龜乎出水路
　掠人婦女罪何極
　汝若愣逆不出獻
　入網捕掠燔之喫

　노인의 헌화가(향찰로 표기)는 아래와 같다.

　저 자줏빛 바윗가에
　잡은 손 암소 놓게 하고
　나를 아니 부끄러면
　꽃을 꺾어 드리리다.

　紫布岩乎邊希
　執音乎手母牛放教遺
　吾肹不喻慚肹伊賜等
　花肹折叱可獻乎理音如

나는 먼저 배경설화를 두 기사로 정리했다. 「헌화가」와 관련된 기사와 「해가」와 관련된 기록으로 나누었다.

그런데 두 기사 다 순정공이 강릉 태수로 부임하는 길에 발생했다는 점에서는 의문의 여지가 없으나 둘째 기사는 문제점이 있다.

그것은 꽃을 꺾어 바치는 기사는 지극히 현실적인 데 비해 바다용에게 납치당했다는 기사는 비현실적이기 때문이다.

그래서 일단 소설로 쓰는 데 있어 첫 난간에 부딪쳤다. 꽃을 꺾어 바치는 노인과 뒤에 계책을 말하는 노인과의 관계, 그리고 해룡을 현실적으로 어떻게 처리할 것인가의 문제, 게다가 심산대택을 지날 때마다 신물들에게 여러 번 납치당했다는 기사는 또 어떻게 서술할 것인가로 고심하지 않을 수 없었다.

「헌화가」의 배경설화에 있어 주요 인물은 수로부인과 노인이다.

여기에 부속 인물로 순정공이 등장한다.

순정공에 대한 것은 강릉 태수라는 신분 이외는 남아 있는 기록이 없어 전혀 확인할 길이 없다. 확인할 수는 없으나 지방 태수로 부임할 정도의 신분이라면 중아찬에서 사지, 곧 6등급에서 13등급 사이의 사람, 그것도 중앙 무대에서 신임 받고 있는 인물이라 할 수 있으며 상당한 신분의 사람 정도로 추측이 가능하다.

일단 권세가의 아들로 수로와 약혼하는 것으로 설정했다.

─하루는 이찬 주원(周元)이 아들 순정(純貞)을 데리고 와 일방통행이다 싶게 혼사를 정하곤 돌아갔다.

양혼도, 아내인 사량(沙良)도 불가항력이었다. 혼사란 양가가 짝이 맞아야 하는데 13품의 벼슬아치와 당대의 세도가 2품 이찬(二湌) 문벌과의 혼사라니, 기울어도 너무 기운 혼사였다.

집안은 물을 끼얹은 듯 착 가라앉고 말았다.

누구보다도 수로의 마음은 착잡했다.

그가 바람둥이라는 소문이 성안에 파다했기 때문만은 아니었다.

성불구자라는 근거도 없는 낭설이 떠돌았던 것이다.

마음에도 없는 결혼, 야반도주라도 할까 부다. ─

순정에게는 질투심에 불타는 사내로 해 악역을 맡겼다.

─순정을 만난 저충은 민망했다. 비에 젖은 옷을 말렸다고는 하지만 덤불 속에서 무슨 짓거리라도 하고 나온 것 같았다.

순정은 두 사람 사이에 무슨 일이 있었다는 것을 지레 짐작하고 질투의 노여움을 부글부글 끓였다. 그는 질투의 노여움을 바글바글 끓이다 못해 수로를 강제로 말에 태워 돌려보낸 뒤, 저충과 마주 섰다.

저충은 이럴 때 어떻게 하면 좋을지 몰라 당황했다.

아니나 다를까. 순정은 질투의 불길을 당겼다.

"당장에 요절을 내고도 남을. 종인 주제에 수로를 농락하다니. 대명천지에 너 같은 놈은 살려둘 수가 없음이야."

"서방님, 농간을 하다니요?"

"저 주둥이를 틀 놈. 감히 누구 앞에서 해악질을 해대."

순정은 채찍을 들어 득달같이 저충을 후려쳤다.

저충은 이럴 수도 저럴 수도 없어 고스란히 매만 맞았다.

그의 얼굴은 금새 피가 낭자했다. 그것이 순정의 난폭한 성격에 부채질을 더한 셈이었다. 부하에게도 매를 들어 후려쳤다.

"저놈을 당장 나무에 묶어라. 어디 앞이라고 해악질을 해대."

종자들은 목을 틀어잡고 나무등치에 묶었다.

"모닥불을 피워라. 세상을 못 보게 눈을 지져놓게."

불이 붙기도 전에 순정은 채찍에서 가죽 끈을 떼어낸 쇠막대를 피어나는 모닥불에 꽂았다. 쇠막대는 이내 벌겋게 달아올랐다.

저충은 저승길이 눈앞에 있음을 직감하고 무릎을 꿇었다.

"서방님, 잘못했습네다. 제발 살려 주시와요."

"살려는 주지. 내가 죽이기라도 할까."

순정은 벌겋게 단 쇠막대로 저충의 눈두덩을 지질렀다.

저충은 으흑 하고 몸을 솟구치며 용트림하다 곧장 정신을 잃었다.

주변은 생살 타는 냄새가 진동을 했다.

종자들도 코를 틀어쥐었다. ─

수로부인에 대한 기록도 전혀 찾을 길이 없다. 오직 『삼국유사』에는 '공의 부인은 수로'라는 기록밖에 비치지 않는다.

이런 수로를 두고 학계에서는 그녀의 옷에서 나는 이상한 향기는 초약의 향훈이나 신경과민에서 오는 무적병을 가진 것으로 추측했다.

미려하다는 부인 또한 무적병을 일으키는 여성으로 보기도 했고 수로부인의 이야기를 꿈속의 일로 보고 보통 사람이 아닌 샤먼으로 보기도 했다. 용궁에 들어갔다는 사실 자체마저 연구자들은 하나 같이 샤먼으로만 분석하고 있다.

그러나 『삼국유사』의 기록으로 보아 태수의 부인이지 무녀라는 근거는 찾을 길이 없다. 상식적으로 생각해도 무녀라면 명문 집안에서 신부로 맞아들일 리 있겠는가. 수로는 순정공과 같은 계급이거나 그 이상, 또는 이하일 수도 있다.

아울러 교양미며 심미안까지도 겸비한 여성이며 가장 개방적인 여성인 데다 미색까지 겸비했다고 할 수 있다.

'수로의 자태와 미모는 절대였다'고 했으니 절세 미녀이며 그것도 단순한 미녀가 아니라 '매양 깊은 산, 큰 소를 지날 때면 여러 차례 신물들에게 납치당하는' 미녀, 가는 곳마다 물의를 일으키고 말썽을 피우는 미녀가 보다 소설적인 인물일 수 있다. 이를 근거로 '수로의 자태와 미모는 절대였다'를 다음과 같이 묘사했다.

　－수로는 맑은 눈매, 빚어 만든 것만 같은 결곡한 콧등, 물새알을 세워 놓은 듯한 갸름한 얼굴, 방긋 웃을 때마다 하얗게 드러나는 치아하며 어느 곳 하나 흠잡을 데라곤 없는 신라 제일의 미녀만이 가진 독특한 아름다움을 지니고 있었다.

　게다가 그네는 반듯한 이마, 초승달 같은 아미, 호수와도 같은 맑은 눈매며 호락호락하게 범접할 수 없는 우아함까지 풍겼다.

　그것만으로 신물이나 요정이 부인을 납치한 것은 아니다.

　수로에게는 아름답고 고우면 음하거나 독기를 품는 것과는 먼, 부드러운 데다 귀품이 있고 어여쁘면서도 결곡해서 미륵불에서 볼 수 있는 신앙과도 같은 아름다움마저 지녔다.

　수로를 한번 본 사람은 신라 제일가는 미인이라고, 떠도는 풍문만 들은 사람도 덩달아 고구려 백제를 통틀어 첫손꼽는 미녀라고 침이 마르도록 칭송했다. 사람뿐만이 아니었다. 깊은 산속 신물들이 납치해 갔고 큰 소(沼) 요정들도 다투어 보쌈 해 갔다.－

　수로부인은 매우 개방적인 여성임이 분명하다.

　그런 근거를 제시할 수 있는 것으로 '칠보궁전에 드니 음식은 달고도 부드러웠으며 향기롭고 조촐해서 인간 세상의 화식과는 달랐습니다'고 답하는 데서 알 수 있다.

이를 두고, 어떤 학자는 '부인의 옷에는 이상한 향기가 배어 있는데 이 세상에서 맡아본 적이 없는 냄새였다'는 데서 부인의 옷에서 나는 향기는 침실의 향기이며 아쉬움을 떨쳐 버리지 못하고 있는 심경으로 엉뚱하게 분석하는 우(愚)를 범하기도 했다.

이런 분석은 그럴 만한 이유가 있다. 신라시대는 집에 찾아온 손님에게 주인이 자기 처를 빌려주는 풍습이 있었다. 문무왕의 서제(庶弟) 차득공(車得公)에 얽힌 설화는 손님 환대의 한 형태로 처의 정조를 제공하는 풍습이 존재했다는 사실을 보여주고 있기 때문이다.

「헌화가」의 제작 시기는 33대 성덕왕(聖德王) 대이다.

성덕왕 시대는 신라가 삼국을 통일한 지 80여 년, 통일의 벅찬 감격에 젖어 화랑도의 기상은 땅에 떨어졌고 점령지 백성들을 신라로 포용하려는 시책의 하나인 혼인정책으로 말미암아 성의 혼탁은 어느 시대보다도 문란했던 시대였으니 이런 상상이 가능하다.

─때는 바로 33대 성덕왕(聖德王) 시대였다. 삼국을 통일한 지도 한 세기, 통일의 벅찬 감격에 젖었던 화랑도의 기상은 땅에 떨어진 지 오래였고 점령지 백성들을 신라로 포용하려는 시책의 하나인 혼인정책으로 말미암아 성의 문란(紊亂)은 상상을 초월했다.

그랬으니 무예나 심신을 단련하기보다는 주색잡기에 영일을 잃은 종자며 병사들이 절벽을 기어오를 용맹이 있을 리 없었다.

더욱이 수로의 마음을 알지 못하는 속물들이었기에 누구 하나 그네를 위해 꽃을 꺾어 바치겠다고 선뜻 나서지 않았다.

모두가 숙맥인 체, 아니 귀머거리인 양 시간만 흘려보냈다.─

『삼국유사』의 기사 내용으로 보아 수로부인은 바람기 많은 여성임을 짐작할 수 있다. 그녀는 자신의 미모에 자신감도 가졌다. 그러기에 천 길이나 되는 절벽 위의 꽃을 꺾어 달라고 뭇 남성들에게 호소한다.

여기서 철쭉꽃은 봄을 대표하는 꽃으로, 만물이 생동하는 봄, 인생의 봄, 한창 피어난 아름다운 여인 수로로 환치시키면 보다 소설적이 된다. 꽃을 꺾어 달라는 것은 미녀가 잘 생긴 남성에게 정복되기를 바라는 에로틱한 마음을 나타낸 것일 수도 있다.

바닷가 절벽, 그 위에 피어 있는 철쭉꽃을 배경으로 한 특별한 환경은 깊은 산, 큰 못가의 환경과도 같으며 본인도 모르게 남편에게서 잠시 벗어나고픈 바람기 정도로 이해할 수 있다.

그런데 수로보다도 소설적인 인물은 노인이다.

꽃을 꺾어 바치는 노인, 나중에 계책을 알려주는 노인, 그리고 바다용과의 관계를 고려한다면 지극히 당연히 노인은 소설적인 인물이 아닐 수 없다. 그렇다면 「헌화가」를 지어 부른 노인은 구체적으로 어떤 사람일까? 그것도 늙은 나이의 촌로가 자색이 절대인 태수부인 수로에게, 그 누구도 오를 수 없는 절벽을 올라가 철쭉꽃을 꺾어 바치기 전에 노래까지 지어 불렀다면 보통 노인은 아닐 것이다.

그런데도 일연은 구체적인 기록을 남기지 않았다.

여기에 몇 가지 기존 학설을 소개한다.

노인을 선승으로 본 학자들이 있다. 남을 위해 비범하게도 난행(難行)을 할 수 있는 노인이야말로 보살의 화신이며 선승(禪僧)이다.

그와는 달리 노인을 신적 존재로 이해하고 이앙기에 등장하는 농신(農神)으로 단정하기도 했고 도가의 신선으로 추리하기도 했다.

그런데 이런 견해와는 달리 지극히 평범한 노인으로 보기도 해서 공감이 간다. 어떤 학자는 기록대로 자우(牸牛)로 보았으며 노승이 아닌 노옹(老翁)으로 보기도 했다.

이밖에도 실명노인에 대해 이설이 분분하다.

소설을 쓰는 데 목적이 있기 때문에 소설적인 인물로 만들 수밖에 없다. 해서 '노인이 암소를 몰고 지나가다가'를 다음과 같이 서술했다.

─그런데 노인이 암소 고삐를 잡고 있다고 해서 남을 위해 비범한 난행을 능히 행할 수 있는 보살의 화신은 아니었다.

또한 마음의 소를 먹이는 노인, 마음의 소를 기르는, 여러 해 동안 잃었던 심우를 찾아 고삐를 잡은 노인, 청정불심을 깨치고 얻은 바 있어 소의 등에 몸을 싣고 퉁소소리에 맞춰 법열을 즐기며 심우당을 찾는 운수행객인 선승도 아니었다. 더욱이 부지하허인(不知何許人)을 두고 농신, 농작행사 중 이앙극(移秧劇)에 등장하는 산신, 소를 맞이해 가무하는 농경의례의 산신 역으로 점지된 사람이기 때문에 예사 늙은이가 아닌 비범한 늙은이는 아니었다.

노인은 단순하고 소박한 늙은이, 성스러운 존재도 아니었고 신비스런 노인은 더구나 아닌 아주 평범한 인물, 우리 주변 어디서나 볼 수 있는 노인에 지나지 않았다. 노인은 실제 나이보다 늙어 보였고 기력도 쇠한 듯했으나 실은 그렇지 않았다. 그는 누구보다도 길눈이 밝은 사람, 남들은 엄두도 못내는 일을 능히 해낼 수 있는 한을 가진 노인이었다. 어느 고을 태생인지, 출신과 성분마저 알 수 없는 노인, 인간과 인간의 조우(遭遇)에 있어 흔히 대할 수 있는 그런 무명의 촌로(村老), 평범한 시골 영감 풍에 지나지 않았던 것이다.─

지극히 당연히 노인을 현실적 인물이며 평범한 노인으로 작의하지 않을 수 없었으며 그의 전신으로 저충을 탄생시켰다.

─양혼은 식저를 들고 요모조모 뜯어보았다.

전설로만 전해 오던 진품임이 분명했다.

구형왕(仇衡王)이 나라를 통째로 들어 신라에 귀순한 지도 어언 2백여 년, 그 긴 세월이 흘렀는데도 가야의 보물인 식저를 간직하고 있다면 이 소년은 가야 왕손의 후예임에 틀림없으렸다.

"지금 어디를 향해 가는 길인고?"

"밥을 빌어먹는 처지에 갈 데라곤 없습네다."

"허허, 그래. 이를 어쩐다?"

그에게는 아들이 없었다. 딸만 하나 두고 있어서 마음이 쉽게 동했는지 모른다. 양혼은 아내와는 상의도 없이 "원한다면 내 집에 머물러 있도록 하게."하고 단안을 내렸다.

소년은 뜻밖이라 "네에?"하고 놀라다 못해 몹시 당황했다.

"놀라기는. 내 집에 유해도 좋다는데."

"이 은혜는 두고두고 잊지 않겠습네다."

소년은 벌떡 일어나 넙죽 절까지 했다.

"이름이 있으면 말해 보게."

"저같이 미천한 처지에 이름이 당키나 합네까."

"그렇다면 이름부터 지어 줘야겠군."

"고소원입네다."

"식저라, 식저를 가졌으니. 그게 좋을 게야. 저충, 저충<笛忠>이 어떨까. 저충으로 부르는 것이 좋겠네."

양혼은 즉석에서 이름까지 지어주었다.

소년은 새삼 일어나 "윗전으로 받들어 모시는데 조금도 게으름이 없을 것입네다."하고 정중히 예를 갖췄다.─

이런 것뿐만이 아니다. 보다 구체적으로 필자로서는 실명노인(失名老人)을 명(名)만 슬쩍 바꾸어 명(明)인 실명노인(失明老人)의 전신으로 등장하는 저충에게 의도적으로 초점을 맞췄다.

─늙은이는 절벽으로 다가섰다. 늙은이답지 않게 엎어지고 자빠지며 다가섰다. 절벽 밑으로 다가선 늙은이는 위를 한번 쳐다보더니 곧장 기어오르기 시작했다. 무엇이 늙은이로 하여금 저토록 불붙는 열정을 불러일으키게 했는지 그 많은 총중에 누구도 알지 못했다.

단지 시골의 투박한 노인, 그런 노인이 남의 아낙에게, 철쭉꽃을 탐하는 수로에게 꽃을 꺾어 바치기에 앞서 노래를 짓고 지은 노래를 식저에 맞춰 부르면서 수작하다가 망령이 주책으로 나서, 늙으려면 곱게 늙지 하고 노인을 책망만 했지 실명노인(失名老人) 아닌 실명노인(失明老人)의 기구한 사연을 알 턱이 없었다.

오직 수로만이 알고 눈시울이 달아오르다 못해 눈물을 꾹 짜냈다.

늙은이는 꽃이 꽃을 보고 미소 짓듯이 하는 마음 하나만 가지고 절벽을 기어올랐다. 가진 것이 없는 늙은이, 오직 마음을 비우고 살아온 늙은이였으나 이 순간만은 꽃이 꽃을 보고 웃듯이 하는 그런 욕심 하나로 절벽을 기어올랐다. 아득한 거리에서 꽃내음이 코끝으로 스며들었다. 하자 늙은이는 냄새를 좇아 기어올랐다. 미끄러지면 기어오르고 또 미끄러지면 다시 기어오르다 보니 손끝마다 날카로운 바위 끝에 긁히어 피가 낭자했으나 자기와의 싸움을 포기하지 않았다.

꽃을 꺾어 바치지 못하면 어쩌지. 수로의 소원을 들어주지 못하면 어쩌지. 평생을 못 잊어하며 살아왔는데, 어쩐다?

순간, 늙은이의 눈앞에는 끝없는 절망감이 아물거렸다.

늙은이 앞에 가로놓여 있는 절망감의 대상은 절벽이 아니었다. 늙은이의 눈앞에는 순정이 벌겋게 단 쇠꼬챙이로 자기의 두 눈두덩을 지지던 절망감보다 더 큰 패배가 되어 아물거렸던 것이다.—

'노인은 어떤 사람인지 알 수 없다.'를 다음과 같이 서술했다.

—일연도 '그 늙은이가 어떤 사람인지 알 수 없다(其翁不知何許人也)'고 했으나 어느 곳 사람인지, 단지 출신과 성분을 모른다는 것뿐이지 노래에 얽힌 사연을 부인한 것은 결코 아니었다.—

'또 한 노인이 나타나'는 실명노인과 동일 인물로 설정했다.

—태수의 행차는 이틀이나 아무 탈 없이 나아갔다.
행차가 임해정(臨海亭)에 이르러 주찬을 준비하고 있는데 갑자기 날씨가 이변을 일으켰다. 천지가 온통 캄캄해지더니 뇌성을 동반한 폭우가 쏟아졌다. 사람들은 겁에 질려 어쩔 줄 몰라 했다.
그 때였다. 돌연 바다에서 용이 나타났다.
나타난 용이 수로를 납치해서는 흔적도 없이 사라져 버렸다.
순정공은 땅에 주저앉은 채 어쩔 줄 몰라 쩔쩔 맸다.
그때 난데없는 늙은이가 나타나 방책을 알려줬다.
"태수님, 고인의 전해오는 말에 의하면, 뭇 사람들의 말은 쇠라도 녹인다고 했습네요. 그러니 바다 속의 용인들 어찌 두려워하지 않겠습네까요. 태수님께서는 지금 당장 지경 내의 주민들을 불러 모으셔요. 모아서는 노래를 지어 그들로 하여금 부르게 하고 몽둥이로 일제히 바닷가를 두드려 댄다면 마누하님을 만날 수 있을 것입네다요."
말을 마치자 늙은이는 곧장 사라졌다.—

향가를 소설로 쓰는 데는 상당한 제약이 따른다. 그것은 배경설화의 가사가 있어 상상의 제약을 받기 때문이다.

물론 그런 점을 고려하지 않은 것은 아니지만 명색이 소설이기 때문에 상상을 곁들여 재미있게 읽히는 소설이 되어야 한다는 점을 의식하지 않을 수 없었으며 『삼국유사』의 기사를 무시할 수도 없었다.

이런 점을 고려해서 태수의 행차가 '부임길에 바닷가에 이르러 점심을 먹었다'는 다음과 같이 묘사했다.

─기나 긴 행렬, 앞서 가는 태수의 깃발이 해풍을 맞아 나부끼고 말에 탄 태수는 위엄도 당당하게 주위를 조망하면서 가고 있는 태수의 행렬이 바닷가 수면 따라 움직였다. 뒤를 이어 종자와 시녀들이 가마를 에워싼 행렬은 더 더욱 삼엄하게 움직였다. 삼엄하게 움직인 탓으로 태수를 호위하는 병사들의 눈총보다도 수로부인(水路夫人)이 탄 가마를 겹겹이 에워싼 병사들의 눈빛이 밤하늘의 샛별처럼 총총히 빛났다.─

'바로 곁에는 절벽이 우뚝 솟았는데 높이가 천 장, 절벽 위에는 철쭉꽃이 멋들어지게 피어 있었다.'는 천 길이나 되는 높은 절벽 위의 꽃, 그러기에 예사 사람으로서는 가까이 할 수 없는 고고한 꽃으로, 수로를 비유할 수도 있고 남성의 남성다운 용기와 박력을 시험해 보려는 여자의 마음일 수도 있다.

그러나 좌우 시종들은 태수의 부인이라 아무리 탐스런 꽃이라 하더라도 어디 감히 나설 수 있겠는가.

그래서 일연도 '사람의 자취가 닿을 수 없는 곳입니다'고 말할 수밖에 없었는지도 모른다.

─산과 바다, 그림같이 펼쳐진 동해, 깨끗한 모래, 바로 곁에는 깎아지른 석벽(石壁)이 병풍처럼 솟아 있는 것을 보았다. 석벽의 높이는 천 장(丈), 고개를 한껏 뒤로 젖혀야 위를 올려다 볼 수 있는, 그리고 누구도 올라갈 수 없는 절벽이 우뚝 솟아 있었고 짙은 자줏빛 베를 늘어뜨린 것 같은 절벽 위에는 철쭉꽃이 흐드러지게 피어 있는 것을 보았다.

"에그머니나! 꽃도 예뻐라. 나, 저 꽃, 한 아름 가졌으면……"

수로는 꽃에게론 듯, 허공에게론 듯 말했다.

그네가 본 꽃은 철쭉꽃에 지나지 않았으나, 살고 있는 서라벌의 철쭉, 동경 근교에서 해마다 보는 철쭉꽃에 지나지 않았으나 일그러지고 뒤틀린 꽃이 아니었다. 생전 처음 고향을 떠나 산과 바다와 하늘이 맞물린 장소, 여독으로 찌든 마음을 흐뭇하게 하는 절벽 위에 피어 있는 야성의 꽃이었다. 아니, 아니었다. 그렇다고 놓여 있는 환경과 분위기에 따라 보는 이의 마음을 휘갑하는 꽃이었다.

해서 꽃 이상도 아니었고 꽃 이하도 아니었다. 지금 이 순간만은 지상의 모든 아름다움을 대표하는 미의 총체, 가장 고양된 자연현상, 여기에 인간미를 대표하는 그네의 미모까지 더한 꽃이었다. ─

공의 부인 수로가 꽃을 보고 좌우 사람에게 말했다.

"저 꽃을 꺾어 바칠 사람이 없어요?"

한 종자가 대답했다. "사람의 자취가 닿을 수 없는 곳입니다."

모두들 못하겠다고 거절했다'는 다음과 같이 서술해서 독자가 설화를 옮겨놓은 듯한 착각을 느끼게끔 했다.

─순간, 수로는 혼자 버려진 것 같은 외로움에 휩싸였다.

절벽 위의 꽃은 한없이 유혹하는데도 가질 수 없다니. 남들이 부러워하는 태수 부인이면 뭐해. 꽃 한 송이 꺾어줄 줄 모르는 사람. 이 많은 총중에, 그래 꽃 하나 꺾어주는 남정네 하나 없어.

숙맥 같은 사내들만 따르고 있다니…

수로는 좌우를 돌아보면서 수많은 종자들과 시녀들을 응시하다가 굳이 누구에게랄 것도 없이 말을 흘렸다.

"저 꽃을 꺾어 내게 갖다 줄 사람이 없을까?"

그런데도 대답하는 사람이 없었다.

다만 곁에 있던 한 종자가 "사람의 자취로는 도저히 이를 수 없는 곳입니다, 마누하님."하고 대답했을 뿐이었다. ―

사건을 전개시키는 데 있어 설화를 그대로 살린다는 것은 그만큼 기교를 필요로 한다.

'노인이 암소를 몰고 지나가다가 부인의 말을 듣고 꽃을 꺾어서는 노래까지 지어 바쳤다'를 다음과 같이 서술했다.

―꽃이 천 장(丈) 벼랑 위에 피어 있는 것도 잊었다. 그런 높이는 안중에도 없었다. 수로가 남의 아낙인 것도 잊었다. 늙은이는 나비가 꽃을 보고 날아들 듯이 하는 마음 외는 욕심도 허욕도 품지 않았다. 후덕한 친절, 아름다움에 대한 경외와 존경심, 부인의 마음만 충족시켜 주면 그뿐이라는 생각 하나로 스스럼없이 부인에게 다가갔다. 다가가서는 할아비가 이웃집 할미에게 대하듯 하는 그런 수작을 건네었다.

"마누하님, 절벽 위의 꽃을 갖고 싶다고 했습네까?"

수로는 난데없이 나타난 늙은이가 수작하는 짓거리에 어이없어 하다가 그의 눈을 본 순간, 고개가 절로 숙여졌다.

두 눈이 처연해서가 아니었다. 아직도 젊음의 한 자락을 지닌 듯한, 그러면서 섣불리 범접할 수 없는 그 무엇 때문이었다.

"갖고 싶다고 그랬어요. 그런데 노인장께서 웬일로?"

"그렇다면 이 늙은이가 꽃을 꺾어 바치리다."

"……? 꽃을 꺾어 바치겠다고요?"

"그렇습네다. 그런데 마누하님, 조건이 하나 있습네다."

"말씀해 보셔요. 들어줄 만한 지."

"그럼, 말씀 올리겠습네다. 제게 지금 잡고 있는 이 암소 고삐를 놓으라고 말씀부터 해 주십시오, 마누하님."

"별 조건도 아니잖아요. 좋아요. 그렇게 하셔요."

"그리고 보잘 것 없는 이 늙은이가 꽃을 꺾어 바쳐도 거절하지 않으시겠습네까, 마누하님?"

순간, 수로는 늙은이의 처연한 모습에 사로잡혔다.

그네는 늙은이의 처연한 모습이 눈에 익은 듯해 기억을 떠올리려고 했으나 어떤 기억도 떠올리지 못해 안달하다가 얼떨결에 "그렇게 하셔요." 하고 대답했다. 그네의 콧등에는 땀이 송알송알 맺혔다. ―

『삼국유사』「수로부인」 기사는 철쭉꽃에 관련된 수로부인과 노옹에 관한 기사에 이어 전혀 이질적인「해가」의 가사가 수록되어 있다. 그것도 「해가」의 가사를 먼저 기록하고「헌화가」의 가사를 뒤에 수록해 놓았다. 이 이질적인 것처럼 보이는「해가」의 기사를 통해 수로부인의 사람됨을 파악할 수 있으며「헌화가」를 이해하는 데 도움이 된다.

부임행차는 이틀이나 별 탈 없이 가다가 임해정에서 점심을 먹는데 홀연 바다용이 나타나 부인을 납치해 바다로 들어가는 이변을 당한다. '又有(우유)'는 '또 다시 있었다'로 해석할 수도 있으나 가는 곳마다 말썽을 일으키는 수로부인의 행동으로 보는 것이 보다 소설적이 된다.

겉으로는 두 기사의 이질적인 내용이 별개의 이야기인 듯하나 「헌화가」의 경우, 꽃을 꺾어 달라는 수로부인에게 그렇게 하겠다고 나선 노옹과 「해가」의 바다용은 동일 인물로 볼 수 있다.

바다용이 부인을 해중으로 납치했다는 사실은 노옹이 꽃을 꺾어 주겠다는 사실과 다분히 통하는 점이 있어서다.

그랬기에 일연도 두 설화를 함께 수록한 것이 아닌가 싶다.

'매양 깊은 산, 큰 소를 지날 때면 여러 번 신물들에게 납치당하곤 했다면서 수로의 남다른 미모, 개방적인 여성임을 보이주기까지 했다.

결코 소홀히 다룰 수 없는 것이 가사라고 할 수 있는데 가사의 내용을 있는 그대로 살리면서 독자가 이해하기 쉽도록 감상도 곁들었다.

─늙은이는 꼭 쥐고 있던 암소 고삐를 놓고 허리에 차고 있던 삼베 자루를 벗더니 식저<息笛>를 꺼내어 지극 정성으로 음을 골랐다.

'저 자줏빛 바윗가에'

절벽 위에 철쭉꽃이 흐드러지게 피어 있다는 것은 누구나 알고 있는 사실, 일단 생략의 묘법을 최대한 원용했다.

잡은 암소 놓게시고

늙은이는 짙은 바위 끝으로 향하는 수로의 마음을 안 순간부터 암소 고삐를 놓칠세라 꼭 쥐고 있던 손을 비로소 놓았다.

그것은 미를 향한 탐욕이 아니었다. 더욱이 부귀와 색정에 사로잡힌 세속적인 마음은 더구나 아니었다. 수로를 향한 애정의 순수한 뜨거움이 시로 승화된 결정(結晶)이라고나 할까.

저를 아니 부끄러면

순수 지정의 발로라고 할까. 아니었다. 부끄러워하다의 우회적 표로(表露), 초라한 몰골, 인생의 황혼길, 늙은이의 나약한 마음, 젊음과 노쇠, 늙은이의 좌절감은 끝내 미를 추구하다 이를 극복하는 순간이 되며 육체의 한계마저 초월한 순간임에 틀림없을 것이었다.

꽃을 꺾어 바치리다

미녀인 수로, 선녀의 미모마저 압도한 인간 수로에게 향하는 마음, 온순하고 순박한, 그리고 선량하기만 한 늙은이의 마음은 끝내 지체 높은 미인의 욕망을 해결하는 순간이 되며 아직도 살아 있는 화랑의 기개, 위험을 무릅쓴 늙은이의 부동심(不動心)은 그를 젊은이로 돌려놓았던 것이다. 그랬으니 수로를 대한 순간, 늙은이는 젊은이의 힘을 능가한 남자, 노인과 미녀의 만남이 아니라 선남선녀의 만남이었다.

저 자줏빛 바윗가에
잡은 암소 놓게시고
저를 아니 부끄러면
꽃을 꺾어 바치리다.

紫布岩乎邊希
執音乎手母牛放教遣

吾肹不喻慚肹伊賜等

花肹折叱可獻乎理音如

　노인은 수로의 아름다운 자태에 반했으며 그녀의 적극적인 프로포즈에 꽃을 꺾어 바쳤고 그것도 노래까지 지어 불렀기 때문에 당연히 이틀 뒤 임해정에서 수로가 갑자기 자취를 감춰 버리는 사태는 이미 예정되어 있는 것이나 다름이 없다고 단정할 수 있다.

　─늙은이는 길을 터주는 군중을 지나 수로 앞으로 다가갔다.

　다가가서는 무릎을 꿇고 두 손으로 꽃을 바쳤다.

　그런데 꽃을 바치는 늙은이의 손은 떨리지 않았으나 일어서서 꽃을 받는 수로의 손은 마냥 떨어댔다. 바람에 사시나무 떨듯 떨어댔다.

　꽃을 받는 마음, 꽃을 통해 미를 발견하고 자신의 미와 꽃의 미가 합일하는 데서 오는 환희로 그네는 몸을 떨어댔던 것이다.

　여기에 사람들도 꽃을 향한 수로의 마음과 인간의 꽃인 수로를 향하는 늙은이의 마음이 철쭉꽃을 매개로 서로 다른 미의 세계가 합일하는 융화의 장으로 여기고 경이의 눈으로 지켜보고 있었다.

　수로는 떨고 있는 손을 꽃 아름 사이로 넣어 늙은이의 손을 꼭 쥐어주면서 쪽지 하나를 건넸다.

　순정공은 병사들을 사방으로 급파해서 주민들을 동원한다, 나무를 베어 몽둥이를 마련한다 하고 부산을 떨었다.

　늙은이는 부인이 준 쪽지대로 폭우를 틈타 용으로 변장해서 공포로 떨고 있는 뭇 사람들의 시선을 감쪽같이 속였고 수로도 혼란한 틈을 타 잽싸게 도망을 쳐 바닷가로 가 늙은이와 조우했다.

　늙은이는 수로를 동굴로 데려 갔다.

"마누하님, 지시대로 했습네다. 틀림없이 다들 속았을 겝네다. 이젠 눈에 띌 염려가 없습네다. 마음 놓으셔도 됩네다."

"불편한 몸으로 수고하셨어요, 저충."

"마누하님이 시키시는 일인 데야."

"도대체 어떻게 된 거예요, 갑자기 사라지다니, 어찌 그럴 수가?" —

몽둥이를 만들어 바닷가를 두드리며 합창하는 「해가」야말로 두 사람이 해후할 수 있는 최소한의 시간을 마련해 주는 셈이 된다. 그것도 영원이 아닌 잠시, 단 한번의 사랑을 나눌 수 있는 시간.

노인이 나타나 '어찌 뭇 사람들의 입을 두려워하지 않겠습니까?' 하면서 순정공으로 하여금 시간을 끌게 한다. 수로는 노인과 애정을 나누고도 뉘우치거나 두려워하지 않는다. 오히려 아쉬움을 감추지 못한다.

순정공이 '바다에서 있었던 일에 대해 물었을' 때도 태연히 칠보 궁전에 드니 '음식은 달고도 부드러웠으며 향기롭고 조촐해서 인간 세상의 화식과는 달랐습니다'고 대답하면서 되레 드러내놓고 자랑한다.

— "저충, 나 옷을 벗었어요. 자, 실컷 보셔요."

"제게는 눈이 잘 보이지 않습네다, 마누하님."

"이를 어쩌지. 그런 줄도 모르고……"

"어서 옷을 입으셔요. 그 말씀 한 마디만으로도 제게는 황감무지입네다, 어서요. 시간이 없삽네다, 마누하님."

"어떻게 해, 한을? 어떻게 하면 한을 추스를 수 있을까?"

수로는 밀쳐내는 저충에게 한사코 매달렸다.

얼마나 시간이 흘렀을까. 저충은 가슴에 와 뭉개지는 젖무덤에 황홀해서 사뭇 넋을 놓았고 넋을 놓고 있다 못해 수양버들같이 가는 그네의 허리로 팔을 돌려 으스러지게 끌어안았다.

수로의 목덜미가 입술에 와 닿았다. 향긋한 내음이 물씬 풍겼다.

수로도 저충의 몸을 더듬었다.

그네는 비온 뒤 죽순처럼 정분이 솟아올랐다. 남편에게서 맛볼 수 없는 진하고 짜릿한 느낌으로 몸을 떨어댔다. ─

공이 바다에서 있었던 일에 대해 물었다.

부인이 대답했다. "칠보궁전에 드니 음식은 달고 부드러웠으며 향기롭고 조촐해 인간세상 것과는 달랐습니다."는 다음과 같이 서술했다.

─순정공이 부인에게 바싹 다가갔다. 다가가서는 바다 속으로 들어갔던 저간의 일이 궁금해 묻자 수로는 시침을 뚝 따고 응수했다.

"칠보궁전에 드니, 주는 음식마다 진미였습니다. 향기롭고 깨끗하기가 인간 세상의 음식과는 전혀 달랐답니다."

그네는 저충의 넓은 품이 궁전이었고 달아오른 뜨거운 입술이 진미라고 생각했는지도 모른다.

그런데도 순정공은 숙맥처럼 곧이곧대로 들었다.

"부인이야말로 날 따라온 덕으로 좋은 경험을 했소."

수로는 저충을 생각할수록 눈시울이 젖었다.

저충이 남긴 체취는 이 세상 것이 아닌 향긋한 내음으로 남아 주위를 감싸 돌았는데도 저충과 사랑을 나눈 암향(暗香)인 줄은 그 많은 총중에 그 누구도 눈치 채지 못했다.─

이렇게 끝맺은 근거는 일연의 의중을 최대한 존중한 탓이며, 일연도 '부인의 옷에는 이상한 향기가 배어 있는데 이 세상에서 맡아본 적도 없는 냄새였다(此夫人衣襲異香 非世所聞)'는 점에 초점을 맞췄기 때문이다. 또한 '그 늙은이가 어떤 사람인지 알 수 없다(其翁不知何許人也)'고 했는데 이는 어느 곳 사람인지, 단지 출신과 성분을 모른다는 것뿐이지 노래에 얽힌 사연을 부인한 것은 아니라는 생각 때문이다.

'의습이향(衣襲異香)'은 수로부인이 순정공에게서는 느끼지 못한 침실의 향기가 옷에 흠뻑 젖은 것이며, '비세소문(非世所聞)'은 사랑다운 사랑을 나눈 격정(激情)을 떨쳐 버리지 못한 아쉬운 심경을 직설적으로 드러내놓고 기록할 수 없어 이렇게 기록한 것은 아닐까.

일연의 신분을 고려한다면 전혀 근거 없는 것도 아닐 것이다

'수로의 용모와 자태가 절세(水路姿容絶代)'였기 때문에 '매양 깊은 산, 큰 소를 지나거나(每經過深山大澤)', 곧 장소나 분위기에 따라서는 '여러 차례 신물들에게 납치당하곤 했을(屢被神物掠攬)' 때도 별 저항 없이 뭇 사내들로 상징되는 신물들과 애정을 나눌 수 있었을 것이다.

이런 수로부인의 사랑은 고대사회에 있어 잡혼, 군혼 등 난혼의 잔영이 잠재해 있었던 시대였기 때문에 가능했을 것이다.

후대로 내려와 인륜 도덕을 내세웠던 조선조에도 어우동같은 여인이 한 시대를 풍미했는데 이를 뒷받침하고도 남음이 있다.

이상으로「헌화가」를 소재로「저 자줏빛 바윗가에」란 소설을 쓴 비밀을 솔직하게 다 털어놓은 셈이다.

신라가요의 문학적 우수성

─ 주로 「기파랑가(讚耆婆郞歌)」에 대하여

양주동

내가 일찍이 반생의 심혈을 경주하여 우리 선민이 남긴 문학 유산 중의 현존하는 최고작인 신라 고가요(세속에 이를 향가라 부르나 향가란 '시골 노래, 쌍노래'의 뜻으로 마치 한글을 '언문'이라 이름과 같은 자기폄시(自己貶視)의 못마땅한 이름이므로 '필야정명(必也正名)'의 가르침에 의하여 나는 그 말을 일체 쓰지 않는다.

그 원칭(原稱)인 본말은 '식닉 놀애(詞腦歌)'『고가연구』서설 제3장 참조)를 해독·경주하여 이를 공간할 때(1942), 그 독해와 어학적 증석(證釋)에 골몰하여 '문학적 감상·비평 내지 문화사적 고찰은 이를 궐략(闕略)'하였다.

이어 여대가요(麗代歌謠)의 전주(箋注)에서도 동양(同樣)의 이유에 의하여 의도와 성과는 순수한 고어학적·고증학적 태도를 벗어나지 않았고 그 이상의 것, 다시 말하면 재료의 음미와 평설 ─

그 비판적인 견해·주장 같은 것엔 대개 언급이 없었다.

그러나 사실 고가요 연구에 있어서 전자는 오히려 후자를 위한 학적 준비와 토대라 이를 것이므로 고가의 문학적·사상적 연구가 더 근본적인 요청임은 말할 것도 없는데 비저(鄙著)가 모두 그것에 미치지 못했음은 한스러운 일이다. 이래(爾來) 또 여간한 잡사에 휘몰려 겨우 여요 몇 편에 관한 회평(戱評)『麗謠箋注』부편, 평설 2편) 외에 아직도 소위 제3편(동서(同書) 서)에의 염원을 이루지 못하고 있음은 부끄러워한다.

어서 누구의 손으로라도 나여(羅麗) 고가의 문학적 해석·비평 더구나 그 이데올로기적 연구가 이루어져야 할 것이다.

사뇌가(詞腦歌)의 문학적 탁월성─

그야 현존 나가(羅歌) 14수가 모두 개개 걸작이랴마는 그 중의 대부분은 확실히 문학적으로 극히 우수한 걸작임이 사실이다.

우선 현존 사뇌가의 제작된 연대부터 보자.

최고의 「서동요」가 서기 600년 이전, 최근 「처용가」가 동 879년의 소작인즉 대략 6세기 말로부터 9세기까지의 작들. 당시 서구엔 그리스 로마를 제하고는 이에 비의(比擬)할 시가가 싹조차 없던 시대이니 우리의 고가는 연조(年條)로 보아 중국, 인도, 그리스쯤을 제외한 세계 시가사상 넘버 4위쯤을 차지할 만하다.

이러한 고시가─ 그것도 문학적으로 극히 우수한 작품이 극동의 소방(小邦)에 엄연히 존재한다는 사실만도 세계 문화에 당당히 자랑할 만하나 아깝게도 우리만이 외치는 독 안의 자랑일 뿐 세계에 그리 널리 알려지지 않고 있다. 그러나 아무리 '노포(老舖)'라도 상품이 훌륭해야─ "큰어머니 떡도 맛 좋아야 사 먹는다."하리라.

그러면 우리 고시가의 문학적 수준은?

나가 14수 전부가 개개의 특질로 보아 어느 것 하나 뜻 깊은 수작 아님이 아니나 순연한 문학적 안목으로 보아 모르긴 몰라도 약 반수는 참으로 뛰어난 경이로운 작품들이다.

이를테면 연대순으로─ 저 융천사 「혜성가」의 교묘한 메타포어와 경쾌한 유모어, 「풍요」의 '강남다연엽곡(江南多蓮葉曲)'을 무색케 할 만한 소박·유원성(悠遠性), 실명노인 「헌화가」의 수사적인 기법과 어법을 통한 멋진 풍류, 월명사 「제망매가」의 한·진 고시를 훨씬 능가하는 애절한 인생관과 깊디깊은 비상(悲傷), 충담사의 「찬기파랑가」는 저 벽공찬출(劈空撰出)의 고매한 탁의(託意)와 그리스 창극의 삼부악(三部樂)을 연상케 하는 탁월한 구성, 그리고 또 저 「처용가」의 기상천외(奇想天外)의 이데아와 독특하고 멋진 노래법 등등—어느 것 하나 문학적으로 우수한 걸작 아님이 있겠는가?

이제 본보기로 「찬기파랑가」 한 수만을 여기 잠깐 전시하여 보자.

「찬기파랑가」는 나대인(羅代人)의 정치적 이상을 노래한 「안민가」와 함께 당대의 이승(異僧) 겸 명가인 충담사의 작—

경덕왕(景德王) 충담사(忠談師) 조

3월 3일에 왕이 귀정문(歸正門) 누상에 납시와 좌우에게 이르되 "누가 도중에서 '영복(榮服)' 승 한 분을 데려오료?"

그때 마침 한 대덕(大德)이 말쑥한 위의(威儀)로 힝뚱거리며 가는지라. 좌우(左右)가 바라보고 인견하니 왕이 가로되 "나의 소위 영승이 아니로다. 물릴지어다."

또 어떤 스님이 누비옷을 입고 앵통(櫻筒)을 진 채 남쪽에서 걸어왔다. 왕이 이를 보고 반겨 누상으로 불렀다.

스님의 앵통 속을 보니 다구뿐이었다.

왕이 짐짓 물었다.

"네가 누구냐?"

스님이 대답했다.

"충담이로소이다"

또 물었다.

"어디 갔다 오는고?"

스님이 말했다.

"제가 해마다 3월 3일, 9월 9일이면 차를 끓여 남산 삼화령 미륵세존께 공양했는데, 지금 차를 공양하고 오는 길입니다."

왕이 부탁했다.

"과인에게도 한 잔 차를 마실 수 있을까?"

스님이 차를 다려서 왕에게 바쳤다.

그런데 차의 풍미가 이상하고 병 속의 향내마저 강하게 코를 찌른다.

왕이 물었다.

"짐이 일찍 들으니, 사(師)가 지은 기파랑을 기리는 사뇌가는 그 뜻이 매우 고상하다 하니, 과연 그러한가?"

"그러합니다."

"그렇다면 짐을 위해 '백성을 편안하게 다스리는 노래'를 지어라."

스님이 칙령을 받들어 노래를 지어서 바쳤다.

왕이 읽어보고 매우 좋아해 스님을 왕사로 삼으려 했다.

그런데 스님은 재배하고 이를 사양해 받지 않았다.『삼국유사』권2

이 명가의 작자를 소개키 위하여 좀 긴 인문을 꺼리지 않았다.

사뇌가 14수 중에서 비견(鄙見)으로도 최고의 걸작이라 생각되는 그의 작「찬기파랑가(讚耆婆郎歌)」를 독자의 편의를 위해 약간 현대어로 고쳐 그 전수(全首)를 다음에 보인다.

'기파(耆婆)'('기보'─'長命男'의 뜻)란 젊은 화랑장은 달리 전(傳)과 소견(所見)이 없으나 그의 화랑으로서의 인품과 인격·지조를 찬양한 노래가 얼마나 기상천외한 아이디어로 되었는가를 보라.

기파랑을 기리는 노래

열치매 나타난 달이
흰 구름을 좇아 떠가는 것 아니아?
새파란 나리(내)에
기랑의 즛(모양)이 있어라!
이로 나리 조약<小石>에
낭이 지니시던
마음의 끝을 좇과져.
아으, 잣[栢]가지가 높아
서리 모를 화반[花郎長]이여!

열치매
나토얀 ᄃ리
힌 구룸 조초 떠가ᄂ 안디하
새파른 나리여히
기랑이 즈시 이슈라
일로 나릿 ᄌᆡ벽희
낭이 디니다샤온
ᄆᆞ슨ᄆᆡ ᄀᆞᆷ홀 좇누아져
아으, 잣가지 노파
서리 몯누올 화반이여

이 노래는 진작 그 '높은 뜻'―고매한 시상으로 신라 당시 국내에 훤전(喧傳)되었던 명가(名歌), 그러기에 경덕왕의 말에도 "짐상문사찬기파랑사뇌가 기의심고(朕嘗聞師讚耆婆郞詞腦歌 其意甚高)" 운운이라 한 것이다. 우선 기상천외한 시법! 작가는 '기파랑'이란 젊은 화랑장의 드높은 인격과 이상·지조를 기림에 있어 한마디도 그것에 직접 언급함이 없이 돌연히 벽공찬출한 '달'과의 문답체를 빌어 와 전8구에서 그것을 은연중 암유(暗喩)로 방서(傍敍)하고(얼마나 적확(的確)한 이미지를 주는 효과적 수법인가!) 결2구에서 '잣가지'를 빌어 그것을 정서하였다.

우선 그 문답체의 천의무봉(天衣無縫)한 솜씨를 보라!

독자의 편의를 위하여 앞 해시(解詩)에 내가 인용부를 사족으로 덧붙여 제1~3구가 '달'에게 시문하는 사다.

제4~8구가 '달'의 의답(擬答)임을 보였으나 원시엔 물론 그런 것이 있을 리 없다. 오로지 독자의 문학적 상상력을 기다릴 뿐(이런 경우 평명만을 위주로 하는 서시라면 필시 '내가 달에게 묻되…', '달이 대답하기를…' 운운의 군소리를 붙여 시흥을 평판화할 것이다.)

전8구의 시의(詩意)

구름의 장막을 홱 열어 젖히매 둥두렷이 나타나는 달아,
너는 흰 구름을 좇아 서쪽으로 떠가는 것이 아니냐?

(달이 대답하되)

나는 흰 구름을 좇아감이 아니로세.
멀리 지상을 굽어보니,

새파란 알천(閼川) 냇가에

기랑의 모양이 있어라!

이제로부터 냇가 모래벌 위에

낭의 가지고 있던

그 '마음의 끝'을 좇으려 하옵네.

후 2구─'辭'─結辭─에 가로되

아아, 잣가지가 드높아

서리 모르올 화랑님이여!

우선 문, 답, 결사로 된 삼부체. 이는 위에 잠깐 언급한 대로 저 그리스 희곡의 '남녀 합창'과 불기이동(不期而同)되는 희한한 기법이다.

또 시 벽두에 냅다 던지는 '열치매─'는 '아닌 밤중에 홍두깨' 같은 이양(異樣)의 수법, 내가 위에서 '구름 장막을 획 열어 젖히매'라는 구구한 보주(補註)를 더했으나 그런 부질없는 객어까지를 사족으로 덧붙임은 나 같은, 혹은 서시 같은 용재(庸才)의 시법.

저 정송강(鄭松江)의 네 장가(「관동별곡」, 「사미인곡」, 「속미인곡」, 「성산별곡」)의 멋들어진 각 허두(虛頭)─'강호에 병이 기퍼…', '이 몸 삼기실 제…', '뎨 가는 뎌 각시…', '엇던 디날 손이…' 등도 이에 비하면 당초부터 문제가 안되는 범용(凡庸)한 발성법이랄 수밖에.

그러나 이 노래의 최고의 묘기, 기절할 시상은 물론 저 제8구의 "마음의 끝을 좇과저(ᄆᆞᅀᆞᄆᆡ ᄀᆞ홀 좇누아져)의 '마음의 끝'이란 구(句)에 있다. 달이 서쪽으로 감은 그저 뜻 없이 감이 아니라 "냇가 모래 위에 기랑이 서서 지녔던 '마음의 끝'을 좇아감"이라고 달이 답하는 것이다.

이로서 천년 뒤에 나서 이 시를 읽는 독자 우리들은 눈만 감으면 문득 천년 전, 어느 달밤 동방 신라 서울 알천 냇가 흰 모래 위에 홀로 우뚝 혹은 고개를 약간 위로 젖힌 채 멀리 아득히 서천을 바라보며 무한한 동경과 머나 먼 이상을 그곳에 부쳐 보내며 외로이 섰던 젊은 화랑 기파의 곱고도 고고한 자태, 드높은 포부와 교양과 인격이 눈앞에 역력히 나타날 만큼 이미지가 실로 놀랍도록 선연하지 않은가!

하필 '서방'은? 상필 '정토'에의 동경, 상념일시 분명하나 구태여 불설에만 의지할 것도 아니다. '현실'의 세계를 초월한 미지의, 불가견의, 영원한, 궁극적 '피안의 세계'다.

하도 흥겨우니 한 폭의 '기하도'로 이를 표현·설명할 수밖에.

"기랑의 '마음의 끝'을 좇아 달은 서쪽으로 간다!"

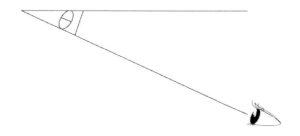

그림 중에 ∠θ 의 문제는 한갓 기랑의 고매한 '정신'의 표시일 뿐만 아니라 실로 인류의 이상의, 또한 시의, 문학의 영원한 문제, 결국 '잣가지' 운운은 또 얼마나 힘찬 기랑의 드높은 지조를 나타낸 정서법인가!

주에 덧붙였던 한역―백지고회 부지상 약유인회 피화랑(栢枝高兮 不知霜 若有人兮彼花郞)―잣가지도 높아 서리를 모르는데, 고매한 화랑의 인품을 어찌 알까 부냐!―이「찬기파랑가」한 편의 지묘한 소식을 어찌 필설로 다하랴! '표현을 절'한단 말은 이런 작을 두고 이름이겠다.

사뇌가 14수―그 중 절묘한 상기 6, 7편만도 모조리 문학적 우수성을 상설할 겨를이 없기에 이 한 수만으로 그 일반(一斑)을 엿본 것이다.

이런 훌륭한 문학적 유산이 있어도 우리가 내적으로 이것을 문학적·고차적으로 해설, 비평할 이가 없고 더구나 대외적으로 이를 소개·선양할 기회와 노력이 지금껏 없었다.

아무리 희한한 고동(古董), 아니 당당한 제품이라도 묵은 창고, 깊은 땅 밑에 잠겨 있어서는 진가와 성가를 천하에 알릴 길이 없다.

어서 바삐 이들 고가에 대한 문학적, 이데올로기적 연구가 젊고 우수한 학도들에게서 나오고 그보다 더 시급한 것은―이 귀중한 우리의 고시가를 여러 외국어로 번역, 소개하여 그 진가(眞價)를 세계에 묻고 외국에 선양(宣揚)함이다. 이 방면의 '일'―통 털어 우리 고전의 세계적인 소개와 번역에 젊고 유능한 학도, 문인들의 분기가 있기를 바라마지 않는다. 그런 실질적이고 크나 큰 성과가 나타나지 않는다면 나의 구구한 이런 '만문(漫文)' 따위는 그야말로 상기한 대로 독 안의 외침이나 이불 속의 춤에 그칠 뿐이겠다.

---

* 원문은 국한문혼용체이나 독자들의 이해를 위해 한자는 괄호로 묶었고 반복되는 지시어는 생략한 것도 있다. 이 점은 지하에 계시는 무애 선생께 죄스러움을 금할 길이 없다.―지은이

천년 숨결과 소설의 맛

채수영(문학평론가 · 文博)

1

소설은 인간의 일을 묘사하는 일에 땀을 쏟는다. 살아 있는 인간에게 정답이 없듯이 소설이 인간을 표현하는 한계 또한 정해진 해답도 없이 상상력의 자유를 실컷 누릴 수 있다.

가령 소설이란 말이 중세의 로망, 사랑 이야기에서 산업혁명 이후에는 novel의 신기한 이야기로, 다시 현대에 와서는 fiction의 허구라는 이야기로 변화했지만, 모두 막연한 인간의 일에서 벗어나지 않았다는 공통점으로 인간의 곁을 떠나지 않았다.

이런 말은 김장동의 테마소설인 『천년신비의 노래』에 담겨진 암시가 어쩔 수 없이 배경설화와 가사를 제재로 했다고 하더라도 픽션으로 만들어진 인간의 이야기─천년 전의 숨결에서 끌어올린 이야기라는 점을 부각시키기 위한 전제이다.

사뇌가는 6세기부터 9세기에 걸친 신라의 시가다.

문학 우리 민족 최고의 시가를 모티브로 해서 배경설화와 그 이면의 이야기를 소설로 구조화했다는 점에서 지금까지의 향가라는 시의 모습을 좀 더 인간적인, 너무나 인간적인 이야기로 변모시킨 김장동의 뚜렷한 업적이 돋보이는 작업이다.

여기에는 간과할 수 없는 이유가 있다.

작금에 우리나라의 소설계는 고질병에 빠져 허덕이고 있다. 이른바 스토리 중심의 이야기가 천편일률로 흘러넘치고 지나친 상업성으로 인해 식상한 연애 이야기가 하나이다.

다른 하나는 한 권의 분량이면 될 이야기를 대하소설로 둔갑시키는 요지경과 더불어 언론 매체의 조작으로 한 시대의 대표작으로 쉽사리 둔갑시키는 작태가 소설계를 흔들고 있다.

예를 든다면, 구성상 5권 정도면 될 만한 구조의 소설이 10권으로 둔갑하여 지리하고 권태로운 분장을 일삼고 있는 실정이다.

2

이런 현실의 제반 사정으로 볼 때, 김장동은 확실히 남다른 입지가 있다. 14편의 향가―짧은 시 이면에는 일연 선사에 의해 작성된 배경설화가 있어 일차적인 줄거리를 제공하고 있다.

그런데 여기에서 작가는 재치와 상상의 수로(水路)를 넉넉히 확보하고 홍미 있는 이야기를 엮어간다.

참요의 일종인 「밤에 몰 안고 가다」는 백제 무왕의 사랑 이야기를 배경으로, 신라의 선화공주를 기지와 모험으로 맞아들인다는 줄거리에서 혼인정책으로 평화 정착의 일면을 암시하고 있다.

「그리워하는 이 예 있다」는 정토신앙에 정진하는 광덕을 제자로 삼기 위해 원효가 세희라는 여인을 보내어 시험했으나 불도에 흐트러짐이 없다는「원왕생가」를 모티브로 하고 있다.

『천년신비의 노래』의 압권은「저 자줏빛 바윗가에」에서 가장 극명한 작가의 재능을 보인다.

　—수로는 맑은 눈매, 빚어 만든 것만 같은 결곡한 콧등, 물새알을 세워 놓은 듯한 갸름한 얼굴, 방긋 웃을 때마다 하얗게 드러나는 치아하며 어느 곳 하나 흠잡을 데라곤 없는 신라 제일의 미녀만이 가진 독특한 아름다움을 지니고 있었다.

　게다가 그네는 반듯한 이마, 초승달 같은 아미, 호수와도 같은 맑은 눈매며 호락호락하게 범접할 수 없는 우아함까지 풍겼다.

　그것만으로 신물이나 요정이 부인을 납치한 것은 아니다.

　수로에게는 아름답고 고우면 음하거나 독기를 품는 것과는 먼, 부드러운 데다 귀품이 있고 어여쁘면서도 결곡해서 미륵불에서 볼 수 있는 신앙과도 같은 아름다움마저 지녔다. —

　　　　　　　　　　　　　　　　　—「저 자줏빛 바윗가에」에서

　신라의 대부분의 설화는 수로부인에서 가장 인간미와 현대적 감수성에 접근한다. 4행의 짧은「헌화가」속에 철쭉꽃을 매개로 저충<笛忠>과 수로와의 사랑은 가장 소설적인 로맨스를 담고 있다.

　물론「해가」와「헌화가」의 용은 당시의 집권세력이었고, 이에 따라 미인 수로부인의 성 개방행위는 신라의 영토 확장에 따른 인구 다산정책의 국가 명제와도 깊은 역사적 맥락을 가지고 있다.

　—와! 하고 환성이 터졌다. 공포로 절었던 사람들은 용이 부인을 모시고 바다를 나와 뭍까지 바래다줬다고 떠들어댔다.

　순정공이 부인에게 바싹 다가갔다. 다가가서는 바다 속으로 들어갔던 저간의 일이 궁금해 묻자 수로는 시침을 뚝 따고 응수했다.

"칠보궁전에 드니, 주는 음식마다 진미였습니다. 향기롭고 깨끗하기가 인간 세상의 음식과는 전혀 달랐답니다."

그네는 저충의 넓은 품이 궁전이었고 달아오른 뜨거운 입술이 진미라고 생각했는지도 모른다.

그런데도 순정공은 숙맥처럼 곧이곧대로 들었다.

"부인이야말로 날 따라온 덕으로 좋은 경험을 했소."

수로는 저충을 생각할수록 눈시울이 젖었다.

저충이 남긴 체취는 이 세상 것이 아닌 향긋한 내음으로 남아 주위를 감싸고 돌았는데도 저충과 사랑을 나눈 암향(暗香)인 줄은 그 많은 총중에 그 누구도 눈치 채지 못했다.―

―「저 자줏빛 바윗가에」에서

이런 배경의 이야기를 작가의 뇌리에서 흥미와 아름다움으로 풀어내는 저력을 유감없이 보이고 있다.

양흔의 딸 수로와 가야 왕족의 후예인 저충과의 사랑은 악역을 담당하고 있는 순정공과의 삼각 구조에서 지순하고 깨끗한 미감의 애절한 사랑으로 승화되고 있다.

천여 년의 공간을 넘어 오늘에 와 닿는 수로와의 사랑을 픽션화시킨 작가의 재능은 확실히 즐거움을 주는 부분이다.

「두 눈이 다 먼 저에게」는 「도천수대비가」로, 솔거가 그린 천수대비상에 기도하여 한기리 아낙 희명의 아들이 눈을 뜬다는 눈물겨운 이야기이며 믿음의 위대성이 부각된다.

「어느 가을 이른 바람에」는 월명사가 아비 다른 누이동생 소선(小僊)을 절로 데려다 온갖 정성을 다해 기른다.

월명의 피리소리는 어머니의 음성이었으며 그의 정성은 어머니의 마음으로 보살핀 정성 이상, 그렇게 키운 누이가 죽자 49재를 올리면서 재회의 피안(彼岸)을 손짓하는 암시의 이야기이다.

「아아, 잣가지도 높아라」는 향가 중에서 최고의 걸작품인 「찬기파랑가」인데 월명이 사랑했던 너울의 이미지에서 기파랑의 이미지를 끌어내어 그의 고매한 인품을 찬양하고 있다.

─충담은 화랑의 드높은 기상을 귀중한 자산으로 해서 이를 계승시킬 수밖에 없는 결의를 다지고 최대의 찬양을 잣 가지에 걸어두기 위해 마지막으로 안간힘을 쏟았다.

그런데도 진짜 모습, 기파랑의 진면목은 미동도 하지 않았다.

아아, 잣 가지도 높아라
서리 모를 화랑이여

이렇게 마무리하고도 아쉬움은 남아 있었다.

잣 가지를 빌려 힘찬 기파랑의 드높은 지조며 절개를 정서했으나 그것이 도리어 아쉽고 안타까웠고 표현을 절한 시, 기기묘묘(奇奇妙妙)한 시, 저 그리스의 문, 답, 결의 삼부악(三部樂)과도 우연히 일치하는 희한한 기법까지 동원했으나 불만은 여전했다.─

─「아아, 잣가지도 높아라」에서

신라 향가 중 최고의 노래, 절창을 노래하려면 이 정도의 진통은 당연히 겪어야 하지 않을까 싶기도 하다.

「처용가」를 새로이 해석해서 소설화한 「이미 앗아간 데야」도 또한 홀륭한 소설에 값하고도 남음이 있다.

울산의 토호 능준의 아들 호<처용>는 볼모로 동경<경주>에 붙잡혀왔지만 고향에 두고 온 문의와의 사랑이 언제나 가슴을 떠나지 않는다.

─ 잘 익은 개구리참외인들 이처럼 군침을 돋울 수 또 있을까.

격렬한 짓거리는 자체가 춤이었다. 그것도 혼자서 추는 춤이 아니라 둘이서 추는 춤이랄까. 단지 관객이 없을 뿐.

천장과 방바닥이 몇 번 뒤바뀌서야 춤은 멎었다. 춤은 멎었으나 오랜 요분으로 두 사람은 숨이 가쁜데도 서로의 입술을 놓지 않았고 짓거리가 끝났는데도 부둥켜안고 떨어지지 않았다. 나고는 사내의 목덜미를 바싹 당겨 안고 삼단 같은 머리로는 사내의 가슴에 박았다. 이어 무 속 같은 살결의 다리로 사내의 다리를 감아 올렸다. 사내의 땀내음이 코끝에 와 닿아 매캐했고 뛰는 가슴의 고동이 젖무덤을 들썩이었다. ─

─「이미 앗아간 데야」에서

경주의 여인 나고는 요부로서 처용의 친구 우와 정을 통하는 장면을 목격하고 처용은 너그럽게 용서하는 내용인데 설화의 내용을 따르기보다는 새롭게 결미를 만들었으면 하는 아쉬움이 있지만「저 자줏빛 바위 가에」에 이은 성공적인 구도의 작품이다.

이 외에도 궁중의 음모와 인간의 신의를 다룬「널 어찌 잊으리 하셨는데」, 득오와 죽지의 도타운 정을 신라금 열두 마디에 담은「낭의 그리움 좇는 길」, 국사의 직책을 버리고 지리산으로 들어가다 권력쟁탈전에서 밀려나 산적의 무리가 된 만정을 교화시킨「좋은 날은 고대 오리니」는 상상을 초월한 해학이 있다.

「서럽도다, 우리네여」는 양지 스님의 영묘사 장육존상의 불사 발원과 이녕이 깊은 「풍요」가 제재이다.

양지 스님은 다방면의 대가, 그 중에서도 장육존상을 조소하는데 절정의 솜씨를 발휘했다기보다는 노력에 동원되었다가 다친 사람들을 완쾌시켰다는데 보다 소설적인 상상력이 돋보인다.

 －셋째 날 새벽, 여명이 돋는 순간, 여명이 장육존상을 비치는 바로 그 순간, 양지는 어디론지 흔적도 없이 사라졌다.

사람들은 이상타고 웅성거렸으나 그 웅성거림은 그리 오래 가지 않았다. 이유는 새로운 소리에 묻혀 버렸기 때문이다.

어깨를 다친 사람들, 허리를 쓰지 못하는 사람들, 다리를 저는 사람들, 장육존상을 조소할 때 노역으로 다친 사람들의 탄성이 여명을 밀어냈다. 그들은 다친 데가 씻은 듯 완쾌되어 있었기 때문에.

다쳤다가 나은 사람들만이 알고 있었다.

양지가 그토록 간절하게 발원했으며 흔적도 없이 사라졌는가를.－

융천 스님의 「혜성가」를 현대적 감각으로 접목시킨 「무슨 혜성이 또 있을꼬」 등 14편에 담겨진 이야기에는 일찍이 시가로서 접했던 향가를 소설로 재확인하는 천년 숨결의 새로운 맛을 느끼게 한다.

물론 기존 설화 쪽에 지나치게 충실함으로써 소설의 장점인 상상력의 한계를 뛰어넘지 못한 아쉬움은 있다.

3

일찍이 일본인(日本人) 강창유삼랑(岡倉由三郎)의 『이두언문고』(1893)를 시발로 해서 소창진평(小倉進平)의 『향가급이두연구』(1929)에서 촉발

된 향가 연구는 신비의 문이 열리기 시작했다.

1942년에 발간된 양주동(梁柱東) 박사의 『조선고가연구』에서 향가의 빛나는 세계를 바라볼 수 있게 되었으며 1956년 홍기문(洪起文)의 『향가 해석』은 확실성의 노래로 확인되었다.

뒤를 이어 김장동의 『천년신비의 노래』에 이르러 신라의 향가는 이 나라 문학의 중심 축(軸)을 확보한 셈이다.

『삼국유사』에 수록된 배경설화와 향가는 물론이고 향가 연구의 자산까지 동원한 데다 상상의 극대화를 확충했기 때문에 단순히 노래를 이야기로 전환시킨 의미 이상을 지녔다고 할 수 있다.

요컨대 김장동은 양주동 박사가 연구한 국보적 업적 이후 50년만의 변화는 한국 향가의 새로운 예감을 덧붙인 셈이다.

이것은 비단 허구라는 소설의 한계를 벗어나 천년 숨소리를 다시 새롭게 했다는 점 이상으로 김장동의 『천년신비의 노래』는 소설이라는 장르를 뛰어넘는 명중한 의미가 바로 여기에 있다.

　김장동은 동국대학교 국문학과 졸업 및 동 대학원을 수료, 한양대학교 대학원에서 문학박사를 취득. 경력으로는 국립대 교수, 대학원장, 전국 국공립대학교 대학원장 협의회 회장 등을 역임했음.

　저서로『조선조역사소설연구』,『조선조소설작품논고』,『고전소설의 이론』,『국문학개론』,『문학 강좌 27강』등.

　월간문학 소설부분으로 문단에 등단해 소설집으로『조용한 눈물』,『우리 시대의 神話』,『기파랑』,『천년 신비의 노래』,『향가를 소설로 오페라로 뮤지컬로』등. 장편소설로는『첫사랑 동화』,『후포의 등대』,『450년 만의 외출』,『이 세상에서 가장 오랜 시간에 걸쳐 쓴 편지』,『대학괴담』. 문집으로는『시적 교감과 사랑의 미학』,『생의 이삭, 생의 앙금』이 있으며『김장동문학선집』9권을 출간하다.

　시집으로『내 마음에 내리는 하얀 실비』,『오늘 같은 먼 그날』,『간이역에서』,『하늘 밥상』,『하늘 꽃밭』. 미발간 시집으로『부끄러움의 떨림』,『사랑을 심다』,『작은 맛 큰 맛』. 시선집『한 잔 달빛을』,『산행시 메들리』,『살며 사랑하며』. 인문학 에세이집으로『마음을 움직이는 배려』,『이야기가 있는 국보 속으로』등이 있다.

천년 신비의 노래

초판 1쇄 인쇄일	2023년 4월 10일
초판 1쇄 발행일	2023년 4월 24일

지은이	김장동
펴낸이	한선희
편집/디자인	정구형 우정민 김보선
마케팅	정찬용 이보은
영업관리	한선희
책임편집	정구형
인쇄처	으뜸사
펴낸곳	국학자료원 새미(주)
	등록일 2005 03 15 제25100-2005-000008호
	경기도 고양시 일산동구 중앙로 1261번길 79 하이베라스 405호
	Tel 02-442-4623 Fax 02-6499-3082
	www.kookhak.co.kr
	kookhak2010@hanmail.net

ISBN	979-11-6797-111-1 (94800)
	979-11-6797-109-8 (세트)
가격	20,000원